本书编委会

主　　任 | 陈金观

副 主 任 | 张卫东　梁　坚　郦锡梅　单永建

主　　编 | 单永建

执行主编 | 黄春林

策划编辑 | 何志斌　尹　鸣　曹伦平

镇江市公安局 著

岁月铸忠诚

镇江公安系统先进典型报告文学集

江苏大学出版社

镇江

图书在版编目(CIP)数据

岁月铸忠诚：镇江公安系统先进典型报告文学集 / 镇
江市公安局著. —镇江：江苏大学出版社,2017.12
　　ISBN 978-7-5684-0713-7

　　Ⅰ.①岁… Ⅱ.①镇… Ⅲ.①报告文学－作品集－中
国－当代 Ⅳ.①I25

中国版本图书馆 CIP 数据核字(2017)第 309046 号

岁月铸忠诚：镇江公安系统先进典型报告文学集
Suiyue Zhu Zhongcheng：Zhenjiang Gongan Xitong Xianjin Dianxing Baogao Wenxueji

著　　者/镇江市公安局
责任编辑/林　　卉
出版发行/江苏大学出版社
地　　址/江苏省镇江市梦溪园巷 30 号(邮编：212003)
电　　话/0511-84446464(传真)
网　　址/http：//press. ujs. edu. cn
排　　版/镇江文苑制版印刷有限责任公司
印　　刷/江苏扬中印刷有限公司
开　　本/718 mm×1 000 mm　1/16
印　　张/20.5
字　　数/366 千字
版　　次/2017 年 12 月第 1 版　2017 年 12 月第 1 次印刷
书　　号/ISBN 978-7-5684-0713-7
定　　价/68.00 元

如有印装质量问题请与本社营销部联系(电话：0511-84440882)

序一

虽然,不同的时代和不同的民族对英雄都会有自己的理解和推崇方式,但英雄崇拜却几乎是历来所有民族的一种选择。一个没有信仰的民族是没有未来的民族,一个没有英雄的民族也是没有希望的民族。崇尚英雄,是中华民族文化中的重要传统,是中华民族从历史走向今天和未来的精神动能之一。

当今中国,繁荣昌盛,国泰民安,能够以伟岸的身姿屹立于世界民族之林,正是因为有着许多志存高远的理想信仰者,有着许多前赴后继的各种英雄,有着许多与时俱进的模范人物的榜样引领。在新的历史时期,这些不忘高远信仰初心的英雄、模范,承前启后,继往开来,背负伟大的理想和艰巨的现实任务,在各自平凡的工作、学习和战斗岗位上,忠贞智勇,无私奉献,开拓创新,以豪迈的精神和坚韧的性格行走在中华民族伟大复兴的道路上。他们为党分忧,为国添彩,为民争光。他们以崇高的精神影响和智慧科学创造及坚毅的实际行动,不断将自己的名字功劳镌刻在祖国英雄谱上。在现实的社会生活中,尽管偶然还会出现某些去英雄化的现象,但崇尚英雄、学习模范之风却在党和人民群众中一脉相承,生生不息,绵延不断。崇高的英雄精神构筑了我们民族的根,也铸就了我们民族的魂。镇江市作家协会主席蔡永祥等13位作家,在习近平总书记"深入生活,扎根人民"的期望号召下,与当地公安部门结对协作,利用半年左右的时间,深入警队一线,走进英雄中间,与普通民警同吃、同住、同值班,仔细观察,见微知著,感同身受,经历了许多激动得不能入睡的夜晚和奋笔疾书的黎明,一本厚厚的报告文学集《岁月铸忠诚——镇江公安系统先进典型报告文学集》,终于呈现在了读者面前。这是警营生活与文学创作活动的相互融合促进,是文学在社会现实生活中生长开花结果的动人表现。以作家协会集体的名义与公安部门建立常年战略合作关系,是一项具有创意性的活动。这样一部带着人民警察精神风采和体感温度,书写正义力量表现,传播崇高文化内容、弘扬社会建设能量、讴歌人间真情的文学作品,恰是这种创意性合作的可喜收获。

翻开这部报告文学集,7个公安集体、12位民警的事迹深深地打动了我。这些人民警察长久生活、战斗在各自岗位上,面对危险,他们毫不犹豫,赴汤蹈火,义无反顾;面对犯罪,他们机警智慧,奋不顾身,一往无前;面对群众,他们情深意浓,赤胆忠心,耿耿为民。日复一日,年复一年,他们以无悔青春的血肉之躯,与各种犯罪行为进行坚决的斗争,抵御并化解了一次又一次的艰难险阻,护佑着国家和人民的生命财产安全,维护着最广大人民群众的根本利益,是名副其实的共和国卫士,是民族和平建设的钢铁长城,更是党和人民的平安护卫。读《岁月铸忠诚——镇江公安系统先进典型报告文学集》一书,多次使我热血激荡,热泪盈眶,英雄人物的浩气和柔情扑面而来,让我的心灵多有震撼。这是和平年代正义与邪恶,良善与丑陋持续战斗的诗篇,是浴火青春的生动表现,是作家们向人民公安干警致敬的作品。这是一部讴歌英雄,弘扬正气大义的书!这里有传奇的侦探破案故事,有神奇的技术把握运用,有真诚的情感投入场景,有生动的感情纠结描述,自然也有一些血腥和狡猾肮脏的犯罪表现,作家们的笔墨或许还可以再更加的灵动精彩传神,叙事描人尽显风致,可即使这些直接的真实社会生活内容,也已经使人有太多的内容感受和记忆。

阅读这群公安先进集体和典型民警精彩纷呈的故事,感受他们的生命经历和情感世界,使人能够感悟到信仰的强大力量,体察到人性的纯美光辉。在他们的心中,永远是:人民重于泰山,使命高于一切。

里尔克的诗曾经这样吟咏:"英雄啊,在世间万物中我都发现了你。对它们,我犹如一位亲兄弟。渺小时,你是阳光下一粒种子;伟大时,你隐身在高山海洋里。"英雄,时刻都在我们身边!讴歌英雄,是文学永远的主题!

李炳银

2017 年 12 月

作序者系中国作家协会研究员,著名文学评论家,《中国报告文学》杂志主编,中国报告文学学会常务副会长。

序二

"为什么我的眼里常含泪水？因为我对这土地爱得深沉……"每次读艾青的诗句，总会涌起莫名的感动。

正是因为这爱，我们无怨；正是因为这爱，我们无悔；正是因为这爱，我们将青春与汗水，定格在了人民公安事业第一线！这，就是我们广大公安民警发自心底的最质朴的声音。

捧读这本《岁月铸忠诚：镇江公安系统先进典型报告文学集》，令人心潮澎湃，思绪万千，有自豪，有感动，有温暖，更有希冀！

自豪，缘于大家交出的出色答卷。凶案现场，为了提取一枚指纹，我的战友不知道鏖战了几个昼夜；电信诈骗，为了将嫌疑人绳之以法，我的战友不辞辛劳，千里追缉；街头擒贼，不知道来来去去多少回，鞋子磨坏了几双……无数个夜晚，我的战友巡逻在城市的大街小巷；无数个清晨，我的战友伴着朝霞穿梭在社区。正是这些可亲可爱的战友们，守护着古城的安宁，守卫着百姓的平安，我怎能不感到自豪？

感动，缘于我的战友奉献得太多太多。舍小家为大家，因为任务，婚期拖了又拖；一个报警电话，约好的全家旅行计划就此泡汤；有个头疼脑热，我的战友更是轻伤不下火线……这样的事情，实在太多太多。节假日，对我的战友来说，只是寻常工作日里的一天。我的战友只能把对父母、对爱人、对子女的愧疚，久久地埋在心里。年复一年，日复一日，亲爱的战友们默默奉献毫无怨言，我怎能不深深感动？

温暖，缘于我的战友诠释了古城大爱。暴雨中，是我的战友，蹚着齐膝的积水，将一个又一个孩子背进校园；电脑前，是我的战友，一次次比对信息，义务为素不相识的外来人员寻找亲人；网络上，是我的战友，发起爱心行动，为远在贫困山区的孩子能够顺利完成学业而四处奔波……这，就是人民警察心中的那份大爱！爱的力量如此伟大，如此感人肺腑，我怎能不感到温暖？

我心底更有一份希冀。路漫漫其修远兮，吾将上下而求索！这部先进典型报告文学集展现的是我们镇江公安群体里的优秀代表，是镇江四千多名公安民警的缩影。我亲爱的战友们，用鲜血和生命，用辛劳和汗水，奋力交出了一份无愧于党、无愧于人民、无愧于这个伟大时代的合格答卷。我相信，读到这部报告文学集的同志，都会有着和我相同的感受。榜样的力量是无穷的。不积跬步，无以至千里；不积小流，无以成江海。我相信，只要这份正能量能够传递下去，只要我们更用心、更用情、更努力，我们镇江的公安事业明天一定会更美好！

落红不是无情物，化作春泥更护花。新的时代，赋予了我们新的使命。我坚信，这部报告文学集的出版，必将进一步淬炼镇江公安精神，奏响时代强音；必将进一步践行"对党忠诚、服务人民、执法公正、纪律严明"的庄严承诺，谱写新时代镇江公安工作新篇章。

是为序。

陈金观

2017 年 12 月

作序者系镇江市副市长，市公安局党委书记、局长。

目录

正义之剑

指纹下的凌霄花
　　——记镇江市公安局京口分局刑事科学技术室主任金怡　　_4

反扒神探
　　——记镇江市公安局公共交通治安分局三级警长胡雪林　　_24

大数据时代的"最强大脑"
　　——记镇江市公安局润州分局办公室情报中心主任樊东晓　　_40

热血谱写的青春华章
　　——记扬中市公安局油坊派出所所长聂朝军　　_55

不一样的"破案能手"
　　——记镇江市公安局丹徒分局刑侦大队大队长张利民　　_69

刑侦战线上一把攻心伐谋的尖刀
　　——记丹阳市公安局刑侦大队副大队长张伟　　_83

铁血之魂

唤醒者

　　——记全国"巾帼文明岗"镇江市看守所五大队　　　　　　_100

平安岛城的平安故事

　　——记"全省优秀公安局"扬中市公安局　　　　　　_127

高墙内奏响的温暖音符

　　——记"全省优秀公安基层单位"句容市看守所　　　　　　_142

十八条好汉

　　——记"全省优秀公安基层单位"镇江市公安局丹徒分局高资派出所 _160

鱼儿水中游

　　——记镇江市公安局新区分局丁卯派出所副所长罗海波　　　　　　_180

青春和警徽一同闪耀

　　——记镇江市公安局公共交通治安分局镇江站站前派出所民警殷惠阳 _191

"獒哥"的三个瞬间

　　——记镇江市公安局巡特警支队三大队一中队中队长臧博　　　　　　_210

大爱之歌

下篇

出入有境　服务无境
　　——记"全国优秀公安基层单位"镇江市公安局出入境管理支队　_222

窗口
　　——记全国"工人先锋号"镇江市公安局交警支队车管所　_244

修筑警民共环路
　　——记"全省优秀公安基层单位"丹阳市公安局南环路派出所　_261

背负着希望上路
　　——记镇江市公安局交警支队京口大队一中队中队长张久召　_273

最美马路卫士
　　——记句容市公安局交警大队副大队长祁增祥　_287

写在监室里的"传奇"
　　——记丹阳市看守所民警陈坚　_304

后记　_319

正义之剑

上篇

金怡

女，汉族

1977 年 6 月出生，大专学历，痕迹检验工程师，中共党员。1999 年 8 月参加公安工作。现任镇江市公安局京口分局刑事科学技术室主任。先后荣获全国特级优秀人民警察、全国三八红旗手、江苏省先进工作者、江苏省优秀共产党员、江苏省三八红旗手、江苏最美警察提名奖、江苏省杰出女警提名奖、镇江市劳动模范、镇江市人民奖章、镇江市十大杰出青年、镇江市三八红旗手、镇江市"十大女杰"、镇江市最美警察等荣誉；荣立个人二等功 2 次、个人三等功 2 次，获个人嘉奖 6 次、先进个人 2 次、优秀共产党员 2 次。

指纹下的凌霄花

——记镇江市公安局京口分局刑事科学技术室主任金怡

少小立下的远志

还没见到金怡本人，从电话里便感觉她是个快言快语的直爽人。她每天忙得恨不得给脚底下安上风火轮。笔者和她约见只能利用中午休息的时间段。

走进镇江市公安局京口分局刑事科学技术室，清一色的年轻人，金怡正在里间的办公室接电话。39℃的高温，她办公室里的空调很不给力，金怡左手拿起桌上的一沓材料扇风，右手打开桌上的电脑。

要想说自己从警18年来，侦办案件的过程中遇到的人和事的嬗变，纠结与释怀，金怡自己都记不得到底有多少，得对着电脑说才顺畅些。同事们把金怡这些年的事迹材料整理了一个文件夹，放在电脑桌面上。金怡说，如果不是这两个月要到全省巡回演讲，这个文件夹是没空打开的。她平时只要有点空闲时间，眼珠子都得盯着电脑，在指纹库系统里做比对。每一次坐在电脑面前，沉浸在指纹的世界里，吃饭和睡觉仿佛都成了多余的事。一旦比对成功，就是一个板上钉钉的铁证。哪怕犯罪分子从开始的沉默到底，到最后的百般抵赖，纵然他有一万张嘴，也无法逃脱痕迹下如山的铁证。

金怡十几年如一日，做着一份在常人看来十分枯燥无味的累活儿。成千上万次的凝视，眼睛都看出了老茧。累归累，一旦坐下来，沉静在指纹这个小世界里，却有另一番大天地。

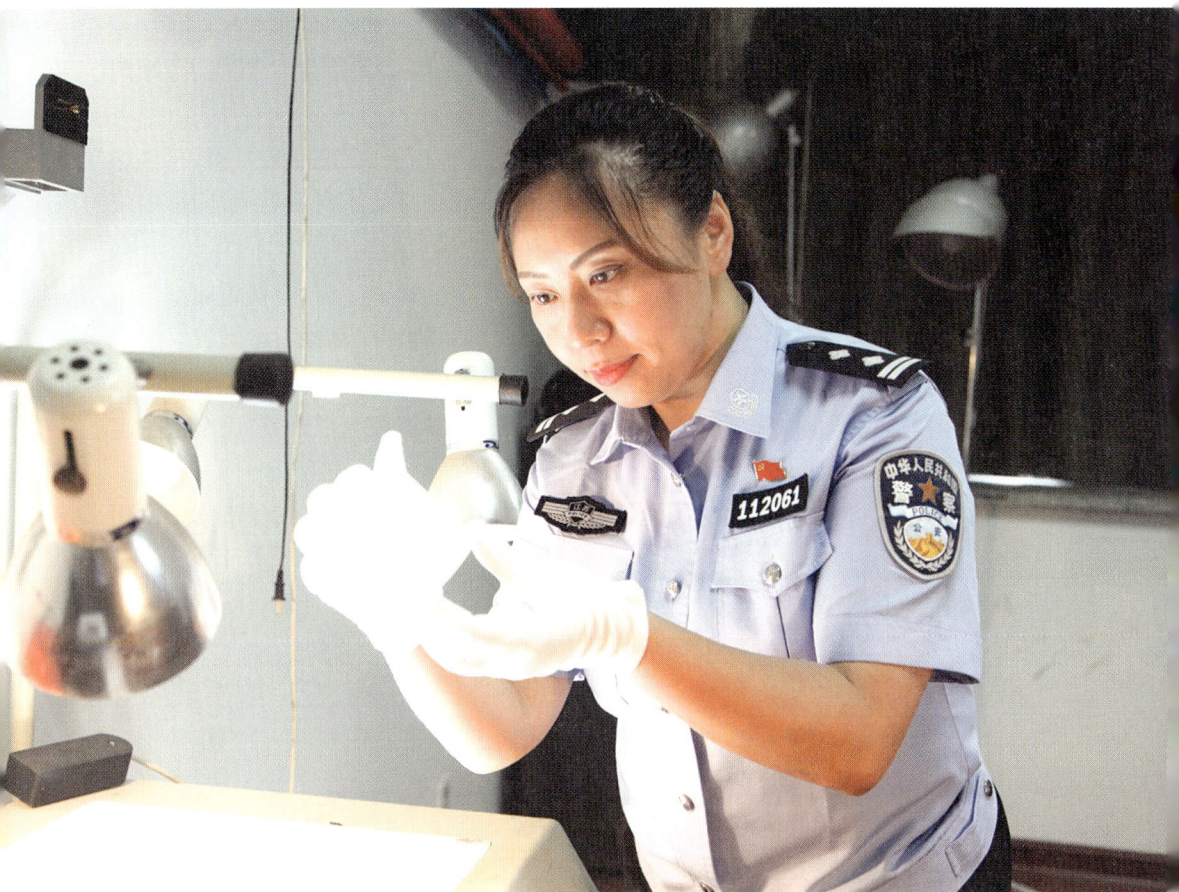

金怡在实验室对案发现场提取的重要物证进行处理

　　金怡从江苏省公安高等专科学校毕业后，因为学的是痕迹检验专业，她主动要求到刑事科学技术室工作。

　　说起她为什么要做刑警工作，得从她父亲年轻时未了的心愿说起。

　　金怡的父亲是共和国的同龄人，读书时各门功课成绩优秀，高中时是班里的俄语课代表。父亲从小就有当兵的梦想，本想读完高中就去参军。高二时恰逢"文化大革命"，全国上山下乡运动开展得如火如荼。金怡的父亲也和同学们一起下乡，到农村去接受再教育。接受完再教育，从农村回城后，他还是想去当兵。可医生检查他的听力时发现了问题。原来在他小的时候，哥哥给他掏耳朵，不小心把耳朵掏出血来，受了伤，后来也没当回事，更没有治疗。就这样，他与军营失之交臂，后来当了一名工人。

　　金怡打小就听父亲说年轻时的心愿，听得久了，便也成了她的心愿，立志长大后一定要做一个军人。

1977年6月金怡出生。父亲多少有点失望,本指望能生个男孩子,好圆自己年轻时穿军装的梦,结果生了个丫头。

父母都是普通工人,家庭条件一般,再生一个孩子,就意味着负担,再说国家当时推行计划生育政策,不可能再生二胎。或许是父亲有重男情结,金怡从小就被当成男孩子养。父亲甚至固执地认为,"她"就应该是个"他"。

金怡小时候长得瓷实可爱,但不娇样。才学会冒话,一开口便竹筒倒豆子似的。除了睡着了消停些,只要眼睁着,嘴巴和手脚便一刻也不肯闲着。父亲训练金怡,吃饭的时候要狼吞虎咽;走路的时候,腰杆子要挺得笔直笔直的;写作业的时候,不允许把头低着。别人家的孩子早早就戴上了眼镜,而金怡一直到上高中,视力都保持在2.0。

为了就近入学,金怡的小学是在市区宝盖山上的,初中在镇江市第十六中学,成绩非常优秀。初三那年,她获得镇江市"三好学生"称号。因这项荣誉,考高中的时候还加了十分。金怡顺利被重点学校镇江中学录取。

金怡在案发现场开展勘查

读初中时,金怡一直是做"凤头",但才进高中校门时进行摸底考试,金怡的成绩在班上却是倒数的。毕竟她就读的不是重点初中,一旦进入实力强的学校,只能做个"凤尾"。

金怡感觉到压力不是一般大,要想赶上队伍,必须付出十倍的努力。因为性格活泼,老师还让金怡做了副班长。经过一个多月的努力,她的成绩很快达到班级的中等水平。

高中三年,金怡的成绩稳中有升。老师们说,按照她那么用功的势头,不出意外的话,保本二还是稳稳当当的,冲本一也大有希望。

高考的那三天,金怡因过度紧张而出现了高考综合征,三天三夜几乎没有睡觉,大大影响了正常发挥。

三天结束,她感觉浑身的筋被抽掉了,四肢软绵绵的。金怡吃不准到底考得如何,在填高考志愿的时候,全选择了军事院校。最后一个志愿填了江苏省公安高等专科学校。父亲想,如果其他的军校都不能录取的话,最后保底的专科学校总能录取吧。如果大专上不了,就准备复读一年再考军校。

幸运的是,金怡考了499分,这分数有点儿高不成低不就,超出保底的专科学校4分。全家人一筹莫展,最后还是金怡的二伯一锤定音:"这丫头从小就把一本《神探福尔摩斯》翻烂了,命中注定是个将才,就报公安。"

说实话,金怡倒不全是为了圆爸爸年轻时的当兵梦,她更希望靠自己的能力去探索未知的世界,这样的人生才更显价值与意义。

没过多久,江苏省公安高等专科学校的录取通知书飞到金怡的家中。她被录取进入喜欢的刑事技术痕迹检验专业。更重要的是,上这个学校,国家还包分配,省去找工作的大心事。整个暑假,金怡的心都在飞,想象着自己穿警服神采飞扬的样子。特别是刑警,那个神秘得让人敬畏的世界,将会有怎样的神奇在等着她。然而她想得更多的是像电影里的那样破奇案,抓坏人,立战功,八面威风。

初入警营

还没进校门,金怡就对这个神秘的专业展开了丰富的想象。痕迹检验技术,是不是像医生一样,整天穿着白大褂,与实验室的试管、烧杯打一辈子交道呢?这么一想,她又有点儿小失望。进入校门后才知道,痕迹检验专业是几个系中录取的分数线最高的,所学的科目也最多。痕迹检验技术属于刑警类,也与破案有关。

金怡在喜悦的同时,也暗暗为自己鼓劲,一定要把这门技术学好学精。

还记得三年前进校门,眨眼的工夫三年就结束了。这三年,金怡一天当成两天用,从擒拿格斗到散打,各种体能训练,她练得最刻苦。在学好本专业课的同时,她还找来更多的课外书读,拓展自己的知识面。

从警的人都知道,作为一名刑事技术民警,将面临独处现场,和各类死状惨厉、面目狰狞的尸体"零距离接触"更是家常便饭。一个女孩子从事这一行,说不定会哭鼻子。领导考虑再三,想把她分到文秘类的工作岗位,以后有了家庭,还可以照顾家。没想到,领导的一番好心,被这个大眼睛丫头给拒绝了。

"不行,我就要做刑事技术民警,如若不然,这几年辛辛苦苦学到的技术,不是白学了吗?"领导望着金怡笑了。

"这丫头,真是犟种一个。就让她干刑警吧,哭鼻子的日子在后面,等她什么时候认输了,再调她出来也不迟。"

1999年8月的一天,金怡在刑事科学技术室领导的带领下,开始了刑侦工作的征程。刑事科学技术室来了长头发、大眼睛的小丫头。一群板寸头的男警察围住她,七嘴八舌地说开了。他们个个心里都在嘀咕:"这新来的小丫头,是哪根筋搭错了?好好的办公室不待,非要跑到男刑警窝里折腾。"

每一个新分来的刑事技术民警,必须由一名老技术员带着工作满一年后才能单独行动。金怡才到现场时,先当副手。但是很多情况下,这个有着强烈求知欲的小丫头,看着师兄们在现场忙碌着勘查案件现场的时候,她总喜欢"喧宾夺主"地往前面冲。任何细节都不肯放过,一旦遇到问题都要向他们请教。老技术员在现场说的每一句话,她都在一旁做记录,并细心观察。师兄们教导她:刑侦工作不同于别的工作,一定要走心,除了走心,还要善于思考。因为仅有技术,不善于思考,就容易走弯路。对每一个蛛丝马迹的判断失误和采集不到位,都可能背离真相,让罪犯从眼皮子底下跑掉。更重要的是,每一个刑侦技术人员都必须把"六勤六多"(即脑勤多思,眼勤多看,耳勤多听,嘴勤多问,手勤多记,腿勤多走)铭刻于心。

别看金怡平日里大大咧咧的样子,一到案件现场,她就像一只灵敏的猫一样,变得小心翼翼,专注的大眼睛,像锥子,又像闪电,紧紧地盯着每一处可疑的地方。

勤快的金怡悟性很高,很快就熟练掌握了痕迹物证提取、现场照相、勘查笔录制作,以及信息输机、痕迹比对等岗位业务技能。

别人需要一年时间,她只用了三个月不到的时间就满师了,在案发现场已经能够独当一面。

"这个独特的丫头,果然与众不同,天生就是干刑事技术民警的好手,幸亏没把她弄到文秘岗位上。"

技术室的领导和师兄们开始对金怡刮目相看。

尸体面前练胆识

俗话说,万事开头难! 金怡通过不懈的努力,给自己开了一个好头。

2001 年盛夏的某一天,金怡第一次遇见的凶杀案发生在镇江市市郊的谏壁镇。被害人是一名孕妇。案发现场在派出所隔壁的一个小巷子里。那时候还没有手机,金怡接到 CALL 机时是凌晨一点半。打的去谏壁的路途中,她的心里产生了无数的想象。

死者的家在一幢普通居民住宅楼的一楼,一梯两户,从中间被打通,所以房子显得特别大。中心现场位置在西边户。勘查从东边开始进行梳理和分析。

整个一楼弥漫着浓烈的血腥味。一具女尸躺在血泊中,脖子差不多被砍断,头歪向一边,眼珠子瞪得老大。薄薄的睡衣下面,小腹隆起。

正值盛夏,尸体放久了容易发臭,所以对现场的勘查进度越快越好。以前在学校的实验室里看到的都是制作过的尸体,看多了并不觉得怕,而此时面对现场的尸体时,金怡的心中直打鼓,手心汗直冒。

从凌晨一点多一直忙到第二天的晚上七点多,还无法收工。

金怡累得腰酸背疼,中途休息时和同事们到旁边的派出所吃饭,困倦和劳累使她一点胃口也没有,勉强吞了几口,便很快回到现场。

队长突然对金怡说:"你去把尸体旁那只带血的手套用物证袋装起来。"

现场会在东边开,西边一个人也没有。天全黑下来,西边户住户的灯昏黄,除了那个横在地上的女尸,一个活人也没有。

金怡从东边往西边走的时候,感觉心都快从嘴里跳出来了,她在心里一个劲儿地鼓励自己:不就是个死人嘛,都死了好长时间了,又不可能诈尸。在这节骨眼上,可千万别丢脸。金怡,金怡,你可是天不怕、地不怕的响当当的刑警,哪有刑警害怕尸体的! 不能回头,不能。要是回头了,还不把同事们的牙笑掉了。

等真的快走近尸体身边的时候，金怡还是产生了可怕的幻觉：躺在地上的女尸突然坐起来，被砍断的脖子冒着鲜血，头发盖住脸，舌头拖出来老长，那双惨白的手向她伸过来，仿佛已经抓住了金怡的手。

"姑娘，姑娘，我死得冤啊！一定要抓住凶手，还我和孩子的性命。"

在电影里看到的这些恐怖场面，瞬间跑进了金怡的脑子里，她下意识地把双臂抱得紧紧的，想把头脑中的幻觉赶走。虽然是大夏天，她还是感觉汗毛竖在身上。

"你可别坐起来，我是来给你伸张正义、查明真相的。别怕，勇敢点，我可是刑警。"

金怡迅速地把女尸的头和手之间的一只手套捡起，装进物证袋，大气也不敢出，小鹿般地跑了。

这一次出警，连续工作了 17 个小时，金怡和同事们并肩作战，直到做完所有的现场勘察。到家后洗漱完，以最快的速度，把深度疲惫的身体往床上一扔，一分钟内便进入香甜的梦乡。梦里，半梦半醒之间，感觉身体不是躺在床上，而是在水面上飘。她梦到把自己带向远方……这一觉睡了十几个小时。

金怡说，接触血腥凶杀现场的死人的那些瞬间，令她一辈子都难忘。

提起殡仪馆，第一个感觉便是阴森冰冷，当走进去时，除了手脚发冷，连血液的温度都会下降。金怡第一次接触殡仪馆里的尸体，是在刚参加工作不久。

她清楚地记得，队长带着她去殡仪馆是个夏天。一个收破烂的女子被害，案子还没破，尸体暂时被送到殡仪馆保存。为了采集指纹，去取证的前一天，尸体就开始解冻，否则无法打指纹。

金怡这是第一次进殡仪馆。进去一看，里面排满了像衣柜一样的盒子。

装女尸的盒子被抽出来，金怡抓住那只冰冻的手。尸体的手是弯曲的，费了好大劲儿才掰开。队长就站在金怡的对面，不露声色。看到金怡满脸通红的样子，还以为她是兴奋，其实他不知道金怡是因为害怕，紧张得血往脸上涌。

等金怡取好完整的指纹，走出殡仪馆大门，队长才告诉她："金怡，你知道吗，刚才你可是站在尸体中间，那些没有打开的抽屉里，全是尸体。"

这么多年，金怡看到的稀奇古怪的死亡案件太多了。对每一个案发现场，不管是什么情况，只要是死亡，都无小事。

金怡面对过许多种不同的尸体。记得那年，在谏壁的一个大桥下发现了一具流浪者的尸体。

那具腐烂的尸体，远看，像流水，走近看的时候，像是在水面上潺潺蠕动的蛆虫。站在下风口，恶臭迎面扑过来，几乎要把人熏得晕过去。她本能地屏住呼吸片刻,很快又不得不再次面对熏天的恶臭。

在许多案发现场,尸体已高度腐烂,用手轻轻一抓,腐肉便往下掉。可是,自己选择了吃这行饭,就必须勇往直前,对现场的每一个取证,都要做到全神贯注,心细如丝。

善心感动疯女孩

从事刑侦工作18年,金怡参加勘查的恶性案件全部破获。这些年,金怡遇到过恐怖的、离奇的、令人恶心的案子,也遇到过令人惊喜的案子。

2001年,在镇江火车站附近发生了多起利用色相勾引实施抢劫的恶性事情,严重扰乱了社会治安。这个案件当时轰动全城,犯罪团伙全部落网后,被押上刑车游街,并在火车站召开宣判大会,这是后话。

当时参加工作时间不长的金怡,并没有多少工作经验,只是凭着善良的天性,在无意中令一起棘手的案件峰回路转。

金怡在学校时就是一个文艺爱好者,国庆节快到,京口公安分局准备搞一场庆祝国庆的晚会。她自编自导自演了一个小品,里面设计了武打动作。在台上演出的时候,领导发现金怡还真是有些硬功夫,一招一式很像模像样。

就在金怡开开心心排练自己节目的那段时间,镇江、常州、扬州等周边城市的火车站并不太平。车站门口出现了不少年轻的女子,专门针对一些中老年男子作案。她们以住宿休息的名义,把他们色诱进火车站附近小巷深处的旅馆。拉人的与被拉的都心照不宣,有些人还真的上了钩。进了小出租屋,被诱的男子什么事都没做,就被埋伏在一边的年轻女子的同伙摁倒在地,把他们身上的钱财洗劫一空。有些受害人损失不多,碍于面子,便也不去报案。有些财产损失多的人就报了警。

那一阵子,以女色引诱旅客上钩的情况在镇江火车站附近非常猖獗。因此,润州区成立了专案小组,调动各方警力,穿着便衣埋伏在车站附近,实施抓捕行动。犯罪团伙中的一个专门负责色诱旅客的女子很快被抓获,而她的同伙却一个也没抓到。该女子被送往看守所,专案组准备从她身上打开突破口。

被抓获的女子自关进看守所后,突然精神失常。专案组只能把她送进精神病院进行治疗并派人看守。眼看着刑拘期限就要到了,如果案情没有突破,如果她真的是精神病患者,看守所就必须无条件放人。好不容易抓获的犯罪嫌疑人,如果在审讯过程中找不到突破口,就意味着所有的努力都将前功尽弃,这样案件往后就很难侦破。

突破这个被抓的女子成为案件的头等大事。可是,她疯了,纵有天大的本事也无法让一个疯子说出实情啊。人被押在精神病院,还得派出4名女警24小时内分两班看守。公安系统的女刑警本来就少,都是一个萝卜一个坑,情况迫在眉睫。观看过金怡表演的时任镇江市公安局局长陈逸中,觉得台上的这个小丫头腿脚上有点功夫,把分局领导喊过来一问,才知道这丫头在平时的工作中,也有两把刷子。当即就把金怡点过去,负责看守那个精神失常的女子。

该女子是安徽天长人,人长得非常漂亮,由于被关了几天,没办法好好洗漱,蓬头垢面的脏相,加上每天服用治疗精神病的药物,天天躺在床上不动,身体睡得僵硬了。她会时不时敲腿,痴痴呆呆地傻笑。

金怡从小受父母的影响,不管对谁都心存善意,只要自己有能力,能帮则帮。金怡在医院看守这个女子时,也没旁的事做。看到她脏兮兮的样子,心想不管她犯了什么错,落到这种地步,也着实可怜。于是,让另一名女警守在病房,就拿了盆去卫生间打水给那女子洗脸、抹香、梳辫子。又给她敲腿、捶背。一边帮她洗,一边自言自语地说:"唉,这么一个漂亮的小姑娘,可惜了。每天吃药,就这么躺在床上不动,人都变形了。如果真的是精神病,药是一定要吃的;如果不是精神病,吃这种药会对身体有很大的副作用。"

金怡唠唠叨叨地讲了一大堆话,突然感觉到那女子的腿下意识地抽动了一下,再朝她脸上看的时候,发现她的眼角有泪水流下。当时,金怡根本就不知道她是装疯。每天依然帮她洗脸打扮,捶背敲腿。那女子静静地躺着,也不知道她是否把那些话听进去。

又过去了三四天,离放人的时间还有两天。那女子每天还是像僵尸一样躺着,偶尔流几滴泪,发出几声叹息。在没有证据的情况下,面对一个死不开口的犯罪嫌疑人,连神仙也难下手。

最后一天,她终于开口了:"姐姐,姐姐,要小便。"

金怡牵着她的手,带她去上厕所。帮她打开厕所里半截头的木门,进了厕所,她并没有解裤子,而是对着自己的嘴巴使劲地抽打起来,一边抽打一边说:"姐姐,姐姐,对不起,我不是疯子,我是装的,他们做的那些事,我全知道,我说,我说。"

金怡又惊又喜,赶紧向专案组汇报突破性的进展。专案组突击提审女子,并吸收金怡进入专案组。历时几个月,金怡跟随专案组到不同的城市去调查取证,成功地抓捕了十几名犯罪嫌疑人,周边几个城市火车站附近的十几起恶性抢劫案件也终于告破。此案的告破,金怡功不可没。

办这个案子的时候,金怡刚结婚不久,同在一个单位的她的爱人也是忙得整天不照面。

开公判大会的时候,金怡没能参加,还在专案组忙别的事情。那段时间她老是出差,只要一坐上车,就困得要命,眼睛一闭就能睡着。有一次到淮安的乡下办案子,就想吃话梅和瓜子。同事们说:"丫头,你不会是怀孕了吧?"当再次出差的时候,才到常州境内,金怡把早晨在镇江吃的煎饼吐得精光。同事们又说:"丫头,别整天忙着查案子,你去查查自己,是不是真的怀上宝宝了。"从常州回来后去医院一查,她果然怀孕了。

结案时,在火车站广场开宣判大会,搭了高高的台子,因为要爬到台子上去,大家没让金怡上台,让她回家好好休息。

这个案子之后,金怡收获很多。当时她没有太多的工作经验,只有一颗善良的心。不管对方是好人还是坏人,你可以去感化他、关心他,只要真心地对待他们,就会有意想不到的收获。哪怕是十恶不赦的人,也有软弱的一面。你可以用自己的善心与耐心,去攻破对方坚硬的壳。

抽丝剥茧中的苦与乐

在办案的过程中,金怡也遇到过苦中有乐的案子。

2012 年夏天,镇江市京口区和润州区发生作案方式相同的入室盗窃,案件多达 40 多起,而且都是在白天。住户中午下班回家时发现被盗便报警,有时一个中午能接到大市口附近五六个家庭的报案。中饭才吃到一半,金怡和同事们就得撂下饭碗,冒着酷暑赶去现场。

罪犯很狡猾,除了室内地面上留下的几枚鞋印外,其他一无所获。也就那么两个老鼠在周围流窜。

金怡和同事们每次拎着工具箱到现场,但又破不了案,有的老百姓不屑地说:"报警有什么用?工具箱拎过来拎过去,就是来装装样子的。这不,今天又有几户人家被偷了,连小偷的头发丝都没摸到一根。"

听到老百姓的不理解甚至挖苦,金怡心里特别难过,同事们的情绪特别低落。想想也是的,大热天在外面奔波,没有功劳还有苦劳啊,但老百姓可管不了这些。谁不想尽快破案?想想心里都不服气。

真是邪门了,那么重大的案子都破过,就这两个蟊贼,就不信这个邪,就是想尽办法,也要把他们逮住。金怡带领队员们对一百多起有关联的案件及痕迹物证进行分析、串并。把罪犯活动的范围画成图,市区大市口一带就那么多巷子和出口,通过监控捕捉到了那两个贼的长相。派出便衣队联合蹲点守候,围堵在各个巷子的出口。

快一个月过去了,一直蹲着,还是没有消息。

越是在失望的情况下,越是要打起十二分的精神。无数次的蹲点,最终还是有收获的。她从现场嫌疑人擦过汗的毛巾里提取到了 DNA,带回来做比对。在缩小范围的同时,继续蹲点。真正抓到嫌疑人的时候,还是在现场。

当把犯罪嫌疑人带到大市口现场核案子的时候,周围的老百姓一起鼓掌。这可是金怡工作以来第一次听到老百姓的掌声,金怡和同事们的心里比吃了蜜还甜,泪水都下来了。这比站在奖台上领奖还要高兴,所有的疲惫瞬间烟消云散。

2014 年,金怡又遇到一件曲折离奇的案子。

1 月 12 日晚上 8 点 30 分左右,镇江市桃花坞新村一处住宅发生火灾。金怡和队员们赶到现场时,家里面已被消防的水龙冲得一塌糊涂。

床的附近有一具被烧成焦炭的尸体。厨房的煤气开关开到最大位置。初步勘查的结果是煤气泄漏燃烧,导致受害人解某死亡。

职业敏感让金怡想到,越是无懈可击的案发现场,越有可能掩盖着不可告人的真相。

春节将至,气温降至冰点。为了从灰烬中采集证据,金怡跪在冰冷的地面上工作了十多天,用筛子把满屋子的灰一寸寸地筛,用小铲子扒,终于在未燃尽的棉絮里,发现了含有汽油的残留物。在卫生间还发现了潜在的血迹,通过特殊的仪器提取出 DNA 比对,那点混在死者血迹中的血迹,就是犯罪嫌疑人留下的铁证。由此可见,这不是一起普通的煤气泄漏火灾事件,而是一起恶性杀人焚尸案。

一个月后,在大家的共同努力下,经过排查,犯罪嫌疑人很快落网。此人原来是死者的一个亲戚。被害人离婚后一个人独居,她平时总是讲凶手的坏话,不想竟招来杀身之祸。

破获了这起故意制造意外爆燃导致死亡的假象案件,金怡大大地松了一口气。对每一个生命消逝的死者背后,都有复杂的成因,剥开表象的过程,就是接近真相的过程。如果说每个案件的现场是一张拉满的弓,那么刑警大队的刑侦技术民警们,便是那搭在弓上的利箭,随时射向案发现场的每个角落,且容不得一丝一毫的误差。随着刑事犯罪趋势的发展,刑事科学技术在侦查破案工作中将发挥越来越重要的作用,有时直接左右整个案件侦查的成败。

金怡每一次到现场去搜集证据,都要长时间跪在地上,或是趴在地面上。有一次在卫生间的蹲坑里提取带血的粪便,不好跪不能趴的情况下,只能改用劈叉的姿势进行取证。

长时间采用跪、趴的姿势,加上常年坐在电脑面前看指纹,金怡的腰和眼睛都出现了病症,自 2007 年开始感到疼,但她觉得自己还年轻,总能扛过去,从来没有当回事。

而 2016 年 6 月的一天晚上,金怡接办了市区一起故意伤害案件,她在现场的楼道里采集证据,一趴又是好几个小时。采集完毕准备站起来的时候,腰病瞬间发作,怎么也站不起来了。

最终是同事们把金怡架到警车上。这一次腰疼发作,彻底给了她一个下马威,不能站,不能坐,不能躺,疼得这个天不怕、地不怕的假小子歇斯底里地大哭不止。这次杀将过来的腰疼把工作狂人金怡放倒了。

拍片一检查,脊椎侧弯超过 15 度,腰椎间盘突出。

这毛病,一不能累,二不能受凉。可是她的工作,这两样全占上了。

大爱无言

除了完成自己的本职工作外,金怡还爱多管"闲事",而且一管就是好几年。

2016 年 6 月,金怡在送检派出所采集的无身份人员小芬的过程中得知,当年才 7 岁的小芬跟随父母到福建晋江,在一次玩耍时走失,从此过上了颠沛流离的生活。4 年前,小芬辗转来到镇江,由于离家时太小,记不清自己的出生年月,更不知道自己的确切身份。为了帮助小芬找到失散多年的亲人,金怡开始在全国 DNA 失踪人口库里大海捞针。

对派出所送过来的 DNA,分局只是充当快递员的角色,要送到市局才能做 DNA 检测。

那几天,金怡和爱人一起收看中央电视台热播的寻亲节目《等着我》,电视上亲人相见热泪盈眶的场面,把金怡感动得直掉泪。

小芬的遭遇让金怡想起前年带儿子去海南时的经历,儿子在她的视线中消失了 10 分钟,就那个 10 分钟内,金怡感觉到天崩地裂。当时儿子和同去的朋友一起逛街,而金怡并不知道。朋友想,反正孩子跟着他们是安全的,也没有告诉金怡。一转眼的工夫,儿子不见了。金怡疯了似的寻找,心顿觉被掏空了一般，最坏的念头全部出现。直到儿子出现在自己的面前，她都不敢相信是真的。

儿子只是消失了 10 分钟，而小芬从父母的身边消失了这么多年，她的父母不知道会哭成什么样子。

小芬，这个现实版的走失女孩就在自己的眼前。金怡想，我一定要帮她找到家人。在与小芬的接触中，她了解到小芬这些年所受过的磨难。从福建走失后，她四处流浪，扒绿皮火车到过广东，后被广东收容所收留，逃出来后，又流浪到浙江，再到江苏镇江。小芬对金怡说："姐姐，我流浪的这些年，饿了就捡垃圾吃，因为好不容易捡到的衣服舍不得扔，夏天也穿着棉袄。经常几天几夜吃不到东西，渴了就喝雨水。走到农村的时候，饿得实在走不动了，就去地里揪山芋藤、挖萝卜吃，经常被人追打。"4 年前，她在浙江流浪时，睡在桥洞里，遇到两个流浪的少年，半夜醒来听到他们商量，要把她卖到四川去，吓得她当夜就逃跑了。

成年的小芬，因为没有身份证而寸步难行。她找到派出所办自己的身份证。可是她在流浪的过程中，把自己的名字都改了，导致父母无从寻找到她。因为小，也记不住自己的生日。每年过儿童节那一天，她就到肯德基捡点别的孩子吃剩下来的食物，从此，她就把自己的生日定在儿童节这一天。

金怡利用工作间隙和休息时间，将派出所送来的血样和指纹，在全国失踪人口库里开始比对，功夫不负有心人，好不容易在一个同事的平台中发现有用的信息，逐条查询分析，还真找到一条似像非像的信息。在与小芬父母联系的过程中，困难重重。她听不懂贵州方言，她的话对方也听不懂，在与贵州当地派出所联系时，小芬的名字和她父母的名字又对不上号。后来设法与小芬在广东的姐姐取得联系，没想到小芬的姐姐不相信金怡是警察，竟认为她是骗子。

同事们说："这不是你的工作范围，放弃吧，而且这些人还把你当成骗子，何必多管这闲事？"

"哪怕有百分之一的希望，也要做百分之百的努力。"

办公室的电话不能打长途，金怡就利用中午或晚上散步的时间用手机和微信与贵州警方不断联系。又与广东的警方沟通，想让小芬的姐姐来做一次DNA 比对，广东警方同样也不相信金怡。万般无奈之下，金怡想起贵州那边的法医，好在是同行，沟通起来顺利得多。贵州的印法医找到小芬的父母，让他们去当地派出所采血样。小芬父母的血样被直接寄到江苏。DNA 很快送到镇江市公安局做比对，检测结果是百分之百符合。

小芬的父母来镇江认亲,全家人抱在一起痛哭不已,站在一旁的金怡也止不住热泪直流。能为小芬找到家人,吃再多的苦都值得啊。

小芬跟父母回到了家乡,但却因离开大山太久而不适应,她又回到镇江。金怡联系市妇联,帮小芬找到了合适的工作。小芬后来把名字改成了"予恩"。她说得到了这么多人的帮助,特别是得到了金怡的帮助,她和金怡经常热线联系,有什么心里话都对金怡姐姐说。

金怡平时每天忙得连家都顾不上,除了忙工作,工作以外的事,她管的"闲事"经常超越了职责范围,牵涉了大量的精力,连儿子对妈妈都有意见了。

2013 年有一段时间,京口辖区内沿街店铺、车内物品经常被盗。金怡在比对指纹时,大多数都会比中康康和小贺这两个男孩子。在派出所看到康康,金怡就本能地想到自己的儿子,同样是孩子,这些孩子过的是什么日子啊。这些犯罪的少年都是未成年人,竟成了派出所的老面孔,抓了放,放了再抓,没完没了。一大早就要勘查五六个现场,大量的警力耗在这些孩子身上。其中一个叫康康的男孩被抓达四十余次。金怡一看到这些熟悉的指纹,头就发胀。

这样下去也不是个事儿,金怡想了个主意,得想个办法把他们这个小团体瓦解掉。

派出所又一次逮住他们的时候,金怡把他们请到馆子里吃饭。他们边吃边聊,得知康康只有小学一年级的文化,讲话又口齿不清,在别人眼中,他就是个"呆子"。每次抓捕的时候,别的孩子早跑了,十有八九被抓的就是他。康康看上去一脸憨相,其实并不呆。

康康从小父母离异,他像个皮球被父母踢来踢去,最后踢给了爷爷奶奶。两个老人很疼爱他,但奶奶在他十岁时去世了,他只能和修拉链的爷爷相依为命,爷爷根本管不住他。康康开始逃课、偷窃,不分昼夜地泡在网吧里,甚至有时一连两个月都不回家。他在网吧里结识了一些不良少年,除了上网吧,白天睡觉,晚上和别人出去偷东西。爷爷没文化,没人教他,仅一年级就读了三年,后来索性不上学了。

与他一起偷盗的小贺,父母在上海打工,把他寄养在亲戚家中。金怡先和小贺妈妈取得联系,告诉她,小贺现在还未满十四岁,如果再这样下去,到了十六岁再这么偷下去,就得坐牢。经过金怡的不懈努力,这个小团体逐渐被打散分开,为首的小贺被父母送到上海学开叉车。

和小贺谈话中,他的一句话引起了金怡的注意,他说:"有一次我们去抢一个流浪老头的钱,康康太怂,不肯抢。"金怡觉得康康虽然智商低于正常人,但是心地还是善良的,也许当时他是想到了自己的爷爷吧。

得想办法帮助康康。金怡找到康康爷爷的家,邻居们说康康坏得不得了。金怡告诉他们:康康本来就可怜,没有人帮助他,如果大家都能帮他一把,而不是仅仅指责他的行为,他就是个好孩子。没有谁天生就是坏人。

交流中,康康表示想回学校上课,金怡奔走于教育管理部门和学校之间做工作,经她协调,某中学的校长同意收留康康,让他重返课堂。

金怡还记得,那次帮他联系学校,在下楼梯时,不善表达的康康突然结结巴巴地说:"阿——阿姨,你要是我——妈妈——就好了!"

康康进了学校,金怡心中的石头总算落了地。可是没多久,金怡通过现场提取的指纹比对,发现康康又开始偷东西了,当时心跌落到冰点。有同事说:"可怜之人必有可恨之处,别管他了。"

金怡想,康康的变化总有原因的。她有康康的手机号,联系上康康后才知道,他爸爸对爷爷不好,偶尔回到家,对康康不是打,就是骂,并当着康康的面说:"这个小讨债鬼,不学好,恨不得你早点坐牢去。"

康康在学校学习非常吃力,他只有小学一年级的程度,怎么能听得懂初中的课程?康康开始破罐子破摔。

金怡总觉得不甘心,这孩子是那种害羞听话的孩子,而且很善良。她到康康爷爷家去了解情况,并且电话教育了康康爸爸。正逢春节,金怡没忘给康康买了新衣服和零食送过去。

考虑到康康的动手能力比较强,金怡帮他联系了技工学校的模具班,让他学习修理技术,又塞给他 300 元,叮嘱他好好学习,做个好人。康康还是经常在外面惹麻烦事,要么是卖龙虾被城管抓了,或者是在工厂没戴安全帽被罚款……一有事,康康总是第一时间打电话找金怡妈妈,向她求助。金怡从不推托,总是尽力帮忙解决,还经常鼓励他学习新技术,学会存钱,孝敬爷爷,做个有担当的正直的人。现在他能靠修电瓶车的技术养活自己。有人请他帮忙做个什么事儿,他都会先问金怡:"做这个事违法吗?如果违法我就不做。"他对爷爷说:"爷爷,你做不动事了,我来养你。"不久前爷爷被查出患了癌症,康康一直守在床边照顾。

爷爷在医院里给金怡打来电话,感谢金怡让康康走上了正道,希望金怡继续关心和帮助康康。其实,没有老人的嘱托,金怡也会一直关心康康的,仿佛这已是在她肩头的一份沉甸甸的责任。

康康爷爷为感谢金怡,非要做面锦旗送到她的单位,金怡说什么也不让。

2017 年春节前的一天,天下着大雨,康康坐公交车舍不得把钱破开,冒雨走了 10 公里的路,来到金怡的单位还钱。看到他从裤子口袋里掏出皱巴巴的

300元钱,这钱是金怡两年前送他学技术时给他充饭卡的。

如果不是因为记者们的不断采访深挖,金怡帮助过小芬和康康的事,还很少有人知道。

忠孝两全

都说自古忠孝难两全,但金怡却做到了。

金怡的工作虽然特别忙,但她每年都会抽出时间陪父母外出游玩一趟。

她父亲退休前在城东的一所技工学校上班,母亲在食品公司工作,家却住在城市最西边的贾家巷。他们工作非常忙,但父亲每天都坚持回家烧饭,每天给奶奶捶腿。退休后他们奉献社区,参加社区"平安锣"活动,只要按响门铃,随叫随到,帮助了许多困难家庭。金怡把爱人和儿子也拉进了"平安锣"活动,全家出动,忙得不亦乐乎。他们家也因此被评为"镇江最美家庭"。

金怡的爱人在市公安局京口分局法制大队,工作也忙。2017年大年初二,发生一起凶杀案,清晨5点,金怡便悄悄起床去了案发现场。爱人醒来时才发现她不在家。儿子醒来时发现爸爸妈妈都不在家了。7点半,当金怡赶到现场指挥部,才发现爱人也在那里忙碌。

这样的双警家庭,常常会忙得顾不上孩子。金怡舍不得给双方的父母增添负担,宁愿自己多吃点辛苦,坚持自己带儿子。

每天早上7点半送儿子上学,然后自己去单位,支援值班的同事们勘查现场。双休日,做完家务后,她再带上儿子去单位。她开始比对指纹,儿子做作业,工作家庭两不误。儿子也习惯了爸爸妈妈的这种生活节奏。儿子在金怡的办公室写完作业,忍不住会关注妈妈的指纹世界,还动不动给妈妈和她的同事们提要求。他稚气的样子,让大家忍不住地发笑。

儿子今年读初二了,他经常和妈妈一起上班,对妈妈的工作特别理解和支持。有一次,金怡无意中读到儿子的作文《我的妈妈》:"这就是我的妈妈——一个宁可放弃自己休息时间,也要为社会和谐出力的人;一个一工作就可以免去任何干扰,全身心投入其中的人;一个自己再累,也不愿表露反而会鼓舞大家的人;一个握住希望便绝不放手,能够拉来成功的人。"

儿子是偏理科的,他的作文成绩平时并不是很好,但这篇作文是他发自内心的表白,老师给了很高的评价。

金怡多次参加演讲,每次讲到儿子,眼泪都会控制不住。是啊,再辛苦的工作,有了亲人的理解与支持,都不觉得苦。

儿子十分理解妈妈,但有两次也对"工作狂"的妈妈提出抗议。

2015年国庆节,本来全家人和朋友约定去安徽自驾游。就在出发的前一天,市区梦溪园巷一个足疗店的老板娘被杀害。案情就是命令,金怡没能陪儿子去旅游,这让儿子非常失望。又有一次,一家人都到了车站,还是因为案件,金怡再次爽约。儿子生气地说:"妈妈是个说谎大王。"儿子还经常说:"妈妈的工作永远比我重要。"这让金怡很是心酸。不过这只是气头上的话,事后儿子还是很理解妈妈工作的责任。

金怡上了刑侦的战场,就是个标准的战士。而熟悉金怡的人都说她是一个阳光、和善,也很爱美的女人。金怡喜欢民族风,喜欢汉服。休息天也喜欢让自己的长发披在肩上;喜欢爱人在节日的时候悄悄地带一枝玫瑰回家。换下警服,她喜欢把自己打扮得漂漂亮亮的。金怡说:"希望自己是工作中的'帅哥',生活中的美女。"

今年40岁的金怡觉得:先天的容貌是父母给的,但后天的容貌则是自己修来的,相由心生,心灵美了,容貌才会跟着美。

忙碌的工作之余,金怡会抽出时间和家人一起走进山水,投入大自然的怀抱。

对这么多年来所获得的荣誉,金怡只是轻描淡写,几句话带过,甚至获得的奖金也奉献出来,与技术室的同事分享。她认为,获得的荣誉与奖金并不是个人的,而是大家同甘共苦换来的。

金怡说:"即使我是个小人物,也要发出自己的光。"

穿上这身警服18年来,金怡不知道奔波过多少次现场,忙碌于多少次指纹痕迹比对,熬过多少不眠之夜。如今她作为镇江市公安局京口分局刑事科学技术室的领头羊,自2007年至2017年历年案件,在小库中比对,比中关系79起,指纹比中案件114起。这些年,她组建了京口公安分局刑事技术侦查团队。通过比对指纹,迅速锁定犯罪嫌疑人,不仅破获了本市案件20余起,还带破浙江、安徽、湖南等地同类型案件40余起。从普通刑侦技术民警到技术室主任,18年来,通过基层一线实战,她总结提炼了"指纹比对六法"并得到推广。她日均比对指纹1500余枚;通过痕迹比对抓获犯罪嫌疑人430余名,比中抓获负案逃犯200余名,破获各类刑事案件1000余起。其中省内杀人、强奸等8类案件21起,外省B级案件5起、C级案件102起。近几年,她参与勘查现场1870余起,痕迹物证提取率达到85%以上,是镇江市刑侦技术民警中最高的。她创造了指纹破案连续13年位居全市第一的好成绩。就在不久前,为了研究一枚现场指纹,她在电脑前整整耗了两天的时间,看得眼睛直流泪,终于比中了一起 25 年前的杀人案件,那一刻,她流下的是欣慰的泪。

现任四级警长、技术室主任的金怡带领了京口公安刑事技术团队,团队中,三位"80 后",四位"90 后",一位是"00 后",呈金字塔状。金怡现在成了位于塔尖上的元老级技术刑警。她还记得当年自己才进技术室,第一次拿工资的情景。八张崭新的人民币拿在手上,一边走一边想,第一回拿到的工资,应该给爸爸妈妈和奶奶买点什么,余下的可以存起来。一路心猿意马,谁知道走到办公室门口的时候,摔了一个"大马趴"。这个大大咧咧的小姑娘把一屋子的人都逗笑了。

2017 年 6 月中旬到 8 月上旬,金怡参加了江苏省公安厅英雄模范先进事迹报告团,先后参讲了江苏省公安厅机关、苏州、无锡、常州、镇江、扬州、连云港、南京八场。两个月的巡回演讲结束后,金怡很快回到工作岗位,开始了她每天的日常指纹比对工作。那些在电脑显示屏上被放大的指纹,每一条纹路都通向一个生命密码。那些淹没在时光中的指纹的背后,不同人的面孔被徐徐打开,从现实世界中呼啸而来。那些纵横交错的指纹,像一朵朵永不褪色的玫瑰花,在金怡的心间绽放;又像一条条鱼,闪烁着灵光,向着善良与正义的彼岸从容地游去。每一次指纹比对成功后,金怡都习惯性地称之为"又发现了一条大鱼"。当这些大鱼被她的眼睛逮住时,就是坐实一个犯罪事实的时候。

经过这些年的工作历练,她的内心已经足够强大。现在的犯罪分子高智商的特别多,这就给刑侦技术民警带来了挑战,需要更先进的方法进行识别。金怡信心满满。接下来,她打算把京口刑侦技术团队建设得更好,在目前人员和设备配备的前提下,她激励自己要多学习,多掌握新的知识,踏踏实实地走好每一步,争取为老百姓破更多的案子。

从金怡不断更新的微信朋友圈中读到的都是与工作有关的信息:

在指纹的世界里,发现自己就是一个网瘾少年,喜欢那美妙的纹线和特征点。半个月在外忙演讲,全省排名从第 3 滑到第 23 了,是该奋起直追了。不过老天好像异常眷顾我,在党的生日之际又轻易地让我捞到一条鱼(指比对成功的指纹)。

今天是个怡心的日子,收获满满:比中一起本区案件、比中一起外市案件、第四代传人独立比中无名尸尸源。那一次,一个人在没有空调的资料室翻十几年前的案件资料,因为热,没有叫任何人,可小朋友们(同事们)陆续加入进来,连驾驶员都问要不要帮忙。看着孩子们跪着蹲着仔细翻找着,我在心里说了无数遍："有你们真好。"下晚勘查一起非正常死亡现场，因为案件重大，我们技术室几乎全员出动，当我们全副武装在电梯里时，老百姓连声赞我们的敬业精神，说昨天外区一死一伤，现场警察都没我们多。我们也没忘推销自己："我们是京口分局技术室的。"我喜欢这种团结攻坚、敢打必胜的感觉，为我的小朋友们大大点赞，加油哦！

南京的照片还没来得及传过来，但我今天想做个总结，因为从明天开始我将卸下演讲台上的光环，埋头我的技术工作了。荣耀属于过去，未来还需打拼。

昨夜我们大队神通干探们抓获了一伙入室盗窃案犯。我知道今天又不知道要忙到什么时候了。一大早载着儿子到单位加班。儿子说："妈妈，我现在好像每个星期都要去你单位上班，好像我成了你们的编外警察。"我为了让儿子安心地跟着来单位，特别告诉他说："儿子，你的作文被名作家引入文章中了。"小家伙马上自豪起来。其实只有身边的人才会知道警察的苦与乐，我们的同志们半夜三更了，还在打起精神研究工作。

今天下午我要去南京，可能到月底才能回来，送儿子上学的路上一切如常，到了学校门口，儿子欲言又止地说："妈妈，现在好像每次我大考你都不在家哎。"虽然穿着警服，门口还有许多家长，我毅然下车给了儿子一个大大的拥抱："儿子，加油，我们俩都是棒棒的。"

完成这篇采访稿后，发给金怡本人审核，她在百忙中一字一句地读过，发回修改稿的时间是凌晨4点，还不忘记发来一排微笑和玫瑰的表情。

男·汉族

胡雪林

1960 年 12 月出生，大专学历，中共党员。1979 年参加工作，1989 年参加公安工作。现任镇江市公安局公共交通治安分局三级警长。先后荣获全国劳动模范、全国公安系统二级英雄模范、全国特级优秀人民警察、全国优秀人民警察、全国先进工作者、江苏省十大爱民警察、江苏省优秀政法干警、江苏省十大爱民标兵、江苏省十大服务公众明星人物、江苏省十佳文明职工、江苏省公安厅优秀党员、江苏省"五一劳动奖章"、镇江市人民奖章、镇江市首届"大爱之星"等荣誉，荣立一等功2 次、二等功 1 次、三等功 6 次。

反扒神探

——记镇江市公安局公共交通治安分局三级警长胡雪林

杀人放火，罪大恶极、天理难容！然而，小偷小摸，也让人咬牙切齿。说到反扒，在镇江无论如何也不能忽略一个人，那就是胡雪林。

我对胡雪林的仰慕，不是因为他 1.83 米的身高，而是因为他获得了全国先进工作者、全国公安系统二级英雄模范的荣誉，以及他在反扒一线为镇江人民做出的贡献。30 年来，他亲手抓获的小偷有 5000 多人。很多记者、作家采访过他，为他写过报道，甚至出版过以他为主人公的《猫鼠博弈》一书。

胡雪林给人的第一感觉是：体魄健壮，疾步如风，眉峰如山，眸光如刀，快人快语。觉得他真的有点神，神勇、神奇、神秘，甚至蒙上了一层神化的色彩。胡雪林再三强调，他讲的全是真的，没有一点虚构，5000 多个小偷都是有记录的。我相信，如果他没有经历过，绝对讲不出那些出神入化的细节，同时，还有他身上与歹徒搏斗时留下的刀疤为证。

初露头角

胡雪林心底的善良和骨子里萌发的正义感，促使他成了一名"编外警察"，从此踏上了反扒的漫漫征途。

人们往往对第一次经历的事最难以忘怀，胡雪林也不例外，对于第一次与师傅抓小偷的事，他记忆犹新，终生不忘。

1960 年出生在泰兴黄桥的胡雪林，在家中排行老五。他生来就大手

_胡雪林在公交车上向群众宣传防扒知识

大脚,后来个头也越长越高,比同龄的孩子甚至比哥哥姐姐长得都高。17 岁时胡雪林顶替父亲来到镇江皮革厂上班。闲不住的胡雪林租下了一间旅馆,业余时间就在火车站带客做生意,挣点外快补贴家用。

胡雪林清楚地记得,那是 1988 年 3 月 4 日,春节刚过不久,这天中午,有个人走了过来,拍了一下胡雪林的肩膀说:"大个子,等下你帮我抓个人。"话刚说完,只见肩并肩过来了一高一矮两个家伙,这个人就扑向了高个子的家伙。胡雪林二话没说,三拳两脚,几乎没费太大劲儿,就抓住了那个准备逃跑的小个子。

让他帮忙的是镇江市公安局京口分局刑警大队的反扒人员,名叫田野,他当场从小偷内裤里掏出一大沓钞票,让胡雪林钦佩不已。这时,一个白发苍苍的淮安老汉哭哭啼啼地跑上来,老汉身后跟着一个瘦骨嶙峋的老太太,两腿像弹棉花似的不住打战。原来老太太患食道癌已是晚期，来镇江三五九医院做手术，1400元都是东拼西凑向邻居们借来的。谁知一下火车就遭遇了小偷，让他们绝望不已。

田野将钱还给了两位老人，老汉拿着失而复得的钱，"扑通"一下子跪在田野和胡雪林面前。

"天啊，这可是我家老伴儿的救命钱！谢谢恩人啊！"老汉磕头如捣蒜，千恩万谢。

胡雪林心里咯噔一下，脑子里竟然跳出了记忆中的一幕。他读初二的时候，有天中午放学回家的路上，他看见村里一户人家失火了，三间瓦房变为断壁残垣，眼前一片黑乎乎的废墟，一家老小哭成一团，可怜极了。

胡雪林回到家，看见母亲趴在米缸里舀米，一勺，一勺，米缸都快见底了，母亲才停了手，把一大袋米递给他，说："快，给人家送去。"胡雪林将那袋大米送了过去，一家人抱住胡雪林痛哭流涕，哀怨凄惨的哭声中流露出感激。此情此景，胡雪林无论如何都不能从记忆中抹去。

胡雪林当场抓获两名"扒手"

老实巴交的父亲一直对胡雪林管教很严,生怕他在外面惹是生非,总是告诫他,要学好,不能利用自己的大个子去欺负人。不要做缺德事,做人要讲道理,讲义气。父亲的教诲,母亲的身体力行,像是在他的身上播下了善、义的种子,深深地融入了他的血脉中。

"谢谢恩人啊! 谢谢恩人啊!"老汉跪下来磕头谢恩的一幕,把他灵魂中的善义召唤了出来。小偷太可恨了,他决心要为民除害!

第二天,胡雪林请田野吃饭,这才知道田野是做反扒工作的,反扒就是抓小偷。他正式拜田野为师,锄强扶弱,除暴安良,他要做一名正义的使者!

田野被胡雪林的热情打动了,他收下了这个徒弟,耐心地给他上了第一课,教他怎么辨认小偷:"你可以留心观察,小偷的衣着和眼神跟常人有明显不同。穿的鞋子大多数为运动鞋或休闲鞋,不求好看,而是为了便于逃跑。小偷的眼神总是在别人装钱包的口袋上溜来溜去。他们身边一般会背一个空包,或者胳膊上夹一件衣服,或者手里拿几份报纸,这些都是小偷用来掩护自己把手伸进别人口袋的道具……"

在了解了抓小偷的秘诀之后,胡雪林开始跃跃欲试。第三天,他来到公交车站,果然有三个人外表特征和田野说的一模一样,他们一个堵住车门,两个拼命往里挤,趁乱偷得一只钱包。胡雪林赤手空拳把他们扭送到了派出所。

初战告捷,胡雪林心中有一种出征凯旋的满足感。从此他便迷上了抓小偷这个行当。那时镇江作为南北交通枢纽之一,小偷特别多。胡雪林几乎每天都有收获,派出所看他是个人才,不久就给他提供了一副手铐。

在继续开旅馆的同时,他把大量的时间都用在抓小偷上,到后来,抓小偷竟成了主业,开旅馆成了副业。再后来,他索性就把小旅馆关掉了,在业余反扒两年后,公安局把他的工作关系转到了下属的一个"三产"单位,胡雪林成了专业反扒人员。

胡雪林抓小偷上瘾了,走火入魔了,他每天都处于亢奋状态,不管在干什么,只要眼前出现了小偷,他就会不顾一切地扑上去,非抓住不可。

他跟小偷较上了劲儿,小偷"上班"他就上班,小偷在哪里他就跟踪到哪里。他每天早晨六点就起床,先到各大菜场转一转;七点半是上班上学的高峰时间,他就来到公交车上;九点半去商场、超市;中午11点半大人下班、孩子放学了,他再回到公交车上;下午两三点再去商场、超市;傍晚五六点再回公交车上。哪里扒手多,他就往哪里钻。想想小偷竟连人们失火救命的钱都偷,胡雪林恨得牙痒痒。从事义务反扒的第一年,胡雪林一鼓作气,亲手连抓了600多个小偷,甚至有一个月就抓了118人。

师傅说他悟性高,天生就是干反扒的料。"胡大个子"开始出名了,稍稍知道一点"行情"的小偷,都会避而远之。因为,在这里作案的风险系数太大,稍有不慎就会落入"胡大个子"的手掌心。

1989年,胡雪林被镇江市公安局正式吸收为一名人民警察。

胡雪林时常想起母亲趴在米缸上舀米的身影。心底的善良和骨子里萌发的正义感,是促使他走上反扒道路的原动力,从孩提时代陪伴他走到如今,始终不渝。

猫鼠博弈

小偷手法不断翻新,也难逃胡雪林法眼,抓"千岁女贼团"的经历,最让人叫绝。

笔者从镇江市公安局110指挥中心了解到,在刑事案件类报警中,盗窃案件报警位居首位。

有"鼠害",自然就有灵猫。猫鼠博弈,绵延不绝。随着时代的变迁,盗窃犯罪的手段不断翻新,当然,警察的侦破手段也在创新,警察与小偷博弈的"猫鼠大战"激烈而精彩……

猫有猫道,鼠有鼠道。

当今时代都讲创新,做贼的也不可能墨守成规,也要"与时俱进,创新发展"。大篷车演出团的陈老板就是这么想的,行走江湖,风餐露宿,演出能挣几个钱?他的团用了少量的年轻人,应付一下表演,他用了一大批老年妇女,人们都是同情弱者的,特别是老年妇女,谁会怀疑这些做奶奶年龄的人会是贼呢?

陈老板做了一番精心的准备和培训:首先,在心理上做到做贼也不能心虚,心虚就会胆怯,要光明正大,这是你们的工作,按劳分配,多劳多得。其次,在人们眼中小偷都是贼眉鼠眼的,他让这些老太太穿金戴银,打扮成贵夫人。俗语说,饱暖思淫欲,饥寒起盗心。贵太太还缺钱花吗?有钱人还会当贼吗?

他带着大篷车演出团专门到各地庙会或集市作案,他手下有一帮人负责演出,而这帮老太太则装作逛庙会,实则专门偷窃,并屡屡得手,陈老板财源滚滚。

陈老板有一本工作笔记,上面详细地记录着全国各地小城镇举行庙会的时间,镇江丹徒区的辛丰镇,每年农历二月初八都要举办一次盛大的庙会。他们也来了，一阵敲锣打鼓，好戏开场了！

这一天，镇上的派出所特地请胡雪林来帮忙抓小偷。因为每年庙会都会发生许多失窃案件，给本来喜庆的民间集会平添了一抹阴影。

胡雪林一早就赶到庙会，一上午就抓了9个扒手。到中午时，镇上民警请他到派出所吃饭。他走进派出所，便听到一片啼哭声。六七个农村老人，有男有女，说他们的钱包被扒手"扒"了，请求民警帮他们破案。农村老人的钱来之不易啊，省吃俭用，本想到庙会上买些生活必需品，还没买就被贼给偷了。

胡雪林看了一下这些老人放钱的地方，以及被窃的特征，几乎相同。农村老人存一点钱很不容易，他们几乎都把带出来的钱用一块大手帕里三层外三层地包裹着，然后放在里面的口袋里，袋口有的用纽扣锁死，有的甚至用针线缝得密密的。如此保管钱的方式应该是万无一失了。偏偏他们被小偷摸准了存钱的方式，用刀片把里面的口袋从下面划开一条缝，手帕包裹的钱包自然就掉下去了。

面对这些哭哭啼啼的老人，胡雪林怒火中烧，他没有心思坐下来吃饭了，又回到了庙会上人流最密集的地方。

胡雪林走了100多米，眼睛一亮，有两个形迹可疑的人进入了他的视线。这两个结伴而行的都是女人，一个是七十多岁的老太婆，另一个是三四十岁的中年妇女。这老太太打扮得很贵气，耳环、戒指、手镯、项链，大凡女人喜欢的饰品她身上都有，仿佛《红楼梦》里的贾母，然而，穿着打扮是挡不住人的气质的，胡雪林隐约看到了她们身上还有一股俗气加匪气。

中年妇女紧紧挨着老太太，很像是出来走亲戚的。有问题！想一想，时至中午，如果是外地来走亲戚的，应该在亲戚家吃饭，不应该在这个时间闲逛；如果是本地人，这个时间也应该在家里忙着烧饭炒菜，招待客人。

胡雪林再仔细看看人堆里，像这样一老一少结伴闲逛的妇女还有不少，而且上衣穿的全是一色的对襟藏青布衣。几个老太太相遇时，经常会微微眨一下眼，或是点一下头。就这一点也没有逃过他的眼睛。刹那间，胡雪林的思路像被闪电照亮：对，这很可能是团伙作案，不是一个，是一伙。有小偷抓了，他顿觉浑身是劲儿！

胆大心细是胡雪林反扒的一个特点。他不远不近地跟着其中一对在人群中转悠，不一会儿，她们果然下手了！老太太用手捏了一下一个农家妇女的口袋，发现里面有"货"，她从嘴巴里取出含着的刀片，在农村妇女的口袋下面迅速地划出一道裂缝，钱包随即从那道裂缝掉下来，与老太太结伴的中年妇女则在瞬间捡起钱包，塞进自己的口袋。然后，中年妇女就离开了人群，跑到街边的巷子里,把包裹钱包的手帕解开扔掉,取出里面的钱,又若无其事地与老太太会合。

胡雪林大吃一惊,他对老太太从来都很敬重,因为,她们身上有妈妈的影子,没有想到这么大年纪的老太太也会干这种勾当!

胡雪林没有马上动手,他怕打草惊蛇,抓了一个,会跑掉一窝。他立刻交代当地的联防队员,隐藏在巷子里,只要看到有老太太或中年妇女到巷子里,就悄悄地抓起来。就这样,这帮女贼先后统统落网。

没有想到,同类作案的人员竟有 10 多对,年龄最大的居然高达 82 岁,老太们的年纪加起来要超过一千岁。她们的"贼头"就是大篷车演出团的陈老板。

陈老板精心策划组织的"千岁女贼团"在外地风光一时,到镇江却栽在了"胡大个子"手里!

第六感官

胡雪林那双眼睛非常神,有洞穿七札之力,最神的一回,自己也觉得有点离谱。

科学实验表明,人体除了有视觉、听觉、嗅觉、味觉和触觉等五种基本感觉外,还具有对机体未来的预感能力,生理学家把这种感觉称为"机体觉""机体模糊知觉",也叫人体的"第六感官"。

神秘的"第六感官"空间是什么? 有人说,心灵感应是第六感,有人说未卜先知是第六感,在实际生活中,一些人总是非常奇特地感知或预见一些事件。有人把此能力称为"第六感"。

我好像没有"第六感官",没有心灵感应,更不会未卜先知。至少到目前没有发现,或者没有被发掘出来。

胡雪林非常自信地对我说,他有"第六感官",我听了很震惊。他说:"你看看我的眼睛。"我仔细打量他的眼睛,高挑的眉峰下,目光如炬,犀利无比,确实非同凡响。他说,那双眼睛会变,寻找目标的时候,是锋利的刀片,等到跟踪目标,刀片就收起锋芒,绝不打草惊蛇。天长日久,他练出了超乎常人的余光,做到不用眼睛,也能耳听八方,绝不让窃贼从眼皮底下溜走。

眼观六路,耳听八方,就算是有"第六感官"吗?

不! 胡雪林不仅会用眼睛看小偷,他还会用鼻子闻,用心灵感应。往往百步之外,他就能感觉到对方的存在。

我对这方面的知识知之甚少,不敢肯定,更不敢轻易否定。让我们一起跟着他的"第六感官"感知一下他奇特的故事吧。

2009年12月的一个中午,雪后阳光突现,是那么耀眼。一个小姑娘坐在镇江太和广场门口的台阶上晒太阳,屁股下面垫着一只蛇皮口袋。小姑娘晒得很舒服,趴在膝盖上打起了瞌睡。

看似平常的一幕,通过小姑娘的肤色、表情、眼神、穿戴及携带物品,外加自己的"第六感",胡雪林感觉到有异常。

他叮嘱司机:"你看好小姑娘,她到哪儿你就到哪儿。我去办点事马上回来。"

一个打瞌睡的小姑娘有什么好看的?

你不要着急,往下看。不一会儿,一个背着小背篓的少数民族女子走向了这个小姑娘,从背篓里拿出皮装、钱包、鞋子,放进了小姑娘的蛇皮袋里。过了一会儿,同样,将小背篓里的东西放进了小姑娘的蛇皮袋里。蛇皮袋满了,小姑娘就将其塞进了路边的汽车里,再换一只蛇皮袋。接二连三地来了6个,同样的少数民族女子,同样的小背篓,同样的手法。这回看明白了,这是一个分工明确、行踪隐秘、配合巧妙的盗窃团伙。

这伙小偷从上海一路偷到镇江,她们没想到,被胡雪林一眼看穿了。不到半小时,胡雪林就将这8人组合的商场大盗缉拿归案,搜出了价值6万多元的赃物,一时间震惊全城。

2007年金秋,金山开光,晨钟暮鼓,佛音缭绕,大殿里僧人们席地而坐,浑厚、低沉的诵经声,木鱼、忏钟、引磬、大磬交替击节,悠扬婉转的诵经声余音绕梁。

胡雪林觉得那里会有事情发生。早晨六点,他就带着徒弟们出发了。汽车开到中山桥,两个男人一前一后拎着包从路边的花店跑出来,他们没买花,等着过马路。

胡雪林突然大喊一声:"给我停车,先把这两个人拿下。"

徒弟们纳闷,以为师傅没睡醒说梦话呢。

"人家好好地过马路,你抓了干吗?"

"还好好的呢,他们是小偷!"

不会吧?徒弟们左看右看也没有看出什么破绽来,要是抓错了人就糟糕了!

"不相信吗?我抓给你们看。"

"别动,警察!"胡雪林跳下了车,一个箭步上去,咔嚓! 一把将他们铐住。对方一点心理准备都没有,只好束手就擒。

"干吗抓我们?"

"你自己明白!"没有等到他们狡辩,胡雪林就从他们的口袋里一把将钱掏了出来。

惊愕之余,两个家伙抬起头互相瞪大了眼睛问对方,"老兄啊,我们哪里做错了?"好像并没有露出什么马脚,怎么就会被"胡大个子"识破的?

他们扭头又问胡雪林:"你们警察难道不睡觉啊? 这么早就上班了?"

徒弟们从内心服了师傅,胡雪林"看"小偷往往只需一瞥,小偷立即原形毕露,好像小偷们额头上刻着"贼"字似的。他那双眼睛非常神,有洞穿七札之力,小偷只要被盯上了,就像老鼠见到了眼镜蛇,全身乏力,只有束手就擒。

胡雪林亲手抓过的小偷逾五千,丹徒大厦发生的事情,让他至今念念不忘,是他"第六感官"的代表作,冥冥之中好像有神相助一样。

那是 2002 年夏天的一个中午,盛夏的阳光真像蘸了辣椒水,坦荡荡的街上没有一块阴凉地。胡雪林在街头被晒得浑身湿透,正午的阳光照得刺眼,突然,他灵光一闪,自行车掉头就往丹徒大厦骑。

胡雪林好像听见一个声音在对他说:"快点,快点,那边要出事,要出事。"

胡雪林骑到华联大厦时被陆总一把拦住:"到哪里去啊,风风火火的。走,今天我请客。你胡大个子为我们华联立下汗马功劳,今天赶巧碰上了。请你吃海鲜怎么样?"

胡雪林谢绝了陆总的盛情,往丹徒大厦一路飞奔,耳边的那个声音越来越强烈,"那边有事,要出事!"

一楼大厅的摩托车专柜上兼卖自行车配件,四个哑巴在买自行车软垫,一块钱三只,老板拿出四大摞,整整 48 只。软垫翻了一地,可四个哑巴还在跟老板拼命摇头。

胡雪林深吸了一口气,来了个猛虎下山,扑上去将 4 个一起掼倒,哑巴们玩命挣扎,想跑? 没门! 胡雪林将其中两个先拿鞋带捆住,又给另外两人铐上手铐。

老板很奇怪,跑出来喊:"唉,胡大个子,人家在买我东西。你抓他们干吗?"

胡雪林好容易才控制住四个哑巴,这才分出嘴来喊:"看看你的钱柜。"

老板弯腰一看,巴掌一拍尖叫起来:"不好不好,我的 7 万块钱呢? 我的 7 万块钱没有了啊!"

胡雪林从一个哑巴的怀里掏出一只方便袋,摔给老板:"看看,是不是你的?"

"天哪,我的钱怎么到了你这个哑巴怀里?!我同情你们是哑巴,好心给你们挑东西,你们倒好,居然合伙来偷我。你们这是伤天害理啊!"

讲到这里,胡雪林觉得也有点离谱,那天,他为什么突然感觉到丹徒大厦会出事,就鬼使神差地向那里跑,去了就抓住了小偷,这真的是"第六感"的驱使?

听胡雪林讲的故事,确实传神,我真的从内心里佩服,不过,我还是问了他一个问题:"5000多个小偷,就没有一次失手过?"

"没有!我从来没有!30年,从来没有抓错一个小偷。"胡雪林非常肯定地对我说,他相信自己的"第六感官",只要他感觉是小偷,就一准儿不会错!

有一回,他在公交车上,发现了一个小偷,胡雪林感觉遇到了高手,一直跟踪了八天,他没有动作。胡雪林认准的事情,就决不放弃!

到了第九天,小偷终于出手了,他把偷来的钱包塞进旁边乘客的口袋,下车前,再万般小心将钱包偷回来。

魔高一尺,道高一丈!

这回高手遇到了高手,当小偷下车前去掏那只钱包的时候,摸到了胡雪林的手,吓得在公交车上蹦起来三尺,脑袋"咚"的一声撞到了车顶,一车的乘客爆发出更加响亮的笑声,大家都为神探"胡大个子"鼓掌。

有的同事想不通,干脆说胡雪林邪乎,只得承认,他的"第六感"确实很准。

胡雪林反扒法——三转、五到、二辨

胡雪林去外地介绍经验,竟现场抓获了4个小偷,一周内抓了16个。

胡雪林有一个很大的特点:干一行,爱一行,精一行。

在反扒大队,没人叫胡雪林"队长""局长",队员们无一例外地叫他"师傅"。同事们说,他的反扒技术就是一部教科书,而这部书是他用腿、用心、用手、用嘴巴、用脑子"写"出来的。胡雪林总结了一套"三转、五到、二辨"的工作法,或叫"胡雪林反扒法"更为准确。

"三转"即从时间、空间、特定事件等方面把握扒手的活动规律,有意识地在扒手出没较频繁的早、中、晚三个上下班高峰及节假日等时间段多转转;在扒手经常出没的车站(站台)、公交车、商场、农贸市场等复杂场所多转转;在集市、商品交易会、庙会等人流量显著增多的场合多转转。

"五到"即眼到、耳到、手到、心到、神到,迅速从衣着打扮、神情、姿态、眼神等细微处辨出并擒住扒手。

从神情上说,扒手在选定目标之前,会显得很散漫,行、走、坐、立都茫无目的,一旦选定了目标,就会变得很专注。此时,要多注意他的眼神,他会时不时地对着自己选定的目标瞟上几眼。比方说,当他选定对商场里的一位顾客下手时,他的眼神会瞟向顾客的包或者口袋,当他准备对路边的一辆自行车下手时,眼神会瞟向车锁。他瞟第一眼的时候,你要对他产生警惕,瞟第二眼的时候,你就可以确定对其进行跟踪了。

在衣着打扮上,绝大多数扒手都会选择穿平底鞋,这样便于逃跑,同时,他们会备好下手时作掩护的遮挡物,可能是衣服上的大长袖,也可能是搭在手臂上的一件衣服、握在手中的一份报纸等。

从姿态上说,一些惯偷往往会下意识地摆出一些习惯性的身形、手形,和他们在作案时经常使用的动作和姿势很像。扒手神情、眼神、姿态的变化,往往都在转瞬之间,这就需要准确观察。

"二辨"即从抓扒的时机上做出辨别,捉贼捉赃。处理好"老"与"嫩"的关系,抓"老"了,赃款已转移;抓"嫩"了,尚未得手,难以认定。

抓贼抓现行,往往需要对扒手进行长期跟踪。如果你清楚地看到他伸手了,而且有赃物在手,那就好办,立即出手抓捕。但扒手作案一般都十分隐蔽,有时候不可能看清他们的一举一动,即使看到他下手了,也无法知晓他有没有得手,这时候就需要从他的表情变化上来进行判断。比方说,如果他的脸红一阵、白一阵,那他一定是已经得手,而且赃物还在身上。脸红是因为兴奋,脸白是因为担心。此时进行抓捕,恰到火候,来个人赃俱获。

胡雪林承认,"认"贼的功夫不好学,也不好教。这功夫是他几十年抓小偷抓出来的经验、感觉。

在沪宁线上的镇江市,提起"胡大个子",扒手们无不闻风丧胆。随着扒手不断在镇江折戟,胡雪林在扒手界也名声远扬。

在镇江周边城市的同行,经常请他去讲课。胡雪林讲课不是开弓不放箭——虚张声势,而是真功实招。

有一次,他受高邮市防控处警大队邀请,为反扒民警和队员"传经送宝"。他带来一场高水平的现场展示,让人心服口服。

这天,是高邮汤庄庙会的日子。清晨 7 时 30 分许,庙会现场已是人山人海,胡雪林带着其手下的 6 名队员、高邮市公安局防控处警大队的近 10 名反扒队员进入人群当中。

刚进入庙会现场,胡雪林一眼扫去,小偷不要想逃过他的火眼金睛。

胡雪林非常肯定地提醒说:"注意,前面两个人是贼。"

"啊?刚进来,就发现了?"同去的队员白瞪半天,什么也没找着。

"你们注意噢,前面两个人肯定是贼,慢点,悄悄地跟上。"

就这样,在现场徒步了 20 分钟,两个贼开始下手了,可刚下手,胡雪林立即上前将其当场抓获,然后交给高邮民警。旗开得胜!

胡雪林转过身来,眼睛一亮,又发现了两个。他又悄悄地跟上,下手,出手!

他下手快,出手更快!当场就抓获了 4 人。干得漂亮!

第二天清晨 7 时许,胡雪林和同行们上了菜场,正巧是星期六,菜场、商场及繁华的街道人群相对密集。

第一站是北海菜场,这是高邮最大的菜场,人也最多。胡雪林就像一个买菜的市民,走到一些摊位前还问问菜的价格,甚至再问问一些菜在哪里卖。不过,他在到处观望,眼神也与一般人不同。

转了一圈后,胡雪林说:"没有嘛!是不是(扒手们)知道我来高邮,都没出来。再转转看。"就这样,他在菜场里跑了好几圈,没发现可疑目标,立即悄悄收场。

随后,他又在中市口、南海菜场,以及高邮人民商城等繁华地带转了一下,依然没发现可疑目标。"没有也是好事啊!"胡雪林心想。就这样徒步走了两个多小时,他越跑越有劲儿,其他队员却感到吃不消了。

胡雪林说,干他们这行的,不能跑路肯定不行,这是最起码的要求,身体不强壮怎么能去抓小偷呢?为了跟一个目标,胡雪林有时候要走几天几夜,"平均一天走一回镇江,两天走一回常州,三天走一回南京。"

30 年了,胡雪林从义务反扒到专业反扒,从普通民警到副局长,他从不坐办公室,不需要电脑、电话,天天上马路,成了"马路局长"。道理很简单,小偷不会在办公室里,坐在办公室是抓不到小偷的。这些年,他行走的路程早就超过了长征两万五千里,可以绕着赤道转三圈。他穿破的鞋子可以堆成一座小山。

他在外地讲课,大都是现场示范,也是天天在外面转。最多的时候,一周内就抓了 16 个小偷,让同行佩服不已!

30 多次受伤——英雄流血不流泪

胡雪林最伤心的事情是，又有人向 110 报警，说被扒窃了。

这些年胡雪林与小偷相生相克，斗智斗勇，历险无数，常年肉搏上阵。他杀出了一方净土，也活出了一层豪情。

胡雪林给我看了他身上的伤疤，左膀臂上有一道细长的伤疤，当初缝了 16 针；右手大拇指上留有一排深深的齿痕；左手的小手指不能伸直……30 多次受伤，身上的每道伤疤都有一段不寻常的故事。

1992 年春天，胡雪林像往常一样在街头巡逻。正午时分，他发现了目标——一个盗车贼推着得手的电瓶车。胡雪林追上去的时候，目标扭头拐进了小巷。不巧巷子里出来一辆三轮车，就在他让三轮车的工夫，目标消失了。

胡雪林不痛快，跟丢目标在他还是第一次。他一整天都在排查打听，终于打听到丹阳后巷住了一帮偷电瓶车的人。

当时已经是晚上 7 点，天色渐黑。老婆发消息催他回家吃饭。胡雪林只回电话说了一句"有事呢"，就伸手拦了一辆出租车，去了丹阳后巷。

胡雪林一路都在赌气，心想："今天不抓住这个家伙，我胡大个子誓不罢休。"想着想着，车来到了丹阳。老远，胡雪林就看见一个小年轻骑着一辆崭新的电瓶车，洋洋得意的样子。小年轻身穿黑色 T 恤，背后是一个白色的大问号，胡雪林记得一清二楚，真是苍天有眼！早上跟丢的目标穿的就是这种 T 恤。

出租车绕到电瓶车前面，胡雪林拉开车门扑倒电瓶车，两条胳膊死死地扼住小偷的脑袋。电瓶车倒在一旁，车轮在飞速地转动。

谁知这个小偷是部队退伍的侦察兵，身怀功夫，趁胡雪林不备，他飞起一脚踢中胡雪林的小腹。胡雪林当即痛得眼冒金星，浑身发软。他一边拼死扣住目标，一边大声疾呼。

司机和路过的群众一听是胡大个子在抓小偷，立即围拢上前帮忙。一路上，胡雪林疼得伏在座位上。司机非常感动，把他们送回派出所，死活不肯收车费，一个劲儿地对胡雪林说："你真不容易，镇江有你这样的警察真是太幸福了。我也恨小偷，就当我见义勇为吧。"

1996 年，胡雪林在巡逻中发现了几个小偷。当时没有手机，他担心打电话会跟丢目标，只好边走边寻找熟人。

熟人没找到,对方却下手了。胡雪林毫不犹豫地扑上去,一手扭住一个。就在上铐的瞬间,其中一个掏出一把雪亮的匕首刺向胡雪林的腹部。外套、毛衣、皮带、秋裤立刻被划开一条6公分长的口子。胡雪林毫无惧色,敏捷地闪身上前铐住凶手。

随即,第三个小偷又抽出一把锋利的藏刀,威胁着胡雪林:"放开他们!"

胡雪林壮起胆子,一边厉声怒骂,一边步步紧逼。相持中,藏刀刺向了他的脸,胡雪林一低头,左手挡住对方的手腕,右手夺刀,一个过背摔将他制伏在地。

群众被眼前的一幕惊呆了,许久才反应过来这不是拍电影,是"胡大个子"在抓小偷,大家都跑上来帮忙。

胡雪林右手大拇指上留有一排深深的齿痕。那是2006年夏天,一名扒手给他留下的"纪念"。

当时,这名扒手正躲在市区酒海街内清理偷来的钱包,被跟踪而来的胡雪林抓获。扒手为了能够逃脱,狠狠咬住胡雪林右手的大拇指不松口,胡雪林的右手顿时鲜血淋漓,但他忍着剧痛,始终没有放手,直至将其制伏。

胡雪林左手的小手指不能伸直。这是他在一次抓贼过程中,被极力反抗的贼用力扳断,而后又错过最佳治疗时间留下的终身残疾。

"一处小伤,算不上什么。"胡雪林对此不以为然。

记得有一次,胡雪林差点丧命。那一年,有一个16人的盗车团伙,在短短一年内疯狂作案,偷窃180多辆自行车,搅得周边群众不得安宁。有一天晚上,他们正在作案时,被胡雪林逮了个正着,这些作案的人都是十五六岁的孩子,少年盲目,不知道天高地厚。胡雪林抓住其中一个,另外一个用大加力钳从左边向他的脑袋砸了过来,他往右让开了。

要是那次给砸中了,他恐怕就没命了,现在想想还真是有点后怕。

是的,在无数次与犯罪分子的搏斗中,胡雪林曾30余次负伤。如果不是他眼睛快、身手好,他身上的伤疤可能远不止这些。将他缴获的匕首、藏刀、砍刀、铁棍等凶器都摆在一个房间里,那都是明晃晃的,都是致命的。

"吃了这么多苦,受了这多伤,您流过泪吗?"我忍不住问道。

"没有哭过,从来没有哭过,男子汉大丈夫,哭什么?"胡雪林非常肯定地对我说。

继而,胡雪林对我说,有的记者采访他的时候,说到自己没有照顾好父母、孩子,他流过泪。

胡雪林摇了摇头:"我不说谎,不来虚的,一辈子刚正不阿,吃苦耐劳,先做人,后做事,任何时候从不弄虚作假。没有哭,就是没有哭过。"

当然,是人就有七情六欲,说到最让他伤心的事情时,胡雪林说,就是又有人向 110 报警,说被小偷扒窃了。

这些年,镇江市社会治安持续向好,连续几年春节,扒窃案件零发案;几个大型集会 200 多万人次,扒窃案件零报案。一旦听说有 110 报案,又被小偷扒窃了,他心里就难受,就自责,这还是工作没做好啊!

是啊,英雄流血不流泪,这才是真实的胡雪林,他是一条好汉!

30 年来,胡雪林共抓获各类违法犯罪嫌疑人 5000 余名,破获各类案件数千起,为群众挽回经济损失 600 多万元。他一次次面对危险,临危不惧,30 多次受伤。

泰戈尔说:"你今天受的苦,吃的亏,担的责,扛的罪,忍的痛,到最后都会变成光,照亮你的路!"

胡雪林的辛苦和付出,得到了公安部门的肯定,得到了党和政府的肯定,也得到了人民的爱戴。他 20 多次立功受奖,荣获无数的荣誉称号。无论在何时,胡雪林的反扒功绩都不可磨灭。镇江人民不会忘记他在反抓一线所做出的奉献!

无贼可抓,反扒神探无案可探,胡雪林有些失落,但更多的是安慰。栽在他手下的有浪迹天涯的大盗,有来去无踪的飞贼,有神出鬼没的惯偷,还有小毛贼……形形色色、五花八门的贼怕他、恨他,但也服他。

这些年,胡雪林对反扒工作又有了新的认识,打击不是目的,只是手段。坚持教育、感化、挽救,让他们重新回归社会,才能从根本上维护社会安定。

反扒神探胡雪林最大的心愿:镇江无贼,天下无贼!

采访结束时,胡雪林表了一个态,是承诺,也是誓言:"我对反扒工作太有感情了,反扒工作有起点,没有终点。即使我以后退休了,只要我胡大个子在一天,就会永远战斗在反扒斗争的第一线!"

男·汉族

樊东晓

1984 年 3 月出生,本科学历,中共党员。2005 年参加工作。现任镇江市公安局润州分局办公室情报中心主任。先后荣获江苏最美警察提名奖、全省优秀人民警察、江苏省公安厅先进个人、镇江最美警察、镇江市公安局先进个人等荣誉,荣立个人三等功 5 次,获嘉奖 5 次。

大数据时代的"最强大脑"

——记镇江市公安局润州分局办公室情报中心主任樊东晓

2016 年 12 月 25 日的《江南时报》上，一条消息引发了大家的关注，10 名民警当选第四届"镇江最美警察"，报道内容如下：

12 月 23 日下午，第四届"镇江最美警察"揭晓活动隆重举行。"情报研判达人"樊东晓、"智慧刑警"杨正琳、"大爱交警"赵建平等 10 名民警荣获第四届"镇江最美警察"称号……

这 10 人中，"情报研判达人"樊东晓是最年轻的。他 2011 年才从刑警转岗到情报研判岗位，几年时间就研判各类数据 60 余万条，比对抓获各类嫌疑人 140 余人，帮助群众追回被盗损失 50 余万元，先后荣立个人三等功 4 次、个人嘉奖 4 次，被誉为镇江市公安局润州分局的"最强大脑"。

这位年仅 33 岁的年轻警官，现为镇江市公安局润州分局办公室情报中心主任。

他是怎样练成"最强大脑"的呢？

一、一线破案：便衣警察

时间：2007 年初冬
地点：润州某站前旅社
人物：警察与小偷

_樊东晓正在使用"一掌经"战法进行研判

已经 5 点了，尽管天还暗着，但已经有了一些曙色。

一夜未合眼的樊东晓，已经可以看到几个辅警的脸。

熬了一夜，大家的脸色一定不太好看，好在也看不清。

他和几个辅警对视了一眼，心里说：差不多了吧？几个人都点点头，意思是说：差不多了，可以动手了。

大概 3 点的时候，几个家伙回来了。樊东晓估计他们一定得手了。既然得手了，今天他们就会离开镇江。

樊东晓说的行动目标是 4 名小青年。他们 3 天前就来到了镇江。到镇江后，他们白天在宾馆睡觉，晚上外出，到凌晨三四点才回来。

宾馆的服务员觉得他们形迹可疑，就悄悄报了警。

樊东晓接到报警后，立马来了解情况，通过身份信息查对，得知这4人来自四川某县，都是无业青年。从他们的行为举止来看，完全符合他的判断：这是几个小偷，他们到镇江就是来偷东西的。

樊东晓心里想：你们偷东西，也不看看地方，镇江是你们偷东西的地方吗？这回看你们往哪里逃！

弄清楚他们的身份，樊东晓带着几个辅警开始了跟踪。

这几个家伙行动还蛮有规律的，上午睡觉，中午喝酒，傍晚到网吧上网。天完全黑下来，他们就在外面闲逛。樊东晓知道，他们可不是闲逛，他们在寻找下手的目标。

当然，樊东晓对他们的跟踪，是有技术含量的。

具体什么技术含量，就不说了。反正，为了不打草惊蛇，他们不动声色地跟踪了两个晚上。

第三天凌晨，也就是故事发生的这天凌晨，樊东晓觉得时机已经成熟，就开始行动了。

樊东晓略一思索，就做出了分工：某某和某某到301，某某和某某到302，一组3人，同时闯进去。

他们来到宾馆大堂，跟正在吧台上打瞌睡的服务员说："我们是润州公安分局的，请开一下301、302两个房间的门。"

几句话，把服务员惊得睡意全消，赶紧拿着钥匙，带着一群便衣警察去了房间。

这天，樊东晓收获很大，4个人组成的盗窃团伙，人赃俱获。手机、金银玉器、香烟等，这些刚刚得手的赃物，还没来得及销赃呢。这下，赖都赖不掉了。

人抓住了，天还没有完全亮起来。

抓捕行动很顺利，干净利落，一支烟的工夫都不到。

人抓到了，尽管他们一夜没有睡，但他们暂时还不能睡，要趁热打铁，抓紧时间到派出所审查。

这样的抓捕，对樊东晓来说，几乎成了家常便饭。

但是，每一次抓捕，他还是很兴奋，因为每一次抓捕，都是一次不同的考验。

此时的樊东晓，从警校毕业才两年。两年里，他早就开始独立办案了。

2002年9月，樊东晓考入了江苏省警官学校，对于他和全家来说，这都是很值得高兴的事，他从小就有一个愿望——当警察。也是啊，哪个男孩小时候看到那么威武神气的警察，不心生向往呢？

樊东晓(中)和战友们正在利用大数据分析研究案情

如愿以偿的樊东晓在学校里学习刻苦,他学的是三年制刑侦专业,但他没有满足,同时报考了治安专业的自学本科。

毕业的时候,他被分配到镇江市公安局润州分局。报到的那天,政委问他:"你想干什么?"

"我想干刑侦!"樊东晓脱口而出。

"干刑侦?"政委有些质疑地盯着他看了看。

"是的,我想干刑侦!"他态度坚决。

警校毕业的新警官,一般都要先到派出所锻炼锻炼,然后才会调整到其他专业性很强的部门。再说,刑侦工作的危险性和工作强度是不言而喻的。

樊东晓不是不知道,但他有自己的追求。

他在校学的就是刑侦,学习研究过许多案例,他对破案有着特别的兴趣。

俗话说:兴趣是最好的老师。一头钻进刑侦的樊东晓,在日后的工作中干出了令人刮目相看的成绩,就是因为兴趣使然。

就这样,初生牛犊不怕虎的他、血气方刚的他、满怀抱负的他,来到了润州公安分局刑警大队便衣队。

便衣队是干什么的? 就是日常不穿警服、穿便衣,专门在外面抓人的。

这下好了,除了开大会什么的,樊东晓几乎都是身着便衣,甚至多年的邻居都不知道家门口住着个警察。

到便衣队的第一年,樊东晓一边跟着他的师傅到处转、到处看,一边把整个局里的刑事案件的积案调出来,一个一个地看,一个一个地分析。这为他以后的破案和研判打下了基础。

一年后,樊东晓已经能独自带队执行任务了。

有一段时间,从外地来镇江流窜作案的嫌疑人比较多,几乎隔三岔五就能抓到几个。

这些家伙基本上都是有盗窃前科的。他们来到一个地方,也就住两三天,白天睡觉,晚上出去踩点,然后动手盗窃,得手了就撒腿而跑,再到另一个城市大吃大喝,把钱花光。

没有钱了,就再去盗窃。

越是刮风下雨,越是他们偷盗的最佳时机。因为这时人们容易睡得实,有一些小动静,也不会惊动户主,所谓"偷风偷雨不偷雪"。

这下可就苦了樊东晓和他的同事们,越是这样的天气,越是要在外跟踪。

当然,他们抓嫌疑人也不是十拿九稳的,也有嫌疑人从眼皮底下逃脱的情况。

樊东晓还记得很清楚,有一段时间,镇江偷盗保险柜和保险箱的案件多发,弄得分局和刑警队压力很大。

那时,有些单位的财务制度执行得不是很严格,管现金的财务人员没有及时把钱存到银行去,钱放在保险柜里过夜,这就给了小偷以可乘之机。现在,各个单位都严格按财务规定执行,这样的事情也就基本不会发生了。

经过细致的勘查和了解,樊东晓发现了一伙犯罪嫌疑人。

几天跟踪下来,樊东晓有了把握。一天凌晨,他带着几个人前去抓捕。

那几个嫌疑人住在一家宾馆的三楼。本以为三楼够高了,从大门进去,嫌疑人一定跑不掉。

谁知,那天他们冲进去抓人的时候,有一个嫌疑人睡的床正靠着窗户,居然一个翻身,就爬到了窗户上,不顾一切地跳了下去,随即就溜走了。三楼跳下去,也是不要命了,居然没有摔伤,这恐怕也叫功夫吧。

等他们从楼梯追下去,人影都找不到了。樊东晓追了一会儿,就叫大家别追了。一是距离太远追不上,二是再追下去,恐怕会出事。好在已经抓到了其中的两人,那一个姓甚名谁,很快就会知道的。

还有一回,他和同事们抓到两个小偷,从他们身上居然搜出两张艾滋病证明。证明上清清楚楚地写着:姓名、性别和家庭住址,还盖着当地政府和医院的大红印章。

樊东晓一看,惊出了一身冷汗:在抓捕的过程中,他与几个辅警已经和他们有了肢体接触。

他自己不说,要是几个同事传染上了,该怎么交代?

那就赶紧到医院抽血检查。

两个戴着手铐的家伙,到医院抽血,把医生和护士都吓了一大跳。

再听樊东晓说要查艾滋病,连抽血的护士都有点紧张起来。

然而,他们这次是虚惊一场。

艾滋病的检测确认需要较长时间,但排除艾滋病却很简单。

不到半小时,化验结果就出来了:两个家伙身体好好的,根本没有问题!

原来是他们做的假证明,他们是想通过这个证明逃避惩罚。这也太傻了,警察不会到医院给你抽血化验吗?警察有这么好骗吗?樊东晓恨不得给这两个家伙来上一脚!

几个参与抓捕的干警,也都松了一口气。

无巧不成书。你怕什么就会来什么!世间的事,常常就是这样。

这件事情过去半年不到,在一次抓捕中,他们还真的遇到了患艾滋病的小偷。

那是一个西部边远地区的少数民族青年,据他说,他们那里很贫穷,但不少人都吸毒,不少人都得了艾滋病,大多是相互传染的。他还反问樊东晓:"中央电视台都报道了!你们不知道啊?"

遇到这样的人,樊东晓很同情,也感到很无奈。

二、数据为王：情报长

2010 年,润州公安分局办公室组建情报信息研判中心,从各个单位抽调了 4 个人,樊东晓便是其中之一。

从在一线面对面地抓捕嫌疑人,到现在整天面对着网络、数据、信息这些虚无缥缈的东西,樊东晓一下子还有些不适应了。

他不知道应该怎么办? 也不知道每天该干些什么? 有时候,有了一个案子,他和同事费了九牛二虎之力,研判来,研判去,研判出 10 多条信息,发出去后几乎一点用都没有。

这可怎么办? 他苦恼、烦躁,没有了信心,没有了方向。

有烦恼的可不是他一个人,另外 3 位同事也和他一样,觉得这样的工作没有意思,既没有发挥什么作用,也没有体现出自己的工作成绩。人生的价值在这里怎么实现? 想想也是,整天和一堆数据打交道,云里雾里的,虚无缥缈,连个抓手都没有,这对于在具体岗位上天天和人打交道的民警来说,确实难以接受。

让他出现转变的是两次学习。

一次是江苏省公安厅组织的刑侦培训班,历时 2 个多月;还有一次,是省厅组织的另一次为期 3 个月的侦查培训班。这两次培训,让樊东晓开了眼界。

他终于明白了,他原来在一线,做的是一对一、点对点的具体事,假如用一个比喻的话,他原先做的事,就是直接开枪;而现在呢,他在撒网,在寻找目标,当网住了目标后,就可以指挥别人开枪。

这是一种改变。

思想认识的转变,带来了他整个工作状态的改变。他开始摸索建立大数据的方法,开始批量分析,开始进行信息整合。他有了自己独立工作的座右铭,行动上的"两做一学":做别人不会做的事,做别人不愿做的事,学适合自己的东西。

他对情报信息的研判有一个"木桶理论"。

所谓"木桶理论",是说一只水桶能装多少水,取决于它最短的那块木板,也被称为"短板效应"。

任何一个组织或一件事情,都有自己的短板,应该尽早补齐它。公安工作也这样,知道哪个地方短了,哪个地方缺了,就去补。这是一种常见的情况。

"木桶理论"后来又延伸出许多理论,其中有一个"消隙缝"的理论,也是其理论之一。这个理论是说,木桶的长久储水量,还取决于各木板配合的紧密性,配合要有衔接,不能有空隙。一个木桶的木板间若有缝隙,那么,即使木板再高,水也会从缝隙中流掉。

短板是容易被发现的,而发现缝隙却不容易。

樊东晓在工作中慢慢悟到,自己正经历从原先的点对点,到现在的点对面,再到面对面的转变,而当面对面的时候,工作机制中的许多漏洞就被发现了,这就相当于木桶中的隙缝。点对点的工作,可能既发现不了"隙缝",也消除不了"隙缝"。现在要做的工作,就是把工作机制中的漏洞补上,把相互配合中的"隙缝"消掉。

这样说很抽象,其实用大白话说,也很简单,就是樊东晓所做的工作,就是把分局层面所有警种各自的资源,相互利用起来,把其中的不利因素消除掉,这样,就成了一个紧紧团结在一起的整体,从而形成战斗力。

这项工作无法由各个警种单独来做,只有情报研判中心才能够做到。

樊东晓把这项工作形象地比喻成"围"和"消"。

"围"就是把各个警种的力量连成一体,围成一个"木桶","消"就是把这个"木桶"的隙缝消除掉。

他把这个思考和理念写成论文。2016 年 9 月,他受公安部的邀请,作为全国仅有的两名一线应用型民警代表,参加了全国第四届公安科技信息化专题论坛。在大会上,他将这篇论文进行了交流,获得了与会人员的一致好评。

就这样,樊东晓在情报研判工作中越扎越深,越深入越领悟到其中的奥妙。

几年里,为提高破案质效,他博览广学,刻苦钻研,同时,不忘总结经验,他认真总结情报研判平台信息资源分布的规律,不断创新情报研判工具模型设计理念;他与华为、依图、上海生科院、浪潮等技术支持单位,共同探讨研究云端大数据如何落地服务公安一线等问题。同时,结合基层实战单位情报的需求,充分借鉴各地的成功经验,不断将自己的理论运用到实际工作中。

特别是最近 3 年,他总结提炼了技战法并撰写文章 20 余篇,有效打破了信息应用服务侦查破案的瓶颈,其工作经验和技战法受到江苏省公安厅的推广。2016 年 6 月,他编撰的技战法书籍被收入公安部实战教材,直接指导全国公安一线的侦查破案。

2015年9月，公安部举办信息化大比武——全国"云搜"比武大赛，开始层层选拔。他听说这件事，便来劲了。"我能去吗?"他问自己，同时，觉得有信心!

这不，在镇江，他脱颖而出，就去了他一个。到了全国，也就80人，一起参加考试，进行比赛，并获得了"优秀选手"的奖励。

这次比赛中，他的最大收获就是认识了来自全国情报战线的精英，他们80个人建了微信群，形成了自己的交流圈。

樊东晓最喜欢的，是这样的时刻，大家在一起相聚，你谈你的经验，我说我的体会;你谈你的新发现，我说我的新思考。几个小时的时间不知不觉就过去了。

有时，他们中的人会提议聚一下，南京、上海，到哪里都行，谁有空谁参加。到了一起，也许只要一瓶啤酒，就可以聊上几个小时。通过这样的交流，樊东晓收获满满。别人的成功经验，他可以学习;别人的失败教训，他也可以借鉴。

樊东晓本来就是刑警，对各类犯罪案件数据有着特殊的敏感。尽管他现在不需要在一线了，但他总也忘不了老本行，口袋里随时都揣着照片。

熟悉樊东晓的人都叫他"情报长"，他们都知道，这个"情报长"的秘密武器，就是他口袋里的照片。基层的侦查员经常开玩笑，一旦从海量数据中研判出犯罪嫌疑人，"情报长"便会把嫌疑人的照片打印出来放进口袋。而就这样一个简单但又充满仪式感的动作，标志着嫌疑人离落网不远了。

在樊东晓的办公室里，有满满三抽屉嫌疑人的照片，这一沓沓照片看似简单，可要真正出成果，却是一个很费精力的工作。数据研判需要侦查员静得下心、坐得住，在电脑前一条一条地慢慢看数据，仔细地分析，从时间、空间中找到嫌疑人的线索，最终确定要抓获的犯罪嫌疑人。

2017年春节前夕，镇江市润州区盗窃路灯电缆线的案件高发。高发的地方是一些刚刚建成的新马路。这些马路还没有开通，几乎没什么人，这就成了偷盗者下手的目标。常常是上百米的线缆被剪断，报案的电话接二连三，弄得刑侦人员坐不住了。

樊东晓启动情报合成作战机制，将各类案件现场视频资料进行汇聚，通过对近64G视频资料的逐个分析，同时跟进巡逻防控措施，在经过10余天的不懈努力后，成功端掉一个5人团伙。

说起来，这就是大数据的功劳;说起来，"情报长"没有浪得虚名。也就是说，樊东晓是在分析相关数据后，锁定了嫌疑人。

他是怎么分析的呢？这里不妨透露一下：在数据分析的时候，他发现有几个人行动异常。这几个人常常凌晨三点钟在网吧里上线。这个时候不睡觉，他们在干什么？这引起了他的警觉，他再调取视频一分析，就锁定了嫌疑人。

抓捕的那天也是巧合，侦查员知道他们从网吧出来了，但却不知道到哪里去了。

侦查员在一条新马路上巡逻时，看见一个青年骑着电瓶车，一闪而过。

凌晨4点，一个人骑车，在这么偏僻的地方？他凭经验判定，此人应该就是嫌疑对象。

他们追上去一看，果真不错，这个小青年，浑身上下全是烂泥，一看就知是在地上爬过。

这回他跑不掉了。

看到公安干警，小青年知道完了，几乎没有怎么费力，就一五一十地全交代了。

很快，另外四个小偷也被抓获。

这就是大数据和"情报长"立的功！

不过，在抓获主犯的现场，樊东晓还是有些激动的。要知道，这10天，他的口袋里，天天揣着嫌疑人的照片。没事就掏出来看一眼，没事就掏出来再看一眼。看了10天照片，他几乎记住了这个嫌疑人的所有脸部特征。

嫌犯终于抓到了，这10天，樊东晓多么辛苦啊！

其实，按照工作岗位职责的要求，樊东晓根本不需要参加一线抓捕，只需把自己的研判指令告知一线侦查员，由他们执行就是了。

可是，樊东晓有自己的想法："到一线参与抓捕，能帮助我找到研判分析过程中容易疏漏的环节，避免下次再犯同样的错误。再说，抓获犯罪嫌疑人时带来的成就感，也可为我今后的工作提供动力。"

从事情报研判工作以来，樊东晓共研判各类数据超60万条，比对抓获各类违法犯罪嫌疑人140余人，帮助群众追回被盗损失50余万元。

当然，樊东晓心里非常清楚，无论是在一线抓捕，还是现在进行情报研判，始终离不开群众的支持和配合。如何获得群众的支持，这也是有学问的。

2006年，那还是他当便衣警察的时候，一个宾馆的女老板被以住宿为名作恶的歹徒抢劫，女老板被歹徒用刀捅伤了。樊东晓抓住这个契机，把自己辖区的宾馆旅社都跑了个遍，以这个案子来教育和提醒每个宾馆的工作人员，客人登记时，要留个心眼，发现可疑人员，发现异常举动，要及时报告。

后来，他一直重视在群众中做工作，这也为他的情报研判带来了诸多信息,有的信息甚至直接成了破案线索。

有一回,他接到群众举报,有个租住在城中村的人,形迹可疑。

樊东晓马上带着人去跟踪。那是一个大夏天,并且是个大白天,嫌疑人很狡猾,又有反跟踪能力。他们跟踪的时候,大概被嫌疑人发觉了,在一个巷子里,他悄悄把衣服脱了,赤裸着上身从另外一条路上出来了。要不是他们多留个心眼儿,差点就让这个小子跑了。

抓到了嫌疑人,到他的住处一看,他们简直惊呆了:一间几十平方米的房子里,满眼都是车子,什么电动车、自行车、摩托车,还有电瓶、车辆配件,小小房间里至少有几十辆车。有的车子已被拆得七零八落,让失主来认领都有困难。

要不是附近的群众举报,这个嫌疑人不知道什么时候才能被抓住,也不知道有多少人要遭殃呢!

三、幕前幕后:破有难度的案子

这个案子,是有点意思的。

2016 年的时候,镇江连续发生了不少起汽车车窗被敲破、车内物品被盗案件。从监控视频中发现,嫌疑人开着一辆红色摩托车到处窜,已经在镇江作案多起。案发一年多了,始终没有破案。

嫌疑人有很强的反侦察能力,总是戴着手套作案,几乎没有在现场留下痕迹。但是,细心的警察还是提取到了嫌疑人现场留下的 DNA,通过比对,锁定了嫌疑人。

可是问题来了:这个人在常州,有固定工作、有汽车、有住房,没有前科。仅仅靠 DNA 比对,并不能百分之百确定。

这个案子是有难度的,对有难度的案子,樊东晓最感兴趣。

他开始进行大数据分析,嫌疑人的汽车活动轨迹,很正常,他的其他活动轨迹也很正常。只有一条能对照上:这个人还有摩托车驾驶证。

是不是这个人? 仅凭有摩托车驾驶证能证明吗?

他决定和派出所的同事一起到常州去,找到这个人,进行正面接触,说不定会有意外收获。

他们的这个思路,使得这一案子顺利被侦破。

2016 年初冬,第一场雪刚下。樊东晓和大家到了常州,在嫌疑人的住处,他们扑了空。

没有住在这里？那这个人住到哪里去了？

幸亏樊东晓去了，他立刻进行大数据分析，通过其汽车活动的轨迹，分析出嫌疑人到了前妻住的地方。

他不是离婚了吗？怎么还和前妻住在一起？不管了，抓人要紧。

他们来到了嫌疑人前妻住的那栋楼房，敲开了四楼的一户人家。门一开，嫌疑人正在家里。

看到嫌疑人，樊东晓说："我们是镇江市公安局的。"并盯着他的眼睛看。嫌疑人先是惊愕了几秒钟，然后，眼神中流露出了慌乱。

樊东晓心中有数了。他和民警们对看一眼：就是他！

进门前还没有底，现在有底了。

心里有了底，说话的声音也有了底气："你换件衣服跟我们走。"

这时，嫌疑人的身体反应更大了，他抖抖索索地穿好衣服，对着家中惊愕不已的前妻和岳母，鞠了一躬，沮丧地说："对不起！"

民警们押着他，从四楼往下走，走到楼下的时候，他见到岳母和前妻跟着下来了，忽然又做了个异常举动，"扑通"一声跪了下来。

这一跪，让樊东晓有些讶异：好像是回不来的人了！难道这个嫌疑人还犯有其他大案？其他民警也认为他应是有更大的隐情。

在楼下，看嫌疑人的前妻跟着下来，樊东晓问她："他的摩托车呢？"

"啊，他还有摩托车？"他的前妻更惊讶，看样子，他所做的一切，都是瞒着家人的。

原来，嫌疑人把摩托车藏在自己住的一个小区的车库里，所有的作案工具都藏在那里。

当晚，在常州市公安局，樊东晓就开始对嫌疑人进行突审。

审讯很顺利，原来，这个嫌疑人行窃已有两年，他有一定的反侦察意识，每次作案都戴着头盔，开着摩托车，作案完了，就沿山间小路，七绕八绕地回到常州。他作案带着一种特制的工具，又能敲，又能撬，连敲带撬，很快就能得手。他觉得自己作案很隐蔽，公安人员不可能找到自己。

每次作案完了，他也会后悔，但是过了一段时间，他又忍不住了。他已经偷窃成瘾。

樊东晓知道，这种人盗窃已经不是为了钱，而是一种心理上的疾病。

所以，当公安人员找上门时，他知道完了，精神崩溃了，也就出现鞠躬和跪下来道歉的场景。

尽管那天的审讯还算顺利，但也是一直审到凌晨5点。

审完了，要把嫌疑人带到镇江去。

这时，雪已经不下了，尽管是清晨，但大地披着一层白雪，看起来并不晦暗。回镇江的路上，樊东晓和民警们心情也如雪过天霁，一派明亮，完全忘记了一夜的疲劳和辛苦。

大数据给他带来的成功，使得他越发热爱自己的工作。而各级领导也非常关心和支持他，给了他很多荣誉，他立过功、受过奖，2016年底，还被评为第四届镇江"最美警察"，并因情报研判工作成效突出，被誉为"情报王"。

荣誉是对以往工作的肯定，更是他今后工作中沉甸甸的责任。他暗下决心：一定要搭建好分局层面的数据快采应用平台，实现公安部、江苏省公安厅云端数据落地与基层一线工作数据无死角对接，引发工作成效爆发式增长，这样才无愧于社会各界赋予他"情报王"的称号。

2017年春节以后，樊东晓在市局、分局领导的大力支持下，紧锣密鼓开展数据快采应用平台筹备、创建工作。

他在工作中大胆注入信息化基因，让公安工作插上了"互联网＋"的翅膀。在强力打击整治网络安全突出问题、净化全省网络环境的同时，创新打造以人脸识别为核心的"视频云＋大数据"平台，全力支撑起以"全链条打击"为目标的新型侦查破案模式。

虽说他在情报研判领域已小有名气，但搞技术、做平台，对樊东晓来说可是"大姑娘上花轿——头一回"。更难的是，县级公安机关做平台，在镇江全市范围内还是头一家，全省公安系统也没有几家。面对没有现成可供参考的模式，面对外界纷繁复杂的质疑，樊东晓顶住压力，在领导的坚强领导下，以单位为家，全身心参与到平台创建工作中。两个多月间，他全程参与到各个环节，大到平台定位、功能设置、权限分配，小到界面外观、数据采集格式设定，他一个接一个地啃下技术支撑、保密安全、网络保障、数据采集的硬骨头，他一遍遍地思考、推翻、再思考、再推翻，直至达到理想效果。经过两个多月的努力，平台框架搭建已基本完成，目前共输入各类数据5万余条，填补了省、市云端大数据的空白，产生数据有效碰撞3000余次，成功研判各类违法犯罪人员57人，指导和配合其他部门抓获各类违法犯罪人员24人，与去年同期相比上升65％。

"我要做的事，我的定位，就是基础的工作，就是所有的信息的采集。我觉得必须要采集的就采集。"

樊东晓说的基础工作，其实就是大数据的基础。

这里，再说一个与大数据和基础信息有关的案子。

大家都听说过有人在外偷狗的事情。他们怎么偷呢？他们骑着摩托车在乡间乱转，看到狗，就用有毒的弩射杀，然后把狗卖到饭店去。这种人很可恨，但却因是小案子，他们被抓住以后，行政拘留一段时间，或者罚款以后，就放了。樊东晓是个有心人，他把人放了，却把他们的信息采集下来，将其所有的信息都收到信息库中。

大概过了大半年，有人来找樊东晓，问那个偷狗的人是怎么处理的。

原来，镇江某地发生了一起强奸案件，一个初中女学生在偏僻的乡间，被人强奸了。接警的公安民警分析，这么偏僻的地方，嫌疑人能快速逃跑说明对地形路线很熟悉，说明这个嫌疑人就是附近的。于是，对周边的一些监控对象进行了排查，但是，一个多月过去了，没有结果。附近的村民纷纷议论，当地出了色魔，闹得人心惶惶。后来，他们扩大视角，终于用当初采集的 DNA 比对上了偷狗的那个人。

如果那一次抓住偷狗的人，樊东晓不做有心人，没有采集他的信息，就不可能有这次破案。

润州公安分局的情报平台，目前还处于"边建边用"阶段，虽然时不时出现让樊东晓苦恼的新问题，但是，情报平台所显现出来的成效，已经让人不敢小觑。

樊东晓相信，一切努力和坚持都是值得的。

不久前，他被借调到省厅进行情报研判。在省厅可接触到更多的信息，他对自己的平台充满信心，再经过一年的努力，预计平台成形后采集数据量将达到 200 万条，这必将成为服务公安一线管理社会治安、打击防范犯罪的利器。

这位 33 岁的年轻警官必将成为公安战线上越来越强的"最强大脑"……

男·汉族

聂朝军

1985 年 8 月出生,本科学历,中共党员。2006 年 8 月参加工作。现任扬中市公安局油坊派出所所长。先后获得全国优秀人民警察、全国治理被盗自行车专项整治先进个人、全省公安机关奥运安保工作先进个人、镇江市十七大安保先进个人、全市公安机关执法示范岗位、全市公安机关岗位能手、第二届镇江市十大"马天民式"爱民警察、江苏公安青春警星、镇江市抗战胜利 70 周年纪念活动安保工作成绩突出个人、镇江市政法系统优秀党员干警、江苏最美警察提名奖等荣誉,荣立个人二等功 2 次、个人三等功 3 次,获个人嘉奖 3 次、先进个人 3 次、优秀共产党员 1 次。

热血谱写的青春华章

——记扬中市公安局油坊派出所所长聂朝军

在绵延数千里的长江中，有一座仅次于上海市崇明岛的岛屿，它就是享有"江中明珠""水上花园城市"之称的扬中市。

扬中，史称太平洲。它位于江苏中部，四面环江，易于控制，便于管理，来扬中作案的人，一旦被发现，把所有渡口一封，作案者就插翅难飞。

大江奔腾欲何至，天落三岛集于此。

时至今日，地处南京都市圈、苏锡常都市圈、苏南和苏北两大经济板块交汇处的扬中市，依旧保持着"太平洲"的美誉。无论是本地人还是外地人，都有一种安全感。扬中确确实实是一块令人称羡与向往的"太平洲"，这种良好局面之所以能一直保持，与获得"江苏省优秀公安局"殊荣的扬中市公安局密不可分。截至2016年，扬中已连续13年被评为"江苏省平安县（市、区）"，公众安全感保持全省前列、镇江地区首位。

扎根在扬中这片沃土上，青年民警聂朝军像一株春苗，在扬中这一上风上水的土壤里，茁壮成长。

从2006年大学毕业到2017年，11年的民警生涯，聂朝军经手过几百起案件。他从中得出体会："做警察，天经地义要办案。要说哪个民警不会办案，那肯定是笑话。但要办好每一个案件，不仅要努力提高办案能力，还要始终保持对工作高度的责任心。"

聂朝军办案有三板斧，简括为一个W、两个H：从案件发生到破案，首先挑明对象，这个人是谁（Who）？挑明对象后如何抓（How）？抓回来后，如何突破让其交代案件事实（How）？

2017 年 5 月，聂朝军被评为全国优秀人民警察

　　2006 年夏天，聂朝军从南京警官学院毕业，分配回了家乡，进入扬中市公安局，成为一名基层民警。21 岁的朝军，还很青涩单纯，刚刚走上工作岗位，父母亲没有多余的话，只是简单地叮嘱一句："儿子，多向领导与同事学习，干出点成绩来。"

　　聂朝军出生于扬中的西来桥镇，从小就是一个特别懂事的孩子，父母亲在外面忙着挣辛苦钱无法照顾他，还在读初中的聂朝军就学会了照顾父母，往往他们做工还没回来，小朝军已做好热饭热汤，一边做作业一边等着父母回家。左右邻居提到聂家的儿子，没有不夸赞他懂事的。

一开始,聂朝军被安排在城西派出所。那时的条件不如现在,没有宿舍,聂朝军就在附近租了老百姓的民房住下来。

2007 年,城西派出所年终考核,全所全年办案 120 件,聂朝军一个人办案就达到 62 件,占了半壁江山。

可是,说起这段经历,聂朝军有些不好意思,他憨厚地笑着说:"刚工作,还闹过笑话。"

一般新警初到派出所,所里都会给其压任务。的确,独立办案,在实践中最能锻炼人。有一次,聂朝军把他刚刚审结的材料送到法制大队,谁知审核没有通过,也就是说,聂朝军审理的案件还需要再取证。

聂朝军二话不说,拿过材料,再审,审好了把卷宗再送去法制大队,哪知道又被打回。

聂朝军没有气馁,回去继续审。如此这般,第四次才算通过。

事情是这样的:聂朝军这次审理的是一起比较寻常的案件。但,人家不是才 20 出头的愣小子吗,虽然穿着警服,一身凛然正气,但面对的是有前科的卖淫女。聂朝军审理起来,缺少经验,也缺少刨根问底的霸气,犯罪嫌疑人明摆着避重就轻讲故事。结果,聂朝军成为"书记员",对方说什么他就记什么。

吃一堑,长一智,这以后,聂朝军办案的磨功上来了,每次办好一件案子,他都会跟老警察软磨硬泡,盯着人家问哪里办得不好,哪里还需要提高。

在城西派出所时,一次有人报警说有 20 多人在街上打架,聂朝军领命去办案。一位老警察见这么多人的群殴,所里只派来一个"小鲜肉",笑道:"你来干什么？你能做什么？"

聂朝军一下子来了斗志,不仅制伏了打架斗殴的团伙,还把 23 个肇事者带回了派出所,一个一个地审。当聂朝军把几十厘米高的卷宗送给老民警审核时,老民警啧啧称赞:"真是一块干民警的好材料。"

时间一久,身边的同事都说,聂朝军是一个果敢和充满智慧的人,这份智慧和果敢,让他在处理很多事情时似乎都有着和别人不一样的特质。

2010 年 9 月 18 日,一个寻常周末。聂朝军却在这一天经历了生死一瞬。

那日下午,他乘坐警车押解嫌疑人从上海返回扬中。车辆行驶在沪宁高速公路上,突然警车追尾前方的一辆小轿车,巨大的惯性将聂朝军从后排"弹"到了前排挡风玻璃上,玻璃碎片四处飞溅,他头部顿时鲜血直流。聂朝军强忍疼痛,用拳头敲碎已破裂的挡风玻璃,跳出车外,不停地用手敲打车窗:"你们都出来,防止二次事故!"

当时,嫌疑人坐在车辆后排中部,被变形的车身紧紧卡住,无法动弹。聂朝军毅然解开他的手铐,使出全力,将他拉出车外。偏偏这时聂朝军突然眼前一黑,晕倒在了护栏边。这时候,出人意料的一幕发生了:嫌疑人拿起车上的警示牌,向路边飞奔。大家都以为嫌疑人会逃脱,没想到他在 300 米外放下警示牌后,又返回了事故现场。

"聂警官在生死一瞬间惦记的是我的安危,我怎么会逃跑呢?"事后,嫌疑人这样说。事情已经过去 6 年了,聂朝军头上仍有一道 2 厘米长的伤疤。提起这件事,听者仍为他捏一把汗,高速公路上的突发事件,往往千钧一发,容不得哪怕一秒钟的迟疑。何况押解的是犯罪嫌疑人,车祸之外还有第二层风险。

转眼到了 2012 年,经历近 6 年民警工作的历练,聂朝军成熟了。上级部门把他作为精兵强将调到了扬中刑侦大队做副大队长。去掉青涩的聂朝军,迎来了他事业的上升期。与城西派出所不同,刑侦大队的主要任务就是办案,这一点,与聂朝军的兴趣非常一致。

果然,几年后,聂朝军成为全国优秀人民警察,他说得比较多的一句话便是:"破案是一件令人着迷的事,它层层剥茧,探究真相,让人上瘾。"

2013 年 8 月 20 日,新疆喀什发生一起暴力恐怖团伙案,喀什地区公安局特警支队特战大队副大队长闫小飞在处置案件时不幸壮烈牺牲,年仅32 岁。

而这一天,聂朝军正风尘仆仆地向离喀什 45 公里的疏勒县进发,有一件棘手的案件亟待破获。

案件的起因是这样的:

6 月 17 日,扬中一家企业会计的手机接到一条短信,让她将 500 万元汇入某银行账户。无巧不成书,这家企业正好有一笔采购业务,要立刻汇出500 万元资金。会计立即将 500 万元汇入了短信提供的账户。

很快,企业、银行及会计本人都知道遇到了诈骗。这不,出事企业心急火燎地来报案。

那一年,聂朝军刚刚从城西派出所调到刑侦大队,27 岁,正是信心满满、对办案充满激情的时候。

单笔案值 500 万元,实属罕见。短信诈骗,很有挑战。聂朝军一刻也没有耽搁,立即从发送诈骗短信的手机号码入手展开侦查。他发现,该号码的归属地在喀什地区。

从南京坐飞机到乌鲁木齐,再转机到喀什,从喀什坐客车到疏勒县。从天刚蒙蒙亮起程,到满天星斗才歇脚,日夜兼程。疏勒县在喀什地区的西部,地处塔里木盆地西缘,西面就是帕米尔高原。

这个汉语意思为"新城"的县,是众多少数民族的聚居地,苍凉遥远。

疏勒当时已全面戒严。荷枪实弹的民警站岗守卫。派出所大门口摆放着只有重大紧急情况才放置的防恐路障——破胎器,空中不时传来枪声,气氛异常紧张。没有出租车,没有住宿的地方,聂朝军他们到达疏勒县的当天夜里,就坐在派出所门口的台阶上等着天亮,眼睛盯着天幕,密密麻麻的星星,他的脑子里全是"6·17"案件。此刻,至关重要的第一条线索,就在不远处的村庄里,天一亮就要靠近目标,根据上级指令,务必人赃俱获,把犯罪嫌疑人及证据带回扬中。如果这条线索失手搞砸了,就等于给案件打了一个大大的死结。

陌生的疏勒,死寂的夜,连一声虫鸣也没有。还好,天上有月亮,不至于一片漆黑。聂朝军安慰自己。

第二天天一亮,聂朝军就向着目标逼近。已经看到发诈骗短信的目标,可是,这位维吾尔族老汉却淡定得很,只见他此时正坐在一块石头上望呆,神态自若。本来就要猛扑上去生擒嫌疑人的聂朝军,凭着几年的抓捕经验,快速冷静地做出判断:"不像,这个嫌疑人太不像了。"

维吾尔族老汉不会说汉语,他的手上正拿着那部"肇事"的山寨版老人手机,而且,等聂朝军拿过那只手机才发现,"请把款汇入某某银行账户"的短信还在定时发送。果然不出聂朝军所料,这是一只被遥控了的手机,是一只在出厂前就被"洗脑"人工植入带病毒芯片的手机。客户买回手机,启动某程序后,短信就会定时发出,维吾尔族老汉的手机三分钟发出一次"请把款汇入某某银行账户"内容的短信,手机屏上已有十余条这种内容的短信。

在全国几千部甚至几万部被植入木马程序的山寨手机中,中彩的是喀什这位完全不知情的维吾尔族老汉,在离喀什市数千里之遥的扬中,某会计真的朝诈骗短信指定的银行账户一次性汇入 500 万元。这故事听起来离奇,却真实地发生了。

疏勒县当地派出所民警充当起汉语与维吾尔语的翻译。聂朝军向维吾尔族老汉反复讲明前因后果,维吾尔族老汉才递出了手机。

从出发到带回那只手机,聂朝军这次执行任务用了10天。而这10天,他的儿子正在上海就医。家里人理解他工作忙,且性质特殊,但凡家里有事,身为教师的妻子及他的双亲,都主动承担家务,从不让他分心。返回的路上,聂朝军给妻子打了电话,询问儿子的病情,知道有人照顾,也就放心了。

紧接着,他在思考:"6·17"案件的幕后黑手是谁?线索到此中断了,下一个疑点在哪里?

汇入的银行账户显示,500万元到账后,被人取走了45万元。这取走45万元的人是谁?聂朝军从取款机前的监控视频入手,发现暂住湖南的周某有重大嫌疑。

凭一条短信就能诈骗500万元,这事情有些搞大了,周某取走了45万元,一是取款额度有上限;二是周某以静制动,想等风头过去,如果没有动静再取款不迟。而且巨额钱款到手,周某正忙着到处挥金,享受人生。正是这一动一静之间,给了聂朝军办案的时间。

"6·17"案件是个全国性的大案,首发在扬中。一般在开始抓捕前,需要办案部门立案,责任首先在当地办案部门,如果案件比较大,就需要进行统筹,到省一级甚至公安部层面来协调。

聂朝军赶去湖南,积极取得当地警方和银行的配合,很快,周某便落网了。

现今,新型诈骗呈现出跨地域、团伙化、产业化的特点。聂朝军对这种新型诈骗已关注一段时间了。知道他们团伙中有人实施诈骗,有人转移钱款,得手后多方分成。

周某落网,只是整个诈骗案件链条上的一节,离案情浮出水面为时尚早,应该乘胜追击,顺藤摸瓜,继续取证。

河南、江西、上海……聂朝军奔走在10余个省市,犯罪链条上的一个个节点,逐一告破。一次次抓捕,案件越来越接近真相。到了2014年夏天,这个持续一年的案件的收网行动在悄悄布局,由公安部直接指挥,扬中市80多名公安民警分乘两辆大巴,开赴深圳实施集体抓捕行动。

嫌疑人遍布深圳多家公司,而且嫌疑人在暗处,身份隐蔽,况且事实是许多在深圳注册的公司其实是空挂的,抓捕难度可想而知。80多名民警分成8个小组,分散到各个网吧、公司。聂朝军这组10个人,他是组长。他们乔装成快递公司送货员,到锁定的某公司后一举抓捕了10名犯罪嫌疑人。

在当地警方的配合下，聂朝军对所抓捕的 10 人立即采取面对面逐个谈话，其他人分别查账、分析数据，5 个多小时后取证结束。

案情到此真相大白，与聂朝军当初大胆的设想完全一致：这个犯罪团伙设计了一些手机应用程序，暗地里植入木马程序，然后进入数量庞大的手机应用平台，如此一来，市面上众多山寨手机出厂时已然中招。"6·17"案件犯罪团伙正是凭着这些木马程序自如地控制手机，发送诈骗短信。

"6·17"案件经过一年时间的侦破，尘埃落定，但其影响却经久不息。聂朝军机智地侦破一起短信诈骗案，在为受害单位挽回 450 万元损失的同时，斩断了利用网络软件控制他人手机发送诈骗短信的魔爪，一时间在江苏全省甚至更广范围内传为美谈。

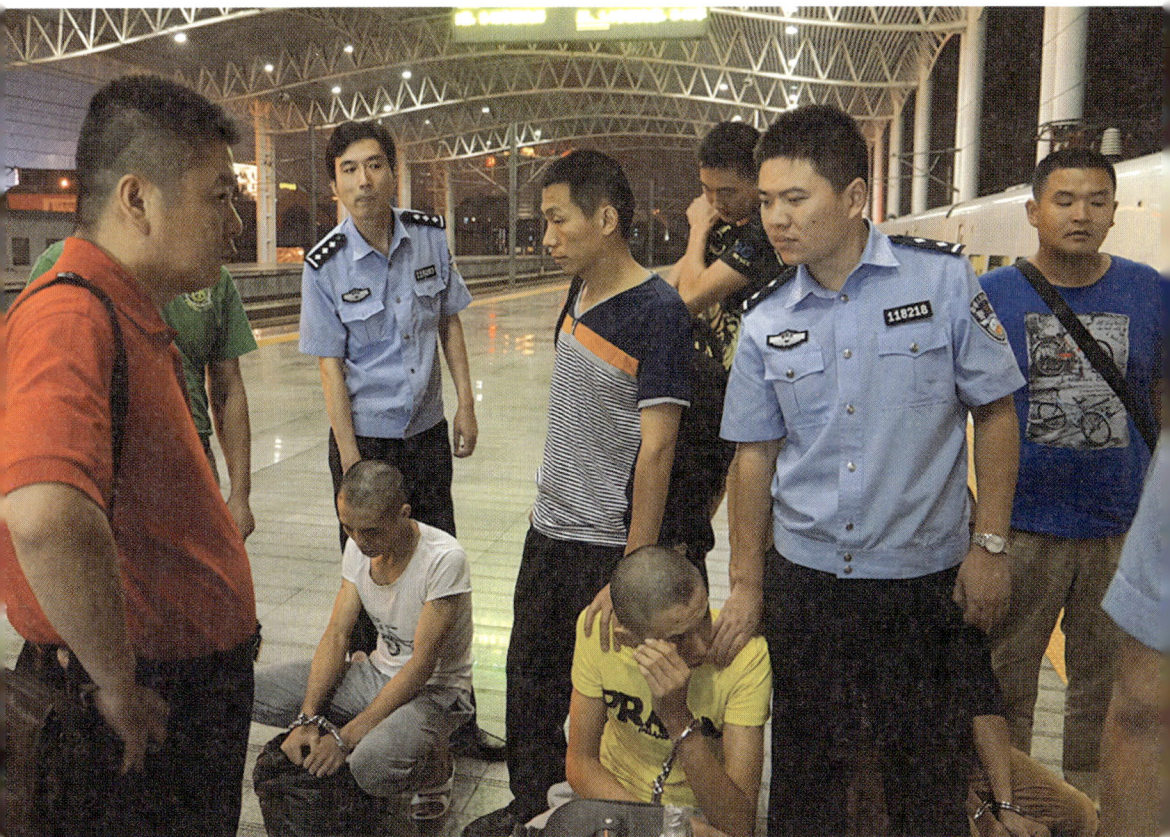

聂朝军随公安部挂牌"6·17"专案组抓捕押解犯罪嫌疑人

三

2015 年,刚好而立之年的聂朝军迎来了事业的辉煌期。

中央及地方主流媒体和全国网络媒体上纷纷登载了这样一条新闻:根据一条网络链接地址,分析数万条数据,在短短一年时间内,扬中市优秀民警聂朝军一举铲除了藏匿在网络深处的诈骗洗钱案,并由此案助推央行出台相关政策,强化对第三方支付平台的监管。

聂朝军一时名声大噪。

事情是这样的:

2015 年 8 月,扬中居民张先生见 QQ 上推销 QQ 币,10 元钱可以购买 2888 个 QQ 币,非常优惠,就网上付了 10 元钱,哪知 QQ 币并没有到账。经询问,对方让他和腾讯公司联系,并给了一个 QQ 号。张先生加了这个 QQ 号,接到对方发出的一个"1 元支付链接"地址,说是激活账户用的。

哪知这 1 元钱花出去却惹了祸,张先生点击这条链接后,眨眼工夫个人账户上就被他人转走了 6800 元。

当时正值全国部署打击电信网络新型违法犯罪,此类案件的侦破尚无先例,如果找不到案件的突破口,无异于缘木求鱼。

面对罕见的新型诈骗案,聂朝军接到案子后立马提起了精神。网络犯罪有个特点,当被害人发现受骗要求退款时,犯罪分子便采取删除聊天记录,拉黑等手段毁灭证据。取证难是新型网络犯罪的明显特征。

最初的一个月,聂朝军满脑子都是这个案件。吃饭想,走路想,睡着后梦里也在想这个案子。一个个数据在眼前跳跃,没有规律,非常庞大,想得他脑仁儿都疼。

无数个不眠之夜,聂朝军和专案组民警一起研究案情。有两块"巨石"横亘在聂朝军他们面前:

其一,团伙嫌疑人遍布天南海北,只用 QQ 联系,他们之间并不认识,抓捕难度大;其二,该团伙在全国作案数 10 起,可扬中仅发案一起,找不到突破口。扬中警方想拿下这起大案,困难重重。

聂朝军挑起了大梁,他知道自己面临的是一场挑战。眼下的问题是,突破口在哪里?新的数据每一秒都在产生,案情错综复杂、扑朔迷离,让人犹如雾里看花。

这个时代，在各个领域都出现了许多"秒单手"。在 QQ 上发送"1 元支付链接"的就是"秒单手"，他发送的链接有木马病毒。

事不宜迟，马上出发。聂朝军单刀赴会去南通。他在这里发现了"秒单手"随某某的蛛丝马迹。原来，这个犯罪嫌疑人隐藏在海门一处偏僻乡村的农舍里。一排相似的农舍里具体哪一家藏着随某某，聂朝军还需要小心排查。村里来了一个口音不一样的异乡人，如果消息走漏，让"秒单手"察觉，必然会从眼皮底下逃窜，让案件陷入僵局。聂朝军不敢想象这样的后果，他只觉得满腔热血在沸腾，越接近目标心脏跳得越快。可是，聂朝军毫不畏惧。目标发现了，就在这一家，就是这一家的这间屋子。正当聂朝军要推门而进时，如惊弓之鸟的犯罪嫌疑人察觉到异样，突然翻窗而出，夺路而逃。说时迟那时快，聂朝军一个箭步扑上去，哪知窗下就是粪池，聂朝军掉进粪池里，当时正值冬季，跌进粪坑的聂朝军浑身冰冷，且恶臭不堪。

随某某在乡间田埂上狂奔，聂朝军从粪池里一跃而出，紧跟着使出全身的力气猛追。凭着敏捷的身手与过硬的身体素质，百米狂奔后聂朝军抓住了随某某，给他戴上了锃亮的手铐。

随某某归案，这起案件的关键证据得以锁定。

"一些中小型第三方支付平台为抢占市场，忽视系统安全建设，监管严重滞后……"聂朝军介绍说，"传统电信诈骗案中，诈骗团伙主要通过银行卡转移赃款，涉案资金在多个银行卡之间拆分转账、取现。近年来，公安机关和银行间建立快速查询、冻结机制，第一时间就能对涉案银行卡账户进行冻结，掌握资金流向。但第三方支付平台没有建立这一机制，涉案资金一旦转入第三方支付平台账户，公安机关必须到平台企业总部现场查询。往往等公安机关查清资金流向时，赃款早已被取现或消费。"

扬中张先生点开的支付链接，其实是由第四方支付平台提供的。第四方支付平台租用的又是第三方支付平台的接口。这家第三方支付平台当初就是利用了假材料注册的。通过第三方接单第四方取钱，两个平台都非法获利。这起大案的幕后策划者——刚刚大学毕业的董某、杨某，利用这种"吸金大法"，早早地过上了贵族化的生活，他们在上海置有豪宅、豪车，生活十分奢侈。

这是全国成功破获的首起"第三方支付平台诈骗洗钱案"，带破全国同类案件 3500 多起，摧毁非法支付平台 4 个，涉案金额 2000 多万元，为今后全国同行破获此类案件提供了范本。公安部、最高人民检察院还专门举办了培训班，请扬中刑警介绍打击此类犯罪的经验。

很多人不知道，在案件的侦查阶段，聂朝军是个"无情的人"，不仅忘我，还很忘家。同事们笑着说：他是个工作起来就不要命的人，工作就是他的命。如果说民警工作是聂朝军的命，那么，聂朝军的父母及妻子，也把他的工作当作眼眸一样珍惜。他们的理解与支持尽在不言中。聂朝军只有将深深的愧疚埋在心底，在工作中投入更多的干劲……

四

"放高利贷逼债出了人命还是经济纠纷？不，是敲诈勒索！姑息只能养奸，放纵就是祸患！"

近年来，不少地方出现了因放高利贷、进而逼债引发的治安问题。一些放贷人口口声声说这只是经济纠纷，公安机关不得介入，否则就要投诉，有恃无恐地规避法律制裁。在扬中地区，以蒋某为首的放高利贷逼债团伙就是如此嚣张，甚至逼债逼死了人。面对这道棘手的难题，置身事外？聂朝军的回答是："邪不压正，再硬的骨头都要啃！"

聂朝军抓过不少犯罪嫌疑人，但对放高利贷逼债的蒋某记忆最深。蒋某曾因犯流氓罪被判刑 12 年，后因聚众斗殴罪又被判刑 4 年半。几乎每次服刑期间，都要闹出精神失常吃自己大小便、装手脚瘫痪不能动等荒唐事，屡屡蒙混过关，换来"监外执行"。也就在监外执行期间，蒋某导演的放高利贷逼债恶性事件，一次次上演。

蒋某团伙不是一般的高利贷逼债，而是采用了暴力、要挟、恐吓等非法手段，实际上是以非法占有为目的，敲诈勒索他人的巨额财产。

江某曾向蒋某借了 2.4 万元高利贷，后来还了 2.1 万。蒋某带人采用殴打等手段，多次威逼他打下累计 46 万元的欠条。这还不算，蒋某拿着欠条去法院打官司，法院调解后竟认定为 40 万。江某无力还债被法院司法拘留 15 天，他的妻子被逼得差点喝农药自杀。后来听说江某老家拆迁，蒋某拿着法院裁决，竟申请冻结了江某的 41 万元拆迁款。

张某原本借了蒋某本金 50 万元，最后被逼打下 500 万元的借条。蒋某故技重施，拿着欠条到法院起诉，获胜后案件进入执行阶段。张某的镇江飞跃机电设备有限公司的土地、厂房设备及账户被查封，公司最后差点倒闭。

束某为了经营鱼塘曾借了蒋某本金 5 万元，最后遭到殴打被迫写下 20 万元的欠条，否则就要把鱼塘转让给蒋某，束某一家逃到外地，后来妻子回家祭扫,被蒋某等人堵住,妻子遭受刺激忧郁而死。

更有甚者,王某曾借蒋某本金 5 万元,归还 3.5 万元。面对蒋某的暴力威胁,他只好写下 13 万元的欠条。为了还债,王某不得已去卖肾,后因身体条件不符合没有卖成……

这些事情,发生在蒋某监外执行期间,他的行为早已超出一般的高利贷逼债的底线。蒋某团伙一贯通过放高利贷的手段,让借钱人陷入利滚利的困境。他们采取暴力、威胁、要挟、软暴力等手段,迫使对方写下本金数倍甚至数十倍的借条,然后通过民事诉讼的手段,骗取法院的民事判决或调解,使其对上述财产的非法占有变成合法化。聂朝军看穿了蒋某团伙的伎俩,认为其已经涉嫌敲诈勒索犯罪,特别是束某妻子被逼死后,公安部门决定对蒋某等人立案侦查,2012 年 6 月对其刑事拘留。

蒋某与受害人只要打欠条,都是一对一,调查难度非常大。没有受害人主动站出来提供证据。有的受害人听说民警取证,便不敢露面,非要找一个偏僻隐蔽的地方谈。

根据打欠条人的姓名,聂朝军一个个找到了受害人,弄清了每一张欠条订立时的情况,锁定了蒋某敲诈勒索的证据。

或许,此前屡屡逃避过法律制裁的蒋某知道,这次是逃不过去了。面对讯问,他极为嚣张,未在询问笔录上签过一次名字。

"我们的证据很强大,最终是法院在 2013 年以'零口供'对他判刑 11年。"聂朝军自信地说,"这起案件办结之后,不光蒋某所持有的非法高利贷欠条全被撤销,原有的一些判决也被依法撤销,极大震慑了高利贷衍生的犯罪行为,这些年这类案件大为减少。"

五

比起惊天动地的大案,聂朝军忘不了他经手过的一桩"小案子"。

这件案子的大背景是 2015 年江苏省公安系统实施追逃会战。聂朝军领到的任务是去云南抓捕一名盗窃分子。这名吴姓盗窃分子曾经在扬中文化小区等地入室盗窃达 10 起,作案金额达 5 万元左右,当时畏罪潜逃中。公安方面只取证到吴某的一枚指纹,要抓捕该嫌疑犯,只有到他的老家镇雄县等候时机。

云南昭通市镇雄县位于云南省东北,云贵川三省结合部,南连贵州毕节,交通不便,百姓生活贫困。犯罪嫌疑人的家在镇雄县的一个自然村落,藏匿地点受到当地百姓的保护,村上男男女女互相通风报信,如果矛盾激化,有可能会引起不明真相的百姓围堵驱逐。

聂朝军与助手二人不敢掉以轻心,他们花15元住进了镇上的旅行社。这里没有厕所,没有洗澡条件。即使有,追逃任务如此艰巨,聂朝军也根本不敢合眼休息。

第二天白天,乔装打扮后的聂朝军进村摸底,找到了吴家。这是一个家徒四壁的贫困家庭,吴某的父母都上了年纪,靠种山地为生,每天早晨六七点钟忙完家务,烧一锅咸菜杂粮粥,就走很远的山路下地干活儿,一般中午不回家。吴某的两个孩子放养在家,一天的食物就是锅里的咸菜杂粮粥。

朴实的聂朝军看到犯罪嫌疑人家的生活状况,尤其是两个可爱的孩子的情况,心疼不已。返回镇雄街上,他买了不少吃的用的东西,还特地买了一只大母鸡。又到了吴家,两个人七手八脚给两个留守孩子及一对可怜的古稀老人做了一顿好吃的。

第三天晚上,听到风声躲藏在外的吴某,主动回家自首。

至此,聂朝军已两夜没有合眼。

押解的路上,困难重重。他们是晚上天黑了才从自然村出发的,山路崎岖,一个多小时才摸黑走到镇雄街上。没有班车,什么交通工具也没有,聂朝军没有迟疑,与一辆"黑车"谈好条件,向着最近的贵州毕节方向奔驰而去。

一边是追逃回来的犯罪嫌疑人,一边是破旧的黑车,周围被庞大的黑幕包围。危险重重、步步惊心的十多个小时后,他们赶到了毕节,买了最近的一班火车票赶回扬中。

成功抓捕后,吴某被转交司法机关,但聂朝军的心却一直放不下。吴某家的穷困景况唤起了他柔软的心肠。聂朝军把这种心情告诉了妻子,夫妻二人一商量,给吴某的两个孩子买了很多学习用品与吃的用的寄了过去。

吴某被捕后,认罪态度好,且归还了部分赃款赃物。两年后,吴某刑满释放,回到老家务农。感念聂朝军对他的教育开导,过年时吴某还给聂朝军寄来了家乡特产。

5年刑侦工作,身为扬中市公安局刑警大队副大队长的聂朝军办过的大案要案不少。他深有感触地说:"要破案,你必须想得比作案人多,大脑时刻跑在作案人前面,做一名智慧刑警,才有机会早点破案擒凶。"聂朝军正是在工作中,一步步迅速成长了起来。

2017 年 5 月，32 岁的聂朝军结束了在扬中刑侦大队的工作，服从上级安排，到扬中市油坊派出所担任所长一职，带领全所 8 名民警，承担起保卫一方平安、守护百姓安居的职责。

5 月 22 日，聂朝军参加了江苏省公安系统英模表彰大会，并荣获"全国优秀人民警察"荣誉称号。回首从警 11 年的成长历程，聂朝军对自己从事的职业有着最简单、最朴实、最深切的认识：

做警察，就要对党忠诚，不管在何时何地，都不能有损这个名字，群众的期盼有多高，自己的责任就有多大。

做警察，就要服务人民，不管在何时何地，都不能有愧这个名字，群众的困难有多大，自己的服务情怀就有多大。

做警察，就要执法公正，不管在何时何地，都不能辜负这个名字，执法规范程度有多深，自己的素养就有多高。

做警察，就要纪律严明，不管在何时何地，都不能愧对这个名字，社会的歪风邪气有多少，自己的正气就有多高。

荣誉，不仅仅是金灿灿的奖章，还是沉甸甸的责任和不懈追求的标杆。

初心不变，年轻的民警聂朝军，脚下的路还很长。

男·汉族

张利民

1976 年 6 月出生，本科学
历，中共党员，1998 年参加公安
工作，现任镇江市公安局丹徒分
局刑侦大队大队长。先后荣获
全省优秀人民警察、第二届镇江
最美警察、丹徒区劳动模范等荣
誉，荣立三等功 6 次，获嘉奖 12
次、优秀公务员 5 次。

不一样的"破案能手"

——记镇江市公安局丹徒分局刑侦大队大队长张利民

爱　好

张利民喜欢喝茶，而且是大号杯子泡上茶色很重的浓茶；喜欢抽烟，抽起来是一根接着一根，似乎没完没了。

他说，刚到刑警队的时候不抽烟，后来加班熬夜多了，就学会了抽烟。抽烟虽然提神，但抽多了，嗓子吃不消，就喝上了茶。这么多年下来，茶和烟跟自己就不分彼此了。

他喜欢喝茶，自己办公室里的茶叶却喝光了。给我泡茶的茶叶，还是从别人的办公室里找来的。他的办公室里除了咖啡色的桌椅、书柜、沙发、茶几外，就是雪白的墙壁，墙壁上也没有字画和其他装饰的东西，简洁，但对比非常强烈。

所有的这一切，都说明这个空间的主人是一个性格偏内向的人：不太喜欢把精力放在社会交往上，大多时候喜欢独处，善于独立思考，创造力强，具有滴水穿石的精神。

张利民承认，自己确实不善应酬，在应酬的场合，自己往往不知道该说什么好。但他喜欢刑侦这一行，对他来说，侦破一个又一个富有挑战意味的案件，充满了成就感。这些案件能够让他的注意力高度集中，让他不停地去搜集和整理各种信息，不停地细致而深入地探究下去，直到真相水落石出。

他认为，自己如果当一个天文学家、地质学家或者档案管理员，应该

_张利民在办公室梳理案件调查表

也能干好。

龙年出生的张利民今年 41 岁,正是年富力强的年纪。他从 1998 年进入公安系统开始,先后干过派出所民警、刑警队侦查员,责任区副中队长、中队长,刑侦大队副大队长,直到现在的大队长。他干刑警这一行已经整整 18 年,共获得个人三等功 6 次,是镇江市丹徒区的劳动模范。

劳动模范的核心内涵是顽强拼搏和自强不息,意味着一丛能够穿透黑夜、带给人们温暖的篝火:主人翁的责任感和艰苦创业精神,忘我的劳动热情和无私奉献精神,良好的职业道德和爱岗敬业精神。

一个劳动模范就是一个领跑者,支撑领跑者前行的肯定是一组了不起的数据:

最近这四年,由张利民主侦破获的各类大大小小的刑事案件共计 1096

起,查获的犯罪嫌疑人有 573 名。

所有这一切,跟茶和烟密不可分。也许,这就是所谓的性格决定命运。

但张利民也会钓鱼、掼蛋(一种流行于镇江地区的扑克牌玩法——编者注)。

他钓鱼不是因为自己喜欢,而是因为退休在家的老父亲喜欢钓。一年之内,他总会抽空陪老父亲钓上两三次。他上有老下有小,父亲为他的成长倾注了很多心血。以前总觉得父亲不会变老,总觉得父亲像一座大山,需要时随时可以依靠。那年,父亲突然患病住院开刀,张利民这才意识到,山一样的父亲竟然也会变老,一生要强的父亲竟然会倒下。他说,虽然偶尔陪父亲钓钓鱼,但有一句话却始终说不出口,那就是:"您牵挂的儿子已经长大啦,您不用再为我担心啦!"

每当有什么重大的案件获得突破性进展、取得阶段性成果时,张利民就会跟战友们放松一下,掼掼蛋。他说,这叫文武之道,一张一弛。他不太喜欢跟部下说套话、虚话,非常反感两面人的做派,因此,他给人的印象常常是相对沉默寡言的。他跟战友们互动的方式也很奇特:办案时,自己任劳任怨、不声不响,大家自然以他为榜样;案子结束后,掼蛋则是他和战友们最好的放松方式。

张利民说自己不懂音乐,但有的歌也喜欢听。

前几年,有一次搞案子一连忙了几天,总算拿下了。时值冬天,凌晨两点多钟,天很冷,大家坐车把犯罪嫌疑人送往看守所。因为太累,每个人都懒得讲话。除了车外呼呼的风声,就是发动机单调的声音。一个战友觉得太沉闷,就拿出手机,默默地放起了《警察的故事》。这首歌平时也听过,并没觉得有什么特别,但那天听就不一样了。听到歌里唱到"哪里有需要,哪里就能找到你,牵挂的不是家人,惦记的是赵钱孙李"时,张利民的心里就酸酸的,眼泪开始在眼眶里打转。

张利民把烟头嵌进烟灰缸里,说:"从看守所出来,已经快 4 点了。这时候回家,怕吵醒家里人,干脆就找个大排档,吃夜宵,喝上点小酒,也算是轻松一下。等天亮了,估摸着家里人差不多起床了,这才赶紧往家里跑。"

期　望

在张利民的心目中,家庭是一个温暖的港湾。

张利民的父母对他的工作非常支持。他说,自己能够全心全意地工作,跟父母的支持分不开。父亲是一个老公安。母亲 20 多年前就下岗在家,先是全心全意地支持父亲,后来就全心全意地支持儿子。母亲除了一日三餐外,还帮着他带小孩。父母并不指望张利民在家里做什么事,只是一心希望他在单位能够集中精力,没有后顾之忧。对他来说,母爱就是海,父爱就是山。

张利民又燃上一根烟,说:"榜样的力量是无穷的。"他很小的时候就把父亲当作榜样,决心长大后也当一名人民警察。那个时候,幼儿园和小学里都还在教大家唱《一分钱》:"我在马路边,捡到一分钱,把它交给警察叔叔手里边,叔叔拿着钱,对我把头点,我高兴地说了声:'叔叔,再见!'"一提到警察叔叔,心中就是两个词:信任、羡慕。

因为信任,张利民决心长大后做到不说假话;因为羡慕,张利民决心长大后做到不做坏事。他说:"上初中时,当父亲期望我长大后也能成为一名警察的时候,我觉得父亲真了不起,说到我心里去了,因为这就是我的志向啊!"

当上警察后,因为职业的关系,张利民接触不到太多的年轻姑娘。年轻、帅气的他,谈恋爱的方式是很传统的:妻子是通过介绍人认识的,谈了两年后结婚。没有什么轰轰烈烈的浪漫,但平平淡淡中,互相的理解却越来越深。

妻子很贤惠,从不抱怨他。张利民有点不好意思地说:"买菜烧菜都是妻子做,女儿的事情也是妻子全包了。"虽然自己双休日、节假日很少在家,但只要在家,他也尽量主动去做一些家务活,打扫打扫卫生,洗洗衣服,洗洗碗。

对家庭,张利民还是有着一点遗憾的:在女儿面前,没有完全像自己的父亲一样,成为一座山。

他说:"女儿今年上高一,成长过程中虽然想花点时间过问,但事实上却一直没有时间关心。"虽说女儿跟父亲比较亲,但想法却不一定相同。他曾经问过女儿,长大后想干什么?考不考警校?女儿回答得很干脆,"不考"。

张利民说,跟自己的父亲比起来,自己对女儿的影响就小得多了,没有把一种自己认为的远大志向和原则灌输到女儿的血液里。不管怎样,天下做父母的都是一样的,都希望自己的孩子能够生活得更好,做一个对社会有用的人。父亲那一代人跟我们这一代人,更多的是看到社会好的一面,现在有些人更多的看到的是社会的阴暗面,也影响到了"对社会有用的人"这句话的理解。侦破了那么多的案子,我们反而最希望年轻的一代一定要好好珍惜自己,不能一失足而成千古恨,不能做对社会起反面作用的人。

"老吾老,以及人之老;幼吾幼,以及人之幼。"因为将太多美好的期望寄托在女儿的身上,张利民对侵害女孩子权益的事情尤其不能容忍。

2015 年的春天,丹徒区的辛丰、谷阳先后发生了多起针对放假、放学女生的性侵犯案件,一时间弄得人心惶惶。当时分管现行要案侦查的张利民,深感责任重大,迅速率队投入侦查。对张利民及其战友们来说,破获这类案子的技术难度并不是太大,困难在于如何做通受害人和家长的工作。

谁家的女儿不是父母的心肝宝贝?谁家的父母不希望自己的女儿将来嫁个好人家?张利民下定决心,绝不会放过那些一逞兽欲之快的败类。他和同伴们克服受害女生及其家长因顾虑而不报案、拒言证、怕报复等不利因素,耐心做通受害人及家长的工作,从细微之处找线索,终将涉案嫌疑人刘某抓获归案,铲除了这一社会隐患。

正是因为张利民和他带领的同伴们的不懈努力,丹徒区2016年以来的多起命案和大要案件,139起现行八类案件,以及79串省、市挂牌的侵财犯罪案件均得以侦破。

书　生

不得不承认,在女儿身上,张利民看到了代沟的存在。

他说:"女儿这一代的想法跟我们已经不一样了。我在刑侦大队这么多年,我们自认为是在为老百姓干事情。我们从上到下都是这么想的,都觉得自己是干一件非常有意义的事情:打击现有的犯罪,预防以后的犯罪发生。正因为这么想,我们走出去才显得有正气。现在年轻人觉得讲为老百姓做事的话有点空,但在我们的感受来说,却是非常实在的。"

性格偏内向的张利民,还保留着一种书生本色:为了自己理想的精神家园不被荒弃,甘愿用信仰去坚守,用心血去浇灌。

他心目中的刑侦大队,接近于一方净土。

他说:"我们做事讲究团队作战,不是靠个人单打独斗,必须要跟派出所合作,大队的各个技术部门都要通力配合。刑警队的关系很干净,没有什么利益冲突,所有人的目的都很明确,就是破案子。"的确,从发案开始到破案,再到送材料到检察院,大家自然而然地就会形成荣誉感和成就感。每一个人在经济上都是一样的,差别微乎其微,更谈不上有什么外快。刑警大队的同事关系更像部队的战友关系,感情很深。

我问他:"同事说你是工作狂,除了家里就是单位里,你自己怎么想?"

他非常认真地说:"想法就一个,做事要对得起自己的工资,毕竟国家给了我们这个待遇。这样的想法,其实和父亲长期给我的影响有关。我的父亲是一个非常正直的人,从小就灌输给我们这样的一个思想,不要利用办案子的机会来谋取个人的好处,不能做昧着良心的事情。要对得起自己的工资,对得起老百姓。"

公生明,廉生威。正是因为有着一份对原则的坚守,常年奔波在案件现场,默默奉献着自己无悔年华的张利民,才能始终保持一份淡泊,做到一身正气。

在镇江市公安局推荐张利民参评江苏省优秀人民警察的材料上,有着这样的一段话:

他与同志们和睦相处,用自身的努力树立标杆,从而影响和带动队员们拧成一股绳,形成战斗合力;他特别注重抓案件审核把关制、错案预防的措施落实。历年来,他和他的团队办理的刑事案件,成功打击处理比率达99%以上,从未出现人情案、关系案和冤假错案。由此实现了他在刑侦战线精耕细作,维护法制尊严,保护群众利益,剔除罪恶病灶,稳定和谐社会的最大心愿和人生价值。

乐 趣

志与趣是密不可分的。志向能否变成现实,要靠兴趣来而加以支撑。正所谓"知之者不如好之者,好之者不如乐之者"。

张利民的体会是,能否干好一件事情,最主要的还在于有没有兴趣。没有兴趣,再聪明的脑袋也很难干好。此外,责任心也很重要。没有责任心,吃不了苦,再高的学历也是不管用的。工作的第二年他就进入了刑警队,当时就有一种梦想成真的感觉。这么多年下来,早已经养成了职业敏感:走在路上,会下意识地看看三轮车上拖的是什么东西;坐公交车,会看看有没有扒手。真的是已经到了条件反射的地步。

张利民在警校学的是统计学,这让他在做刑侦工作时多了一个不一样的视角。有人认为统计学似乎跟刑侦不搭界,张利民却不这样认为。

他认为,刑侦是一种查明案情和搜集证据的调查活动,在一个相对封闭的社会空间里,还可以通过传统的人海战术来解决一些问题,但在今天,没有先进的技术手段和各个部门的协同配合,很可能就是寸步难行。

他特别注重数据的分析和研判。

他深知,现在搞刑侦工作,早已不是靠体力了,靠的是对情报的研判。现在人口流动性很大,流窜性作案比例很高,找到犯罪嫌疑人、抓到犯罪嫌疑人,并不那么简单。大数据时代,研判主要靠数据集成,要靠海量的数据来支撑,不是福尔摩斯时代了,单枪匹马去破案,已经根本不可能了。

很多时候,所学专业是一回事,工作中的能力又是另外一回事。为了在最短时间内提升业务能力,适应刑警大队的工作,张利民以每一位老民警为师,以每一次的出警现场为课堂,自觉钻研,细细琢磨,很快就成为行家里手。

张利民从烟盒里再次抽出一根烟。

他说,破案在本质上就是一种智力游戏,智慧、耐力和责任心是破案的关键。现在是讲证据的时代,很多犯罪嫌疑人可能就是零口供。如何在零口供的情况下用铁证把他办掉,不靠各个技术部门的通力合作,不靠缜密的证据锁链,是难以想象的。刑侦不是靠打打杀杀,真的要打打杀杀,就要找武警了。

我问他:"办案最大的乐趣在哪里?"

他吸了口烟,想了想说:"不停地降低负罪感吧!"

对于他而言,案子不破,自己就会有一种对群众的负罪感。一般案件对公安机关来说可能是小事,但对老百姓来说就是大事。老百姓被偷了一辆摩托

张利民带领刑侦大队民警研究案情

车,那很可能就是他一年省吃俭用存下来的钱买的。还有的案子,带给当事人的心理阴影非常大,他觉得不把犯罪嫌疑人找出来,就无法面对当事人,自己的心里也很难轻松下来。

张利民笑了笑说:"如释重负,就是那种轻松愉快的感觉。"

2013年,镇江市沿江高等级公路发生了一起盗窃通信电缆案件,价值十几万的电缆被人抽偷走了。经过几天几夜的排查,终于把嫌疑人的踪迹锁定在金山水城小区。金山水城小区是个征地拆迁安置小区,居住着近3000户居民。很多回迁户把房屋租给了外来务工人员,小区社会关系相当复杂,想找个无名无姓的人并不太容易。

好在小区有监控,否则他们就得通过传统的大走访模式,一家一家逐人核查甄别。

虽说有监控,但还是出现一个难题:由于监控不是很清晰,找来几名小区老保安辨认图像,并不能确定这个人到底是谁,具体居住在哪个楼栋。难道还是要一家一家地访查?

一排查不仅耗时耗力,而且很容易打草惊蛇。张利民经过深思熟虑,并没有要求民警上门,而是选择在小区的进出口派专人蹲守。

傍晚,一名穿着与嫌疑人类似的中年男子出现在小区门口,并在小区对面的熟菜摊买了一份熟菜。在此人回去时,张利民一边安排有关人员进行跟踪,一边自己逛到熟菜摊,跟卖熟菜的套起近乎来,得知该男子是个淮安人。经过缜密研判,张利民断定:"就是他了!"

当张利民带领办案民警将此人抓获时,该名犯罪嫌疑人一脸懵,想不到一点风声都没有,自己就栽了跟头。

拆　墙

如何在充分保障犯罪嫌疑人合法权益的前提下取得口供?

俗话说:"三问不开口,神仙难下手。"讯问犯罪嫌疑人从某种意义上讲就是一种高超的艺术,是一种斗智。

张利民说:"一个审讯人才的培养成功,要靠多年的经验积累。像我这样的人,性格还是比较内向的,但经过十几年的实战,我跟犯罪嫌疑人交谈时要比跟同事交谈更撒得开,话要谈得更多。"

张利民已经习惯于那种场合了。进入讯问室,看到犯罪嫌疑人,只要瞟一瞟,就能知道这个人的嫌疑程度有多轻多重;简单地谈上几句,就基本上知道这个人的性格特征;再谈几句,就能够断定应该用"软"的还是应该用"硬"的谈话方式。这里所说的"硬",并不是说去打人,搞刑讯逼供,而是用话去刺激嫌疑人。如果犯罪嫌疑人总是一副不温不火的样子,肯定要刺激他,但刺激到什么程度,也是要掌握好的。

犯罪嫌疑人都有个心理壁垒,怎么把他心理上的这个围墙敲掉? 方法只有一个,就是要找到这个围墙上的裂缝,把裂缝弄大了,就可以进去了。找不到这个裂缝,只往最坚硬的地方敲,敲死了也敲不进去。有的人吃软,有的人吃硬,但判断出对象是吃软还是吃硬,没有丰富的经验积累,是做不到的。

犯罪嫌疑人不说话,主要是由畏罪、侥幸、对抗、悲观这样几个心理因素综合形成的,而畏罪心理是犯罪嫌疑人最普遍、最常见的一种心理状态,担心影响到家人,担心被亲朋好友看不起,担心自己的前途因此被毁了。

镇江丹徒三山曾经发生过一起强奸案,DNA 证据都锁定了,但犯罪嫌疑人就是不开口。为了让犯罪嫌疑人开口,他们做了大量的准备工作。他到犯罪嫌疑人的父母家里,对犯罪嫌疑人的成长情况进行了了解,也知道其父母的想法是什么。讯问的时候,其他人跟犯罪嫌疑人谈了许多次,但却一点效果都没有。张利民就跑过去跟他拉家常,谈了 20 分钟,谈他小时候的事情,谈他家庭的近况,谈他父母对他的希望,就是一点都没谈案子的事情。聊到最后,张利民对他说:"你这个人很自卑,做了一些事情,不管好的坏的,都不好意思讲,什么事都压在心里。压在心里就好受? 你自己好好想一想,有什么需要跟我说的,随时通知我。"结果,半个小时后,民警过来喊张利民,说那个人要跟他谈。

这件事情说明,讯问确实是一门艺术。跟犯罪嫌疑人谈话,一定要做到对他知根知底,要把功课做足了,跟他谈话时必须做到讲实话,不能有一句不真的话,你一说假话,他就不相信你了,你就很难把他的心理围墙拆掉了。事实上,有些犯罪嫌疑人是很厉害的,他会分析警察的性格,分析警察到底掌握了他多少情况,是在诈他,还是真的找到了证据。如果相信警察跟他讲的句句都是真话,相信跟他面对面以经掌握了他的所有证据,他才有可能竹筒倒豆子。"怎样让他相信你? 怎样把他的心理围墙打开? 不能老跟他说我已经掌握了你的证据,你就交代吧。这样跟他讲,他根本不会睬你。"张利民对此有自己的办法。

张利民说:"说到底,讯问是一个情感交流的过程,你得通过交流,通过展示证据、法律宣讲、案例分析、人文关怀,让对方充分意识到接受法律的制裁已经无法避免,仅仅只是从重还是从轻而已,而是从重还是从轻,选择权暂时还掌握在犯罪嫌疑人自己的手中,以此打开他的心理防线。"没有多年的积累,是很难做到这一点的。

神 探

大数据时代的刑侦工作,遵循的是研判为引领、合成侦查为保障的原则。

张利民说:"如果说现代还有神探的话,这个神探一定是个现代化的刑侦专业情报研判体系,而这个体系一定是由一支具备较高的信息化深度应用能力的专业情报研判队伍、一个能够及时实现业务流和信息流的融合的高度共享的操作平台、一批不断能够实时录入和即时更新的海量信息资源、一套确保各个环节都不会出问题的工作机制。"

他举例说明自己的观点:有一些案件十几年都没有破,但借助于 DNA 技术,很快就破案了。事实上,运用 DNA 技术并不复杂,复杂的是对海量数据的采集和比对工作。这样的工作必须靠一支队伍、一个平台、一批资源、一套机制,提供持之以恒的支持。

我问:"这样说来,在犯罪现场只要采集到相应的 DNA 数据,案子基本上就可以破了?"

张利民微微一笑:"哪有这么简单?很多案件的罪犯智商都不低,物证的鉴识工作专业化程度因此越来越高。就拿 2012 年发生在高资的'2·29'串并南京马群枪击案来说,凶手为了独吞 5000 万元的现金,先枪杀了一名被害人,接着又枪杀了自己的两名帮手,还在枪杀现场撒下了事先从理发店抓来的一把碎头发。这些头发是多少理发人留下来的?你真的把这些头发一个个地拿去检验,花费的精力和时间肯定是巨大的。"

怎样才能不被犯罪嫌疑人牵着鼻子跑呢?

关键还在于对信息的研判,后来张利民和团队同事通过其他技术手段,最终还是成功地提取到了真正嫌疑人的 DNA。

丹徒上党地区曾连续发生了几起"白日闯"案件,不法分子大白天就到百姓家里把东西偷了,弄得老百姓人心惶惶的。张利民他们通过对各类信息的分析,发现犯罪嫌疑人在上党偷完东西后,坐车到西麓,在西麓又转车到市区,到了市区下车后,又徒步走了一段,才返回落脚点。作案时,也是按这样的程序跑到上党的。没有各种技术手段的支撑,就很难在很短的时间里锁定这个嫌疑人。但影像资料不能自动告诉公安人员此人是什么人,怎么确定他的身份？怎么抓住他？这就要通过多个部门、多种技术手段进行协同破案。

一支过硬的队伍,借助先进的技术手段,立足于科学的工作机制,才是当代真正的神探。张利民的心里,刑侦大队的 27 位战友,个个都应该算是神探。

成 长

有些同事称张利民为"儒帅"。

他从自己的成长经历,总结出一个道理:干刑侦这一行,志趣很重要,决定着你能不能坐得住冷板凳,并在寂寞中取得成功。

他比较喜欢这样两句话。一句是:"非学无以广才,非志无以成学。"另一句则是:"志之所趋,无远弗届,穷山距海,不能限也;志之所向,无坚不入,锐兵精甲,不能御也。"

刑侦大队招兵买马时,张利民必问的一个问题是:"不说假话,你是真心想干？"

对于真心想从事刑侦工作的年轻人,张利民认为,成才的最好办法就是在干中学,要给他们压担子。

他在责任区中队当中队长时,就是这么干的。

责任区中队是个实战的综合体单位。张利民在西南中队当中队长时,局里分来 4 个小伙子。他非常高兴,就有意识地去锻炼他们,培养他们的研判能力。

刚进警队的小伙子,思维方式和社会经验跟老刑侦不同,如何发挥出他们的特点和长处？一个周五,他把 4 个小伙子叫到办公室,对他们说:"现在有一个犯罪嫌疑人,在哪里不知道,联系方法也不知道,你们可以去抓,怎么抓,你们自己看着办,但只给你们两天时间。"

几个刑侦队员干劲很大,双休日都没有休息,虽然在两天内没有抓到犯罪嫌疑人,但找出的线索已经足够锁定对方的落脚点了。

他们 4 个是这样破案的:被抓的人喜欢上网,如果找到他上网的轨迹就行了。他们通过分析嫌疑人的上网数据,终于锁定了目标,成功地把案子破了。他们对犯罪嫌疑人的这一研判思路,后来在团队内部被看作是一个经典案例。

"这 4 个小伙子现在呢？"我有些好奇。

张利民开心地笑了："这4个人现在都是刑侦上的骨干,其中一个人是信息研判的第一块牌子,比我强多了。"

一个刑警的成长,除了研判能力的提高外,心理的成熟也非常重要。刑警职业是个"三高"职业:高负荷、高应激、高风险。由于长期处于高度戒备、高度紧张的状态,对工作压力和紧张如果控制不好,一个人就很容易产生消极情绪,就会焦虑,甚至抑郁,特别是常常面对受害人和家属的痛苦、罪犯的冷漠,这些造成的负面情绪会不断积累,一旦控制力下降,遇到刺激,就会产生一些暴力倾向。这种情绪如果延伸到家庭,就会造成家庭矛盾。

张利民有点自嘲地说:"警察的离婚率比较高,当然这主要还得要怪我们自己。"

事实上,由于办案需要,刑警的饮食睡眠不规律,经常加班值班,没有固定的休假,加之上级要求命案必破、大案要案快侦快破的工作压力,反而是真正的常态。一个刑警,只有全身心地适应了这种"常态",才能跨入成熟刑警的行列。

忠　诚

在同事心目中,张利民在工作中有三个突出特点:一是对战友之情非常重视;二是对作风慵懒现象不留情面;三是对老百姓的生命财产受到侵害不能容忍。

他说:"干刑警的两三年里见到的各种丑恶的东西,可能比普通人一辈子见到的还要多,心理冲击非常大。如果因此把人性看得一无是处,这刑警工作也就不用干下去了。正因为我们见惯了人性中隐藏着的一些丑陋的东西,对人与人之间的感情反而更加珍惜。虚情假意在我们这里根本行不通。"

刑警中的作风慵懒现象很大程度上是由心理疲劳引起的。他承认心理疲劳是刑警队伍中的常见现象,而且比正常人要严重得多。一般人可能无法想象,作为骨干的30多岁的刑警,心理疲劳程度反而最厉害。他们上有老下有小,家庭压力大;在单位则要勇挑重担,建功立业,工作压力大。张利民认为,作风慵懒了,说明个人对家庭压力、工作压力已经到了超负荷的状态,必须加以干预。

张利民说:"前面两个不是目的,做到前面两点,根本的目的还是在于做到第三点。"

他不再抽烟，语气变得有点凝重："三年前，习总书记在北京会见我们全国公安机关爱民模范代表时，说了这么一句话：'平安是老百姓解决温饱后的第一需要，是极重要的民生，也是最基本的发展环境。'我们在干着，群众在看着。不管你承认不承认，公安的一头系着政府的心，另一头系着百姓的心。"

"发生一起案子，在统计数据上可能只有千分之一、万分之一，但对当事人而言，却是百分之百的。"张利民坦言自己在"破民生小案"上所花的精力和时间一点不比那些大案、要案少。"这些看起来无关紧要的'小案子'，其实直接损害了群众的利益，群众也因此丧失了安全感。"

张利民看得很远，他说："安全是一种心理状态，也是一种社会状态。从主观上讲，安全与群众的满意度和信任度息息相关；从客观上讲，安全是一种危险可控的状态，体现为控制危险的水平和能力。归根到底，老百姓的心安是靠对我们的信任积累起来的。"

2016年夏天，辖区某小区一栋楼的6户居民在同一天晚上被窃贼"光顾"，引起了小区居民的心理恐慌。张利民知道，盗窃，尤其是短时间内骤发的入室盗窃，对群众的心理安全感伤害极大，必须迅速破案。在整整两个月内，张利民和专案组的民警丝毫也不松懈，穷追猛打，对相关线索紧咬住不放，很快锁定了主要犯罪嫌疑人。这也是省里挂牌的"跨省夜间入室盗窃民宅系列案件"，涉及南京、镇江等地的33起案件，通过些案的侦破，还查破了涉及江西、安徽、浙江和山东4省的多起同类案件。

张利民说："几十起案子的涉案价值虽然只有26万多元，但给老百姓的心理造成的阴影难以评估，不把这批犯罪嫌疑人抓获，真的对不住'人民警察'这四个字啊！"

他有点感慨："此心安处是吾乡，心安才能平安啊！大话说得再多再好听，破不了案，老百姓不能心安，为人民服务就是一句空话。"

2015年年初，张利民被评为第二届"镇江最美警察"。

男，汉族

张伟

1976 年 1 月 29 日出生，本科学历，中共党员。1999 年参加公安工作，现任丹阳市公安局刑侦大队副大队长兼案件侦查队队长，负责刑事案件侦查办案、预审等工作。先后荣获全省优秀人民警察、镇江最美警察、镇江好警察等荣誉，荣立个人三等功 4 次，获嘉奖 3 次、优秀公务员 6 次。曾作为专家级人才被江苏省公安厅推荐参加公安部组织的对刘汉黑社会性质组织案总结和中央批示涉外专案侦办，受到了公安部副部长李伟的表扬，公安部专门发函对其工作给予充分肯定。

刑侦战线上一把攻心伐谋的尖刀

——记丹阳市公安局刑侦大队副大队长张伟

2017年春节渐渐临近,江南古城——丹阳的大街小巷处处洋溢着浓郁的年味,人们忙着逛街市、买年货、看表演、吃美食,一派欢乐祥和的氛围。

暮色四合,华灯初上。丹阳市看守所东侧的公安局刑侦大队案件审核中队里正一片紧张忙碌,刑侦大队副大队长兼审核中队长张伟正统筹负责,带领专案组队员夜以继日、争分夺秒侦办一起以王某为首的20余人涉恶团伙案件。王某等人在丹阳市区、城乡接合部实施了多起持械聚众斗殴、寻衅滋事、非法拘禁案件,为害一方,民愤极大,从抓捕到审讯,整整两个月时间,张伟像一只不停旋转的陀螺,一刻也没有停止过工作。

每每遇到重大案件,张伟总是身先士卒,冲锋在前,以队为家,以工作为乐,以吃苦为荣。他既是优秀的指挥员,又是出色的侦查员。这起案件涉案人员多,工作任务重,他事必躬亲,丝毫不敢懈怠。

今晚注定又是一个不眠之夜,可他已经连续几个晚上没有合眼了。由于长期熬夜,他的胸口时常疼痛,早些时候出现过数次短暂的昏迷现象,有一次甚至在专案组的椅子上昏厥过去半个多小时。他没有向领导和家人透露此事,他知道那意味着他要中途离开岗位。案件快接近尾声了,转给他人处理他放心不下,想等办妥案件再去医院彻底检查一下身体,他一直以为自己年轻,能够扛得住。

当清晨的第一缕曙光照射进专案组办公室,张伟站起身来,长吁一口气。案件侦办完美收官,上午便可将王某等恶势力团伙移送检察院起

张伟在参加全国命案卷宗评比和全国"剖析命案讲教训"活动中认真审阅卷宗

诉。这时，他才想起数日未曾谋面的家人。女儿常常嗔怪他埋头工作、不近人情，不是一个称职的爸爸。他看了一下时间还早，已放寒假的女儿一定还在酣睡。他想给女儿一个意外的惊喜，于是匆匆赶到早点店，买了女儿最喜欢吃的酱油豆腐花、蒸饭包油条，趁热送回家。

张伟蹑手蹑脚爬上楼梯，生怕惊动了睡梦中的邻居和家人。也许是太累了，他觉得每移动一步都是那么的沉重，虽说是冰冻三尺的严冬，但他身上虚汗直流。刚到家门前，胸口疼痛起来，而且一阵比一阵强烈，这不是好的征兆，他赶紧扶住楼梯，坚持站立住，他不愿意让家人看到自己的疲惫不堪，更不愿意让家人为自己的身体担心。可他眼前一黑，失去了知觉，直直地摔倒在地……

一位外出晨练的邻居刚好看到这一幕，喊来人，将张伟送往医院抢救。闻声而起的女儿看着门前撒落一地的豆腐花和蒸饭包，再也抑制不住情绪，失声痛哭，原来爸爸是那么在乎她，那么爱她，而自己之前却不懂爸爸的心。

因抢救及时，张伟转危为安。医生告诉他，他患有严重的心血管疾病，一处血管的堵塞率达90%以上,若不及时手术,随时可能危及生命。这样的年龄出现如此的症状比较少见,多数是长期熬夜辛劳所致。

住院治疗对张伟来说无疑是一件令人闹心的事,他最关心的是手术后是否会影响今后的工作,当得知并无大碍时,他才放下心来。安装血管支架手术一周不到,他从队友口中得知刑侦大队正在处理一起镇江市首例非法采矿案件,因案情错综复杂,颇为棘手。他拔下输液管,起身要去单位看看。家人和医生再三劝说,他毅然决然奔赴刑侦第一线。

看着他远去的身影,理解他的妻子无奈地摇摇头,说道:"总是这样,工作第一,什么都不顾。"是呀,为了打击违法犯罪,为了社会治安的稳定,为了千家万户的安居乐业,哪里艰辛危险他就冲向哪里,哪里有警情指令他就出现在哪里。

张伟在刑侦大队负责预审和办案指导工作,先后侦办了镇江市首例越南人偷越边境案、黄某故意杀人案等100余起重特大疑难案件,以及拐卖越南妇女案、刘某黑社会性质组织案等多起公安部、省厅挂牌案件,荣立个人二等功1次、三等功5次,连续6年被评为优秀公务员,荣获第二届"镇江最美警察"提名奖,2017年5月被省公安厅评为"江苏省优秀人民警察"。

张伟似乎天生就是刑警,生来就是为破案而活着,一旦遇上案子,全身的兴奋点都会被调动起来,简直是一个典型的"工作狂"。

他最爱《孙子兵法》中一名句:"上兵伐谋,其次伐交,其次伐兵,其下攻城。"他常说:"预审,就是这样一门'攻心伐谋'的学问,以心理服人,以证据服人。"

张伟就是刑侦战线上一把攻心伐谋的尖刀。

这一路走来,有汗水,有泪水,有骄傲,有遗憾,有精彩,更有艰辛与付出!

一朝立志　不忘初衷

1976年1月,张伟出生在丹阳城西大考场一个普通的家庭。他的母亲当年因兄弟姐妹多无法养活而被送到淮安,成年后又嫁到丹阳,没有文化,没有稳定工作,但她善良正直,贤惠勤劳。即便忙碌,她对儿子的教育也特别重视,寄予厚望。

大考场在三国时曾是周瑜操练水军的营地,附近的人尚武健身,蔚然成风。童年时,张伟的偶像是除暴安良的好汉;少年时,他憧憬英雄虎胆的神探。

步入中学后,周边的同学对风靡一时的言情小说爱不释手,他却对《福尔摩斯探案集》情有独钟。正是这样的情结,他立志选择警察作为自己终生的职业,崇尚公平,匡护正义。高考那年,他如愿以偿,考入了警校。

入警第一天,公安局组织 30 名新警到大礼堂集中,要求每人在规定时间内现场写一篇"论人民警察的职业道德"文章。张伟洋洋洒洒写了数千字,颇为自得。谁知第二天上午,领导找他个别谈话,表示办公室缺少一个站起能说、坐下能写、出去能干、进来能谋的文秘,局里经过考察,准备安排他到办公室工作。

好多朋友跑过来祝贺他,一踏上工作岗位就被安排到办公室做文秘,这可是件人们求之不得的好事。做文秘可以天天待在办公室里,不必东奔西走,免遭日晒雨淋,与领导一起共事,一旦被领导赏识,便有被提拔的机会。

哪知张伟却因此陷入无尽的纠结与烦恼之中,他一心想当一名战斗在刑侦前沿的刑警或者到基层做一名治安民警,这样可以有机会与违法犯罪分子真枪实弹地较量。他打心眼里不愿意干文秘,整天写公文材料,在学校学的一点警察基本功岂不是荒废了?他甚至有点儿后悔那天将文章写得太好。可作为警察,服从命令是天职;作为新人,又不能辜负领导的一番美意。

干一行,爱一行,专一行,精一行。他没有将情绪带入工作,平时严谨细心,吃苦耐劳,同事认可,领导满意,撰写的新闻报道频频见报,成为公安内部小有名气的"秀才"。不久,镇江市公安局为了提高知名度和影响力,意欲扩大宣传面,与丹阳电视台联办了《警方特别报道》栏目。因缺乏专业人才,便把张伟调了过去,专门负责宣传报道工作。

即便如此,他仍然不忘初衷,数次委婉地向领导提出能否到一线锻炼成长。领导有爱才之心,也有识才之智。2004 年,张伟调入经侦大队,他很珍惜这个来之不易的机会,从点滴开始,从细节着手,看书学习,充实自己,并虚心地拜师学徒。

张伟清楚地记得他接手的第一个经济案件——本地一家企业的业务员耿某收取货款后潜逃,导致企业流动资金缺失,直接影响企业生产的正常运作。张伟通过研究挪用资金犯罪的法律,从第一份报案笔录、调取银行明细信息开始,搜集整理了大量的证据材料,制订了一份周密详尽的抓捕犯罪嫌疑人计划。

在得到领导批准后,他与搭档乘坐火车远赴广东实施抓捕计划。这是他从警后第一次出差,也是他第一次办案,心里有些忐忑,更有一种"壮士一去分不复还"的壮烈。他的随身的行李中装满了相关法律手续和一些法律业务书籍,连一件换洗衣服都没带。

在广东警方的配合下,张伟掌握了犯罪嫌疑人耿某的落脚点,一举将其抓获。耿某见张伟对其行踪了如指掌,干脆利索地交代了所有的犯罪事实。押解耿某回丹阳的20多个小时的车程中,张伟丝毫不敢松懈,保持高度警惕,担心有个闪失就会前功尽弃,直到将耿某安全送入看守所后,才吃了一颗定心丸。他继而深挖线索,扩大战果,积极追赃,最大限度地挽回企业的损失。

牛刀小试,初战告捷。张伟没有躺在功劳簿上睡大觉,而是潜心研究案卷,不断总结,勇于挑战。他喜欢这种充满挑战的战斗生活;喜欢面对疑难案件,一步一个脚印地抽丝剥茧、揭开迷踪;喜欢在打击犯罪的最前线奔波劳碌;喜欢在与犯罪分子斗智斗勇的领域里风里来雨里去……

2005年10月,经侦大队接到一起报案,丹阳人刘某诈骗一位新疆商人的一批和田玉后销声匿迹,金额高达80余万元。和田玉矿分布在昆仑雪山之巅,山道险阻,高寒缺氧,不易开采。这些玉石是新疆商人用性命和血汗换来的,如今被骗,情绪相当激动。新疆商人扬言,找不回和田玉,便将刘某家人绑架到新疆去作人质。

情况紧急,张伟担心新疆商人激动之余会莽撞行事,立即与报案人取得联系,晓之以理,说服报案人相信法律,相信公安机关会公平公正处理好这件事,一定会给他一个满意的答案。

在紧锣密鼓的侦查中,张伟率先发现了刘某逃匿的蛛丝马迹,可能隐藏在湖北省十堰市的大山深处。他和同事驱车18个小时,马不停蹄,行程千里,直扑刘某的藏身地。

十堰市冬无严寒,夏无酷暑,境内群山逶迤,沟壑纵横,云缠雾绕,涌绿叠翠。张伟和同事开了一个玩笑:"看来刘某智商不一般啊!他真会选地方,这里静可养身,动可逃逸。"到达山脚,张伟和同事徒步两个多小时找寻到半山腰的一个村落,沿途坡陡弯急,一着不慎,就可能摔下悬崖。经过打听,刘某的确在此住过,不过早些时候搬走了。

张伟没有灰心,没有放弃,继续在周边地区走访排查。功夫不负有心人,有个村民提供信息,曾经在附近一个集镇上的住宅区遇到过刘某。张伟如获至宝,连夜赶到目的地。新建的住宅区没有围墙,好多栋七层楼,四周林木繁茂,易于藏身,刘某究竟藏匿何处,不得而知。

时值10月下旬,山区晚上的气温比较低,张伟和同事只能蜷缩在队里的普桑车内默默蹲守,饿了啃面包,渴了喝矿泉水,他们不敢大张旗鼓地排查,生怕打草惊蛇。连续两天,他们白天分工摸排,晚上轮流值班,伏击守候。

第三天早上，刘某在住宅区门前现身，露出了狐狸的尾巴，但人影一晃就消失了。张伟随即跟踪过去，迅速在周边搜索，却没有发现刘某。闻讯而来的同事睡眼蒙眬，问张伟道："你满脑子都是想抓住刘某，会不会是出现了幻觉？"张伟断言，刘某肯定就藏匿在这栋楼上。

在与当地派出所取得联系后，组织了警力对该栋楼进行地毯式搜查，从1层到7层，一家家地打听，一个个地询问，都没有发现刘某的踪迹。张伟在7楼徘徊了许久，刘某难道插翅而飞了？最终他将目光锁定在楼顶的一个天窗上，边上还有个简易的木楼梯，多数人都会理解可能是装修工人随意摆放在此处的，但张伟多了一个心眼，他悄悄爬上楼梯，上了天窗。7楼顶上竟然有一间小矮房，他一个箭步冲过去，将正在酣睡的刘某按住……刘某也惊呆了，躲在这里也被发现了，莫非是天降神兵？

张伟与搭档一协商，决定不顾疲劳，立即启程，将犯罪嫌疑人押回丹阳，免得夜长梦多。到达丹阳看守所已是凌晨，办理完交接手续，疲惫至极的张伟和衣躺在看守所大厅的椅子上，转瞬便进入了梦乡。第二天早上，同事来上班，见他睡在椅子上，都觉得好奇怪。

事后，新疆商人特意选了几块上好的和田玉籽料送到经侦大队，专程对张伟表示谢意。张伟果断地予以谢绝，表示为民请愿、保民平安是自己应该做的分内事。新疆商人当时感动得热泪盈眶，伸出大拇指连连夸赞丹阳警察"亚克西"。

刑侦高手 破案达人

2010年3月，张伟从经侦大队调派到刑侦大队案件侦查中队，担任中队长。从经侦民警到预审民警，对他来说，这是一个不小的挑战，他需要面对的，是以前从未面对过的，要做的，也是以前从来都没有接触过的。

张伟没有胆怯，而是迎难而上。他把自己当作一个新人，不懂就虚心向老民警和年轻的"师傅"们请教，学习审批案件、对刑事案件审查把关。空闲时间，他埋头在法律书籍里，研读法律条文，翻阅各类刑事执法类书籍，学习盗窃、抢劫、诈骗等普通常见案件的证据搜集要点，从最基础的笔录制作入手，一问一答、权利义务告知、犯罪事实七要素逐一过关，重点证据细化记录，把握预审系统业务工作技巧，《刑事诉讼法》和《刑法》成了他的"挚爱"。

记不清多少个日夜，他耐得住清苦，守得住寂寞，在斗室之中推敲一本本卷宗,在一线预审工作实践中锤炼自己、提高自己。从新警"小张"到师傅"老张"再到分管案件侦查的副大队长,张伟成长为丹阳市公安局首屈一指的侦查办案能手,经他手侦办的案件,件件都是铁案,件件都是经典之作。

"以前都是在一线办案,打击经济犯罪,到预审来,不仅要负责日常审批案件、执法质量检查和案件的办结,还要对嫌疑人的余罪进行深挖。"凭着细心与智慧,他深挖余罪,查漏补缺,做到人不漏罪,罪不漏人,不让一个罪犯逍遥法外,也绝不让一个清白的人蒙受冤屈。

2012年9月,丹阳市公安局经过数月的运作,一举摧毁了以刘某为首的黑社会性质犯罪组织,抓获涉案成员50余名,缴获枪支、砍刀、匕首等物品。为确保案件侦办顺利,张伟担任了这起黑社会性质案件的统筹和案件材料的审核把关工作。

以刘某为首的黑社会性质组织能否斩草除根,能否受到法律的严惩,张伟的工作可谓是重中之重。从参加专案组的那一刻起,他就放弃了所有休息时间,吃住在专案组。每天晚上汇总各个工作组情况,审核抓捕组、调查取证组的材料到深夜,对证据搜集和固定不到位、有瑕疵的,逐一提出补证提纲,直到每一起案件查证的证据合法有效,同时将次日各个工作组的工作措施和要求逐一列出。

专案组在他的统筹安排下,步步为营,有条不紊。刘某等人黑社会性质组织案涉及犯罪嫌疑人50余名,涉及罪名10种,案件100余起,案卷材料达40卷300余万字,案卷堆起来有1米多高,材料审核的工作量可想而知。张伟以严谨细致的作风,认真负责的工作态度,加班加点仔细阅卷,记录每一起案件的证据搜集、固定情况,仅阅卷笔录就记录了厚厚三大本6万多字。

该案侦办过程中,正值新旧《刑事诉讼法》交替之时,在法律程序上有所变化,为了使该案在法律程序上不出问题,张伟主动对比学习研究新旧《刑事诉讼法》,确保了该案办理过程中程序合法。也正是由于该案的证据扎实,50余名犯罪嫌疑人均接受法庭判决,无一人上诉。

连续多天失联,家人不知他出了什么事情。为案件保密,他没有透露点滴信息,只是托朋友关照家人,他在单位加班。刚好女儿生病住院,都是他爱人一人在照料,直到出院也没见过他的影子,同病房的都以为他爱人是一个单亲家庭。

审讯其实就是正义与邪恶的较量、意志与智慧的搏杀。很多犯罪嫌疑人在被抓获后,在经历了恐惧、绝望之后,会进入相对冷静的阶段,进而会采取各种手段来对抗审讯,妄图以此来逃避即将受到的法律严惩,而预审员要做的,就是打掉这种幻想，让其如实供述自己的罪行。

作为黑社会老大的刘某见多识广，不可能轻易就范。张伟第一次审讯刘某时，刘某闭口不言，时而用凶光直视张伟，时而看着天花板发呆。张伟也不甘示弱，语气不紧不慢地、时轻时重。"你有权保持沉默，现在你的沉默并不代表你没有罪，而是代表你的态度。"

整整三小时，张伟一一列数刘某的残暴行径，最终，刘某心理防线彻底崩溃，交代自己的罪行。一个祸害一方的重大犯罪团伙因主犯的崩溃而被及时摧毁。

对此，笔者也深有感触。第一次采访张伟，他以斯文、儒雅、谦和的微笑开场，虽然戴着一副眼镜，但难掩疲惫的神情。在接下来的时间里，他几乎一直把握谈话的主动权，采访只能顺着他的思路走下去。笔者真正领教了这位智慧刑警、审讯办案专家把握谈话节奏的能力。

形形色色的刑事案件，案情扑朔迷离，各种线索错综复杂，各类新型犯罪

_张伟对黑社会性质组织案犯罪嫌疑人刘某进行预审

案件层出不穷,唯有提前介入,研究对策,在实践中不断总结提炼,固化办案经验方法。张伟善于拓宽思路,创新思维,许多大案要案的侦破都留下他运筹帷幄、睿智果敢的身影。

2015年3月7日,辖区司徒派出所在办理朱某、孙某等人贩卖毒品案过程中,在朱某的住处发现了大量制造毒品的工具。

制造毒品犯罪在镇江市还是首例,为了办好该案,张伟全身心投入其中,查阅毒品犯罪的相关法律和司法解释,以及制造毒品犯罪的相关法院判例,掌握了办理制造毒品犯罪的证据要求。同时,他对专案组制作的笔录和相关证据材料进行细致审核,按照制造毒品犯罪的证据要求制定犯罪嫌疑人审讯提纲,围绕犯罪事实提出证据搜集的要求,对搜集证据的程序,以及物证鉴定的程序、范围、证明要求提出意见和建议。由于张伟滴水不漏的工作,公安部门顺利将制造毒品犯罪的朱某等人提请检察院批准逮捕,有力打击了毒品犯罪。

同时,针对近年来丹阳市发生的外国人偷越国境打工现象屡禁不绝的问题,张伟研究了入境法律、外国人犯罪等一系列法律法规,针对重点组织人员进行调查,一举破获越南人范某清偷越国边境案,并带领办案民警克服语言困难,制定详细的讯问提纲,与翻译人员事先沟通,对越南籍犯罪嫌疑人进行耐心细致的讯问,固定犯罪证据,确保顺利移送起诉,为同行侦办同类案件提供了宝贵经验。

刑事案件的侦破,最关键的问题在于证据。如果侦查人员有所疏忽,有些证据时过境迁将永远无法弥补,证据来源不清将会造成非法证据排除,给对犯罪嫌疑人的诉讼带来很大麻烦。证据确凿,任凭犯罪嫌疑人百般抵赖仍将难逃法网;而如果没有证据或证据不全,犯罪嫌疑人有时就会翻供甚至反咬一口,使案件侦办工作陷于被动。张伟在审讯生涯中,始终紧紧抓住证据这一关键环节,保证自己办出的每一起案件都能做到铁案如山,经得起时间的检验。

在张伟经办的案件中,王某"零口供"案是不能不提的一起经典案件。王某是一名盗窃惯犯,于2015年4月盗窃一家手机店10余只苹果牌手机,价值5万余元而被抓获。在案件侦办过程中,王某面对办案人员的审讯态度异常顽固,口口声声称是与苹果手机店主有债务纠纷,拿手机是为了抵债,妄图以此蒙混过关,逃脱法律的处罚。

在审讯王某过程中,张伟注重发现王某交代过程中的破绽,从细节入手,从王某交代的各个环节去查证突破。为了找到一名关键证人,他多次赴苏州、无锡,最终证人被感动,答应配合公安机关工作。通过大量的调查取证,最终形成证据锁链,戳破了王某的谎言。在王某零口供狡辩的情况下,仍顺利将其移送审查起诉，使王某未能逃脱法律的惩罚。

张伟担任刑侦大队副大队长后，有同事说："你不用亲自办案了，指导一下就行了。"可张伟回答："预审工作如果不亲自去做，就永远没有发言权。"

事实证明，在刑侦大队他与其他同事一样侦办案件，且专挑疑难复杂案件办。群众看公安，关键看破案。命案是公安机关侦办难度最大的案件，证据要求非常高，可谓人命关天。人民群众对公安机关侦破命案特别关注，一旦命案发生，消息传播速度快，社会影响大。不管是休息日，还是晚上休息时间，只要接到命案发生的信息，张伟都会随刑侦技术人员一同赶赴现场，了解案情，掌握案件的第一手资料，与侦查人员一起协商调查取证工作。

2015年4月，在丹阳市丹金路一家餐馆打工的胡某，因多次向餐馆老板娘陈某索要工资未果而心生怨恨。4月30日下午，胡某带了把水果刀，再次去找陈某，两人交谈过程中发生争执，胡某拔出水果刀将陈某捅成重伤。案件发生后，张伟立即赶赴现场，与其他侦查员一起调查走访，共同审讯犯罪嫌疑人胡某，对案件所涉及的证据，一一列出清单，指导侦查人员严格按照程序规定，以最快速度取证到位，一直工作到次日凌晨3点才回到家中。

刚刚躺下休息，张伟的手机又响了，有报陵口镇又发生命案了，虽然已是"五一"国际劳动节，可他顾不上休息，又赶赴陵口派出所，与其他侦查人员一起分析案情，对行凶人员进行审查。经过3个多小时的审查，犯罪嫌疑人郑某交代了邀约同伙汤某一起找符某讨要说法，与符某发生打斗，郑某持尖刀连捅符某胸、腹部数刀，导致符某死亡的犯罪事实。根据郑某的交代，张伟又与同事一起对逃离现场的郑某之子和汤某进行抓捕，组织审查，并组织技术人员、办案人员汇总情况，讲明取证要点。当一系列工作部署完毕，张伟已经连续两日两夜不眠不休了。

张伟从事预审工作以来，已主办命案20余起，均顺利结案。他之所以能够又快又准地破案，完全是他个人态度和吃苦的精神决定的，工作中，他事无巨细，追求完美，一步一个脚印，每一步都那么坚实，那么从容。

智慧刑警　攻心伐谋

记得刚到刑侦队时，一名老刑警对张伟说："你选择了这个职业，你就选择了奉献与牺牲，生死考验面前，你没有退缩的权利。"

张伟原本就认为自己可以直面穷凶极恶的歹徒，直面黑洞洞的枪口，直面带血的尖刀,因此,他早已将个人生死置之度外。在他眼里,刑警就是顶天立地、血肉丰满、忠诚敬业、集正义与智慧于一身的警中之警。刑警是一种与众不同的职业,神秘而富于挑战,那是一个被铁血男儿精彩演绎、大展身手的广阔舞台,正义与邪恶的殊死较量惊心动魄、永无休止,因为侠肝义胆、除暴安良、庇护众生,这个特殊的职业变得崇高而又神圣。他热爱刑警事业,钟情充满刺激和挑战的刑侦一线,刑侦工作是他永远无法割舍的情结。

多年的审讯生涯,使张伟练就了一双洞悉案件疑点的火眼金睛,一个思维敏捷、随机应变的智慧头脑,也使他积累了丰富的知识。面对一个犯罪嫌疑人,他能够在短短的时间内从对方的神情和目光中观察出其所思所想,并适时采取有针对性的审讯策略,这使他在与任何年龄、任何层次的对手交锋中都能够立于不败之地。

2012 年 7 月 26 日下午 4 时许,辖区大泊派出所接到沭阳人董某的报警:其丈夫袁某,32 岁,数天前突然手机关机,在丹阳大泊一带下落不明。而在此前几天她曾和丈夫袁某通过话,得知其妹夫黄某在袁某的暂住地,黄为寻找离家出走的妻子到过大泊。

董某还反映 7 月 24 日晚上 8 时许,其妹夫黄某返回沭阳后,即在家中喝农药割腕自杀,后被家人发现,送至沭阳人民医院抢救。7 月 25 日上午,袁某的母亲询问黄某身边现金来历及袁某去向时,黄某含糊其辞,并从医院趁机逃走,下落不明。而后董某在黄某的房间内发现了其丈夫袁某的钱包、身份证、银行卡等物。

大泊派出所接报后,迅速出警,在辖区内搜寻袁某的暂住地。经过连夜走访和排查,7 月 27 日上午 10 时许,在丹阳市开发区毛家村找到了袁某的暂住地,推门入内,发现袁某已经被人用刀砍死在房内。张伟随刑侦技术人员赶到现场,获取第一手案件资料。根据死者袁某的妻子董某反映的情况,黄某有重大作案嫌疑,于是两组侦查员分赴江苏省沭阳县及黄某的老家贵州对黄某进行抓捕。

黄某归案后,供认了杀害袁某的事实,但是对作案的相关细节却始终避而不谈,一连十几天抗拒交代,拒绝回答与案件相关的任何问题。没有充足的证据,就很难顺利将黄某起诉审判。

张伟决定啃下这块"硬骨头"。他逐字逐句地翻看了黄某的卷宗,其中一段话引起了他的注意。黄某曾要求办案人员帮忙给妻子带信,要其好好照顾孩子,原来黄某对自己的小孩非常疼爱,非常在乎自己的妻子,谈及妻儿他有一种悔恨,看来这个穷凶极恶的亡命徒心中还有一份牵挂。张伟内心初步形成了一套针对黄某的审讯策略。

审讯之前,张伟备足功课,专程赴沭阳到黄某的妻子处了解情况,掌握了黄某的性格习惯等,并将与黄某妻儿交谈的过程拍成视频。一见黄某,张伟便说:"今天上班时经过机关幼儿园,见到许多天真无邪、活泼可爱的孩子,我就在想,他们长大后会成为一个对社会有用的人,还是成为一个自绝于社会的罪人呢?"一提到孩子,黄某的神情便一下子紧张起来。紧接着,张伟以孩子的成长教育为话题,谈到社会和家庭环境、高考模式、就业选择等,黄某听得津津有味,不住地插话咨询。

张伟见时机成熟,便播放了一段黄某妻儿的视频。黄某看后痛哭流涕,坐在审讯椅上,双手不断作揖,感谢张伟帮他了却了心愿。在随后的审讯中,黄某非常配合,彻底交代了作案过程的细节。原来黄某曾因盗窃被判刑六个月,刑满释放后回到沭阳家中,一次看到妻子的手机短信后,怀疑妻子有外遇,与妻子发生争吵,妻子一气之下带着孩子离家出走了。

黄某到处寻找,都没有音讯。7月21日,他来到妻子的哥哥袁某在丹阳大泊的暂住地,想从袁某那里得到妻儿的信息,可袁某却声称不知道。当天黄某偶然发现袁某与他人通电话时躲躲闪闪,便认为袁某肯定是在与自己的妻儿通话,故意回避自己,因此怀恨在心。7月22日凌晨,黄某趁袁某熟睡之际,用菜刀将袁某杀害,逃回沭阳家中喝农药割腕自杀,因抢救及时而未果。黄某在医院治疗时怕事情败露,又从医院逃走。

根据黄某的交代,张伟又赴沭阳、徐州等地取证,形成了完整的证据链。最终,黄某被依法判处死刑。

多年来,经张伟审讯过的犯罪嫌疑人,基本上都对他心服口服。个中原因离不开他的人格魅力和炉火纯青的审讯技巧,当然更重要的,还是他执法公正和对工作认真负责的态度。他认为,作为一名成熟的刑警,应该是与犯罪嫌疑人斗智不斗力,引发其对"善"的留恋和对"恶"的忏悔,兵不血刃才是至高境界。

正是由于张伟过硬的办案能力、精炼的业务素质和特别能吃苦、特别能战斗的精神,公安部多次抽调他参加全国命案卷宗评比和全国"剖析命案讲教训"活动。

为总结四川省刘某黑社会性质组织犯罪案侦破的经验和启示,公安部在全国范围内组织了6名刑侦专家汇集湖北咸宁。张伟是江苏省唯一出席的代表,也是专家组最年轻的成员。面对装满大半个房间的400多卷案宗,专家组分工协作,各司其职。张伟明白,他代表的不仅仅是个人的业务水平,还代表着整个江苏公安干警的形象。一个月的时间里,他每天只睡两三个小时,阅读案宗,研究相关法律,整理出 4 大本厚厚的笔记,撰写了 6 万多字的总结材料。初稿一出,便得到了公安部领导的肯定,顺利通过审核。

在云南省召开的总结研讨会上,全国资深刑侦专家济济一堂,听完张伟的发言,大家交口称赞。公安部刑侦局认为张伟的总结材料深刻到位,具有指导意义,还特别安排他与知名专家教授一起前往全国刑侦部门打黑除恶业务培训班授课。对张伟来说,这是激励,更是鞭策。

2015 年 8 月,张伟被公安部抽调至新疆,奉命参与中央批办的"7·13"涉外专案的侦办工作。南疆的喀什、和田地区是新疆反恐维稳的重点地区,张伟一下飞机,便被眼前的热风炙浪、漫天黄沙、茫茫戈壁搅得头晕眼花,加之水土不服,一到宾馆便上吐下泻,四肢乏力。但部里给的时间紧、任务重,工作一刻也不能耽搁。

中央批办专案是涉外案件,案件定性是否准确、程序和实体证据能否得到外方的认可,是在与外方会晤中取得成效的关键。张伟一面主动学习外方的法律条款和国际刑事司法协助法律法规,查找法律书籍学习理解相关罪名,一面利用自身谙熟法律知识的优势,转变办案思路,从手头现有的资料入手,仔细阅读和研究公安部相关部门先期掌握的材料。经过连续 5 个昼夜的分析研究,张伟从中梳理出 20 余条查证线索,并对每条线索的查证要求拟订了详细的查证提纲。他坚信从小处着手,顺藤摸瓜,一根绳往往能牵出一头牛。公安部刑侦局领导审阅后,对侦查取证成效给予了肯定和表扬。

随后,他三次远赴边陲小城墨玉、于阗开展侦查工作,和当地民警打成一片,一起到法院调取案卷,一起提审犯罪嫌疑人,一起回访群众。面对一米多高的犹如"天书"的民族语言案卷,张伟在当地两名维吾尔族民警的帮助下,连续加班加点数十天,对全部案卷进行了通篇翻译,坚持一边听,一边记录,对重点的证据进行摘录。经过 50 多天的阅卷、调查取证工作,张伟搜集、转化证据材料 100 余份 20 余万字,并对证据材料进行了组卷。张伟组成的卷宗,条理清晰,程序合法,证据链环环相扣。

新疆地广人稀,从一处地方赶到另一处地方,乘坐飞机、火车、汽车得花费很多的时间。张伟争分夺秒,跟时间赛跑。饭菜不习惯,他的包里总是装着馕、矿泉水和胃药。时间不够用,就少睡点,有时为了赶材料,他连夜加班,只有百米远的宾馆他也不去住,就在办公室里眯一会儿。

协助张伟办案的警察提及张伟也是佩服不已。他们原本以为张伟是刑侦专家,是来指导工作的,顶多是在宾馆里泡杯茶,吹吹空调,翻翻卷宗罢了。没想到张伟与他们一起同甘共苦,深入基层,不辞劳苦,白天提审案犯,晚上在办公室汇总整理,比他们还辛苦。自此,他们对内地警察刮目相看,并将其视为标杆。

办案期间,为了寻找重要证人,张伟数次走进维吾尔族群众家中,有的证人担心打击报复、家人受到牵连,不敢作证。张伟说:"我不远千里来到这里,就是为了打击恐怖活动,铲除你们的后顾之忧,维护新疆的和平、稳定与繁荣。"为打消证人顾虑,有时他和证人一谈就是一夜。真诚的沟通和交流,感动了证人,他们因此愿意提供线索。

千里走新疆,70多天里,张伟为专案取得突破性进展做出了重要贡献,充分展示了江苏公安的良好形象,受到了省厅领导的首肯,并得到了公安部李伟副部长的个别表扬,公安部也专门发函对其工作给予肯定。

一个人,如果用一生去追求一个理想,这份信念该是何等坚定、铿锵!一个人,如果用生命去践行一个誓言,这份情感该是何等厚重、深沉!

张伟在平凡而神圣的刑侦岗位上,把责任作为自己的终身使命,把专业作为自己的终生事业,把敬业作为自己的终生追求,只是为了捍卫刑警至高无上的荣誉,只是为了践行立警为公、执法为民的庄严誓言!

铁血之魂

中篇

镇江市看守所五大队

现有女民警 3 名、女性警务辅助人员 5 名,负责管理教育镇江全市范围内的女性犯罪嫌疑人、被告人及短期服刑罪犯。近 3 年来共收押管理 1500 余名女性在押人员。她们立足于监管小岗位,奉献在公安大舞台,2015 年被江苏省妇联授予"巾帼文明岗",被镇江市妇联评为"三八红旗集体",1 名女警被镇江市总工会评为"'五一'技术标兵",2017 年 4 月被全国妇联评为"巾帼文明岗",同年 6 月被镇江市公安局、共青团镇江市委员会命名为"2015—2016 年度全市公安系统青年文明号"。

唤醒者

——记全国"巾帼文明岗"镇江市看守所五大队

　　在封闭的囚室铁门里,住着一百多个灵魂出窍、醒着做梦的人。她们的思想是分叉的,需要归拢。

　　镇江市看守所五大队,是全市女性在押人员集中羁押的地方。3 名女警,每月至少 6 次要值 24 小时班。她们仨都是双警家庭。陈文霞的孩子上初中,魏玮和蔡辰玥两家的孩子都还不到 4 岁。她们常年负责教育管理全市范围内的女性犯罪嫌疑人、被告人和短期服刑罪犯,其中两个人各自负责五六十名以上的在押人员。副所长陈文霞,负责管理女子监区及全所医务工作,管理看守所在押人员患病的治疗情况。

　　她们三个人的日常工作,常年在高墙内,极少有机会与外界接触。

　　步入看守所大厅,从侧面的密码门进入,再折身经过 AB 门,上几级台阶后,又见一个耸入蓝天的铁笼子。为了防止在押人员上囚车时脱逃,特地在这里制了这样的天网。

　　穿过好几道戒备森严的铁门,踏过黄色的警戒线,才算是正式走进看守所。

　　来五大队之前,笔者先是从镇江市公安局新闻中心曹警官做的微信公众号上认识了她们仨。

　　微信公众号上的几张图片和三言两语的解说词,无法囊括她们日常工作中的细枝末节。如果不能零距离走进五大队里面亲身体验,单凭想象,很难让人信服,就这么三个女子,把羁押在看守所的一百多名在押人员管理得井井有条无事故。

_镇江市看守所五大队三名女警正在交流近期在押人员心理动态

　　作为女性,长年坚守在看守所这一特殊的行业,与一群同为女性的特殊人群"厮守"在一起。在这个逼仄的戾气深重的天空下,这三位孩子的母亲,不是常人所说的半边天,而是高墙内女子监区的整个天空。

医者,仁心,闪电如风

　　离立秋尚有一周,2017 年 8 月 2 日这一天,我走进看守所第五大队,在女子监区的"掌门人"陈文霞的带领下,首次走进监区。初见陈文霞,她娇小,清瘦,一副弱不禁风的样子。但你和她同行,很快就会被她干练的工作作风所感染,瞬间跟上她如风的脚步。

女子监区的民警,如走马灯似的,来了走,走了来,而她从管理教育的一线做起,一待就是十一个年头。

毕业于兰州军区医学高等专科学校的陈文霞,分配到解放军镇江第三五九医院,在急救中心、重症监护室(ICU)和门诊工作十年。11年前,转业到看守所工作至今。

在医院工作时,她的女儿还很小,她整天泡在医院里。转业到看守所,整日泡在监区,每天跟打仗一样。爱人和她一样,也是警察,同样工作繁忙。在女儿的心中,爸爸妈妈围着工作转,奶奶围着她转。最近女儿要开学了,作为父母本应该带她上街买点东西,可是挤不出时间。好在,孩子早已习以为常。只要手头上来了工作,家里的一切都得让位。为此,陈文霞内疚不已。女儿是她的唯一,可看守所里的一大群人,也同样重要啊。

在医院急诊室工作的时候,只要有重要抢救任务,三更半夜,哪怕瞌睡如山倒,她也得走出家门,第一时间赶到抢救现场。

从紧张的急诊、ICU转业的时候,她本来希望能到一个相对轻松点的单位。可是,阴差阳错,竟转业到了比医院还紧张的看守所。在医院的那些年,她作为一名医务工作者,虽然在抢救第一线,但下班后时间是属于自己的。到

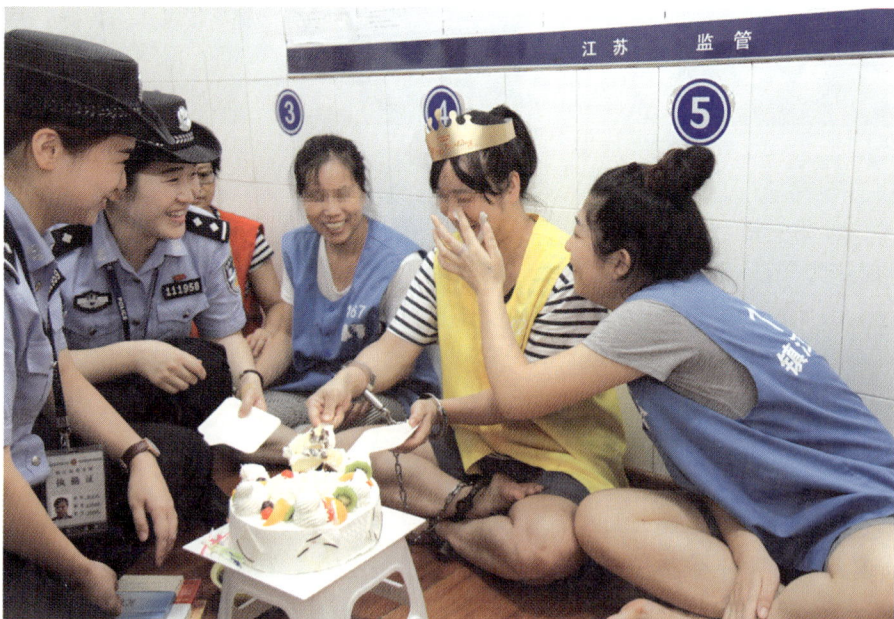

一场特殊的"生日会"

了看守所后,就算是下班回家,心也总是悬在半空中不落地,人在家中,脑子里想的全是所里的事,总害怕出什么乱子。

才转业的那段时间,陈文霞很不适应,说话不着调,做事不顺当。说实话,从部队转业到地方,一点也不讨巧。在原来的单位有职务,是指挥别人的。转业后,没了职务,被人指挥。角色转换了,原来的管理者的身份被打破,从零做起。面临新的行业,隔行如隔山。她从《刑法》《刑诉法》等业务联系紧密的法律条文开始学起,一条一句地去背、去理解。那种感觉是空落落的。

十年前的看守所,不要求 24 小时都有医生在。报到后的第一天,陈文霞就轮上了夜班,遇到突发情况。那天她成功处置了一个上消化道大出血的在押人员,给领导和同事们留下了深刻的印象。

所里的人只知道陈文霞是新分配来的军转干部,但不清楚她原来做什么工作。她头一天来看守所上班,警服都还没来得及领,夜里参加值机巡查时发现了异常情况,一名在押人员不停地呕吐。出于职业敏感,陈文霞仔细询问了该在押人员的发病过程、既往病史,认真检查了她的呕吐物,发现她的呕吐物呈咖啡色,是典型的消化道出血症状。

陈文霞果断地决定把她送到医院治疗,囚车到达医院时,这名在押人员的血压已低到警戒线,原来是胃穿孔大出血。通过紧急输血抢救,挽救了一条生命。这一突发事件,让大家都知道了陈文霞的另一个身份——医者。为此,支队通报表扬她。

因为曾经是医务工作者,陈文霞又多了一份"兼职"。只要值班,她就会特别忙。一段时间内,每到值班前一天,陈文霞就会表现出一些"烦躁"情绪,女儿将此理解为:"妈妈今天心情不好!"

陈文霞说,看守所里的病人,不是单纯意义上的病人。她们首先是犯罪嫌疑人、被告人、罪犯,其次才是"患病人员"。有些是真病,有些会挖空心思装病,给民警的管理教育工作制造一定的麻烦,更有人希望通过此途径能够逃避法律制裁。所以,你首先要判断她们是真病还是假病,然后才能给她们看病。

看守所里还有一些比较特殊的人:聋哑人和少数民族在押人员。遇到识字的聋哑人还可以在纸上交流,如果遇到不识字又不会手语的,那真是两眼一抹黑。

有一个十八岁的聋哑在押人员生了病,她不识字,也不会手语。那天她双手捧住肚子在监室里疼得"哇里哇啦"直叫,知道她生病了,可是无法知道她哪里不好,只能靠"望、闻、问、切"进行初步判断。陈文霞把手朝她上腹部一按,便听到一阵阵大叫,她断定此人病情不轻。事不宜迟,火速安排所里的值班民警押送到医院。等送到急诊室的时候,她突然安静下来,摸摸肚子,摆手示意陈文霞,她肚子不疼了。陈文霞回想她在监室里的表现,那疼不像是装的,她的身体肯定有状况。

在押人员不知道,其实她的胃已经穿孔,在完全穿透的情况下,痛感会暂时消失。通过腹部平片检查,提示"膈下游离气体"(胃穿孔典型体征),她的胃已穿孔,随时危及生命。当即紧急上手术台,切除了大半个胃,才保住性命。

这些生病的在押人员被送到医院,没有一个家属来陪护,全部由看守所里的民警看护。陈文霞经常一等就是一夜。每一个在押人员住院,不论轻重,每天 24 小时内,需要民警和武警共同轮流看守,两名武警。如果需要手术,他们还经常要跟着进手术室,一是对他们情绪上是一个安抚,二是防止发生脱逃或袭击他人的情况。

看守所近一半的警力调到医院,所里的事务一样还不能落下。在陈文霞值班期间处理的重症病人,没有出现过一例差错。这也是后来领导要给陈文霞压担子的原因之一。对于一些病例,在送医院救治的过程中,她和曾经的同事们之间,只要一个眼神、一个动作,就能协调自如、配合默契。这让陈文霞又找回了一个医者的自豪感。

遇到办案部门半夜送人进来,经常一夜要起来好多趟,第二天却无法休息。如果夜里送在押人员去医院,处理不好,也不能回来,只能在医院继续坚守者。

陈文霞说自己为人女、为人妻、为人母,在家里,都是爱人和双亲照顾着她和孩子。而在看守所里,只要是在押人员得了病,端屎端尿、喂饭对看守所的民警来说都是家常便饭。

在医院里执行押解任务的时候,陈文霞经常遇到原来的同事,同事们和她开玩笑道:"以为你转业后会轻松点的,哪知道现在却越来越辛苦,还不如不转业。"

看守所的在押人员看病太难了。难就难在安全防范上,这是重中之重。现在看守所的技防、物控措施已是非常严密,从所内跑出去的可能性很小,所以在押人员脱逃事件较多发生在出所就医的过程当中。所以,每次送在押人员去医院,陈文霞的心都会拎到嗓子眼上。在押人员一旦半途脱逃,不仅会给看守所的工作带来极大的负面影响,还会对社会治安带来隐患,给百姓带来恐慌。

几年中,陈文霞在夜间值班的时候,发现并及时处理重病在押人员十几起,送医院立即上手术室的就有五六人次。对急性胃穿孔、急性消化道出血、心脏病等危及生命的重病人及时救治,及时有效的先期处置将直接影响到后期的治疗效果。

陈文霞转业后的 11 年里,看守所工作的每个工作岗位她基本上都干过了,管教、前台接待、值机巡视、内勤、后勤……每天的时间都挤得满满的,忙得像陀螺似的。

在基本适应了管教工作后,因工作需要,看守所领导把她调到前台两年多。

前台与监室管理不同,是纯业务型,工作要求更加严谨。从各种诉讼环节和期限的掌握,到各类法律文书的审核,不允许出任何差错。

两年多的前台工作中,陈文霞学到了许多新知识,对前台的工作已经熟稔于心,不仅自己很受用,时间一长,只要碰到在押人员案件诉讼环节、换押期限、文书审核等方面的问题,同事们在第一时间总是想到向她咨询或请她帮助解决。

2009 年,所里内勤岗位一下子调走好几名民警,经过慎重考虑,所领导决定把陈文霞调到办公室做内勤工作。而原本满当当的办公室,因市局的统一调配,结果就剩下她一个人。

后勤工作与前台的工作又不同。看守所的内勤工作并不是别人想象中坐在办公室里那样,一张报纸一杯茶混到下班。陈文霞要面对的是海量的文件资料、台账,还有各类文件的上传下达,包括各岗位对内、对外的联系,宣传报道等全部汇总到内勤这里。手机和电话经常同时响起,整天响个不停,吵得陈文霞头发晕。办公室里总有写不完的材料,从事内勤工作的几年间,陈文霞从未享受过午休的待遇。白天琐事多,根本静不下心来写材料,下班后,笔记本电脑一拎,带回家加班写。吃过晚饭,碗一推,便打开电脑,自己写材料,女儿做作业。

硬性的工作要立即解决,软性的工作也要抽空解决。从前的档案存放是纸质的,办公自动化后,所有在押人员的档案全部要扫描录入档案系统。两千多份档案,每一页纸都得从手上过。有些档案不算厚,只有几页到十几页之间;而有些特别重大案件的档案,则是厚厚的一叠,几乎就是一本书的体量。即便是这样大量的档案整理工作,也只能挤时间完成。在实在忙不过来的情况下,所领导调来一名职工协助她工作,好歹让陈文霞松了一口气。

2011 年以后,陈文霞逐渐走上领导岗位,副大队长、大队长、副所长,除了需要完成以前的工作外,又有了新的工作分工。设施设备维修、车辆维修保养、民警加上在押人员总共五六百号人的一日三餐……总是有忙不完的事、操不完的心。2012年的时候,陈文霞应领导要求,又接下了食堂的管理工作,那时候食堂里还没有天然气,全靠烧煤,而厨房里只有三个人,有一个人专门负责烧火,实则只有两个人在灶上忙。全所工作人员和在押人员几百号人的饭全靠这三个人,人少事多,就连这仅有的三个人,也不一定能长期留下来。

无论是什么单位的食堂,谁管都会头痛。饭菜的口味咸了、淡了,众口难调。刚开始接受这项任务的时候,难免有畏难情绪,面对新的工作分工,陈文霞不知道是答应好,还是不答应好。答应,怕自己没这个能耐;不答应,事情得不到解决。不服输的她在考虑了几分钟以后,还是接下了这份工作。

稳定人心、合理分工、精心定制食谱、严把进货关……很快,在她的管理下,整个食堂变了样,环境卫生变好了,工作人员积极性高了,精神面貌好了,菜品的味道提升了,花色品种增多了,同志们知道,这些改变凝聚了陈文霞的心血。就是这样,内勤工作也没落下。

在食堂坚持了好几年,自己手上要做的事情一样也没少。

那段时间她分管的事越来越多,医务、卫生、设备、工人、辅警、安全。事连着事,事赶着事,每天感觉像有根无形的鞭子在背后抽,走路也是连走带跑的。

她感到自己还特别的健忘,到嘴边的话,常常还没说出来,说忘就忘记了。许多事交结在一起,几种不相同的业务扯在一起,她感觉自己像一匹疲惫不堪的马,同时拉着几辆沉重的马车在奋力往前奔。白天太紧张了,到了晚上就开始失眠,好不容易睡着了,便开始做梦。失眠的状态持续了很久,梦里又回到了从前在急诊室工作的状态。好不容易睡着了,只要听电话或手机的声音,立即就一身汗,不管是否有突发情况,这一夜就别想睡了,睁着眼睛到天亮,也不敢起床,怕影响家人休息。

这个毛病一直到现在,不管什么时候睡觉,只要有一点声音,惊醒后便彻底失眠了。

陈文霞所有的时间几乎都被切割成碎片。别的人可以把工作和生活分开,可是陈文霞不能。她除了忙,还是忙,天天忙得连话都不想说。这些年,她在不同部门所做的工作,没什么惊天动地的大事,看起来全是婆婆妈妈的小事,看起来是那么的微不足道,但耗去的心力,却是无法估量的。

2017年整个一夏热得没有理讲,气温高达40℃,进进出出,来回奔波,本来身体底子就弱的陈文霞感到有些力不从心。有一天值班,到了晚上七点钟,她实在熬不住了,不得不去了医院。那几天监室里正好有几个重点人员情绪不是很稳定,陈文霞急火攻心,免疫力下降。在班上突然就上吐下泻,喝水都吐,电解质紊乱,严重脱水。

现在女子监区上百号在押人员由魏玮和蔡辰玥两人负责,陈文霞放手让她们干,但有一条:不能违规、更不能违法,不能触碰红线。她们俩各自管五六十名在押人员,各司其职,并然有序。她们两个都不到三十岁,那年她们俩先后生孩子,一个产假没休完,一个尚在哺乳期,只能上半天班。看守所实在派不出女民警,根据规定,辅警又不可以介入提讯等工作。魏玮和蔡辰玥休息的那几个月,陈文霞忙得不可开交。每日两次下监室、谈话教育、处理违规、心理疏导……一天下来,舌头根子都感觉发麻。回家后不允许家里任何人跟她讲话,只要听到一点声音,就焦躁不已。女儿看到妈妈累成这样,乖乖地进房间写作业,别说开口和妈妈说话,就连大气也不敢出。

看守所的工作就是以管教为中心。很多时候,好不容易送走一个重刑犯,心上的石头落地几天,过两天又来一个"刺头",在终审裁定下来前,只能在看守所羁押着。对于这些"刺头",在监室少呆一小时,对大家来说,都觉得是好的。管教民警80%的精力都用在这些"刺头"身上,她们就像定时炸弹,指不定哪一天被引爆,"炸伤"的就是一群人。只要监区有一个人出现状况(情绪不稳、自伤自残、打架、斗殴),整个监区的民警就得全部出动,了解情况、批评教育、完善笔录,一起严重违规处理完毕,快则一天,慢则两三天,其他的事情只能积压下来,然后再赶。

陈文霞说,看守所是与外界隔绝的地方,它不像影视作品中所表现的那样,所以外面的人并不了解,老百姓容易误解看守所民警的工作。在押人员之间的矛盾,如果不能及时有效地处置到位,就可能会导致以后的管理教育工作陷入困境。

这是一个戒备森严的陌生地带,所以外界对看守所民警的管教工作才充满了戒备和好奇心。这两年,公安部选中十家看守所对外开放,镇江市看守所也是其中之一。邀请网民、人大代表、政协委员、学生代表一起参与。现在这方面做得特别好,以后也会越来越好。

看守所里有一个不为外人知的数学公式:$100-1=0$,意思是,做一百件事,哪怕做对了九十九件事情,只要做错了一件事情,成绩就全部清零,而且没有任何理由可讲。在看守所里,只要不出事,就是成绩。

在看守所里,民警就是在押人员目光的焦点。在押人员在所里待得时间长了,与外界隔绝,她们没有依靠,许多事会主动来找民警谈,会把民警当成家里人。

2014年的时候,有个年轻的贵州籍女性在押人员因贩卖毒品入所,来的时候身上没有一件像样的衣服,管教民警发动同监室的在押人员进行捐助,帮助解决困难,解决不了的民警就自掏腰包帮着买。因为路途遥远,家里又穷,直至判决生效,家里都没有一个人来看她。这个1992年出生的姑娘因为贩毒被判十年有期徒刑。她对看守所的女管教们恋恋不舍。在离开看守所时,她写了一封信给陈文霞:

尊敬的陈所:

　　您好!

　　感谢您三年里对我的教育照顾和关心。从刚来对案件的每一步进展,都是您在关注着。我与家人联系不上,是您想办法打电话找他们。您帮我申请了法律援助,不管发生什么事情,您总是第一时间关心和开导我。我喜欢和您聊天,很轻松。虽然您看上去有点凶,但又容易让人去亲近您。您每天的工作量很大,但您都能在第一时间关心我们监室的每一个人。

　　以前不懂事,总是让您操心,我很心疼您。在您值班的时候,我就很想见到您,想和您说说话,问问好。我把手弄伤了,您带我去医院,您没有责备我,一直关心我。您表面上很严厉,私下里您还很幽默。三年前的我,肯定让您很头疼。这三年中,我从不懂事到懂事,学会克制、忍让、冷静,为别人着想,学会遵守纪律,让自己不断成长。

　　您对我的好,我无以回报,只有好好改造,早日回归社会,做一个对社会有用的人。您放心,去监狱服刑,我会努力拿分,不要扣分,多减刑。我的适应能力还是强的,我不会在监狱里给您丢脸的。一晃三年过去了,我就要离开了,离开帮助我成长的地方,离开教导我、改造我的看守所,离开对我好的人。我知道,这只是暂时的,我会在最短的时间里出来看您。

　　第一次坐牢很幸运见到您,这也是我最后一次坐牢。但我就要走了,先是高兴,后是不安、难过、害怕。害怕到新的环境里一切都要重新开始。真心感谢您不嫌弃我,关心我。

　　从前,我真的不是个省油的灯,让您操心。冰冷的牢房里,您给了我温暖,让我看到了光明。我会铭记于心,我会想你们的。希望我最敬爱的陈所身体健康,开开心心,工作顺利,心想事成。感谢您三年来的教导!

慧慧

陈文霞说:"对那些过失犯罪的人,可以通过我们的管理教育让她们重新回归社会、回归正常的生活。对于屡犯屡进的'老改造',我们不指望能把她们完全改好,只希望她们能安安全全不出事,出去以后不要再闯祸、再进来,我们就很开心。当我们苦口婆心对这些人进行教育规劝,生活上给予关心照顾,患病的时候给予及时救治以后，仍然不能换来她们些许的改变，我们就会有很强烈的挫败感。"

在看守所时间长了，看到的全是人性的阴暗面，心态很难好起来。陈文霞说，她们也需要他人来做心理疏导。国内这样的心理疏导的机构还不太健全，国外的警察在办理一些特殊案件或接触了一些特殊场景之后都会接受心理疏导，目前，在中国很难做得到。

看守所里有很多吸毒人员，特别是有些人因长期注射海洛因，身上没有一块好的皮肤，腐烂的洞大得能塞得下一只拳头。在截肢部位注射，导致溃烂、发臭，那味道无法用语言去形容。这类人在外面的时候不会去看病，有钱都去买毒品，而不是买药。进了看守所，都得帮她们治疗，每天强忍着难闻的气味帮她们清洗伤口，上药。

陈文霞说，在原单位，见过许多抢救的场面，断腿扛到医院的都有，虽然血腥，但伤口是新鲜的，而在这里，看到的是腐烂的伤口，闻到的是恶臭。吸毒人员因为共用针管，交叉感染，大都患有各类传染病，且长期得不到治疗。但这样的人进来后，也不能不管她们。在看守所一段时间后，身体养好了，出去一回到以前的圈子，又会复吸。要不了多长时间又进来了。

还有一类人，她们曾是商界的精英、政界高官。曾经风光无限，被关进看守所后，巨大的身份落差、心理落差，再对比先前优越的生活环境，会让她们无所适从，导致长期失眠，情绪失控，所以就会有自伤自残、哭闹、撒泼等现象发生。一个人的哭闹可能会连带整个监室人员的情绪不稳定，这时候，女警们不光要对有危险行为倾向的人员采取约束性保护措施，还要平复这个监室人员的情绪，这时她们唯一的手段就是谈话，一次、两次、三次……直到所有人的情绪平复，监室秩序恢复正常。

"小小民警，你什么级别，凭什么管我。"这些曾经的商界的精英、政界高官刚入所的时候，要接受一个没有任何职务级别的"小民警"的管理，总会觉得心中不服，抵触情绪很明显。但随着时间的推移，案件办理的深入，她们会越来越依赖这些"小民警"，不论是生活琐事还是诉讼环节的变动，她们都要问一问，心里才觉得踏实。

陈文霞说："在这个被人遗忘的角落，日复一日，年复一年，如果说不累那是虚伪的话，只是一路往前走，没考虑更多。"

当被问及她最大的困难是什么时，陈文霞脱口回答："最难的是在押人员的看病问题得不到解决，外出看病风险系数太高了。如果能在所里建一个医院就好了。"现在关键的问题不是建医院，而是要有具有临床经验的医生愿意到看守所来。收入低,工作环境差,特殊环境下与病员接触的限制,加之监所内工作的医务人员很少有外出学习进修的机会,无法接触到临床前沿信息,严重影响个人发展,所以,医生很难招。根据公安部的要求,看守所24小时要有医生在所值班。目前在所里的医生大多是从单位医院、社区医院、干休所等招聘来的退休医生,医疗技术水平有限,有些症状不突出、体征不明显的病患,他们不敢轻易做出诊断,怕承担责任。

除了在押人员看病难,警力严重不足也是十分突出的问题。按照公安部警力与在押人员的配比要求,陈文霞的五大队还要再有十个女民警才达到标准,可现在加上陈文霞一共才三个人,专职的管教人员只有两个,整天忙得走路带小跑,上厕所的时间都没有。

五大队的成员全部是负重前行,都说三个女人一台戏,可是她们任谈来谈去总绕不开监室里的事。哪个感冒了,哪个家里人来探视了,哪个快开庭了……谈着谈着才想起来有多少小时没回过家,没见过自己的孩子、爱人和父母了,应该给家里人打个电话了。家里人偶尔把电话打到监区办公室,她们又忙着别的事,很少有机会接到。在家人的眼里,她们是标准的工作狂。工作的标准越来越高,追责的概率越来越大,所以事事都要做到位,容不得半点马虎。

说起获得的一次三等功、七次嘉奖、三次优秀公务员,陈文霞说自己的工作没有什么突出的成绩,只是一贯的、长期的工作状态而已。

下午四点半,是每个监区在押人员的室外活动时间。她们任如旋风一样从侧门上楼,一楼半的墙壁上,两行鲜红的大字:"工作一分钟,尽责六十秒。"在监室二楼走廊里给在押人员开室外活动场门的陈文霞,单手拉起生铁的闸门,动作干净利落,一气呵成。当她把丹田之气在顷刻间凝聚到臂膀上,这来自内心的力量不可阻挡。她闪电般的工作作风,雷厉风行的个性特征,如果仅依靠身体内部的力量,根本无法达到。

天快黑下来的时候,陈文霞去车库取车,准备下班回家。笔者在看守所的大门口等候。天色灰蒙蒙一片,大朵大朵的黑云从市区朝看守所的方向飞过来。大滴大滴的雨点从云层上砸将下来。她握紧方向盘,打开音乐,不想再讲一句话。到京口区公安分局的门口对面的公交站台,她把车停下,顺路带下班的爱人一起回家。

在陈文霞办公室采访的过程中,不断有电话打进来。回家的路上,她才说,最近小城又有重大事情发生,她和爱人都处于24小时待命状态,而孩子最近就要开学,学校不断有信息发到手机上,要求家长们做好孩子开学前的准备工作。

魏玮，铁嘴，超强大脑

普罗米修斯从太阳神那里盗走火种，是为了给人类带来光明和幸福，他被宙斯用一条永远挣不断的沉重的铁链绑在高加索山的峭壁上，让他永远不能入睡，疲惫的双膝也不能弯曲，并在他起伏的胸脯上钉一颗金刚石的钉子，忍受风吹日晒，每天被鹫鹰啄食肝脏。奇怪的是，每当被嗜血之鹰啄食以后，普罗米修斯的肝脏又会奇迹般地复原。

镇江市看守所五大队女子监区的民警魏玮说："被送进看守所里的人，也是一群盗火者。他们被戴上镣铐，把自己绑在生命的悬崖上跳舞，他们盗走的火，不是像普罗米修斯那样照亮人类，相反的是给人类带来黑暗、邪恶与痛苦。盗火的吸毒者们，啄食着自己的心肝，肌肉开始腐烂，肝脏开始生病。同样是盗火者，手铐脚镣的意义截然不同。这是一群需要拯救的人。"

在女子监区工作了七年多的民警魏玮和另一名女民警蔡辰玥，充当了灭火者。

五大队的大队长这一位置暂时虚席，2009 年从南京森林警察学院毕业的魏玮成为看守所五大队的副大队长。

离开校门后，魏玮就被分到镇江女子看守所五大队，做了一名监管民警。在这个狭小的天地里，魏玮很快建立了独特的威信。才进来的在押人员不了解她是怎样的一个人，但两三个轮回的谈话后，没有哪个在押人员不佩服她的对不同事情的分析能力、对法律条款的熟悉程度。除了这些，魏玮骨子里的大将风度四溢，虽为女流之辈，英雄本色独具。

魏玮，1989 年出生，今年三十不到。

镇江市看守所共有四个监区，三个男监区，一个女监区。全所关押量在五百人左右，其中女监区关押一百二十多人，约占全所关押量的四分之一。男监区每个监区配备四名民警，女监区配备两名民警，常年轮流值班。监室里的在押人员，有书法家、音乐家、商人、政府官员，还有盗窃、打架、赌博、吸毒、贩毒、邪教人员等。

每天面对这群人，魏玮得使出浑身解数，把十八般武艺都得用上。普通的在押人员她都能应付自如，在押的死刑犯、精神异常、疑似精神病人则耗费了魏玮一大半的时间和精力。

魏玮说："与不同类型的在押人员谈话，你得准备好十二分的力气，还得准备好一个在特定的时刻能够举一反三的超强大脑,以不变应万变。"

与患精神异常的在押人员谈话,许多时候等于对牛弹琴;与知识分子谈话,犹如参加高峰论坛;与邪教人员谈话,你得懂她们的武林秘籍……

对一些精神异常的在押人员,明知道对方异于常人,但只能等待,等待"精神病司法鉴定"是一个漫长的过程。好不容易盼来一纸鉴定结论,却常常是:"患有待分类的精神疾病,具有刑事责任能力"或者"患有待分类的精神疾病,具有服刑能力"。这样的结论意味着,民警们还得继续与她们相处至判决生效,直至投送监狱服刑。

一个监室面积约五十平方米,关押在押人员二十人左右,每个监室都会有一到两个精神异常的人员。

对这类特殊群体,民警仅有激情与热情远远是不够的,打出去的重拳,如打在棉花上,一点反应也不会有,力气被精神异常的在押人员的虚无吮吸殆尽,热气换来的却是冷气。

"你根本无法走入她们的内心,甚至你根本就不知道对方是真疯,还是装疯。那种无力感,难以形容。"这个时候,魏玮只能找她们一个个谈话,平息纷争。一小时谈不下来,谈两小时;一天谈不下来,谈三天。

刚分到看守所时,魏玮思想还很简单,经过很长时间才摸出规律。与在押人员谈话,如同在数百米矿区挖沙淘金,有价值的金子最后可能只有一丁点,耗去的时间与精力无法计算。那些随水流走的沙子,全是用一腔热气换来的。

有时候,谈着谈着,话题就被在押人员巧妙地岔开了。她们会把你的思想往反方向拽。她们一旦启动喋喋不休的语言模式的开关,每一句都是用来洗脱犯罪事实的。特别是那些高智商犯罪人员,往往处处设陷阱,让你往里面跳,让你陷入她们过度煽情的假相中,让你反过来去怜悯她们的种种不幸,从而忽略她们所犯下的罪。那一套套装备精良的语言像张开的网一样,守候在通往真相的道路上,并随时向民警喷射,随时切断你的思维线路。这样的语言像一个标准件,强行植入你的思想胚芽里,令人有一种窒息的感觉。时间一长,自己的思路自然受到迷惑。

刚开始,魏玮的思维常常会被这样的语言"打劫"。

在看守所里,许多在押人员重复着千篇一律的谎言,这些谎言似乎成为她们生存的另一种真理。在语言的风暴里,管教民警该怎样剔除谎言,将干净的语言、善良的思想传递给她们,这是魏玮迫切需要解决的问题。参加工作后,她拿起了心理学的课本,希望能通过深入学习,找到那个通向心灵秘密的语言表达方式,更好地探究和破解在押人员灵魂深处的症结。

魏玮在与在押人员的谈话过程中,进程经常被卡住,一件很简单的事,本来可以用三言两语解决,但实际上远不是那么回事,有时候竟然一拖好长时间,让好不容易理出来的头绪,又回到了原点,一切得从头再来。

七个监室,从 201 到 207,顺着走廊一字排开。新收押的在押人员全部关在 201 室。201 最让人操心,倾注了魏玮太多的心血。每一个新进来的人都有一堆故事。

每个新进来的在押人员,都得先进 201 室学习《监规》《一日生活制度》等管理规定,然后再分流到别的监室去。201 监室像把筛子,把不同类别的人筛拣出来。对于新来的在押人员,首先要告知她们应该享受的权利,接着要教她们学规范。没有规范约束,无法去改变一个人的行为。监室要求每个在押人员服从管理,遵守规定,监房里的室友要好好相处,不能发生冲突,监规要背诵,行为要规范。七年中,监室规范中的每一条,魏玮不知重复了多少遍,她早已背得滚瓜烂熟,张口就来。

按照公安部的要求,女性在押人员监区应当设立单独的监控室,虽然有专职值机巡视人员 24 小时值班,但两名女管教办公桌上的监控画面始终是打开的,这能确保她们在第一时间掌握监室的动态。

魏玮和蔡辰玥上、下午各下一次监室。每个监房的检查与扫地雷别无两样,要排除每一个可能发生的隐患。其余时间大都用来与在押人员谈话、沟通和交流,这是一个"烧脑"过程。不同案情、不同个性的在押人员在眼前走马观花似的,被带到谈话室谈话。

对新来的在押人员,24 小时内必须要开展谈话教育,了解她们犯罪的情况,家里的情况,入所后的思想动态及心态。许多新来的在押人员,从开始的抵触,两三天后会主动找魏玮诉说家中的情况、案子的情况等。魏玮发现,女性犯罪中,离婚家庭占一半以上。因为自己的不幸福而仇视社会,产生报复心理,导致人格出现偏差,走向犯罪的道路。

201 室开门、关门的频率也是最高的,魏玮大量的精力都放在那里。

有 9 种必须与在押人员谈话之情形:新入所的、诉讼阶段变化的、律师会见后的、家庭发生变故的、加戴戒具和处罚前后的、调换监室的、要求反映监室内情况的、思想不稳定和表现异常的、出所前的。这 9 种情形都是在押人员会产生情绪变化的关键节点。有些在押人员家庭情况不太好,身体又有病,进入陌生的环境后,情绪非常低落。吸毒人员也大都体质较差,一旦脱离毒品,各种不适的症状会交替出现,出现严重的"戒断"反应。还有一部分在押人员是外地人,没有亲人,或者虽有亲人,但一气之下,不想管她们。

这样的情况，魏玮便得充当她们的老师、保姆。从进看守所的第一时间就得体检、洗澡，还要给她们找合适的干净衣服换上，各类生活日用品，从牙膏、牙刷、水杯，到草纸、卫生巾都得给她们准备得当。如果体检时发现有病，须立即联系医务室。天热的时候，叮嘱她们多喝水；天凉了，提醒她们添衣服。生活上的事还好办，最让人头疼的是在押人员的思想问题。她们犯罪的根源缘于思想出了大问题，所以要对她们的心理进行疏导。

监室里有三类人让民警头疼：精神异常人员、死刑犯和吸毒人员。其中精神病人排在首位。

魏玮常说："如果和这三类人较上劲儿，不死也得掉层皮。"

"瘾君子"是每个监室里都有的，少的两三个，多的五六个。进来第一天，便毒瘾发作，眼泪鼻涕直流，一吃饭就吐。她们的身体器官在吸毒的过程中都不同程度受到损害。吸毒的时候，病症暂时被掩盖掉，没有毒品吸食的时候，病症便全部爆发出来。一些吸毒有年头的人，血管畸形，针眼开始溃烂。这样的人，只要看一眼就心生恐怖，没有人愿意看她们第二眼。但女警们必须每天面对。

2017 年夏天，热得出奇，前段时间，监室里还没装空调，冰块和电风扇也不顶用。生了病的在押人员体质本来就差，没什么胃口。特别是吸毒人员，日子更难熬，生不如死。越是这样，越是需要盯着她们吃饭，哪怕吃了再吐，吐了再吃，实在吃不下的，叮嘱她们要多喝水。每天要带她们去医务室治病，溃烂的伤口进行清洗包扎。好在半个月前监室全部装上了空调，总算可以松一口气。

吸毒人员在外面没有钱治病，和家庭断了联系的，一点生活来源都没有。有的人早上才从看守所放出去，出去后生活无着落，就故意犯点小错误，经常是上午才放出去，下午又被抓进来了。

这些"老改造"硬是把魏玮磨炼出一张铁嘴出来。

这些吸毒的在押人员，在社区和戒毒所里，可以抽烟，或使用美沙酮替代，缓解对毒品的依赖，可是在看守所，不许抽烟，也没有任何替代品，她们毒瘾发作的时候，只能硬扛。要经过三到五天的时间，逐渐适应，一日三餐能够正常进食了，脸色才慢慢开始有血色。

对于死刑犯，魏玮操的心会更多些，不管她们犯罪的时候手段多么残忍，造成的后果多么恶劣，但在她们的生命快要终结前，给她们活着的尊严，在生活上尽可能地给予照顾，在谈话的过程中还要尽量点燃她们生的希望：好好配合办案、争取立功，这样在二审和终审时，还有改判的希望。被判了死刑的罪犯,往往在看守所一待就是两三年。对这些风险系数高的人,必须得严防死守,随时随地盯着。

监室铁门上的锁不停地被打开、关闭,又打开。沉重的铁门和铁锁,发出"咣当、咣当"的声响,在监室的每个角落回荡,声声都敲向在押人员的根根神经。

每天上下午的查监,各个监室里开始躁动不安,所有的目光会盯到铁门口,不知道魏玮会在哪间监室停留,会带哪个出去谈话。她们是恐惧的,也是期盼的。犯罪情节轻重不同,她们中的一些人可能会取保候审,可能会判刑进入监狱,可能会因情节轻被释放,可能被判处缓刑。因此,魏玮的出现,对她们来说,充满了希望的同时,也意味着失望。

除了戴着手铐和脚镣行动不便的重刑犯、死刑犯,每一个在押人员都有值班的机会。抹地、叠被子、洗碗,大家轮流,每天轮换一次。这样轮班的好处是:避免某个在押人员值班太久,形成牢头狱霸。

许多在押人员进来的时候,并不知道自己有病,进看守所时都要进行体验,根据体检的情况,进行对症治疗,确保病情稳定。

现在,没亲属管的在押人员越来越多,基本的生活用品和换洗衣服成了大问题。不少在押人员都是独自在外打工,老家在边远地区,连电话都不通,不可能指望有人送东西来。好在平时看守所里进进出出的人较多,有一些人留下些衣物用品,魏玮里把这些衣服和生活用品一一登记,全部清洗、收集好,留给这些人用,实在不够的情况下,只能自掏腰包,出去买。

从魏玮来看守所的第一天起,看守所的模式是:在押人员先吃饭,民警后吃饭;在押人员先睡觉,民警后睡觉。晚上9点以后,等所有的在押人员睡了,民警还得去巡查。夜里要遇到办案单位送人进看守所,马上就得去接人,经常是才躺下了,眼睛还没来得及合上,又得起来。

现在监区管理越来越人性化、文明化、透明化,监控无死角,与公安部、省公安厅联网,上级能随时掌握民警的工作质态,一点违规言行都不能有,更不要说是体罚、打骂了。

现在的民警工作压力太大了,心理大都处于亚健康状态。

魏玮说:"其实,我们希望这些在押人员家里有人来管她们,帮助她们渡过这段难关。"但这样的愿望往往成为泡影。

有些在押人员进来后,拒绝开口,沉浸在自己的世界里。悔恨,绝望。恨不得点把火把自己焚烧烬,这类人特别容易得抑郁症。遇到这样的情况,魏玮就得加倍地关注她们,不断地找她们谈话,开导她们,杜绝她们实施伤害他人、自伤自残或轻生的行为。

"在没有任何措施的情况下,只能靠一张嘴。"魏玮倒吸了一口气,继续道,"你必须一边谈,一边找到她们的弱点,找新的切入点,其实就是谈判。让他们服管,这样便一切都可以谈,如果不服管,就一切都无从谈起,只能等待下一个时机出现。"

刚毕业时就分到看守所,她所学是治安管理专业,一下子面对这么多在押人员,傻了眼。这里什么人都有,有艾滋病患者、吸毒人员。这类人,魏玮此前可从来没见过。没有办法,只能冷静下来,慢慢去想,如何回应。

监管民警不像其他的警种,不是有主动权纯粹地办案。在押人员会因为各种各样的问题情绪失控,突然间大哭不止,结果整个监室里,一个哭,个个哭,像唱戏一样,场面失控。她们宁愿哭,也不会多说,害怕说多了对自己的案子不利。

成年在押人员心理相对成熟些,还比较好沟通。有些才十几岁的女孩子,心理承受能力特别差。她们很多从小就没有人关爱,有些是过失犯罪,被送到这里时,个个像小老虎一样,脾气非常暴躁,动不动要死要活地去撞墙,一点小问题就跟刺猬炸毛了一样,不知道与同监室的人如何相处。

对于这些女孩子,监管民警们很是提心吊胆。经过一段时间的谈心,她们慢慢变得懂事起来,还会设身处地为管教干部考虑。

魏玮说:"她们太缺少安全感。这些做错事的孩子,大多是社会的边缘人,在家得不到关爱,在外面被人排挤。慢慢地,就没有人管她们。有时候,没人管着,就是最大的伤害;有人管着,证明有人在乎你。从不习惯被看守所被民警管教,到习惯的顺理成章的过程,得用心去与她们磨合。"

魏玮至今记得,有一个从这里释放出去的孩子,叫小静,在离开镇江前,通过多种方法来看守所找她,只为向她告别。

女人多的地方,是非也多。监室里,有时候在押人员与在押人员之间,上厕所为了一分钟也会斤斤计较,睡觉的位置大了几公分也会吵。这些小矛盾看似很小,但落在她们心里就是一个梗。如果民警处理不好,就会升级为大矛盾。

除了日常的查监和谈话,每天还要做台账,还有每个在押人员的心理测试、风险评估。每月两次安全大检查。把所有的衣服,角角落落,全部翻一遍,防止有违禁品,一查就得大半天。每个月两次风险评估会,包括管教、所长把各自的情况做评估和分析,又是半天。这些都是固定的事,此外还有一些突发事情,比如,全局统一部署的各项安保、执勤任务,各类业务知识学习、考核,等等。

按照公安部规定,非工作时间无特殊情况不得将在押人员带出监室谈话,所以就得合理安排时间,整理在押人员档案、填写各种表格这些琐碎的工作只能放在非工作时间去做。

笔者跟随魏玮一起上班一天。整个上午,她连厕所都没去过。一是没时间喝水,二是汗出得太多。

按照所里的规定,上了夜班,第二天可以休息一天。但魏玮从来没有休息过。只要一休息,事情就没法做了,积累下来的事情还得要自己完成,不如不休息。如果监室里发生矛盾,当时得不到处理,错过处理时间,矛盾会更重,说不定会发生二次矛盾,处理起来更加棘手,容不得半点拖延。

女子监区今年的押量特别大。已经有两个经过司法精神病鉴定后确定为"无刑事责任能力",直接取保了。但挑战更大的是,在押人员中有疑似和待确诊的精神病人员不断增加。这些人或多或少都有精神疾病的症状,有些还很严重,每天都得根据医嘱服药控制病情,同时等待司法精神病鉴定结果,等待时间起码一个月,甚至更长。这段时间里,魏玮的心都悬在半空中。除了要照顾她们,防止监房里的人欺负她们,也要避免她们攻击监房里的其他人。她们如同监室里的地雷,不发作的时候太平无事,一发作起来,整个监室便如"地动山摇"。

还有一部分是限制刑事责任能力的人,已确诊为"精神病患者",但具有刑事责任能力。像她们这样的,都不是小案子。这类人员在做"司法精神病鉴定"的时间是不计入办案期限的,只能处于完全的等待状态。

等待鉴定、诉讼的过程是漫长的,等到什么时候,谁也说不准。这样的情况,会给看守所带来极大的压力与风险。魏玮学过心理学,取得了心理咨询师证书。而再伟大的心理咨询师,也无法解剖灵魂缺席的精神病患者。

同处一室的在押人员,性格好点的能包容精神病人,脾气差点的则一切以自我为中心,精神病人只要冒犯了她们,她们不仅一丁点不肯包容,还会火上浇油,借机生是非,恨不得把整个监室给搅乱。面对这样的在押人员,魏玮真是要把心操碎了。一小时、两小时、三小时去不停地做她们的思想工作,直做到对方的思想转变为止。

曾经有个精神异常的在押人员,病发期间把尿和屎涂得到处都是,甚至把大小便解到别人的饭盆里。一两次这样的行为别的在押人员可以忍受,时间一长,没有任何人能忍受得了。对于这样的在押人员,魏玮纵然有十八个大脑,也没招,只能死看死守。

看守所和监狱不同,监狱里的罪犯都是判决后的服刑人员,他们积极劳动,在各个方面都要争取一个好的表现,通过加分,争取减刑,早日回归社会。而看守所里关押的人员,大都没有定性,大多抱着侥幸心理,情绪波动也比较明显,和管理人员的对立情绪也就比较明显。

有段时间,监室里穿黄色号服的有两个,一个是杀人犯,一个是毒品犯,分别被判了死刑和死缓,均属于一级风险人员。这类人员,思想压力非常大,而且情绪易失控。为了安全起见,根据《看守所条例》相关规定,必须给她们加戴戒具。怕沉重的镣铐磨伤她们的皮肤,手腕和脚腕处套上袜子保护。有些死刑犯得知判决结果,会情绪失控,在监室里号啕大哭。结果,一个人哭,其他人也跟着哭。魏玮需要不停地和她们谈话,一直谈到让她们的情绪稳定下来为止。

魏玮有种心被掏空的感觉,头发急得都快竖在头上了。可是,尽管心里焦急,脸上还不能有一丝一毫的表现。如果自己的情绪让在押人员发现,如何来帮助她们平息失控的情绪?

因为天热,下午3点多,食堂给每个监室送冬瓜海带虾米汤,每个人发一个鸡蛋。魏玮看到碗里的水没倒干净,吩咐在押人员下次洗碗的时候,把碗里的水倒干净,防止生水喝下去会闹肚子。

魏玮对笔者说:"精神压力太大了。事情做得很多,但很难看出成绩。监房里的事情太杂了。下班回到家,躺在床上,想着的还是监房里的事情。"

如果遇上患病在押人员住院还得到医院执行看押任务,但日常事务仍然一样不能少。

这段时间有点忙,好几天的台账都来不及整理。监室里不断有情况发生,得时刻紧盯着。

下午4点40分,室外活动的时间到了。魏玮快步从大厅边上的楼梯上楼,从二楼的窗子里察看每个监室里的动态。

每个监室的后面有一道门,管教民警从一楼上二楼,扳动开门的铁把手,在押人员排好队,从监室里报数后鱼贯而出,全部到后面露天的室外活动场里准备跑步、队列训练、做操。

每个监室当天的"值班员"向民警报告监室现有人数,以及室外活动前的准备情况,随后,监室后面的闸门在口号声中打开。高墙内传来整齐的口号声。

室外活动结束,在押人员回到监室,所有的闸门全部关闭。召开"每日小结",每人都要针对自己当天的规范执行情况进行发言,然后吃饭,饭后是洗漱和看电视时间,新闻联播是每天必看的内容,除此之外还有各卫视热播的连续剧,直到熄灯睡觉,这一整天才算暂时宣告结束。夜间处理突发事情。

中午去食堂吃过饭,才回到监区,派出所又送来一个在押人员。魏玮本能地用手捂住嘴巴,止不住打了个哈欠。

下午魏玮与一名"涉嫌故意杀人"的犯罪嫌疑人谈话,耗费了一个半小时,像聊天一样。刚开始,在押人员的头一直低着,随着谈话的深入,她把眼光投向魏玮,似乎希望能从她那儿看到希望。

魏玮利用点滴业余时间学习,取得了"国家三级心理咨询师"的资格。她说,对于书本上的知识,只能是参照,监室里每个在押人员都独具个性,她们是秩序的破坏者,与她们谈话的方法与技巧,有时候与书本知识很难相互验证。证书的取得,同样是证明自己内在的能力。内心的强大有的时候只是表象,真正的强大是在面对突发事情时,处事的云淡风轻,泰山崩于前而无惧。

一个合格的监管民警在慢慢地磨炼过程中,逐渐具备了一种昂扬的激情与热情。在与在押人员谈话的过程中,首先要点亮自己内心的这份热情,才能给在押人员灰暗绝望、恐怖与邪恶的心灵带来曙光。每一次掏心挖肺式的谈话,都是斗智斗勇的艰难过程,谁也不知道下一秒在押人员会设怎样的障碍,哪怕是一个闪念,都有可能偏离航道。魏玮会经常遇到那种能言善辩、内心诡异的在押人员。她们除了把自己禁锢在那个诡异的世界里,还想把别人带进那个世界。

魏玮说:"别看在押人员当面魏大长魏大短地叫着,表面畏惧,内心不服管教的人很多,她们很多时候是采取软抗的方法来对抗管教民警干部。"

每一次的谈话,都是一场智力上的对决。没有什么比做人的思想工作更难的事。

每天"咣当、咣当"的铁门开关声在走廊里响起的时候,就是魏玮最忙的时候。

江苏省公安厅规定每一个在押人员,每人每月谈话次数不少于两次。事实上,每名在押人员谈话的次数何止两次!有些"问题在押人员",每个月谈话的次数多达四五次,甚至更多。谈话的时间每次少则半小时,多则大半天,甚至一整天,有时谈几天都没有结果。

谈话的要求,就是要有效果,不能让在押人员带着情绪回到监房。魏玮和蔡辰玥共同管理监室里的一百多名在押人员,计算下来,每个月起码谈话次数至少有一百五十次。这是固定的。还有那些不固定的,上午来,下午就走掉的,也要谈。这里一年进进出出有两千多人次。

下午,魏玮还要下监室,组织在押人员召开每日小结。从昨天晚上到现在,她都没回家,夜里因新进人员较多,也没怎么睡。

一整天的时间,如同打仗一般,快到下班时,魏玮赶紧打电话与监区外面的陈文霞联系,并让人带笔者离开监区。她和蔡辰玥还得抢在下班之前,找个别情绪有波动的人员再交代两句。

2017年8月25日,我再次来到镇江市看守所。天阴沉沉的,监室里仍然显得十分闷热。穿过大厅,进入AB门,走过天网,来到监区。高墙下的那道醒目的黄线,对民警来说,只是一道黄色的线,可以来去自如,而对于在押人员来说,却是警戒线,如果他们超过这道黄色的警戒线,看守所围墙上方武警岗楼里的执勤武警战士就会拉响警报,命令他们回头,否则,就会鸣枪警告。

监室里有一个被判了死刑的毒犯,近日就要终审。等待判决的时间,对民警和在押人员来说都是一种煎熬。毕竟一个朝夕相处的活生生的人,突然间就要从这个世界上消失,要说没有一丝的慨叹,那是虚伪的,更无法用"解脱"这个词来形容。

民警与在押人员相处的几年时光里,尽管彼此所处的立场不同,在管与被管的不同角色中,通过每天的查监,电脑上的监控画面,无数次谈话过程中的对视,包括到任意一个熟悉的表情,彼此间形成了一种默契,通过这样的过程,慢慢把她们的心焐暖,谈话中的每个词可能是刀子、钉子、石头、锥子,刀刀见血,但看不见的大脑风暴与语言争锋下面,是魏玮和同事们的真诚和对每一个在押人员的殷切希望。

第二天正好是死刑犯"小娟"的生日,就着大家的时间,所里决定提前一天给她过生日。或许这是"小娟"的最后一个生日。

魏玮提前订好了蛋糕。三名女警小心地拆开包装,从纸盒子里取出花团锦簇的蛋糕,刚拿出一半,才发现面条还没送来。又等了一会,厨房里送来了一大碗面条,上面卧着两只嫩嫩的荷包蛋。魏玮让"小娟"坐在中间,亲手给她戴上"寿星"的帽子,同监室全体人员为"小娟"唱起了《生日快乐》歌。在押人员分蛋糕之际,其中有一名长得非常秀丽的在押人员"壮着胆子"抓了一把奶油涂在魏玮的脸上,把大家给逗乐了。

魏玮说自己在怀孕期间,每天照样反复穿梭在监区长长的走廊上,挺着个"西瓜"一样的肚子,在监室的走廊里一趟趟跑,一直到预产期前两天才去住院。

魏玮和我开玩笑说:"我们走在大街上,跟我们打招呼的大都是'坏人',镇江范围内的女性涉毒人员我们几乎都认识,而'好人'却不认识几个。"他们被释放回去后,也有不少重新做人,回归社会的。在大街上,她们遇见魏玮,隔着人流和车流老远就喊:"魏大! 魏大!"

内敛,机敏,刚柔并济

同事们叫她辰玥或小蔡,在押人员则叫她"蔡干"。

蔡辰玥和魏玮差不多大,两人的孩子也只相差半岁,她们成为工作搭档有三年多,配合默契。

接受采访的当天正逢小蔡值班,从当天早晨上到第二天,两天一夜她都在看守所里度过。

蔡辰玥给人的第一感觉是温柔、安静,像邻家的姑娘。婴儿一样纯净的眼睛,笑起来的时候弯成一枚月牙儿。但一旦投入到工作中,月牙儿似的眼睛里仿佛能窜出火来,直逼在押犯罪嫌疑人的心门。

辰玥属于那种外柔内刚、沉稳内敛的人。因为她的爷爷和爸爸都曾在公安部门工作,从小她便有了公安情结。

辰玥和魏玮不一样,魏玮是直接从南京森林警察学院分配过来的,而她则是毕业后先在社区的街道办事处和政法部门工作了将近三年,后来考上公安系统的公务员,分到看守所的。

在社区工作的时候,大都是跟社会上的人打交道,也经常会跟一些涉毒的、练习"法轮功"的人员打交道。自到了看守所,才知道社区是外面的世界,看守所里是一个内部世界,完全是两码事,工作的性质与重点是不一样的。在社区,面对的是老百姓,社区会帮助他们;在看守所,面对的是涉嫌违法犯罪的在押人员,其中许多人有犯罪前科和暴力倾向。

蔡辰玥发现,用社区的那套路子管理看守所的在押人员,根本不管用,她们不吃那一套。

"必须得建立自己的威严,否则难以管住她们。在这儿上班久了,天天和在押人员在一起,说起来是管理教育在押人员,我何尝不是陪同她们一起关着,基本没有私人的空间。"小蔡眨眨眼睛说,黑漆漆的眼睫毛一闪一闪的。

蔡辰玥初来看守所上班,遇到过各种各样的困惑,从最初的无所适从,到慢慢磨合,让自己妥协,艰难的过程就这样走过来了。

小蔡说:"在这里上班的民警,心里必须有正面的东西,还得有强有力的信念,你才能和她们谈得下去,不然自己会迷惘。如果在押人员是迷惘的,你讲的话正好切中她的要害或软弱的地方,你内心的柔软正好与她们的柔软发生碰撞,你的心会生出怜悯来,她的立场瞬间会成为你的立场,你可能会跟着迷惘。但如果你讲的话,是她心外面的东西,你又不能走进她的内心世界,她不可能配合你。所以跟她们谈话得掏心挖肺地去谈,而不是隔靴搔痒、泛泛而谈,否则,在押人员会反过来抓住你的弱点敷衍你。"

对于监室里的在押人员,不能用"大众逻辑"来要求她们。她们有可能在睡着的时候是醒着的,醒着的时候又装作睡着了,思想也常是黑白颠倒的。

年复一年与在押人员的谈话中,那些丑陋的、恶毒的、血腥的事情,在在押人员的内心沉淀了大量的精神毒素。面对这样的毒素垃圾,民警成了在押人员的垃圾桶,"患者们"争相朝桶里抛洒着极具毒性的精神垃圾,在押人员需要的是灵魂的给养。民警充当的角色,不仅要从"精神毒素"里解脱出来,还要像奶牛一样,吃进去的是带毒的草,挤出来的却是纯粹而甘甜的精神乳汁。要帮她们寻找一把新的钥匙,打开她们的心,把毒气释放出来了,才能灌入新鲜的空气。

其实,民警们何曾不是在带毒工作,一步步地走近衰竭和崩溃的边缘地带!

蔡辰玥说,这样的谈话方式的确很伤自己。

监室里,三教九流,什么样的人都有。用约定俗成的认知能力去识别她们的行为,根本行不通。你需要比她们更懂得那个鬼魅世界里的"规矩",了解那些"规矩"中的一些细枝末节。

比如与毒贩子的谈话。

小蔡从不懂贩毒的行话,到懂得并能运用自如,也下了一番功夫。谈话的时候,在押人员知道民警不懂毒品交易中的暗语,谈话的过程中不停地兜弯子,或牵着民警的鼻子走,拒不交代问题。

刚开始与吸毒人员交谈时,蔡辰玥听不明白"吃大米"这个词的意思,时间久了,才知道吸毒者称吸食毒品为"吃大米"。一包海洛因,不叫一包,而是叫"一草"。对于做眼线的双卧底的人,他们叫"斜钩"。黑道上的行话太多了,谈话的时候民警都要懂得。这些人每个人都有很复杂的背景,都是人精。改造好了,可以服务于社会;改造不好,将继续危害家庭和社会。

她们就像是马路上逆向行驶的人。

这些人进来后都是戴着"面具"的,在外面的时候是一种人,进来后是另一种人,她们谈话时都是戴着"面具"在谈,她们的内心世界很难打开。

一方面,要听她讲故事,另一方面,你还要辨别她们讲的故事的真假。她有可能这句话是假的，那句话是真的，不注意的时候就容易被误导。

来看守所报到的第二天，小蔡就来开始值班。那时候，她总觉得自己要理解这些在押人员，把老百姓的事当成自己的事。这种认识经常使刚进看守所工作的蔡辰玥迷惘到极点。

这里的戾气太重了，与在幼儿园看小朋友的眼神有天壤之别。

下班后回到家，换了一个天地。看到天真无邪的孩子，孩子的眼神是清澈的，辰玥的心就化了。"孩子是我们工作减压的唯一方式。"

蔡辰玥和魏玮一起开玩笑说："在孩子面前，我们是女神；在在押人员面前，我们是'女神经'，我们要比她们还神经，才能管得住她们。"

刚开始工作的时候，小蔡的思想经常会被在押人员绑架。现在她已经能找到工作的重点，对于她们的心理，能够较准确地把握住。

生完宝宝时，小蔡在班上值班，遇到一个在押人员，她是一名大学毕业生，先生的工作性质经常出差。因为她的母亲有精神病史，婚后她和婆婆一起生活，婆婆帮助她带孩子。她没有老公的关爱，和婆婆之间又经常发生冲突，一气之下，便选择了一种极端的方式。她开始咬孩子，用开水烫孩子。看到孩子哭，母爱的本能又出现了，她舍不得孩子，抱去医院时，医生一看孩子身上有这么重的伤，很不正常，在一次次的追问下，她才说是自己咬的。后来婆家人报了警。她被送到看守所的那天，是夜里 11 点。她像一只在暴风雨中打湿羽毛的麻雀一样，躲在监室的角落里，虽然是夏天，但她感觉到周身寒冷，一句话也不讲，一双美丽的大眼睛始终望着地板。

蔡辰玥每次跟她谈话的时候，都用眼神和她交流，让这位咬孩子的母亲抬起头。同为孩子的母亲，她们之间有许多共同话题，她先从自己家的孩子说起，随着话题的不断深入，咬孩子的母亲突然间放声痛哭："我做了一些不好的事情，你一定要理解我，其实我很痛苦。"

其实她的情感通道无意中被丈夫和婆婆堵住了。这时候，你不能把她当特殊的人看，她只是保护自己的欲望非常强。进监室很长时间，她都死不开口，拒绝与任何人讲话。辰玥后来一次次去与她的家人做工作，让婆家人原谅她的过错，这也不是她一个人的错。她本来缺失母爱，老公不在家，婆媳关系恶劣，她的生命中没有爱，怎么可能给予孩子爱。后来，她写了认罪书，希望家人能原谅她。

爱，和善捆绑在一起；恶，和恨纠缠在一起。爱，可以融化坚冰；恶，则可以让流水结冰。看守所，是一个最能体现大爱与大善的地方，这两者之间像食物一样，吃进人的腹中，才可以运化，变成人体所需的营养。作为一名内心细腻的民警，其本身的灵魂必须能够与在押人员产生高度感应，其感应强度愈准确和强烈，对在押人员精神世界的体味和洞察就会愈深刻、对在押人员的帮助就会愈有效。如果自己的灵魂油盐不浸、铁板一块，万里无云万里空，又怎么能走进在押人员铁板一块的心呢？

一个男孩被送到看守所，他的父母从很远的地方来探望，可是，未经办案部门允许，暂时不能安排会见。伤心的父母在看守所门口把身上最后的一百块钱掏出来交给小蔡，让她帮忙给孩子买点东西，然后夫妻二人去就近的工地上打工赚钱。

小蔡说："这件事对我的触动太大了，后来我经常拿出来对在押人员讲，希望她们体谅家人的不易，同时也希望所有在押人员的家人也能像这对父母一样，用爱和善挽救失足的亲人。"

蔡辰玥深知，在与监室里的重刑犯谈话的时候，需要小心翼翼。有一根看不见的弦绷得很紧，像一根脆弱的蛛丝，在绝望的空气中，残烛般摇曳着。提问的与回答的人，都不知道这根悬在空气中的蛛丝会不会断，是否会导致谈话陷入僵局。通过谈话，鼓励她们积极配合办案，检举其他违法犯罪行为，争取立功，这些会对她们的量刑产生积极的作用。

那一段时间，看守所一下了收了 20 多名邪教"全能神"人员。这些人已经被她们所谓的"领导者"严重洗脑。这是一群思维破裂的人群，她们的灵魂在淌血而不自知。

蔡辰玥说："这是一群偶然与现实世界失去联系的人，她们并不是天生就恶。对于这类人，首先要让她们建立和确认在这个世界上存在的坐标，她们像一只断了线的风筝，没有目的地飞，找不到方向，而我们是为她们找回风筝线的人。"

说起"全能神"邪教组织，开始练这些功夫的人，都是以强身健体为目的，练着练着，就迷上去了。练这些功夫的人大部分年龄偏大，也有少部分中年人。她们没读过多少书，在别人的蛊惑下就上了套，不光自己练，还鼓动亲戚朋友同事一起练。

这些"练功者"被别人洗了脑，做她们的思想工作太难了。须找到切入点，只能感化，而不能硬来。

一个丹阳的老太被"全能神"邪教组织拖下水。当时她的心脏出了问题，血压很高，也没钱治病。她的儿子是一个恶贯满盈的人，对母亲从来不关心，母亲在孤单和担惊受怕中过日子。她练功的目的，一方面是认为能治病，另一方面也是精神寄托。初进看守所的时候，她并不清楚"全能神"是邪教，只是觉得这功夫对自己很好,那些人对自己好,所以,他们叫她做什么,她就去做什么。为了回报这个组织,她后来自愿帮他们散发传单,通过各种机会宣传"全能神"教所谓的好处。

到看守所后,小蔡和小魏对她很关心,带她去看病,告诉她"全能神"等邪教组织对社会的危害性,定期给她做思想工作,排解疏压。医生对她尽心尽责。在监室的日子里,同室的人员和管教民警对她都很照顾,陪她聊天说话,谈家长里短。大家才知道她好几年都没有见过儿子的面,她认为自己是个废人,什么也不能干。进了邪教组织后,她觉得大家对她很关心,比她的亲人还好,问寒问暖的,让她很是感动。

小蔡跟她解释,练功没有错,就像练习太极一样,都是为了强身健体,但是去外面散发传单,反党反社会,这个性质就变了,违背了练功的初衷。

通过一段时间的管教,老太太终于改变了自己的认识,最后还帮着管教人员一起做练功人员的思想工作。

一天,派出所送来了两个中年妇女,这两个人家庭情况都不太好,她们自己和孩子都生病,婚姻不幸福。两人都是"全能神"教徒,其中一个在包子店工作,因为与厨师长及同事不和,她举刀就想砍人,当场被周围的人夺下刀,才没酿成大祸。

对于这样的人,在了解她们的家庭背景后,蔡辰玥根据她们不同的性格,制定了两种谈话方案。她们一个上过高中,有点文化,生过一场大病后才迷上所谓的"全能神"教,在教会里还是个"小头目"。另一个没有上过学,性格特别内向。小蔡就让她多参加群体活动,让她从中获得存在感,又和她提起在校读大学的儿子,劝她不能给孩子丢人,要做个好榜样,才能对得起儿子。

在年纪大的在押人员面前,转换角色和她们谈话,做她们的孙子辈,希望她们醒悟。对两个中年妇女,以她们的儿女的角度跟她们谈。无论是"法轮功"还是"全能神",用强硬的办法去谈话,很难有效果。只有慢慢地跟她们谈,一点点地灌输好的思想,才会使她们明白民警的意思,让她们感受到民警们所做的一切都是为了她们好。

扬中市公安局

现有民警 403 名、辅警 620 名。已连续 13 年被评为"江苏省平安县（市、区）"，公众安全感保持全省前列、镇江地区首位，先后被江苏省公安厅记集体二等功，被扬中市委、市政府记集体三等功。2015 年在扬中市级机关绩效管理考核中获执法管理部门序列及绩效管理十佳单位"双第一"。2016 年取得了机关部门绩效管理考核序列第一、公安综合绩效镇江第一、公安主业绩效镇江第一，并再获绩效管理考核"十佳单位"奖牌的优良业绩。2015 年、2016 年连续两年被江苏省公安厅命名为"全省执法示范县级公安机关"。2017 年荣获"全省优秀公安局"称号，是镇江市唯一获此殊荣的单位。

平安岛城的平安故事

——记"全省优秀公安局"扬中市公安局

　　驱车下了金港大道，便是扬中三桥。下了三桥，便到了扬中。一条条宽阔的大道，一幢幢高楼，一座座厂房，昭示着这里经济的繁荣与发达。一路上，村民建造的小别墅鳞次栉比，成了小岛最惹眼的风景。那葱茏的植被，长势正旺，生机勃勃。微熏着江风，眺望江景，很是心旷神怡。

　　扬中四面环江，是长江中下游的一个岛城，总面积331平方公里，常住人口28万人，流动人口也有6万多人。这里是全国闻名的"河豚岛""工程电器岛"，是江苏省9个率先建成全面小康社会的县（市）之一，位列"中国中小城市综合实力百强县（市）"第23位。

　　一直以来，扬中以治安形势良好而为人称道。曾几何时，四面环江的岛城，阻断了犯罪嫌疑人入境的通道，岛上刑事案件发案率几近于零，成为扬中人引以骄傲与自豪的资本。然而，经济的发展离不开便捷的交通。舟楫相济的传统摆渡方式，成为制约岛城经济腾飞的一大瓶颈。

　　扬中人没有等、靠、要。1994年，他们靠集体及个人捐资，建起了第一座长江大桥。雄伟的大桥飞架南北，天堑一朝变通途。如今，扬中境内已经拥有五座长江大桥，形成了独具特色的"一岛五桥"的大交通格局。四通八达的现代交通体系，助推扬中经济发展驶上"快车道"。但同时，也给扬中市公安局提出了一道新的课题——如何更好地打防犯罪，进一步提高公众安全感？

　　没有平安，难有富足；没有平安，难有发展。社会治安综合治理成效关系着一方社会的和谐稳定，然而社会治安综合治理千头万绪，从哪里

2016年5月,江苏省公安厅授予扬中市公安局"技防城"铜牌

入手? 在哪里切入? 这考验着扬中公安人的智慧。

面对考验,扬中公安人交上了一份令人满意的答卷:社会治安大局持续稳定,连续13年被评为"江苏省平安县(市、区)",公众安全感高达98.5%;2015年,获评全省公安机关执法示范县级公安机关,在扬中市级机关绩效管理考核中获执法管理部门序列及绩效管理十佳单位"双第一";2016年,取得了公安综合绩效、主业绩效镇江全市"双第一",扬中市级机关部门绩效管理考核序列第一、绩效管理考核"十佳单位"的优良业绩。

对于只有398名警力的扬中市公安局来说,这个骄人的数据自然是最好的褒奖。"为百姓创造平安,为民生谋求福祉,这是扬中警方的义务,更是责任!"扬中公安掷地有声。

走进"平安岛城",聆听这里的"平安故事",我突然有了一种写作的冲动,想把这些精彩的故事写出来,和大家分享。

上篇 皮包和"平头男子"都不见了……

2017 年 7 月 20 日下午。扬中市翠竹南路健之佳大药房。

营业员小莉和同事刚说了几句话，不经意间回头一看，自己放在店门不远处货架上的一只皮包，不翼而飞！

小莉心一冷，目光马上在店堂里逡巡。那个穿着蓝色短袖的"平头男子"也不见了！莫不是他？

"平头男子"委实有点可疑。进入店堂以后，他一会要营业员拿这个药，一会要营业员拿那个药，可就是不买。就在大家有点不耐烦的时候，"平头男子"的手机突然响了。他跑到店外去接电话。一会工夫，"平头男子"又走进店里来。大家正在说几句闲话，也没去搭理他。现在，"平头男子"和皮包都不见了。

"幸好店里安装了监控，平时没有什么，关键时刻还真顶用！"小莉和同事立马查看了监控录像。恰巧，监控摄录到了"平头男子"偷包的镜头。只见他趁着营业员聊天的当口，快步走到门口的货架旁，拿起包就出了店门。看来，第一次进店买药的时候，"平头男子"已经瞄准了目标。

当天失窃的，并不只是健之佳大药房一家。隔壁不远处的婚纱店、水果店，同时遭到这名"平头男子"的"光顾"。

接到"110"指令后，扬中市公安局新坝派出所民警孙勇第一时间赶到了现场。健之佳药店那段清晰的视频，成为破案关键。

2017 年 5 月，扬中市公安局荣获"全省优秀公安局"荣誉称号

"视频中的蓝衣男子就是那个偷包贼!"几分钟后,这段视频被发布在了扬中公安"微警务"平台。一张无形中的天罗地网,正向嫌疑人步步逼近……

8分钟过去了。有热心群众在后台留言:"我认识这个蓝衣男子,他姓石,家住镇江新区大港银鑫花园小区。"

"走,去抓捕嫌疑人!"孙勇赶紧招呼几个弟兄,风驰电掣地驶向大港银鑫花园小区。嫌疑人石某正在家里准备吃晚饭,结果人赃俱获。这时候,距离石某盗窃得手,才过去了40分钟。石某抓破脑袋也想不通,警察为啥这么快就能找到自己?

"疑犯想不到,我们能做到!"在扬中市公安局党委委员、政治处主任陈鹏的带领下,我们第一次走进扬中市公安局"微警务"服务中心,一台台电脑前,工作人员正在紧张忙碌着。作为"互联网+"时代的警务先行者,这里设计新颖独特,整体清新活跃,画面亲切温馨,久久地吸引着大家的目光。2015年9月25日,作为镇江市公安系统第一家微信公众号,"扬中公安微警务"正式上线开通,在打击犯罪、服务民生方面,发挥着新时代的"尖兵"作用。

利用"微警务"打击犯罪,这绝非天方夜谭。点击鼠标,搜索关键词,一条条破案线索跳入了电脑屏幕——

6月19日上午,年仅10岁的小云遭猥亵。接到报警后,民警第一时间调取监控、走访调查。监控显示:犯罪嫌疑人为男性,40多岁,身高约1.75米,体型较胖,与三年前三茅街道发生过的一起养生馆猥亵案的犯罪嫌疑人十分相像。

"警力有限,民力无穷! 在掌握线索有限的情况下,我们想到了通过微信公众号征集破案线索。"扬中市公安局新闻中心主任艾青说,这是通过"扬中公安微警务"破案的第一次尝试,能否成功,大家心里都没有底。当日下午,民警将上述两起案件的视频通过"扬中公安微警务"公众号发布,出乎大伙意料,短短一个小时,转发量就超过了1万人次。6个小时后,犯罪嫌疑人迫于压力,向警方投案自首,三年悬案就此告破。

初战告捷,增进了信心! 扬中公安更加决心做一名"微"时代的"弄潮儿"——

8月8日,警方通过"微警务"发布通缉令"专偷佛像的奇葩男"。很快就有不少热心市民在后台留言,提供"奇葩男"的个人信息。该男子姓蔡。蔡某的亲人知道"微警务"信息后,敦促蔡某向警方投案自首。警方由此一举侦破7起盗窃案,缴回被盗佛像12尊。

8月16日,警方通过"微警务"发布通缉令"凌晨组团偷鱼200多斤,都来认认"。不到一小时,就有市民后台留言,认出了视频里的偷鱼贼。28 日,通过市民提供的线索,民警将两名嫌疑人一举抓获。

9 月 2 日、9 月 6 日,新坝街、丰裕街 6 家店铺相继遭遇窃贼光顾。猖狂的窃贼撬锁入室,大肆行窃。"微警务"连续两次发布通缉令。第一条发布的是:"蠢贼连偷三家店铺,不知道头顶装了监控吗?"第二条则是"有奖悬赏!猖狂的小偷连盗新坝街的三家店铺"。最终,根据市民后台留言提供的线索,民警将嫌疑人杜某抓获。

……

快速打击各类民事犯罪,"微警务"已成为"奇兵"。通过"微警务",民警的眼线遍布街巷里弄,遍布城乡大地。"微警务"上线以来,共收集各类犯罪线索 150 多条,发布通缉令 30 多条,破案率 100%。

"创新社会治安综合治理,必须与时俱进。"谈起"微警务"这一阵地的开辟,扬中市副市长、公安局长吴明成深有感慨。吴明成说,社会发展一日千里,治安形势错综复杂,在"互联网 +"时代,通过"微警务"建设,可以不断深化公安机关网上社会治安动员,网下高效联动,通过"微动员""微举报",组织动员网民举报违法犯罪、提供破案线索、参与防控建设,着力打造社会秩序治理"升级版",创新信息化条件下群防群治工作。"目前'微警务'平台已经拥有粉丝 4.9 万人,占全市人口的 17.5%,成了扬中地区拥有粉丝数量最大的微信平台。通过'微警务'平台的建设,我们可以充分利用庞大、活跃的粉丝群,发动广大市民积极提供违法犯罪线索,凝聚群众力量参与平安建设。"

打造"微警务",已让扬中警方初步尝到甜头。事实上,"微警务"的功能并不仅仅只是打击犯罪,在服务民生方面,同样亮点多多。

首先是扎实"微防范",增强"小意识"。2016 年 1 月 1 日,扬中市公安局 110 指挥中心一天之内,接报 15 起同样警情:有人冒充建设银行"95533"客服,实施短信诈骗!为了防止再有群众上当受骗,"微警务"当天下午立即发布"紧急预警!冒充建设银行 95533 诈骗短信来袭,昨天扬中 15 人中招"的图文消息,短短 6 小时,浏览量超过 1 万人次。效果立竿见影,预警发布之后,扬中公安机关再也没有接到同类报警。

2017 年 1 月,"微警务"推出自编自导的法制类视频节目《小岛警事》,及时报道公安信息、发布近期案件预警,深受市民欢迎。"微警务"上线两年以来,全市发案数与两年前相比下降 11.1%,这得益于群众防范意识的提高,"微警务"可谓功不可没。

其次是做实"微服务",传播"大温暖"。2017年5月15日上午,扬中市公安局城西派出所接到家长报警:10岁的女儿清晨离家之后,不知去向! 这是一条令人揪心的报警。民警经过一个上午的多方寻找,始终没能找到小女孩。征得家长同意后,民警利用"微警务",推送发布寻人启事。几乎一瞬间,这个消息传遍小岛居民的微信群和朋友圈。成千上万人的心被这条信息牵挂着,大家在焦急地寻找着。当天下午,一条令人兴奋的消息终于在"微警务"后台跳了出来:有热心市民发现了离家出走的小女孩的行踪! 小女孩家人一直悬着的心,这才放了下来。

这样的温情故事,在"微警务"平台还有很多很多。一名古稀老太和女儿出去游玩,不慎走失,找不到家,又记不得家人的联系方式。"女儿你在哪里? 妈妈找不到家了……"寻人启事一经"微警务"推送,很快,老人的女儿找到了派出所。韩某有一笔欠款一直无法讨回。他没有口头语言表达能力,无法拨打110报警,于是通过"微警务"求助,希望警方能帮他讨回欠款。"微警务"工作人员第一时间受理求助,帮助韩某找到欠款人杨某,协助解决双方的债务纠纷。目前"微警务"开通了"微户籍""微交管""微外事"等11大版块65项功能,收集发布社会求助信息160条,服务群众130余次。

最后是做实"微引导",传播"正能量"。2017年5月底和6月初,连续一周之内,扬中市发生两起涉及渣土车的交通事故,导致两死一伤,一时间,网上舆情纷纷,谣言四起。"微警务"第一时间发声,公布警方调查结果,呼吁市民不信谣不传谣,成功地平息了舆情。

2017年7月,"微警务"推出"以案说法"栏目,通过典型案例,开展普法,受到广泛关注。不久前,扬中市公安局破获一起涉及未成年人案件,一名未成年人因欠下高利贷,遭遇敲诈勒索。警方很快侦破此案,4名犯罪嫌疑人落网。"微警务"及时制作"以案说法",发布"无知少年被骗签下巨额欠条,犯罪团伙非法敛财丧心病狂"图文消息,推送给广大市民,特别是中小学及幼儿园师生,引起了社会的广泛关注。

"微警务只有具备丰富的功能,才能为人民群众所喜爱和使用,微警务工作才有生命力!"从2015年起,艾青就伴随着"扬中公安微警务"官方微信公众号一路成长,她思维活跃,致力于打造优秀"微警务"平台,和同事成立微电影工作室,在工作之余将流行元素和公安工作紧密结合,打造多部优秀微电影作品……"刚开始做的时候,我的心里也没有底,毕竟白手起家,但想了想,这样也好,赤膊上阵,没有包袱,就甩开膀子干。局里面上上下下都十分关心,送我们到外地学习,和我们共同研究多项便民利民功能的开发,大力支持我们开展网上网下活动,迅速赢得了广大群众的认可,与我们互动交流十分繁忙。这也更加'刺激'了我们,给了我们更大的干劲!"

陈敏2016年加入"扬中公安微警务"运作团队,从小就对动漫着迷的她,在这里寻找到了发挥自己特长的天地。短短一年,她就创作出110减负、平安谣等系列动漫,时尚可爱的动漫一发布,立即引爆公众号,"很有创意,给个赞""通俗易懂一看就明白""这样画出来生动多了"……众多粉丝纷纷留言,仅一周时间,扬中公安微警的关注人数上升了1000多。小小"微警务",发挥大作用,这绝非一句戏言,正成为扬中警方"线上"实战的成功实践。

"微警务"在实战中能够发挥巨大效能,离不开扬中警方在"线下"的谋篇布局。通过加大技防投入,扬中警方正全力将小小岛城打造成"技防岛"。

2013年10月28日,油坊镇发生一起凶杀案,一名潘姓女子被杀死在家中。现场遗留一把沾满了鲜血的菜刀。是谁杀死了她?民警围绕受害人情况,全面展开排查。在调查走访中,有群众反映,死者潘某与丈夫杨某感情不和。潘某和杨某都是云南人,潘某长期在扬中打工,和工厂同事产生了婚外情。在老家的丈夫听到风声之后,一周前来扬中寻找妻子,并曾住在油坊潘某暂住地。可是案发之后,杨某却不见了。

杨某是不是杀人凶手呢?办案民警随即调阅案发地周边道路监控。根据一番细心的搜索,终于在监控里找到了杨某。杨某从案发地出来之后,沿着长旺街,一直走到了长旺转盘北侧。就在这里,杨某跳进了长旺港内。

根据监控显示,民警请来救援队,在长旺港中展开搜救。结果,打捞出了杨某的尸体。至此,这起在当地产生不小影响的凶杀案被成功告破。

类似的恶性案件,在扬中岛城很少发生。平时警方依靠监控破获的,基本都是民事案件。

2016年4月21日,扬中市民胡先生骑电瓶车到利民市场办事,他将电瓶车停在广场北门附近。半个小时以后,胡先生办完事,来到停车的地方,却怎么也找不到电瓶车了。胡先生随即拨打"110"报警。

民警来到现场之后,立即调阅附近的监控录像。利民市场附近共有7组摄像头,其中3组摄像头从不同角度,抓拍到了偷车贼偷车的画面。偷车贼盗窃得手之后,骑着电动车,扬长而去。民警根据偷车贼的行走路线,一路查阅监控,顺藤摸瓜,找到了他的落脚点,一举将他成功抓获。

"这几年来,扬中市不断完善技防设施,密集布控的'天眼',正显示出越来越强大的威力。"扬中市公安局党委委员、副局长钱学友言语中透着自豪。钱学友说,目前扬中市公安局正逐步将辖区政府机关单位、医院、学校、酒店、住宅小区等300多个单位的视频监控接入公安视频网,目前已接入250多个。织牢织密防控网,平安岛城更平安。线上线下"双网发力",更显威力无穷。

中篇　她给骗子汇去了500万元巨款……

平安不平安,百姓最有发言权。在扬中市一家公司担任会计的何女士,对这句话有着很深的体会。2013年6月17日上午的一条短信,几乎改变了她一生的命运。最终,是扬中警方将她从无助的泥潭里救了出来。

虽然已事隔几年,可是提起当天中午的那一幕,何女士眼中依然露出惊惧而后怕的神色。她说,事发当天,公司有一笔采购业务,正要汇出500万元资金。这时,自己的手机响了,一条陌生号码发来的短信蹦了出来:"将钱打到这张工行卡62122637××××1126434,户名:胡××,办好回信。"

何女士也没有多想,想当然地以为这是公司需要汇款的账号,于是到银行汇出了500万元。直到中午,公司负责人打来电话,询问500万怎么还没有汇出。何女士才知道,自己陷进短信诈骗陷阱了。那一刹那,何女士只觉得天晕地转,欲哭无泪,赶紧拨打"110"报警。

单笔被骗500万元,实属罕见!承办案件的是现任扬中市公安局油坊派出所所长、全国优秀人民警察聂朝军。时任刑侦大队副大队长的聂朝军至今对这起案件依然记忆犹新。他说,接到报警之后,自己一刻也没有耽搁,一方面立即冻结了对方的银行账户,另一方面着手调查诈骗短信号码。

在聂朝军的"指导"下,何女士通过拨打银行客服电话,故意输错账户密码,成功锁死了对方的银行账户,第一时间让犯罪分子无法提款。随即,聂朝军携带相关手续,飞往这张工行卡的开户地西安,在当地警方的配合下,成功冻结了卡上的400万元现金。这张银行卡是一级卡,经过信息核查,犯罪分子还在河南平顶山地区和江西上饶地区办过4张二级卡。民警再次分赴各地,成功冻结二级卡中的50万元资金。至此,除已被犯罪分子取走的近50万元现金外,其他资金全部被冻结。

同时,警方从发送诈骗短信的手机号码着手,展开侦查。该号码的归属地在新疆喀什,主人是一位维吾尔族同胞。他会不会是诈骗团伙的幕后策划者?聂朝军立即动身,奔赴新疆。

那段时间,喀什正发生暴恐事件。聂朝军所住的宾馆外还不时传来枪声。正是在这样的环境里,聂朝军连续工作10多天,终于揭开案件的冰山一角——手机号码的主人是个老实巴交的维吾尔族老农。聂朝军近距离观察半天,觉得他怎么也不像是诈骗犯。可那条诈骗短信的确是从他的手机里发出去的,这又是怎么回事?

聂朝军边思索着,边随手调取查看这位老农的手机短信记录。这么一看,发现了"惊天秘密"——几乎每隔一分钟,便会有一条类似的诈骗短信从老农的手机发出,非常有规律。

"他的手机被人为控制了!"这个大胆的想法在聂朝军的脑海里跳了出来,连他自己也震惊了。真相果真如此,那太骇人听闻,潜在危害也太大了。谁是背后黑手?线索就此中断,必须另辟蹊径。

聂朝军决定从取款机前的监控视频入手。根据在异地调阅的银行监控,警方展开全力侦查,最终,成功锁定暂住湖南的嫌疑人周某。周某落网后,聂朝军带领专案组顺藤摸瓜,辗转河南、江西、上海等 10 余个省市,成功抓获 270 多名涉案嫌疑人。

案情至此真相大白,和聂朝军当初大胆的想法完全一致:这个犯罪团伙设计了一些手机应用程序,暗地里植入木马程序,然后设法进入众多手机的应用平台上,如此一来,市面上众多"山寨"手机出厂时就已然"中招"。该团伙正是凭着这些木马程序自如地控制手机,发送诈骗短信;有的甚至在手机出厂之前就植入恶意代码,大肆"吸金"。

随着这条非法利用网络软件控制他人手机牟利的灰色产业链被彻底斩断,社会上此类诈骗案件的发案率出现了断崖式下降。

近年来,互联网被人们在生活和工作中广泛应用,可是各种犯罪行为也随之而来。这些犯罪行为越来越隐蔽,出现高智能的特点,猖獗的电信网络诈骗是最为典型的表现,不断出现的新式作案手法一度让习惯了传统案件侦破的刑警们疲于应对。

几乎与互联网发展同步成长起来的聂朝军,对附着于网络上的犯罪有着天然的敏感,他那深藏窝中的双眸闪着特有的智慧,面对繁芜杂乱的局面总能找到突破口。

2015 年 8 月,扬中居民张先生急匆匆报案说,有人在 QQ 群推销 Q 币,10 元可得到 2888 个。看价格实在便宜,他便花 10 元去买,可 Q 币并没到账。经询问,对方让他和腾讯联系并给了个 QQ 号。他加了这个号码,接到对方发的一条"1 元支付链接",说是激活账户用的。张先生点击这条链接后,账户里 6800 元被转走。

本以为是一起常见的不明链接诈骗案,可聂朝军侦查发现,并非想象的那么简单。他迅速抓获了在 QQ 群发虚假广告的常州人武某,由此一个庞大的诈骗团伙浮出水面。这个团伙有着严格分工,像武某这样的被称为"找单手",负责在网上发广告。给受害人发"1 元支付链接"的叫作"秒单手",他们发送的链接有木马病毒。而这些支付链接,由所谓的"第四方"支付平台提供。"第四方"支付平台租用的,又是"第三方"支付平台的接口。受害人只要中招,钱就会被转入"第三方"支付平台。把钱归集之后,这些平台的团伙成员再按一定比例进行内部分赃。

太嚣张了!无数个不眠之夜,聂朝军和专案组民警一起研究案情。此类案件的侦破在全国尚无先例,两个瓶颈横亘在聂朝军的面前:一是团伙嫌疑人遍布天南海北,而且只通过 QQ 联系,互不相识,抓捕难度极大;二是该团伙在全国作案数千起,可扬中仅发案 1 起,找不到突破口,扬中警方想拿下这起大案,无异于缘木求鱼。

突破口在哪里?聂朝军苦思冥想,决定从给张先生发木马链接的"秒单手"着手。那年冬天特别冷,几乎滴水成冰。聂朝军单枪匹马,循线追踪,来到江苏海门。他在这里发现"秒单手"随某的踪迹——掩藏于一处偏僻乡村的农舍。侦察地形后,聂朝军决定对随某实施抓捕。

谁曾想,聂朝军刚敲开门,察觉情势不对的随某便翻窗而出,夺路而逃。聂朝军一个箭步冲上前去。不远处有个粪池,聂朝军跑得急,不慎掉了进去。他顾不上浑身恶臭,跳出来紧追不舍,终于在前方的田埂上追上气喘吁吁的随某,给他戴上锃亮的手铐……

随某到案,这起案件的关键证据得以锁定。在公安部支持下,专案组在全国各地展开抓捕,38 名嫌疑人落网。

"那一个多月,满脑子都是数据,做梦都是。"正是分析了数万条数据,聂朝军成功锁定嫌疑人的罪证。这条骇人听闻的犯罪产业链,被一举铲除。

这是全国成功破获的首起"第三方支付平台诈骗洗钱案",带破全国同类案件 3500 多起,摧毁非法支付平台 4 个,涉案金额 2000 多万元,为今后全国同行破获此类案件提供了"范本",公安部、最高人民检察院还专门举行了培训班,请扬中刑警介绍打击此类犯罪的经验;央行也根据这起大案,出台细化规定,强化对第三方支付平台的监管。

"近年来,新型高技术犯罪层出不穷,对警方的作战能力,是一次严峻的挑战。"扬中市公安局党委委员、刑侦大队大队长缪剑谈起此类案件,深有感触。缪剑说,山东女孩徐玉玉遭遇电信诈骗而猝死,这件事引起了社会的广注关注,也让各级公安部门加大了对各类高科技犯罪的打击力度。事实上,一直以来,扬中警方对此类案件不遗余力,露头就打。"这些案件涉案人员多,手段隐蔽,犯罪分子及受害者遍布天南地北,侦察及调查取证,都面临着很大的难度。可是再硬的骨头,也都咬咬牙去啃。"缪剑说,在侦破此类案件的过程中,扬中警方一直强调多警种、多部门协同作战,"就以发生在 2013 年 6 月的那起短信诈骗案来说,在前期侦办过程中,共有刑侦、技侦、网侦、情报等多个部门的 20 多名民警参与侦查。只有这样,才能构建多层面、全方位、深角度的'立体式'合成打击模式,用足各种资源、力量和手段。"

放眼全国、经营线索、拓展案源、重点攻坚,这是扬中警方频频成功侦破此类高科技犯罪的秘诀所在。

"感觉就像做了场梦一样。"当年误陷短信诈骗陷阱汇出 500 万元的何女士,至今想来,仍为自己当时的草率行动而后悔不已。但她更没有想到,警方能这么快侦破这起诈骗案,将企业的损失降到最低。在她看来,扬中警方是一支战斗力超强,能够为民办事、为民谋利的队伍。

吴明成介绍,扬中市公安局始终突出对多发性侵财案件的高效打防,尤其是针对近年来多发的电信网络诈骗案件,切实做强合成攻坚作战机制,先后侦破"6·17""8·22"等部督专案,形成打击电信网络新型违法犯罪活动的扬中经验,不断探索防范电信网络诈骗犯罪的有效措施。2017 年以来就已经开展各类主题宣传活动 50 余场次,通过全警大走访发放宣传资料 8 万余份,向群众不定期发送防范电信网络犯罪常识短信 15 万余条,"扬中公安微警务"推送宣传防范信息 420 余期,有力地帮助群众增强自我防范意识,从根本上铲除电信网络诈骗发生的土壤。

下篇:他被逼打下了 500 万元借条……

索取特别高额利息的贷款,称为高利贷。2011 年,随着通胀持续走高,银行紧缩银根,中小企业急需资金,"高利贷"这个名词越来越多地出现在人们面前。半年内,浙江温州有 80 多家企业老板逃跑、企业倒闭。其中 9 月份就发生 26 起,其中三起债务危机导致老板被逼上绝路而跳楼自杀事件,造成两死一伤。被外界称为"宝马乡"的江苏省泗洪县石集乡有 1500 多人卷入高利贷,涉案资金 3.1 亿元,石集乡问题最严重的李台村仅涉案本金就达 1050 万元。

不少地方出现了因放高利贷、进而逼债引发的治安问题。一些放贷人口口声声说这只是经济纠纷，公安机关不得介入，否则就要投诉，有恃无恐地规避法律制裁。在扬中地区，蒋某带领的放高利贷逼债团伙就如此嚣张，甚至逼债逼死了人。面对这道棘手难题，置身事外？扬中警方的回答是："绝不!"

蒋某曾因犯流氓罪被判刑12年，后因聚众斗殴罪又被判刑4年半。几乎每次服刑期间，他都闹出过精神失常吃自己大小便、装手脚瘫痪不能动等荒唐事，屡屡蒙混过关，换来"监外执行"。也就在监外执行期间，蒋某导演的放高利贷逼债恶性事件，一次次上演。

蒋某团伙一贯通过放高利贷的手段，让借钱人陷入利滚利。他们采取暴力、威胁、要挟、软暴力等手段，迫使对方写下本金数倍甚至数十倍的借条，然后通过民事诉讼的手段，骗取法院的民事判决或调解，使其对上述财产的非法占有变成合法化。

童国际一眼就看穿了蒋某团伙的伎俩，认为他们已经涉嫌敲诈勒索犯罪。特别是束某妻子被逼死之后，扬中警方决定对蒋某等人立案侦查，并于2012年6月对蒋某刑事拘留。

蒋某与受害人之间打欠条，都是一对一，调查难度非常大。童国际曾带一名受害人去蒋某家中取证，一位邻居老太见到受害人后好意提醒："你还敢到他家来，你忘记挨打了?"

没有受害人主动站出来提供证据，使案件侦查陷入僵局。但童国际注意到，蒋某和妻子早些年就在南京主城区买了房子，在扬中住的又是别墅，他们都没有工作，哪里来的这么多钱？立案侦查后，童国际带人搜查了蒋某在南京的房子，却是一无所获，他们决定回头搜查蒋某在扬中的别墅。

"蒋某的别墅中有地下室、健身房，客厅是他殴打受害人的地方。"童国际清晰地记得，在一楼东边一个房间里，当他掀开床垫，看到的是一张张的欠条。根据打欠条人的姓名，童国际一个个找到了受害人，弄清每一张欠条订立的背景，锁定了遭受蒋某敲诈勒索的证据。

此前屡屡逃避过法律制裁的蒋某知道，这次是逃不过去了。虽然面对讯问，他极为嚣张，未在询问笔录上签一次名字，但他心里知道，这一次，他恐怕不会再那么幸运了。

"我们的证据很强大，最终是'零口供'，2013年法院对他判刑11年。"童国际自豪地说，这起案件办结之后，不仅蒋某所持有的非法高利贷欠条全被撤销，原有的一些判决也被依法撤销，极大震慑了高利贷衍生的犯罪行为，这些年此类案件大为减少。

对于各类恶性案件，扬中警方的原则是露头就打，决不让犯罪分子的嚣张气焰蔓延,不让恶性犯罪有得以滋生的土壤。

据扬中市公安局党委委员、副局长童国际介绍,2012 年以来,扬中警方平均每年破获刑事案件 748 起,查获刑事作案成员 845 人,公诉 406 人,保持命案全破,极大地震慑了犯罪,提升了全岛居民的平安指数。

2014 年,扬中警方经过不断深挖,历时 4 个多月,一举侦破了在全国有影响的"3·17"特大非法买卖枪支弹药案。

当年 3 月 17 日,有群众向扬中警方举报,当地村民王某通过互联网,购买了以弹簧形成压缩气体为动力的枪支及子弹。民警立即展开调查。经过鉴定,王某购买的枪支的确对人具有致伤力,严禁买卖。

通过王某在网上打款的支付宝账号,民警展开了深入调查。他们发现,这个账号前后一共有数十笔交易款项,涉及江苏、黑龙江、重庆、上海、广东等十多个省份的数十个地区。这些枪支流落到社会上,危害不可估量。

扬中警方随即成立专案组,围绕涉案的支付宝账号,展开抓捕。这个支付宝账号的主人是绍兴人朱某。在绍兴警方的协助下,5 月 5 日,朱某被抓捕归案。在朱某住处,共缴获 8 支仿真枪支。

朱某的这些枪支是从哪儿来的呢?面对民警的审讯,朱某交代,这些仿真枪支是今年 2 月自己通过物流公司配送的方式,从上线那里批发来的。随后,自己又通过快递方式,将这些枪支零售到了全国各地。

民警又马不停蹄,围绕给朱某供货的上线,展开调查。经过一个多月努力,警方分别在上海和广东,成功将两名上线陈某、赵某抓获归案。民警又顺藤摸瓜,捣毁了一个地下枪支加工厂和一个地下枪支销售公司。这个地下枪支销售网络,共有 20 多名骨干成员。民警不辞辛劳,分赴全国各地,将这些团伙成员一一抓获。

由这个地下枪支销售网络销售出去的枪支多达 140 多支,这些枪支流落在社会上怎么办?本着对社会负责、对人民负责的态度,专案组成员通过发协查、出差等各种方式,对这些散落的枪支开展追缴行动,100 多支枪支被成功追缴。至此,这个蔓延在全国的大"毒瘤"被成功铲除,专案组成员才好好地歇了一口气。

当时参加办案的一名领导还讲述了一起意外事件,当时他带着一组人员,准备在汕头某小区抓捕 2 名犯罪嫌疑人。为了能将两人分散擒获,伏击守候的警察又分为 2 个小组。守候在小区大门的几名警察,一直坐在从当地刑警大队借来的一辆普通皮卡车内。天黑了,一位"马仔"从房间里走了出来,准备到街上去买快餐。当他悠闲地走近小区大门时,突然发现他早已摸清的当地刑警大队车牌号码出现在小区大门口,知道情况不妙,这名"马仔"突然掉头直奔房间。守候民警见状果断出击,下车追了上去,一直追到藏匿犯罪嫌疑人的房间,将犯罪嫌疑人全部擒获。

这仅仅是办案中的一个小小插曲,谈到另外一起意外事件时,扬中市公安局政委仲纪华顿时沉重了起来。8 月 10 日,在办案途中专案组的车辆不幸发生交通事故,刑侦大队副大队长何亚建头部撞击前挡风玻璃致头部、手脚多处受伤,并出现短暂昏迷。同赴外地参战的镇江市公安局技侦支队四大队大队长汪晓政头部受伤,眉骨处缝了 9 针;刑警支队便衣行动队中队长史巍胸部因撞击而受伤。尽管如此,这些民警仍带伤坚持,圆满完成了在成都的抓捕任务。

居中守正,行以致远。331 平方公里的江中明珠,正因为有着这 398 名警界精英的守护,才越发熠熠生辉。

扬中市公安局先后被省公安厅记集体二等功,被扬中市委、市政府记集体三等功;2015 年被省公安厅评为全省公安机关执法示范县级公安机关;2017年获得"全省优秀公安局"殊荣……扬中市公安局所取得的这些的荣誉,在局长吴明成看来,既是鼓励,更是鞭策。"一直以来,我们以创建'全国优秀公安局'为目标,紧扣'立足基础信息化,突出警务实战化,提升打防控;立足队伍正规化,突出管理精细化,提升精气神'这两条主线,瞄准'创一流业绩,建一流队伍,赢一流民意'这三个一流,全力深化公安改革。"吴明成认为,只要紧紧抓牢公安主业,全力维护社会稳定,就一定能够得到老百姓的褒奖和赞扬。

"日出江花红胜火,春来江水绿如蓝。"离开扬中小岛的时候,正是春雨后的落日时分。有这样的一支人民警察队伍守卫在身边,我想,生活在这座江岛上的人民,应该是幸福而满足的。

句容市看守所

现有 29 名民警、21 名职工，负责管理教育句容全市范围成年男性犯罪嫌疑人、被告人和短期服刑罪犯，先后被江苏省公安厅记集体二等功 3 次，被镇江市公安局记集体三等功 2 次，先后 13 次被公安部评为"一级看守所"。连续 15 年安全无事故，队伍无违纪，执法无过错。先后被公安部授予全国公安机关执法示范单位、全国公安监管部门执法规范化建设示范单位、全国看守所管理机制创新示范单位、全国公安监管部门信息技术应用先进单位等荣誉称号，被江苏省纪委等单位授予江苏省廉政教育示范基地，被江苏省住建厅授予江苏省园林式单位，被共青团江苏省委授予省级青少年维权岗，被江苏省公安厅授予全省安全文明示范监所，2017年 5 月被江苏省人社厅、公安厅授予"全省优秀公安基层单位"荣誉称号。

高墙内奏响的温暖音符

——记"全省优秀公安基层单位"句容市看守所

一、一个萝卜一个坑

高墙、电网、荷枪武警,一道道防护铁门,一处处摄像头,空气里凝滞着某种压抑和死气沉沉……在许多人眼中,看守所是模糊美丑界限、融合善恶交锋之地,给人的感觉是与外界隔绝的、神秘而冰冷的,那些失去自由之身的人被警察看管着、严守着,如履薄冰,度日如年。在更多人眼里,看守所就是民警的养老之地。

然而,笔者走进句容市看守所,实地参观监管场所,零距离地了解看守所工作情况,倾听监管民警与在押人员之间的故事,方才明白,看守所并不像常人想象的那样冰冷,这里规范化、精细化、人性化、科学化的管理,如春雨般润物无声。而在看守所上班并没有想象的那般轻松,就像句容市看守所的内勤陆明桂说的,监管民警其实很辛苦,责任重,压力大。

和笔者采访对接的民警陆明桂老家是泰州的,他从部队转业到看守所,一转眼已干了十年内勤。陆警官告诉笔者,看守所民警都有明确分工:值班、巡视监控、管教、在大厅做收押接待工作,然后就是内勤和后勤。除病休外,所有民警都要参加值班,尤其负责巡视监控的民警更是"压力山大"。

陆警官说,下半夜是事故高发时段,也是人最困的时候,上下眼皮直打架,但再困再累也不能休息,要时刻提防着。其他警种 50 多岁的老同

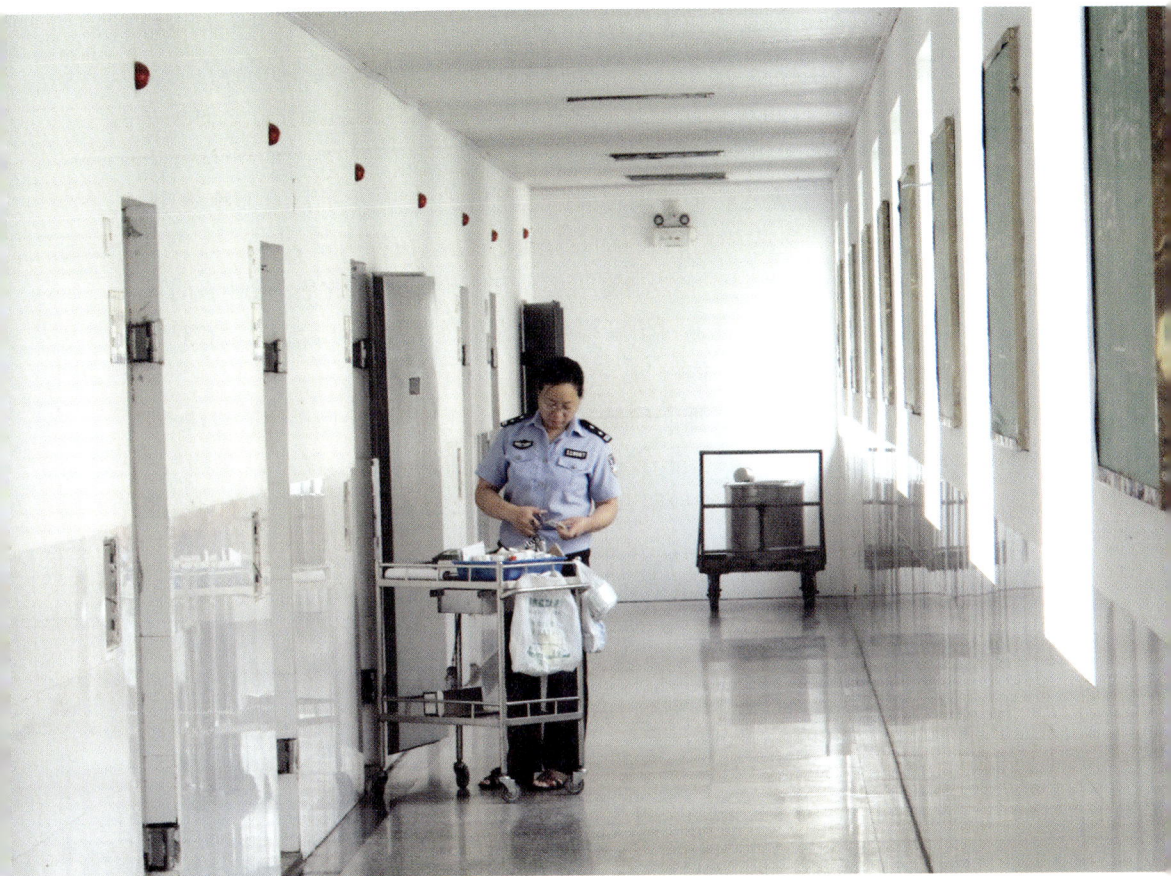

_句容市看守所医生陈惠琴日常巡诊

志可能已上"自由班"了,但看守所不行,"一个萝卜一个坑"。在他的带领下,笔者走进看守所去探秘高墙背后的故事。

按照规定,手机等通信工具一律不允许带入监区。进入监区要通过 ABC 三道门,三门联动不能同时打开,即使有民警的陪伴,也还要接受武警、执勤、哨兵检查盘问,逐一核实身份后,佩戴专门的通行证件才能进入。进入监区,如果不是四周的高墙电网,真仿佛是走进了一座园林,草坪、花卉、灌木、绿廊及沁人心脾的桂花飘香,不愧是"园林式单位"。

打开监室,竟觉眼前一亮,类似于学生宿舍的监室内,十几个铺位的通铺靠墙一字排开,各自物品摆放得整洁有序,监室里面装有直供纯净水,定时供应热水,在押人员的生活起居都在这方空间里。

与学生宿舍不同的是,每个监室又分外院和内室,内室用于日常起居,外院用于室外活动。与普通房屋不同,室内足足有两层楼高。后门连着外院的,是平时在押人员晾晒衣物和训练活动时才允许去的场所,同样戒备森严,抬头只能透过铁丝网看四四方方的天。通往外院的后门也不是随便什么时候都能开的,要在规定的时间内才能打开。

贴在监室墙上公示栏内的内容引起了笔者的注意,上面既有制度规定,又有小卖部价目表、规范评比表、一周食谱等信息向在押人员公示。陆警官介绍,看守所实行的是"一日生活制度",类似于部队的军事化管理,什么时间干什么事,都有明确规定,并通过语音播报系统及时提醒。每天还要对在押人员遵规和学习等进行考核,并在月底进行评比,以促进管理。

看守所信息化建设已延伸到监室内。陆警官指着墙上的触摸屏说,现在每个监室都安装了智能终端,管理更加方便,在押人员不仅可以查到"三固定"排班、当日考核情况、管教留言等内容,还可以约见驻所检察官、向所领导反映情况、找管教谈心、看医生,实现了与被监管对象之间的互动。

在104监室,笔者见到了正在进行安全检查的张元祥所长。张所长告诉笔者,安全检查是看守所的一项常态化工作,所里随时都会组织一些突击检查,不仅要查安全设施、监室、在押人员人身和物品,还要检查民警的安全意识及制度执行情况。一点小小的疏忽,一个不经意的动作,一个小小的违禁品,都可能酿成惊天大祸。

从现场检查出来的物品看,只有少量的塑料食品包装袋、衣服搭扣、拉链头、短绳带等,在我看来,并没有什么特别之处。但张所长却很认真地记录着,他说,这些物品都要追查来源,要从源头上杜绝违禁品的流入。

监内物品都是在押人员入所时带来或家属送来的,只要不违反所里规定,在押人员的合理要求基本上都能满足。

监室里在押人员有的穿着红色马甲,有的穿着绿色马甲,但更多的是穿着蓝色的。我被告知,这是分级管理的要求,不同的颜色代表不同的等级。在这里,所有在押人员在入所时都要进行心理问题排查和安全风险评估,根据案情、身体健康状况、现实表现和心理问题排查结果,确定不同等级,并且根据不同等级实行不同的管理措施。情况发生变化时,会及时进行变更。

针对社会关注的看守所"牢头狱霸"问题,我关切地问,新人进来时会被欺负吗?张所长笑道:"这个问题不仅你关心,许多在押人员的亲友打电话来时,首先问的就是在押人员会不会被打,然后就是要求照顾。"张所长说,这些都是老皇历了,现在实行民警直接管理,这个问题已从根本上得到了解决。他指着墙上安装的"受虐报告装置"和两个信箱告诉我,现在在押人员投诉渠道很多,受到不法侵害时,除了可以通过报告装置及时反映外,还可以通过信箱向驻所检察室和所领导投诉。

笔者注意到,监室上下过道、高墙内外,四处张贴着名言警句,文化氛围浓厚。监区内还有专门为在押人员提供精神食粮的图书室,里面不仅有《弟子规》《道德经》等国学教育的经典名著,还有词典、地方文化丛书等。

每个监室都装有电视,除在规定时间内收看新闻和娱乐节目外,所里还定时播放道德讲坛和法制讲座。每天收看电视节目不少于2个半小时。每周所里都要安排大课教育1次、借阅图书1次,每天两次通过电教系统播放在押人员权利义务告知书。管教民警每天要"两下监室",上下午各进行1次规范讲评,还要按照"九必谈"要求,进行个别谈话。

中午11时,在押人员准时开饭。在监区通道上,笔者看到,炊事员推着保温餐车给每个监室送午餐——米饭配有炒得喷香的辣椒肉丝。与其他监室不同,102是关押老弱病残特殊群体的监室,所里对他们比较照顾,饮食在品种和数量上要多一些。张所长介绍,对于少数民族在押人员,看守所会尊重他们民族习惯,并提供一些民族食品。今年夏季高温期间,为防止在押人员中暑,所里还准备了西瓜、绿豆汤和茶水,每天空调要开18个小时以上。每到春节、清明、端午、中秋这些节假日,看守所都要制订专门食谱,改善在押人员伙食,还会组织一些文娱活动,营造节日氛围,缓解在押人员的思乡之情。

二、杨管教的温情

杨闯是分管管教的副所长,也兼管着两个监室。因工作突出,2013年至2016年,已连续三年被句容市公安局党委评为优秀党员,2014年度被镇江市公安局记三等功一次。杨闯今年30多岁,中等个子,讲起话来语速颇快,看起来很精干。他的管教室不大,办公桌对面是一张特殊的座椅,那是专门供在押人员谈话时坐的。管教室装有监控并配有执法记录仪。杨闯说,管教民警也要学会自我保护,学会在监督下工作。

管教民警实行的是包监制和主协管制,还要参加正常值班,碰到当班节假日也不能休息,有时即使在家休息,遇到分管监室有事也要赶过来处理,否则不放心。杨闯说,管教民警每天脑子里的弦都绷得紧紧的,最怕的事就是接到所里电话。按规定,早上八点半上班,绝大多数民警七点半左右就来了,上班早到可以说是监管民警的普遍现象。八点二十左右所里集体交接班,此前,管教民警要查看信息系统,回放监控录像,了解头天收押情况及诉讼环节变化,掌握监情动态,处理监室违规,准备规范讲评材料,做大量准备工作。

管教民警每天面对的是一个封闭的特殊群体。和杨闯交流后,笔者感觉他为我们打开了一扇窗,透过这扇窗,看到了一个常被认为是灰色群体的人群的生活方式,感受到了一个常被怀疑是冷漠之地的人间温暖。刘某是连云港人,因在句容监狱服刑期间涉嫌故意伤害被刑事拘留,入所前在灌云县看守所、句容监狱关押时,他曾多次自伤自残,30多岁的他已经是"五进宫"了。2017年3月入所后,刘某再次自伤自残,并且抵触管理,在监室里装疯卖傻。于是杨闯将他调入自己负责的过渡监室。

刘某进监室以来,没人来看他,也没人给他送过衣物。因为在监狱服刑期间,他曾把狱友的手指头咬断,监室里也没人愿意和他走近,在监室里他就是个孤家寡人。杨闯发现刘某情绪很极端,一找他谈话,他就"人来疯",又舞又跳。杨闯故意不揭穿,对他说:"你心里有什么就讲出来。"刘某叛逆地道:"我有病!"

陪同刘某外出看病回来,杨闯依旧像没事似的继续找刘某谈心,同时安排2名同监人员做好监护工作。在了解刘某入所前的家庭背景、生活经历后,杨闯发现刘某由于长期失去自由,缺少温暖,心理上有阴影,对性格影响很大。于是他格外关心刘某。缺穿的,杨闯就给他买来;食堂有好菜,就掏钱给他添一份。得知刘某患有严重胃病后,杨闯主动到药店为他买药品。当时句容药店没有此类药物,杨闯又通过供应商在南京把药买到,一连几天,天天叮嘱他吃药。

终于,刘某主动找杨闯谈心了……谈着,谈着,刘某的眼眶就红了。原来,刘某母亲早逝,只有一个年迈的父亲和一个尚未成年的儿子,他心中充满了对家庭的愧疚和自责,非常思念他的家人。杨闯认真倾听他内心的想法,对他提出的问题一一做了解答,对合规之事答应尽力帮助解决,对他违规之事,给予了批评。

家,对每一个在押人员来说,是一个无时不令他们魂牵梦绕,又常常沾满泪眼的字,他们唯恐被家抛弃,成为一棵自生自灭的野草。杨闯通过驻所检察室检察官与刘某父亲取得了联系,告知他父亲刘某在看守所表现比较积极,希望他父亲给他改过自新的机会。父子通电话时,刘某激动地流下泪水,表示要服从管理,好好改造,争取早日回归社会。通过这次亲情帮教,刘某有了明显转变。

过渡监室是新入所人员集中教育训练的场所。作为管教民警,杨闯倾注了很多心血。犯罪嫌疑人入所后，随着环境变化，心理落差大，情绪容易反复，对未来的不确定，使他们随时处于敏感、紧张、恐惧之中，也最容易走极端，尽快使他们适应监所环境，调整好心态对于确保安全尤为重要。杨闯把大量精力放在谈话上，一有时间就陪他们聊天、谈心，打消他们的思想顾虑，进行针对性教育。杨闯说，在押人员有话不说，非憋出病不可。只有让他们说，听他们说，才知道他们想什么，需要什么，才能更好地帮助他们。只有在生活上给予关心照顾，在心灵上给予温暖呵护，才能消除对立情绪，取得他们的尊重和信任。

每逢佳节倍思亲。逢年过节，是在押人员最想家的时候，也是人情感最脆弱、最需要倾诉的时候。杨闯笑着说："听老所长说，有一年除夕夜，女监一名在押人员因想家哭出声来，引得监室哭声一片。现在好了，每年大年三十晚上，我们都会组织一些文娱活动，一直陪他们看春节联欢晚会到零点。"

三、攻和守的关系

谈起管教工作，老管教刘志强动情地告诉笔者，看守所关押的什么对象都有，有企图自杀、脱逃、自伤自残逃避打击的，有几进宫的"老油子"，有身体不好的，有不服从管理的，还有装病的，要管好这些人确实不容易，稍有疏忽，就可能发生事故被追责，在监管系统有一句名言，叫"100 - 1 = 0"。

刘管教是句容市天王镇人，1968 年出生的他今年已快 50 岁了。他 2005年从福建省军区正营军衔转业，至今已有 12 年。他以前在部队是政治教导员，到看守所来做人的思想工作也算是"对口"。长期的管教生涯，使刘管教一头茂密的黑发熬成了现在的"地中海"。不过值得欣慰的是，因协助破获了非法持有枪支案、轮奸案等多起案件，他被记三等功一次，并被评为"破案能手"。

刘管教说："别人觉得看守所是养老的单位，其实这里是很忙的。工作量大不说，危险性也大。晚上睡觉梦到的都是监室里的事，就怕在押人员之间发生矛盾、打架，万一打失手就是大事。不过，现在放心多了，这些年来，所里相继推出了一些创新举措，管理更加规范，监室秩序非常好，管理水平有了很大提高。管教民警只要把规定动作不折不扣落实好，切实掌握监情动态，有针对性地落实管控措施，事故完全可以避免。"

湖南人江某因涉嫌盗窃于 2017 年 4 月被关进了看守所，他有吸毒史，事实上很早之前，他的左膀子就骨折了，他不去看病，每次等民警抓他的时候就说是警察把他搞骨折了，用这种方法来逃避打击。发现这一情况后，刘管教主动与办案民警联系，从他老家的看守所调出病历和档案，带他去医院检查。

笔者问刘管教："你是怎么发现他的膀子原来就骨折的呢？"刘管教只轻描淡写地回答："看出来的。"原来，监室每关进一个人，刘管教都会仔细观察，通过其吃饭、睡觉捕捉其下意识的表现。有的在押人员为了逃避打击，装模作样甚至装疯卖傻，但伪装总是会露出破绽的，通过反复观察和找同监人员了解，便会暴露无遗。正所谓，再狡猾的狐狸也斗不过好猎手。

当然，一些恶习很深的人到看守所几天就能管好吗？答案显然是不可能的，这就需要管教与在押人员斗智斗勇。

知此知彼，方能百战百胜。监管就是攻和守的关系，监管民警频繁地与在押人员谈心，这也是一种出招。在谈话中瓦解他们的意志，再给予他们真心关怀，呼唤他们人性的回归。江西人许某因为在句容市下蜀镇杀人被关进了看守所，害怕被判重刑、心理脆弱的他流露出自杀倾向。刘管教看在眼里，记在心里，建议办案单位带他做精神鉴定，写信、打电话到江西，请他家里人来看守所沟通，这样才慢慢地稳定了他的情绪。

如果把在押人员比喻成一棵棵病树，那么管教就像一只只啄木鸟，也有的把在押人员比作一个个迷途的孩子，那么管教就像一个个父母，包容、拯救孩子的灵魂。细心的刘管教告诉笔者，管教民警就怕身体不好的在押人员出状况，虽然看守所有医生，但有一些突发疾病还是让人猝不及防。有一个叫孟某的在押人员，2015年进来的时候，患有心脏病和严重的高血压，送进监室时眼睛都看不清东西。

刘管教清楚地记得，那天中午，他发现了孟某的异常，连中饭都没吃，就赶紧向值班所长做了汇报，要求赶快请医生来处置。等救护车来到看守所时，孟某已经神志不清，后来经过抢救，总算是清醒过来了。刘管教说，现在想起来都觉得后怕。对于做好管教工作，他总结了三点心得：一是如何让进来的人把心定下来，做到随遇而安；二是对身体不好的人如何把握看不到的危险，随时准备好救治；三是对一些家里无依无靠、心理扭曲、喜欢找事挑刺的人如何转化，要有自己的办法。

"管人先管心，走进他们的内心，才能'对症'施管。"刘管教认为，了解每个在押人员的思想就像了解自己的十根手指头一样，谁长谁短，第一时间要知道，另外要清楚重点病患人员，有病要为他们治病，攻心为上。监管场所的人权保护是一个世界性的话题，而刘管教用一个个鲜活的例子告诉笔者，中国的民主与法治一直不断进步，人权、人情、人性在"大墙"里真实存在。

四、三十年的坚守

句容市看守所是江苏省公安监管战线的先进典型,在全国公安监管系统享有较高的美誉度。该所的规范化管理、信息技术应用、管理机制创新、理论研究等多项工作走在了全国前列,许多经验做法在全省乃至全国会议上做过交流发言,曾代表江苏参加了公安部召开的"全国先进看守所工作座谈会",两次承办全国性的公安监管会议,先后接待全国各地监管同行来所参观500余批次。

_句容市看守所雪景

自 1997 年在公安部组织的看守所首次等级评定中被评为"全国一级看守所"以来,句容市看守所已 13 次被评为"全国一级看守所",先后被公安部授予"全国公安机关执法示范单位""全国公安监管部门执法规范化建设示范单位""全国看守所管理机制创新示范单位""全国看守所信息技术应用先进示范单位"等 7 项全国性荣誉,被中共江苏省纪委等单位授予"江苏省廉政教育示范基地",被共青团江苏省委等单位授予"省级青少年维权岗",被江苏省公安厅授予"江苏省安全文明示范监所""江苏省公安机关优秀基层单位",被江苏省住建厅等单位授予"江苏省园林式单位"等荣誉称号,荣立集体二等功三次。这些成绩是一代代监管人不懈努力的结果,是全体监管民警的共同荣耀,其中,更离不开老所长笪洪杉的执着与付出。

笪洪杉 1985 年参加公安工作,1987 年从事公安监管工作,1994 任看守所副所长,1998 年任看守所所长,2016 年退居二线,30 年来一直奋战在公安监管工作一线,是江苏省公安监管系统任职时间最长的所长之一。

他上任伊始,无论是队伍状况、监管基础设施,还是管理水平,看守所的情况都不尽如人意。为从根本上改变监所面貌,夯实监管基础工作,笪洪杉从两方面入手,一是大力推进规范化管理,制定完善监管制度,推进民警执勤行为规范,制定在押人员行为规范考核办法,落实对在押人员计分考核和规范评比,建立了民警岗位规范和在押人员遵规守纪的激励机制,促进了管理的规范化和监室秩序的持续好转;二是积极创造条件,加强基础设施建设,努力改善监管条件。看守所于 1985 年迁入现址,建设时仅有 10 间监室,额定关押量仅 90 人,既关押刑事在押人员,又关押行政处罚人员,且附属用房紧张,配套设施不完善。到 20 世纪 90 年代末,实际关押量已超额定关押量的 3 倍多,已极不适应形势发展需要,为从根本上改变这个被动局面,经句容市公安局党委研究,决定在看守所原址进行翻建。

句容地处茅山老区,经济相对薄弱,在当时是靠财政吃饭的,要投入几千万元建看守所是几乎不可能的。经局领导再三争取,市长给了一个"同意解决看守所建设资金 200 万元,分 5 年付清"的书面承诺。怎么办?建还是不建?面对巨大的资金缺口,笪洪杉犹豫过。但看到监室人满为患带来的管理压力,看到全省公安监管系统你追我赶的逼人的发展态势,笪洪杉下定决心:干!没有钱自己想办法。审批项目二十几个,交各项规费需上百万元,请市领导帮忙,全部给予减免;设计要交费,通过私人关系找设计院;采购材料没钱,先由施工方垫付;为节约成本,看守所自己安排了 1 名所领导负责工程管理。在边施工边关押的情况下,硬是在一年时间内完成了全部工程。为渡过难关,看守所一班人发扬艰苦创业精神,通过生产创收、向民警借款、到银行办理个人消费贷款等多种途径解决建设资金不足的问题。最困难时,笪洪杉甚至将自家的房产证抵押给了银行。

翻建后的看守所扩建监室12间,新建了办公楼、审讯楼及其他附属用房,新增建筑面积达3100余平方米,基本满足了工作需要。2002年5月23日,公安部巡视员、监管局原副局长彭合轩视察句容市看守所时,高度评价了该所的艰苦创业精神,认为该所建设在设计理念上有突破,值得在全国推广,称赞新所为"全国中小型看守所建设的典范"。后来,笪洪杉又带领大家新建了拘留所,将被拘留人员从看守所监区内迁出,解决了刑事羁押与行政羁押混关合设问题;建设了在押人员浴室、图书室、医务室、心理咨询室等附属用房,安装了全方位监控等12个安防系统,对水电气进行了改造,到目前为止,总投入达2000余万元,初步建成了一个"设施先进、环境优美、管理规范"的现代化安全文明监所。

这些年来,笪洪杉牢牢把握公安监管工作发展脉搏,注意引进先进监管理念,积极探索监管工作的新路子、新方法,使该所的公安监管工作一直勇立时代潮头。他不断深化规范化管理,推进管理的流程化、标准化,并细化管理要求,走出了一条精细化管理之路;他针对服刑刑期短、管理难度大的特点,积极探索对短刑犯的管理方法,研究制定了"罪犯积分制考核办法",在全省率先实施服刑罪犯考核工作改革;为了从根本上解决"牢头狱霸"问题,他积极开展民警直接管理模式试点,并总结了一套行之有效的管理方法,为全省推行直接管理模式改革积累了经验;他积极探索医疗卫生工作社会化模式改革,实现了与社会卫生资源的共享;他不断摸索对拘役犯的管理方法,将探视权的保障与拘役犯的改造表现结合起来,调动了拘役犯的改造积极性;他依托"三个平台"建立的看守所对社会开放工作机制,得到了上级公安机关的充分肯定。

信息化是提升公安监管工作水平的重要途径和手段。笪洪杉从硬件投入、提高民警的信息意识和操作技能入手,从信息网站建设、推行无纸化办公、管理信息系统的应用到信息引领警务战略的实施,一步一个脚印,使看守所的信息化建设步入了快车道。

看守所绝大多数民警都是老同志,刚开始时许多人连开关电脑都不会,加上长期的工作习惯,一些同志认为信息应用不但不会提高效率,反而是个累赘,推行信息化的难度可想而知。笪洪杉一方面加强教育,努力提高民警的信息意识,另一方面采取倒逼的方法,在2005年11月全部取消纸质台账,推行无纸化办公。

为提高民警的操作技能，笪洪杉采取了一对一帮扶、每周考核等办法，并将考核结果与经济利益挂钩，努力调动大家学习的积极性，使大家逐步跟上了所里的工作节奏。老民警笪洪茂在退休时感慨地说："我在看守所最大的收获就是学会了电脑。"

目前，看守所管理信息系统已覆盖全部岗位，智能终端已延伸到监室内，监情动态引领监管工作战略已经形成。依托信息平台，该所又建立了安全风险评估、心理问题排查等工作机制，构建起信息共享、岗位联动的"大管教"工作格局，彻底改变了旧的监管模式和工作方式，建立起外部监督与内部制约相结合的监管工作机制，提升了监管工作整体水平，"智慧监所"建设已初见雏形。

笪洪杉长期潜心公安监管理论研究，注意将理论与实践结合起来，先后有30余篇论文被公安部、江苏省公安厅网站和法学类杂志录用，两篇论文在公安部组织的理论研讨活动中获二等奖，并在全国看守所学术研讨会上做交流发言。由笪洪杉领衔开展的课题研究已于2014年结题，其学术专著《中国看守所的源与流》已由人民出版社出版。该书的出版填补了我国看守所史学研究的空白，丰富了中国特色的社会主义公安监管理论体系，得到法学界及公安部监管局领导的高度评价。退居二线后，他不忘初心，仍专注于理论研究，年内，他撰写的论文《试论看守所的法律监督》《看守所服务刑事诉讼制度改革之路径》已发表于《江苏警官学院学报》。

笪洪杉始终把争先创优、勇创一流作为自己奋斗的目标，通过争创活动努力提振士气，凝聚警心，不断解决工作中的短板，提升工作水平。江苏省公安厅一位领导高度评价说，笪洪杉是一个把监管当成自己事业的人。

一个时代有一个时代的记录者。花在开，水在流，世界在变化，笪洪杉带着监管人在物欲横流的俗世中坚守着正义。这个农民家庭出身的老所长，妻子是下岗工人，家境并不富裕，但多年来，他却热心公益，长期资助句容女孩潘婷（孤儿）从小学直至读完大学。

笔者再次见到相识十余年、刚五十出头的老所长时，他正被病痛困扰着，头发脱落得只剩四周的"铁丝网"，脸上已有星星点点的老年斑，显得很苍老，但谈起监管工作来，他依然是那样热爱、那般激情……

五、接力棒的传递

火车跑得快,全靠车头带。2017 年上半年,接力棒传递到了张元祥手中,张元祥被任命为句容市看守所所长。张所长属马,是个标准的"70 后",2013年由句容市公安局刑警大队调入看守所任副所长。张元祥是句容市公安局选树的一个先进典型,曾荣获江苏省公安机关"十佳法制员",并在抓捕犯罪嫌疑人时受过伤。自 2002 年 8 月参加工作以来,张元祥无论是在句容市公安局华阳派出所、刑警大队,还是在句容市看守所,工作踏实又勤恳,加班加点已是常态。任句容市看守所副所长时,他始终坚持正人先正己,带头执行所规所纪,带头吃苦耐劳,用自己的行动影响和带动全所民警;他刻苦钻研公安监管业务,善于从法制员的视角去审视公安监管工作,主持修改和完善了许多制度规范,促进了看守所的规范执法。

谈起对监管工作今后的打算,张所长深感责任重大,他告诉笔者,他现在经常失眠,烦心,睡不好觉,脑子里满是看守所的事。

创业难,守成更难。句容市看守所要保住荣誉和成绩,就不能不谋求发展。要在原来的基础上取得新的发展和突破,花费的精力和心血可能是平常的十倍乃至百倍。张所长决定从队伍抓起,及时修改"管教、巡控双星评比办法",并修改完善了《句容市看守所民警考勤考纪考绩暂行规定》,采用日巡查月累计的方式对每一位民警进行考核。此项制度执行以来,看守所工作质态有了明显提高。

"责任重于泰山,安全胜似生命""在岗一分钟,责任六十秒",张贴在巡视过道的警示标语时时提醒着每名监管民警。但是,如何防范监所发生安全事故,却是一个永恒的话题。张所长坚持执法规范化建设,努力改革与新法不相适应的管理制度和工作模式;认真贯彻落实《看守所执法细则》等执法规范,结合看守所工作实际,对民警岗位工作规范和管理制度进行了全面修订,并将其和工作流程图全部张贴上墙,坚持用制度管人管事。

为提升民警的业务素质,张元祥认真组织实施岗位练兵活动,他结合省厅的考核竞赛内容和本所工作实际,编写了《看守所岗位工作规范手册》。该手册进一步细化各岗位工作流程、工作规范标准及要求,更具可操作性。他组织全所民警认真学习,并狠抓落实,努力形成学规范、用规范,严格按照规范执法的习惯,以规范代替习惯,切实提高自身执法素质,不断推动监管工作上新台阶。2016 年年底,在江苏省公安厅监管总队考核组对句容市看守所开展的练兵考核中,该所在全市公安监管场所取得练兵考核第一名的好成绩。

在日常执法工作中,张所长坚持以信息化建设为支撑,大力推进执法管理流程化、规范化和标准化。同时,他牢牢盯住"智慧监所"建设这一发展目标,强化对信息技术的深度应用,在原先使用标准化管理信息系统的基础上,又建设了"看守所智慧监管平台",将物联网技术引入了监所管理,在安全管理上又有了新的突破。目前,该所通过信息系统已实现网上动态分析研判、风险评估、安全预警、勤务组织指挥、网上考核等功能。监管手段信息化的整合运用,提升了监所的整体管理能力和水平,促进了看守所"大管教工作格局"的形成,使管理机制更加优化。2016 年,张元祥撰写的研讨文章《巧用监管信息化手段成功处置在押人员自杀事件》在全省公安监管部门"基础信息化大家谈"征文活动中获"三等奖"。

"雄关漫道真如铁,而今迈步从头越。"我们期待,在张元祥所长的带领下,句容市看守所能够再创辉煌。

六、最美女医生

社会和谐建设,看守所是其中一分子。看守所从领导到普通民警都把被监管人看作构建和谐社会中的因子,把自己当作构建和谐社会不可或缺的力量,用尊重抵消被监管人员的对抗,用爱心化解监管与被监管的矛盾,用真情感化每名在押人员,其中涌现出许多可敬可亲的监管民警,所医陈惠琴便是在押人员心中的"最美女医生"。

陈惠琴是句容人,少女时代随父母支边去了新疆,在部队当兵学医,1992年从部队转业后,穿上警服,成了基层民警,从警以来一直在句容市看守所从事医疗工作,在看守所这方狭小的天地当所医,一干就是 22 年,直到自己也病倒在床。如今,陈惠琴已经 50 多岁了,短短的头发、瘦削的身材,眉眼间流露出母性的温柔。接受采访时,她一个劲儿地推让说,自己就是个普普通通的人,没什么好说的。然而就是这位普通的所医,身上却充满了正能量。她坚守在自己的岗位上,没有豪言壮语,也没有轰轰烈烈之举,唯有把病人当作亲人,默默做着自己应该做的事。

2000 年,江苏省江阴等地一些看守所相继发生"格林-巴利综合征",并造成多名在押人员瘫痪甚至死亡,当时,句容市看守所也有一些在押人员出现双下肢浮肿、行走困难等情况,在监内引起了恐慌。陈惠琴立即向所领导做了汇报,要求对病患隔离观察,同时筛选一些具有典型症状的病患送镇江就诊,经镇江市第四人民医院诊断,确诊为"格林-巴利综合征",为治疗赢得了宝贵时间。在分析这些病例后,陈惠琴查阅了大量医学资料,并请教相关医疗专家,结合监所特点,总结出了一套行之有效的预防和治疗方法,撰写了理论研讨文章《浅谈看守所"格林-巴利综合征"的防治》,为监管场所开展"格林-巴利综合征"的防治提供了成功范例。经过她的不懈努力,句容市看守所多年来无因病死亡,无医患纠纷,未发生流行性疾病扩散,也未发生因误诊延医而造成的医疗事故。

作为一名看守所的医生,经常要与艾滋病、肺结核、性病等患者亲密接触,一提起这几种病,一般人往往都会谈之色变,退避三舍,但陈惠琴却要时时面对,别无选择。由于医疗条件有限,化验、拍片等工作都需到正规医院进行,送医时病情大都尚未确诊,加上一些关押对象对社会充满仇视和报复心理,在无任何防护措施的条件下,与这些人接触,危险性可想而知。尤其是近年来,一些监管场所在押人员因病死亡后,动辄被媒体炒作,形成舆论热点,陈惠琴的压力可想而知。

为此,她的家人、战友无不劝她换个岗位。面对他们的担心,陈惠琴总是坦然地笑笑,宽慰他们:"工作总得有人干,我不是很好吗,什么事也没有。"上班时间,她忙前忙后,消毒防菌,打针放药;休息时间,在押人员哪个发烧未愈,哪个伤风感冒,她始终记在心里。陈惠琴说,看守所医生不仅要看他们身体上的毛病,还在治他们的"心病"。一些在押人员为了逃避打击或要求特殊照顾,装病、诈病,要求去医院就医,有的还故意留存药物,图谋不轨,发现这些情况后,陈惠琴总是配合管教民警,耐心细致地做好在押人员的思想工作。

陈惠琴的父母都在新疆,爱人在检察院上班,夫妻俩工作非常忙,上小学的孩子没人管,放学回家就趴在楼梯口写作业,邻居实在看不过去,常帮忙把孩子领回家,等到陈惠琴很晚回来才开始做饭。洗洗涮涮,要忙到半夜才睡,常常这边刚刚躺下,那边看守所的电话又来了,在押人员拉肚子了、胃病犯了,她都得去处理。陈惠琴说,在看守所当医生得是个"万金油",什么科都要懂,在先期处置的时候,必须会判断、处理,不能有丝毫差错。

2004年,因犯故意杀人罪一审被判处死刑的罪犯冯某,在被处决前,写信向陈惠琴表达深深的谢意,信中写道:"陈医生,您是我最尊敬的医生,虽然我罪大恶极,但您依然给我母亲般的关怀,不厌其烦地帮我治病,令我太感动了!"收到此信,陈惠琴的眼睛潮湿了,她想起与冯某相处的点点滴滴,冯某曾经对她说,他总想生一场大病,然后在看守所这个被人遗忘的角落里,被陈医生守着。

2009年,看守所收押了一名患"老烂腿"的嫌疑人严某,其腿部严重溃烂发出恶臭,同监室在押人员意见很大,纷纷要求调换监室。为了严某的健康和监室的安全,陈惠琴一次又一次,细心地替他清洗伤口,剔剪腐肉,打针敷药,通过三个多月的悉心治疗,终于治愈了严某多年的腿病,令严某及其家人十分感激,连连称赞她是妙手回春的好医生。

随着看守所医疗工作社会化,原来的卫生所已变更为"句容市崇明社区卫生服务中心驻看守所卫生所",社区医院派驻2名医生24小时轮流值班,配齐了日常医疗所需的医疗设备和药品,落实了上、下午巡诊及收押时由医生健康检查等制度;配备了专业的急救车,与句容市人民医院签订协议,建立了救治"绿色通道";在句容市人民医院建设了专用病房,安装了安全防护设施和监控,在看守所总控室即可实时看到病房内的情况;与武警中队协作建立了"2+2押解模式",外出就诊也安全多了。医疗条件好了,陈惠琴总算不那么忙了,然而,由于长期工作的劳累和精神紧张,她病倒了。

2014年6月,陈医生患病住院的消息牵动着每一个在押人员的心,大家纷纷向管教民警询问她的病情,并祝愿她早日康复。然而民警去医院探望她时,她问得最多的还是生病的在押人员。因犯故意杀人罪一审被判处死刑的司某,在给管教所长的明信片上写道:"一事相托,听闻陈医生生病住院了?如属实,能否从我的账上支贰仟元买点她需要的东西,您帮忙探望一下。顺代转207全体的挂念及问候。她是我们心中最美的女医生,她的甜辣声音、率真个性是看守所最美的风景。"

这是一名死刑犯真情的流露,也是对陈惠琴工作的赞美和肯定。在监所医疗方面,陈惠琴并无超人的本领,她靠的是真挚的爱心、耐心细致的工作。在平凡的岗位上,她用行动诠释对在押人员的人性关怀,赢得了大家的尊敬和好评。22年来,她荣立个人三等功1次,7次被评为优秀公务员,8次受到句容市公安局嘉奖。

七、新警侯飞

"正如歌中唱的:'从江海湖畔,到戈壁荒滩,从繁华都市,到大漠边关,踏着前辈的足迹,肩负着组织的重托,我们援疆。'我们江苏公安监管援疆突击队到达新疆已经 2 天了,通过这两天的学习教育,我对新疆反恐形势和危安犯管理的形势有了进一步认识,对新疆同仁的工作精神产生了崇高的敬意……"这是看守所新警侯飞写的《援疆随感》里的一段文字。

侯飞今年 33 岁,圆圆的脸上总是笑意融融的,一副阳光大男孩的模样。他是句容市看守所的新警,也是江苏公安监管援疆突击队队员,现在正身处大漠边关的新疆维吾尔自治区温宿县看守所。此时,距他 2015 年 11 月转业来所还不到两年。

转业至看守所后,侯飞从事巡视监控工作。枯燥无味的不间断巡查,以及深夜监控时与"瞌睡"的"谈判"和"较量",使他对监管工作有了新的理解,感受到了监管民警的责任与压力。他向老民警学习,不断摸索管理的规律特点,寻找工作"兴奋点",发现和查纠了监室内多起违规,制止了一些事故苗头。他撰写的《浅谈巡控岗位规范执法》一文获得镇江市公安局监管支队征文一等奖,并被江苏省公安厅监管总队网站刊登。

2017 年 6 月,江苏公安监管系统要组建"江苏监管援疆突击队",句容市看守所有一个轮训名额。侯飞第一个报了名,而此时他的妻子已经怀孕 30 周,预产期就在 9 月底,正是需要陪伴的时候。他在《援疆随感》里写道:"此次援疆轮训是对内地监管民警反恐实战轮训的重要培养方式,是组织的关怀,是领导的信任,是我所全体民警的期望,更是自己的责任。看着辛劳的父母,待产的妻子,想想万里之外是我完全不了解的陌生环境,我也曾辗转反侧……"

待产的妻子杨燕知道侯飞有想去援疆的想法后,在网上搜集了很多边疆的信息和传闻,非常担心,以生产时需要陪伴为由向侯飞提出能否不去援疆。侯飞理解,她毕竟是女人,又即将要做妈妈,心中担忧是很正常的。他轻轻地握着妻子的手说:"我曾是一名军人,现在是一名警察,是组织培养了我,我应当为组织分忧。"说完使劲攥紧妻子的手,泪水一串串从杨燕的脸庞滑落。

7 月 25 日这天,侯飞像只鸟儿般飞向万里之外的新疆,飞向那片神秘的西北边陲。当亲人的身影渐渐模糊,故乡渐渐远去的一刻,侯飞想到的是领导的信任、亲人的期盼,感到的是工作的责任和压力,有种使命的光荣,又有对亲人无尽的牵挂……当飞机飞临祖国西部的时候,从万米的高空俯视这片陌生的土地,侯飞的心中七上八下,就如同西北边陲叠嶂的丛岭和纵横的沟壑。

侯飞支疆的温宿县看守所属于新疆阿克苏地区,是一个有着光荣历史的看守所,在温宿县看守所,他了解到民警们几乎没有休息日,不分男女,吃住都在所内。在所内休息,也只能用小时来计算,而遇到"突发"情况,连几个小时的休息时间也没有,甚至有警员生病了,还坚守岗位上没日没夜地连轴转。

在新疆从警 20 多年、被公安部表彰为全国"优秀人民警察"的张峰所长；从警近 30 年，仍然战斗在一线的刘副所长；即将退休，仍带病坚持在管理危安犯的一线女民警巴哈吉丽·马木提……他们总是让侯飞心中充满感动。援疆轮训的三个月期间，侯飞就像回到了曾经战斗过的部队，特别能吃苦，能战斗，能忍耐，能奉献，除了白天正常的工作外，深夜时分，只要铃声响起，全所点名，他就跟着带班的张峰所长，逐个办公室、提审室查看，又去巡视道对监室逐个巡查。

侯飞最开心的就是收到妻子的来信。自打侯飞到了温宿，妻子基本上每周来一封信。

和你结婚后，我才慢慢地揭开了警察这个职业的神秘面纱，逐渐了解到警察的工作性质，也亲身体验到作为警嫂的得与失。在熟悉你之前，我心中的警察是身穿威严的警服，担负着惩治罪恶、伸张正义的神圣使命，并且让人不知不觉肃然起敬的人。还记得我们谈恋爱的时候，你还在上面上巡视监控班，白班、小夜班、大夜班来回倒，为了短暂的相聚，你甚至在上大夜班之前去南京接我下夜班，虽然聚少离多，在一起也是快乐的。

婚后，怀上了小宝，让我们更加幸福美满，但是，你一次都没有陪我去南京产检过，我曾经有过怨言，但多少次话到嘴边，我却又咽了回去，一个人默默去了南京。还记得某个周日，我们说好一起吃过晚饭去汤山奥特莱斯逛逛，可饭吃到一半，你接到所里值班同事的电话，说所管监室出现了争执打架。当时，值班的同事只是询问了一下怎么把人员调开，并没有让你马上去处理，可你却放下筷子就赶回单位。你们所的管教都放不下隔夜的事，结果一忙就忙到夜里十点多才回来，直到今天，奥特莱斯，你也没带我去成。

你还记得那天你和我说想去援疆的那一刹那吗？你说，你曾经是名军人，现在更是一名警察，我和小宝又怎么能拖你后腿呢？

每次读杨燕的信，侯飞都是热泪盈眶。从和爱人认识到结婚，两个人总是聚少离多，侯飞似乎没多少时间倾听爱人的呢喃，他用更多的时间倾听在押人员的心声，演绎着看守所从坚守，到救赎，再到大爱的故事。

侯飞仿佛是句容市看守所的一面镜子，折射出杨闯、刘志强、笪洪杉、张元祥、陈惠琴等一群有血有肉的监管民警形象，他们弘扬着社会正能量，用责任践行着忠诚，在冰冷的高墙内奏响了一曲温暖的音符。

镇江市公安局
丹徒分局高资派出所

现有民警 18 人、辅警 32 人,负责高资街道和丹徒经济开发区范围内的治安防范,信息搜集,人口、重点行业场所和危化品企业等管理,以及打击犯罪、维护治安保稳定工作。先后荣立集体二等功 1 次、集体三等功 11 次,先后 10 次被公安部评为一级派出所,被江苏省人社厅、公安厅授予"全省优秀公安基层单位",被江苏省公安厅授予江苏省党风廉政建设成绩突出基层所队,被共青团江苏省委授予江苏省青少年维权岗,被镇江市公安局授予镇江市优秀派出所、镇江市执法规范化示范所队、镇江市公安局优秀户籍窗口单位等荣誉称号,2011 年通过江苏省公安厅科技强警达标建设考核验收。

十八条好汉

——记"全省优秀公安基层单位"镇江市公安局丹徒分局高资派出所

这里的"十八条好汉"说的不是隋唐演义中虚构的李元霸、宇文成都、裴元庆等十八条好汉,而是现实中的公安部一级所——丹徒高资派出所的 18 名民警。

"十八条好汉"个个精明强干,平均年龄 38 岁;文化程度也很高,研究生学历的 1 人,本科学历的 10 人,大专学历的 6 人,高中学历的 1 人。

精英荟萃的高资派出所,近几年取得的荣誉和成绩也非常耀眼:2012 年荣立江苏省公安厅集体二等功 1 次,先后荣立集体三等功 4 次;2017 年春天,被评为江苏省优秀公安基层单位。

这样一个又红又专的一级派出所是如何炼成的?

在派出所二楼的会议室里,头发斑白、已在高资所工作了整整 14 年的所长许峰淡淡地说道:"没有其他的,就是做到了六句话:以执法为民为核心,以群众满意为标准,以正规化建设为重点,以忠诚奉献为警魂,以队伍建设为基础,以素质提升为保证。"

许峰坐得离空调很远。因为肩周炎发作痛得厉害,即便是在大暑天,他也不敢吹凉风。

他手指着我背后会议室的背景墙,说:"这是 2004 年 5 月新所落成时挂上去的,是我们派出所的传家宝。"我看过去,那是 7 个红色隶书大字:成败得失责任心。

高资派出所全体民警 2016 年大合影

强 将

在干警们的心目中,所长许峰行事果断而细腻,既是严师,也是老大哥。他喜欢帮助部下成长和进步,关心大家工作和生活中的需要,多少有些理想主义倾向。他工作的指导思想也充满了人性化:以和凝心,努力打造一流公安队伍;以心系民,强力提升群众安全感和满意度;以情保稳,构建和谐而稳定的社会环境……

除了注重打"情感牌",许峰还非常善于从整体上把握事情,注重策略性思考。他对辖区内的情况了如指掌。

高资是一个江南古镇,宋代就已非常有名,从地理上看,有三个特点:一是处于交通要道,铁公水"川"流而过;二是半山半圩,地貌复杂;三是处于城乡接合部,外来人口比较多。这样一个面积 130.4 平方公里、拥有 229 个村民小组、常住人口 4 万余人、流动人口近 3400 人的鱼龙混杂之地,发生什么样的事情都有可能。

搞公安,图的是什么?

2016 年 5 月 5 日晚上,高资派出所的民警正在耐心地跟杨胜了解情况。

杨胜是金坛人,几年前同 54 岁的姐姐杨梅一起来镇江打工。杨梅 5 月 2 日上午离家上班后,就一直没有回家。她在高资有一个同居男友王龙。向王龙打听,说是 5 月 2 日下午杨梅曾来看过他,但傍晚 6 点多就离开了。打杨梅的手机,虽然打通了,接的人却是她单位的同事,说杨梅把手机丢在单位了。三天过去了,一点儿音信都没有,杨胜只好报警求救了。

一个好好的人,怎么就会突然失踪了呢?

民警上门找到王龙。王龙说杨梅那天确实来过,但离开后就不知道去哪儿了。

王龙是高资本地人,52 岁,1983 年和 1990 年曾两次因盗窃罪被京口区人民法院分别判处有期徒刑三年、两年六个月。自 1992 年刑满回来后,虽然离了婚,表现还算好。2015 年春节期间,经朋友杨胜介绍,王龙与杨胜离了婚的姐姐杨梅谈起了对象,不久两人便经常住在一起了。

事有蹊跷,派出所立即启动了侦查程序。

通过对海量视频图像的调阅、筛查和研判,杨梅 5 月 2 日的相关行踪非常清晰地被描述出来:当天下午,杨梅搭乘 100 路公共汽车,3 点后抵达高资镇唐驾庄站,随后被王龙骑电动车带往其位于该镇陈丰村的住处。此后,杨梅就再也没有离开过陈丰村。

无疑,关于杨梅的失踪,王龙有重大嫌疑。

虽有嫌疑,但没有证据,也不能对王龙采取强制措施。

经过挨家挨户走访,派出所得到了几条重要线索:村民郭宏曾两次向王龙询问杨梅的下落,王先回答不知情,后来又解释与杨梅见面且发生过争吵,前后答复有矛盾;王龙的邻居梅珍、范清相继反映,5 月 2 日晚 7 点半左右,听到王家传出女人呼救的声音,与王龙说的 6 点多钟就离开了的情况出入很大。

5 月 7 日早晨,高资派出所民警在王龙家附近发现了一个新近用来焚烧衣服的地方。派出所据此判断,杨梅可能已遭不测。

许峰命令把案情迅速上报。

丹徒分局立即成立了专案组,各路精兵强将纷纷进驻高资派出所。

兵分两路：一路负责把王龙"请"到高资派出所谈话，另一路则负责在王龙离开后，依法进入王家勘查。

证据很快被找到。技术员们在一楼堂屋木门西侧一扇内侧的门锁旁提取擦拭过的血迹一份，又在一楼卧室门北侧门框下方提取抛洒血滴一份。经检验鉴定，两处血迹 DNA 与失踪的杨梅一致。现场勘查还发现，王家院子内东南角的鸡圈东侧围墙处，有 1 米×1.5 米的范围用较新鲜的杂草覆盖着，翻开察看，土壤有刚被翻动的痕迹。

此处异常的信息迅即传到了派出所。经过一番较量，王龙终于说出了埋尸的地点。现场的侦查人员接到指令刨开杂草下的土壤，失踪人员杨梅的尸体赫然出现。

被请进派出所后，前后不到 24 个小时，王龙便低头认罪了。

这是一起典型的由负面情绪引发的命案。

王龙与杨梅认识后，虽然感情还不错，但因为杨梅喜欢打牌、好赌，两人常常为此吵架。5 月 2 日上午，杨梅听说王龙骑车摔伤了，出门时告诉弟弟杨胜她要去高资探望一下王龙。当天下午，王龙接到杨梅后，两人就一起去菜场买了菜，然后回到陈丰村的家中。晚饭后，杨梅要出去打牌，王龙反对，两人再次发生口角。吵着吵着，就动起了手。怒火中烧的王龙干脆大打出手，此时，杨梅再怎么求饶、呼救，他也听不进去。打着，打着，顺手拿起菜刀，朝杨梅的脖子上一挥，竟然划破了她的颈动脉……

许峰说，因赌而激发的命案，后果往往相当严重。

2015 年 11 月 23 日晚上 7 点多，高资王家花园的张龙因为拒绝唐驾庄的吴岐讨要赌债，当场用刀将吴岐的颈部砍伤，导致大出血。高资派出所出警后，虽然立即把吴岐火速送往医院救治，但最终还是没有抢救过来。

伤人的张龙把刀抛在路边后，打电话告诉自己的妻子冯华，说他杀了人，暂时回不了家。冯华随后又在家里发现了张龙写的一封遗书，注明了欠吴岐赌债的缘由和杀人的动机。冯华立即报了警，希望民警能够救回丈夫一命。

综合各个方面的线索和信息，公安人员判定犯罪嫌疑人极有可能跑进了高资南边的巢凰山。那天晚上，整个派出所的警力都出动了。市局、区分局也派来了 120 多名警力。大家冒雨对巢凰山展开地毯式搜查。搜索了两个多小时，子夜 12 点多，终于在半山腰已经废弃的香山铁矿厂房内，找到了张龙。但令人遗憾的是，张龙已经上吊自杀。

做警察的，谁都不愿意自己服务的区域内出现问题。干公安，图的是什么？还不就是平安、和谐？为此他们必须做好防范和打击这两个主业。

许峰介绍说,2016 年以来,高资派出所共抓获刑事作案人员 89 名,缉获网上在逃人员 5 名,破获刑事案件 62 起,其中就包括前面提到的三天就成功侦破的"5·2"杨梅现行命案。在具体做法上,主要是紧紧围绕老百姓深恶痛绝的入室盗窃、盗窃机动车、电信诈骗之类的重点案件,立足于"命案侦破""打黑除恶"和打击"两抢一盗"各个专项行动,整治治安重点地区和部位,增强整个派出所民警的快速反应能力。此外,高资派出所还积极推进信息破案、网络破案、技术破案等侦查手段,实现打击破案"多点开花",刑拘、逮捕、起诉等工作连续 5 年在分局排名前列。

婆婆嘴,妈妈心

朱建华是高资派出所的教导员。

他上过军校,在部队锻炼过。这决定了他比较注重铁的纪律,强调责任感,努力去做正确的事情。他讲究规范化管理,决不轻易放过细节上的瑕疵。

"天下难事,必作于易;天下大事,必作于细。"朱建华深谙这样的道理:"一室不扫,何以扫天下? 现实中有些年轻民警在责任心上存在差距,总认为自己在家都不打扫卫生,到派出所来就更不愿意动手了。办公室桌面再乱都懒得整理,宿舍床单再脏也懒得洗。对分配的卫生保洁区和值班表,常以不知道、忘记予以搪塞了事。"

他把内务管理作为强化责任心和培养过硬作风的抓手,将内务管理和维护稳定、打处绩效同样视为中心工作来抓,持之以恒地以内务管理来树形象,提振精、气、神。

他主导的内务管理办法也叫作"1 + 1 + 3"体系,即一个所领导分工协作制度、一个责任田包干制度和三个运作机制。三个运作机制是指相互协助机制、日常检查机制及考核问责机制。

高资派出所对全所的每一块空地、每一层楼道,甚至每一扇窗子都明确了具体责任人,对每一间办公室、每一间宿舍也都制定了值日表,这样细化后,确保了内务管理工作变得更加清晰、易执行。

朱建华认为,在内务工作中同样体现了把合适的人放到合适的位置上的问题。高资派出所的具体做法就是,建立相互协助机制,取长补短,及时补位。例如:叠被子不行的人就安排去擦窗子,窗子擦不干净的人就去抹桌子;如果轮到值班的人要出任务,那下一班的同志主动靠上来补位;等等。这样,确保了每次打扫卫生都能整体推进,不留死角。

高资派出所的内务管理成了一扇窗口,全区派出所都来参观学习,朱建华因此写了《浅谈如何抓好基层派出所的内务管理工作》。他强调,尽管这项工作没有太多技术含量,但要想做到完美极致,也不是一件容易的事情:

和反腐败工作一样,内务管理工作没有完成时,只有进行时。一天的放松会影响一周,一周的放松会影响一月,一月的放松将影响整个单位的风气,因此,不能小看内务管理工作。我们高资派出所的做法是,每天早上由我负责过问,对首次发现的问题,进行私下提示;对再次发现的,拍照后在所微信群里予以不点名公布。通过这种方式,做到每天有人问,同时既照顾了同志们的面子,又对其他人起到警示作用,实践证明,效果非常好。

在工作中,朱建华注重抓细节,关心起战友来,也非常细腻。他说,人与人之间的关系不是简单地靠多少钱来维持的,最重要的还是感情。所谓"士为知己者死",就是感情到位了。

这让我想起了在采访中几位基层民警都说起的一件事。

2016 年,单位安排去医院体检,不少民警因为忙,一直没时间去。到了 12 月,朱建华忍不住了,下命令要求必须完成体检。社区民警汪骏被朱建华连催带骂赶去了医院。结果,还真的查出右肾的肿瘤问题,所里赶紧安排汪骏去上海手术。

12 月 23 日,朱建华代表大家去看望汪骏。其他战友因为无法亲自去上海,都觉得有点遗憾。朱建华想了想,说:"这样吧,你们每个人都说上几句话,我拍下来,负责带给老汪。"

在上海的病房里,朱建华对汪骏说:"我把大家的问候都给你带来了,让他们自己跟你说。"

汪骏当时就有点懵,说:"领导,我开刀打了麻药,现在反应还有点迟钝,不知道你讲话的意思。"

朱建华笑了起来,便拿出手机,点开视频,举在半躺着的汪骏的头部上方。

16 位战友的音容立刻就鲜活地出现在汪骏眼前。

关心的,问候的,勉励的……最后一个站出来对他说话的是社区民警魏文广。他严肃地对着镜头,大声说了一句话:"老汪!快点回来,好好喝上一杯!"

称得上是西北汉子的汪骏,再也控制不住自己,眼前模糊成一片。

坚持"以情带兵",严抓民警的日常养成,使得高资派出所的凝聚力、向心力也达到了一个新的高度,整个派出所形成了一种严肃、活泼、向上的更加良好的氛围。

润物细无声

"好雨知时节,当春乃发生。随风潜入夜,润物细无声。"杜甫的名句用在副所长李斌身上,是再恰当不过了。

跟李斌搭档过的战友在评价李斌时,脱口而出八个字:"性格平和,春风化雨。"

无论是以前分管治安,还是现在负责社区和消防,李斌都秉持着自己一贯的工作风格:前瞻性地思考和分析,临危不乱。遇到问题,他的口头禅是:"急什么? 不要乱,先把情况摸清楚!"

做事沉稳的李斌,讲起社区民警工作来,也好似闲庭信步。

李斌认为,社区民警工作,最根本的还在于做好两条,一条是治安的防范工作,还有一条就是为民服务。要想做好治安防范工作,就要掌握社情民意,就要及时掌握和分析各种信息,就要了解辖区内的男女老少的情况,了解外地人在区域内的工作、生活情况,了解哪家有矛盾,哪个单位有什么安全问题,不跑到老百姓中去,肯定会两眼一抹黑。不走群众路线,根本不行。

他举例道:"老百姓说,他家隔壁有人闹着要上吊,你总得跑过去化解矛盾吧;有人说刚生了个孙子,户口还没有登记,你总得告诉人家怎么办吧;高资山多,冬天了,群众说怕失火,你总得告诉大家怎么更好地做好消防工作吧;还有的地方退休老同志比较多,自觉组成了义务巡逻队,你总得去指导一下吧!"

李斌想了想,又说:"就拿青少年的成长来说,社区民警花费的心血就不算少。"

2015 年 12 月 13 日晚上 7 点多,辖区内的一名在校中学生跑到高资的长江边上,要跳江自杀。这个男孩只有 17 岁,是高资本地人。他很小的时候,父母就离了婚,他跟着父亲生活。随着一天天长大,跟父亲的矛盾也越来越突出。前几年,这个男孩被父亲责骂后,趁父亲不在家,竟然将自己家楼上楼下房间里的衣服点着火,把家烧了。

闹着跳江自杀前,这个男孩在家里就已经跟父亲大吵了一场。吵架后,他跑到自己的母亲那里住了几天。那天晚饭的时候,男孩又跟妈妈大吵了起来,说不想活了。

李斌闻迅后立即派民警赶去,在做好应急预案的同时,耐心地劝说。两个民警在现场陪男孩聊天,开导他好日子在后头,长大后可以做很多自己想做的事情……当骑坐在桥栏上的孩子终于慢慢地跨下来时,民警们知道,虽然孩子不会自杀了，但他们还得上门，还得分别跟他的父母好好深谈。

2016 年的 8 月 18 日将近中午的时候，高资炭渚的三摩司机巫师傅给派出所送来了一个 9 岁的男孩。巫师傅说，上午 9 点半的时候，他正在句容下蜀等客，这个小男孩过来，要坐车到丹阳的后巷。他想，从下蜀到后巷有 60 多公里，这小孩这么小，一个人在外面跑，肯定有特别的原因，于是就将孩子直接送到派出所来了。

巫师傅走后，民警们开始忙碌。询问小男孩怎么回事，他先是坚决不开口，经好说歹说，小男孩才很不情愿地告诉民警自己的名字和年龄。他的老家在四川，现在妈妈在后巷工作，爸爸在下蜀打工，他自己在后巷小学上学。

放暑假了，爸爸说想他，把他接到了下蜀，但过了没两天，就没时间陪他了。他孤单单地一个人待着，时间一长，就想妈妈了，于是自己悄悄地从爸爸打工的地方溜出来，走了很长时间，天气又热，实在走不动了，正好就看到了巫师傅。

李斌他们听了，自然是又好气又好笑，问他爸爸的电话，小男孩回答得很干脆："不知道。"再问他妈妈的电话，还好，这个他知道。男孩的妈妈接到电话后，听说儿子在派出所，吓了一跳，她在电话里说了很多感谢的话，还特别谢了巫师傅。从他妈妈那里，民警们得到了小男孩爸爸的联系方法。

那位爸爸还不知道儿子已经跑了，以为是骗子，说了句"少来这一套"，就挂断了电话。几分钟后，孩子爸爸的电话就打过来了，说马上就到派出所来。但爸爸来了，孩子却不愿意跟他走。父子两个脾气都很犟，李斌他们只好两边做工作。最后，总算达成共识：爸爸答应出门后就立即送男孩去妈妈那里，男孩这才同意跟爸爸一起离开。

他们临走之前，李斌又特别叮嘱："暑假期间，不管多忙，都要尽量多抽时间陪陪孩子，同时更要加强对孩子的监护。如果不是遇到巫师傅这样的好人，很难保证不会出现意外情况。"

李斌说："社区民警工作千件事万件事，归根结底就是一件事——为人民服务，开展好群众工作。"为了做好这一件事，李斌总结了他的工作方法，那就是社区民警就必须在五个方面下功夫：一是掌握社情民意，二是管理实有人口，三是组织安全防范，四是维护治安秩序，五是应急救助服务。

他递给我一份材料，上面有 2017 年他们派出所进行警民互动活动的一些数据和做法：

高资派出所副所长李斌接待辖区老百姓

　　举办警民恳谈会 75 场次，走访群众 988 人，走访重点及中小企业 575 家，先后征求社会各界意见和建议 88 条，并逐一制定整改方案，及时反馈结果，以实际行动取信于民。一是上门服务，为孤寡残疾和其他困难群众上门服务 127 人次，捐资捐物价值 3600 元，为群众解决实际困难 21 个。二是把"联系卡""防范卡"发到群众手中，今年向辖区群众发放"警民联系卡"万余张，发放"防范卡"千余张，群众特别欢迎。三是完善便民利民措施。按照"公安机关窗口单位服务规范"和创建"群众满意的窗口服务单位"的要求，实行"一窗式受理""一站式服务"，全面推行窗口服务管理"六统一"、服务群众"五上门"

等阳光警务、民生警务,公安窗口建设更加规范高效,服务民生效能进一步显现。

于无声处

镇江有两个化工区,一个是大港化工区,另一个就是高资化工区。

截至 2017 年,高资派出所辖区已经连续 17 年保持重大安全事故"零发生"。

安全责任不到位,化工企业就易发泄漏、火灾、爆炸等事故,一旦发生,后果不堪设想。对高资派出所的民警而言,没有任何一个人希望听到来自化工企业的任何一声"惊雷"。不想听"惊雷",功夫就必须花在平时。

高资派出所的每一个承担消防任务的民警,都会自觉而严格地按照"十六字"要求把日常工作做细做实,这"十六字"就是:"全面摸清,定期入企,及时约谈,跟踪整改。"

具体内容是说责任民警必须紧盯行业和风险部位,全面摸清和掌握涉危企业底数、危化品种类、安全状况等基本情况,真正做到了然于胸,熟记于心;在此基础之上,责任民警必须定期到企业,排查不安定因素,对安全检查中发现的消防设施老化、关键部位监控缺失等硬件问题,由派出所列出清单,责令企业加强技改;针对企业安全管理岗因人员流动由非专职人员兼任,造成职责不清、业务不熟等问题的,由派出所负责人及时约谈相关单位的安全负责人,及时提醒和督促;最后,社区责任民警必须对企业的整改情况进行跟踪,直到问题画上句号。

对高资派出所而言,除了消防工作,还有治安工作。

对于一个连续 10 年复核都达标的一级派出所而言,治安管理工作至少要在五个方面争取满分:一是管辖的特种行业、场所、单位、居民区无严重危害社会政治稳定案件,无严重治安灾害事故;二是辖区内卖淫嫖娼、聚众赌博、吸贩毒品等违法犯罪活动得到有效遏制;三是辖区内无非法持有枪支弹药和非法制造、存放、使用爆炸等危险物品的单位和个人,没有因不履行或不认真履行监督管理责任而发生涉枪、涉爆案件和事故;四是辖区内未发生严重扰乱学校秩序、侵害师生人身财产安全的案件;五是对辖区治安问题突出的场所、部位,能及时发现并进行整治。

副所长胡新强是 2016 年 12 月接替李斌分管治安工作的。

35 岁的胡新强是班子里最年轻的一位。来派出所之前,他一直在分局的刑侦大队工作。他毕业于警校刑侦专业,喜爱运动,但不喜欢多说话。在他印象中，2016 年年底以来，遇到的最惊心动魄的一件事是这样的：

2017 年 6 月 14 日下午，一个外地女人来到高资，探望在一家工厂做保安的丈夫。见面后，两人竟在工厂的监控室内吵了起来。女子情绪越来越激烈，一气之下把监控室里的电脑砸了个稀巴烂，然后跑到工厂门卫的宿舍里把大门反锁起来，不肯出来，不吃不喝，谁也不见。

男的劝没用，就派女的劝；女的劝没用，工厂负责人就亲自来劝；还是没用，叫她丈夫低个头再劝……劝到 6 月 16 日，丈夫见老婆还是不听自己的，气得干脆不辞而别，回了老家。厂里把男人回老家的消息告诉了女人，以为她会去追自己的丈夫一同回家。没想到，女人知道丈夫离开工厂后，不仅没开门，反而在房内找到了一把做饭用的菜刀，大叫起来，声称说她的丈夫如果不回来，她就自杀。

派出所得知这一情况，立即安排警力前去处理。

民警赶到现场后，先是劝导女子，没用，就跟她丈夫联系。女人的丈夫回答得很干脆，说自己的老婆有精神病，来了也没用。遭到拒绝后，所里不敢掉以轻心，立即找来精神卫生中心的工作人员。经现场交流，初步判定女子的精神确实有点异常。

这女人独自一人在房间里已经 3 天没吃饭了，手上还握着一把菜刀，随时都有可能出现意外。17 日上午，所里把"120"救护车、精神卫生中心的工作人员都请到了现场，在确保各种安全急救措施到位后，民警一边吸引她的注意力，一边突然破门而入，迅速从女人手上夺下菜刀，并成功控制住了这位女性。

胡新强还讲了一件有趣的事。

他说，刚来派出所的头一个月，沿袭的还是在刑侦大队攻坚的那套工作模式，怕有什么突发性事情发生，吃住都在所里，几乎没回过家。后来才回过味来，派出所又不是专门的刑侦部门，哪能天天破案子呢？发案少，秩序好，百姓笑，辖区内没有案子发生才叫真正的平安呀！

从此，善于打突击战的胡新强更加注重打持久战了：及时掌握涉及社会政治稳定、治安稳定的动态性情报信息，经常向辖区群众进行防火、防盗、防毒、防治安灾害事故和维护社会稳定等安全防范常识的宣传教育，进一步健全和完善"治保会"等群防群治组织，不断强化辖区重点单位和重点部位的人防、物防、技防措施，努力提高安全小区的覆盖巩固率，重点有效遏制居民区的入室盗窃、入室抢劫和撬盗机动车等可防性案件……

胡新强知道，于无声处永不停息的紧张，才能带来真正的安心。

精 兵

听党指挥,能打胜仗,作风优良。这是考核精兵的一个基本条件。

在队伍建设上,高资派出所逐步形成了"高、大、上"的指导思想,即要求每一个民警努力做到服务高质量、心有大境界、工作上台阶。

思路决定出路,眼光决定风光。2015 年,高资派出所被评为江苏省公安厅党风廉政建设成绩突出基层所队、江苏省"青少年维权岗";2016 年,高资派出所被评为镇江市优秀派出所和"执法规范化示范所队"、镇江市公安局优秀户籍窗口单位。

"干一行就要爱一行"

魏文广是个转业回来的老兵。他首创镇江市运用"警务通""人脸识别"模块寻人成功的案例。他所服务的社区是化工企业较多的区域。

2016 年 3 月 18 日中午 12 点半,高资派出所接到一家工厂报警,说是有个陌生女人在厂区里到处游荡,别人跟她讲话她根本就不理睬。

民警赶到现场,也无法跟这女人沟通。原来,这个 50 多岁的女人是聋哑人,视力也不好,而且看上去精神有异于常人。民警问她话,她根本就没有反应。想看看她身上有什么身份证件,却连张纸片也找不到,她没带任何物品。

面对这一情况,处警民警只好把她带回了派出所。

所里一边将情况反馈给"110"指挥中心,进行全市通报查找,一边派出人员,沿路去附近的几个村子走访。忙到晚上,还是没有结果。找不到她的家人,派出所自然就成了这女人的家。

第二天上午,安排女人吃完早饭后,所里正准备派出更多的民警去更远的地方打探,魏文广出现了。前几天,魏文广一直在丹徒区公安分局参加新版"警务通"培训班,培训一结束他就回到了所里。

见大家有些愁眉苦脸,魏文广便问出了什么大事。在得知全所上下正为一个聋哑女人犯愁时,他忍不住笑了起来。

魏文广说:"看我的,刚刚升级的'警务通'终端,才开通的'人脸识别'模块,准确率极高。"

魏文广随即拿着"警务通",对着女人的面部拍了一张照片,并将照片导入了"警务通"中的"人脸识别"系统。也就几秒钟,"警务通"上就跳出了毛某的身份信息和照片。大家仔细一瞧，这聋哑女人还真的就是毛某。

信息显示，毛某生于1968年，家住句容下蜀镇严家巷。

所里很快就与毛某的丈夫褚先生联系上了。

半个小时后，褚先生赶到了高资派出所。看见一夜未归的妻子，褚先生十分激动，对大家感谢个不停。原来，他的妻子果真患有精神疾病，走失后，全家人都很焦急，找了许多地方也没有找到，如果今天上午再找不到，他们就准备报警了。

魏文广觉得，干一行就要爱一行，做一名合格的民警，除了认真干事外，还要不断学习服务范围内的相关专业知识，这样才能事半功倍。

"就拿消防工作来说，你一定要先做好防火队员，最好不要去做救火队员。真的去做救火英雄的时候，说明问题已经出大了。"魏文广还身兼社区的消防工作，谈起消防工作来，感触很深。

魏文广负责的社区有好几个化工企业，有一家做精细化工的公司，一天就要用40吨左右的液氯。液氯有毒，常温下就会气化，人吸进去会头痛、呕心、咳嗽，严重的会昏迷。但只要抓住了主要管理环节，在使用上就不会出问题。这主要环节就是使用条件、操作方法、工艺设备和作业人员要求。气瓶、储罐、装卸设备、汽化器、缓冲器、调节阀、压力表、流量表等，都有严格的安全要求，丝毫马虎不得。不久前，魏文广刚刚对相关企业做了一次走访，结果查出了56项大大小小的隐患，并进行了全面整改。

在安全上，不出事就是干成事。正是有着像魏文广这样非常专业的民警，在一丝不苟地做着防微杜渐的日常工作，才最大可能地保证了化工区每天的平平安安。

老 兵

跟魏文广一样，宦冬生也是个从部队转业回来的老兵。

宦冬生常挂在嘴边的一句话是："过得硬的连队过得硬的兵，过得硬的思想红彤彤。"

他负责的片区叫巫岗，是一个近乎四面环山的盆地，属于标准的江南丘陵地带，算得上是山区。整天乐哈哈的冬生在巫岗已经干了4年，他觉得很有成就感。他的成就感来源于一个个具体的小事。

2017年8月13日晚上8点多，有人报警说自己的儿子喝了农药，请求民警赶快来救人。宦冬生接报后立即驱车赶到现场。

他进了屋里，看见一个"90后"男子穿着睡衣躺在床上，双眼紧闭，脸色发白,双手交叉在胸前,一副无所谓的样子。

宦冬生上去打招呼:"小伙子,还好吧?"

小伙子的语调拒人于千里之外:"我自杀跟你们没有关系!"

"为什么自杀?我要问问什么情况呢!"

"关你屁事啊!"

宦冬生语重心长道:"你26岁了,不是6岁!"

他转向小伙子的父亲:"喝了多少呢?"

小伙子的父亲说:"不清楚,得问他自己!"

宦冬生再次来到小伙子的床前,道:"到医院吧。"

小伙子有点不耐烦:"死不了,你看我现在状态好吧!"

"你嘴唇怎么有点紫?"

小伙子有点紧张起来:"我稍微沾了一点,行吧?"

宦冬生发现沾的是百草枯,就说:"沾了一点也是有毒的!你看看你嘴上!你自己照照镜子,嘴唇都发紫了!"

小伙子开始怕了,担心自己真的有生命危险,立即从床上爬了起来,要求马上去医院。

宦冬生也不敢多耽搁,不等"120"救护车到,就用警车把小伙子送进了医院。

在医院里,宦冬生才最后弄清楚了事情的原委。

小伙子很小的时候就跟父亲相依为命,是父亲一手带大的,技校毕业后,一直没有找到安稳的工作,常常开口跟父亲要钱。当天晚上,小伙子再次开口跟父亲要五千块钱,但平时在外面靠做瓦匠谋生的父亲也没有多少钱,就没有答应他。小伙子一怒之下,就跑进了自己的房间,然后大叫,说自己喝了农药,就躺在床上等死了。父亲冲进他的房间一看,果真在床边发现了已经打开来的百草枯,吓得赶紧报警。

百草枯的摄入一旦过量,基本没有特效解药。即便是通过皮肤吸收超过了5毫克,都可能造成重要脏器的衰竭而死亡。好在小伙子只是在嘴上沾了一些,后果还不算太严重。医生给小伙子做了洗胃处理,又让他口服利尿药物,观察了两天,没有发现明显的中毒症状,就让他回去了。经过这一番折腾,小伙子说下次再也不敢这样做了。有趣的是,宦冬生的一句"你26岁了,不是6岁!"成了当天微博热搜的第一名,数百家媒体转发了宦冬生的出警视频并为他点赞。这么大岁数还当了一回"网红",宦冬生做梦都没想到。

"群众之事无小事,一枝一叶总关情。"宦冬生很擅长在百姓居家发生的事情中发现问题,进而消除隐患。

前年,巫岗路边一家面店的电表烧了。宦冬生得到消息,就上门查看。有关部门已经来过,说是电表老化,换个新的就行了。

宦冬生开始没想得太多,觉得这面店开了很多年了,都没烧过电表,可能就是老化的问题。但离开后,他总觉得眼皮有点跳,想到不久前河南郑州的一个小区刚发生了一场电表箱起火事件,竟然造成了十几个人的死伤,连中央电视台都报道了,他心里越发不踏实了。

他便又掉转头,重新回到了店里,跟店主聊天,拉起了家常。店主告诉他,生意越来越好,备的料也越来越多,新买了不少电器,到了上客高峰忙起来,经常会跳闸,烧了保险丝。

宦冬生似乎漫不经心地问:"这样不是很烦?"

店主顺口回答:"是烦,后来干脆就接根铜丝,省事多了!"

宦冬生一拍桌子,叫了一声:"就是这原因了!"

事后,他找到有关部门进行了协调,尽可能地给这家面店的电力增了容,算是彻底解决了一个安全隐患。

宦冬生说:"这些小事虽然不起眼,不过,我们当警察的,正因为有了这些小事,才显得更加的快乐。"

一 口 清

薛志宏是位年过五十的老民警,他负责的集镇社区是高资最繁华的地区。

他对自己的评价总是很"低",说做的都是提不上台面的事,细究起来,都是家长里短、鸡毛蒜皮的事情。

2017 年夏天,7 月 28 日,有人报警,说是有个老人晕倒在了高资邮储银行附近的路边。薛志宏他们赶到后,老大爷还没有醒过来,他们就赶紧与报警的高资邮政储蓄银行行长一起,把老人送往医院救治。等到老人体征暂趋正常后,又返回老人晕倒的现场,调阅相关视频。结果发现,老人是在 28 日中午 11 时 32 分路经事发地段,然后缓慢地倒在了地上,在地上躺了两个多小时,才被人发现。后来,经过一番折腾,他们终于弄清楚了老人的身份。老人姓徐,今年已经 82 岁,退休后独自一人生活在老家高资。好在老人有一个养子,就住在镇江市区的桃花坞一带。

除了"小事"外,他说,当了一辈子警察,感受最深的就是不停地要做各种各样的"拦停"。

"做拦停"是镇江方言,是指劝阻双方停止争吵,协调解决矛盾的意思。

2017年3月9日上午,高资集镇上有一个女的拖住两个男的不让走。老薛跑到现场,问了半天,终于弄清楚了事情的来龙去脉。原来,两个男的是一对父子,姓周;那女的是跟他们要钱的,姓吴。

1995年,吴女士的父亲不幸被撞身亡,肇事方就是小周。小周当时才20岁,所以,善后的事情都是由老周出面的。老周支付了医院的费用后,答应再赔偿2000元给吴女士一家。在22年前,2000元并不是一个小数目,老周说凑齐了再给。吴女士一家也同意了。但后来,老周总是以各种借口一拖再拖。到了前几年,吴女士发现,老周一家突然联系不上了,跑到他家一看,他已经搬了家。

当天上午,吴女士在高资街上买菜,竟然与周氏父子迎头撞上,她当然不会放过他俩了。

最终,在老薛等民警的协调下,周氏父子还清了吴女士的旧账。

老薛强调,经济纠纷属于民事纠纷,做民警的不能直接出来说谁对谁错,命令人家怎么做,但"拦停"还是要做的,做了"拦停",就给双方架了个台阶,问题就有可能解决掉了。

除了擅长做"拦停",老薛对辖区内的情况更是"一口清"。

老薛负责的是高资集镇社区。叫"高资"的地名有三个所指,一般人弄不清楚:高资街道、高资社区、高资村。高资社区是集镇这一块,高资村是集镇外围的一个行政村。高资集镇社区和高资村都是高资街道下辖的。高资集镇场所多:旅馆19家、浴室9家、打字复印8家、快递4家、KTV两家,电动车、摩托车修理14家。外来人口也不少:房屋租赁户296户,来自新疆卖烤羊肉串的有6个……对于这些,老薛心里有一本明白账。

老薛说:"做社区民警,基础工作是重点,人口管理又是基础中的基础。基础不牢,地动山摇。问一个人口底数还要想半天,想做好其他的事,就难了!"

警花盛开

"十八条好汉"中唯一的"女汉子"叫夏敏。

夏敏也是高资派出所历史上的第二朵警花。

从警7年的夏敏,在高资派出所已经工作了5年。作为一名连续三年都被镇江市公安局评为优秀户籍内勤的民警,作为一名丹徒公安的"青春警星",她始终把户籍室这个窗口擦得亮亮的。

她是用心来擦亮户籍窗口的,她用的心包括爱心、诚心、恒心、真心、细心……

2015年3月中旬的一天，一位姓张的老者到高资派出所为儿子办理分户。老者年近八旬，听力不太好，脾气还有些急。夏敏见他带的东西不全，就把需要的手续写在小纸条上，关照老人回去好好准备一下。老人不乐意了，觉得民警是在有意为难他。

夏敏就把老人让到休息大厅，端上了一杯水，左一声"老大爷"、右一声"老大爷"地叫着，耐心地为他解释。老人最后终于消了气，有点不好意思地说："姑娘，对不起啊，是我没听懂。你这一声声地叫我，我都不好意思了，下回我带好手续再来。"

夏敏不喜欢那种"公事公办"的工作模式，她坚信，一句暖人心的问候，一句亲切的称呼，会拉近群众与民警的距离，化解很多不必要的矛盾。

她说："心中真的有老百姓，就必须时刻记住这样三句话：群众有困难时，要积极给予帮助；群众需要时，要随叫随到；群众不理解时，要耐心解释。"

2015年12月2日的早晨，刚刚上班，一个老奶奶便眼泪汪汪地找上了夏敏，说自己十年的积蓄就要泡汤了。夏敏细问后才知道，老奶奶孤身一人，2005年的时候，她用一代身份证买了一份十年期的分红保险，到期时，她高高兴兴地去保险公司取钱，却被告知现有的信息跟原来的信息不符，不能取钱，要到派出所开个证明。

夏敏立即为老奶奶查询了原始户籍档案和一代证信息系统，发现没有问题，就告诉老奶奶，她的身份信息错误，可能是保险公司登记时弄错了，一定会有解决办法的。夏敏怕老奶奶着急，问了保险公司的电话号码，跟保险公司取得了联系，把老奶奶的实际情况做了说明。保险公司通过层层汇报，终于承诺会为老人办理相关手续。老奶奶终于破涕为笑。

从老奶奶的际遇，夏敏联想到，辖区内还有着许多瘫痪、行动不能自理的老人，因为不方便，他们中的许多人还没有办理二代身份证，但他们领取退休工资或者低保时，慢慢地都需要二代身份证了，是不是能够上门为他们照相代办呢？她把这个想法汇报上去，所里很快就开展了上门服务。

在夏敏的心中，泰山有极顶，服务无止境。她的想法很简单：群众在办理户口、证件等业务时，手续齐全的，一定一次性办结；手续不全的，就向群众发放联系单，保证二次办结，尽可能不让群众多跑路。

社区就是我的家

大家都叫汪骏"老汪"。

52 岁的老汪是回族同胞,服务着治安状况相对比较复杂的西斛社区。

老汪喜欢钻研。几年的社区警务工作,老汪总结出了一套"分类入户调查法":一般情况下,对年龄较大的居民白天进行入户调查;对白天上班或农忙的居民晚上进行入户调查;对没有见过面的居民和工作时间不稳定的居民,先电话预约,后进行入户调查;对家庭特别困难户多次入户走访;特别是外来流动人口的租住户,容易不登记留宿而漏管,就利用早晚对外来人员进行入户调查,从而确保流动人口的采集率。通过逐户走访、及时登记,汪骏始终全面掌握着社区居民的自然情况、机动车信息、流动人口和出租房屋分布情况,真正做到了进百家门、认百家人、知百家事、服务百家人。

为准确及时掌握社区治安敏感信息,老汪又摸索出了自己的"重点物建法",建立了治安信息员网络。老汪选择四类人员进行重点物建。第一类是"包打听",这类居民喜欢走门串户,关心各种情况;第二类是有威望的长者,这类居民在农村中有一定的影响力,且人头较熟;第三类是从事特殊工作的居民,这些居民在某一领域有特殊技能;第四类是单位、场所的从业人员,如个体店主、保安等。如今,老汪跟 120 多名群众信息员开展群防群治工作,这些群众遍布辖区各个区域,他工作起来自然就有了"千里眼"和"顺风耳"。

老汪有三句话:"民有所呼,我有所应;民有所忧,我有所虑;民有所求,我有所助。"老汪对每家每户的情况都了如指掌。谁家有孤寡老人需要特殊照顾,谁家有什么困难需要及时帮助,甚至连谁家的电路老化、存在隐患,谁家的阳台上堆的什么易燃杂物,他心里都有一本账。

社区里有个刑满释放人员,孤身一人回来后,家中的老房子已经倒塌,他成了居无定所、没有任何生活来源的困难户。老汪一边跟他交朋友,经常找他谈心,一边跟村委会协商,会同这个人的亲朋好友,帮他筹集了一笔钱,重修了房子。

多次的促膝交谈中,老汪看出这个人是一心想要走正道的,就到处为他联系工作。好多地方都不要刑释人员,老汪可以说是磨破了嘴皮,跑断了腿,好不容易才有一家饭馆松了口。面对来之不易的工作,这个人打心里感动,他对老汪说:"今后我一定痛改前非,好好做人,决不辜负汪警官的一番心血!"

老汪服务的社区内,共有 4 名监管对象、10 名重点人口,老汪在他们身上倾注了大量的心血,把他们当作家里人对待,千方百计帮助他们走出困境。

有一次，一位"两劳"释放人员急匆匆地跑来告诉老汪，自己以前所在单位的老房子要拆迁了，需要户口办理赔偿问题，但他"两劳"结束回来后，不知道什么时候就把证明弄丢了，也就一直没有办户口。

老汪知道这个人的脾气有点急，平时跟大家处得并不是很好，但既然找上门来，说明此人还是相信他老汪的。老汪让他不要着急，答应一定尽全力帮他想办法。老汪拿着这个人的材料，亲自开车到20多公里外的句容监狱帮他补开证明，再拿着补齐的证明，到所里办好了户口。当这个人拿着补办好的户口时，眼泪一下子流了出来，他紧紧握着老汪的手，重复说的只是一句话："这么多年了，汪警官你是真心为我好！"

把社区的事情当作自己家事的老汪，很自然地被评选上了镇江市首届"十佳马天民式好民警"。

精　神

以过硬的班子带过硬的队伍。

多年来，高资派出所的班子换了一届又一届，民警换了一茬又一茬，一个又一个的民警从这里走了出去，走向了不同的、更加重要的工作岗位，但他们为民服务的本色却没有变，"成败得失责任心"的传统也始终没有丢。

"一沓纲领比不上一个实际行动。"

高资派出所"十八条好汉"的故事充分验证了这样的一个道理：干事需要干劲，更需要韧劲；需要动力，更需要定力。

习近平总书记说："今天喊这个口号，明天换那个口号。这不叫新思想，而叫不稳当。"

"一分部署，九分落实。"

落实是一切工作的归宿，是一切工作成败的关键，是开展工作的全部意义所在。

一切难题，只有在实干中才能破解；一切机遇，只有在实干中才能把握；一切愿景，只有在实干中才能实现。

"十八条好汉"所昭示给我们的这样一种精神，就叫"钉钉子精神"！

男·汉族

罗海波

1987 年 5 月出生,本科学历,中共党员。2008 年 8 月参加公安工作,现任镇江市公安局新区分局丁卯派出所副所长兼丁卯警务区社区民警。先后荣获全国青年岗位能手、全省优秀人民警察、江苏省"清剿火患"战役成绩突出先进个人、镇江市户政基础工作先进个人、镇江市公安局服务民生助推发展十佳新人、年度"镇江好人"、镇江好警察、第二届镇江最美警察等荣誉,荣立个人三等功 3 次,获嘉奖 4 次、优秀共产党员 1 次,中国共产党镇江市第七次代表大会代表。

鱼儿水中游

——记镇江市公安局新区分局丁卯派出所副所长罗海波

　　几个老同事在一起聊天，三句不离本行，都是公务员，当然离不开"公务员"这个话题。有两个同事感慨道："现在的公务员难当，要想让群众说好，那比登天还难，群众背后不说三道四，那这个公务员就该满足了。"我的一个老同事王德家却不赞成这个观点，他过去当过镇江新区党工委委员、政法委书记，他认为大多数公务员工作是尽心尽力的，有的公务员还特别受群众的爱戴。他说你要是对群众有特别的感情，特别尽责，一定会受到群众特别的爱戴。我平常喜欢写写文章，当即便让他举例，他说，丁卯派出所有个叫罗海波的副所长，今年才30岁，他就是一位人民爱戴的好警察。小伙子不简单，年纪轻轻便获得多项荣誉：2011年，获镇江市户政基础工作先进个人，江苏省"清剿火患"战役成绩突出先进个人；2014年，获镇江市公安机关服务民生助推发展十佳新人，镇江市公安机关优秀共产党员及年度"镇江好人"荣誉称号；2015年，被评为9月月度"镇江好警察"、第三届"镇江最美警察"；2016年，荣获"全国青年岗位能手"称号。此外，他还多次受到市局、分局嘉奖，连续3年荣立个人三等功；2016年9月，当选为镇江市党代表，参加了市第七次党代会。老同事王德家反问我："这样的人民警察，这样的公务员算不算人民爱戴？"我连连点头，表示赞同，同时又有些不理解，都说公务员难当，罗海波这位年轻的人民警察是怎么干的呢？老同事对我嘿嘿地笑了笑说："有两句歌词，不知你是否记得？"

　　"哪两句歌词？"我有些纳闷，当公务员和歌词有关？

罗海波为丁卯小学学生讲解警用装备

"鱼儿离不开水呀，瓜儿离不开秧。"老同事王德家轻轻地哼起来。我一听，心里全明白了，人民警察罗海波这条鱼儿，一定是在人民群众的海洋中才游得欢畅啊！

我决定去采访罗海波。我要看看这鱼儿是怎么在水中畅游的。

盛夏时节，毒辣辣的太阳挂在蓝蓝的天空上，到处都热烘烘的。知了在树枝上吱吱吱地叫个不停。我来到丁卯派出所传达室，门卫寻问所寻何人，我说找副所长罗海波。他顺手往大门口一指，只见派出所大门口的台阶上站着一位帅气的小伙子，一身警服整齐笔挺，十分英俊。我是第一次见罗海波，还没有来得及自我介绍，他就朝我迎上来，向我恭敬地敬礼说："老领导好！"我赶紧说："退了！退了！老百姓！"他一米七五的个子，脸上红扑扑的。他手里拎着一只公文包，额头的汗珠密密匝匝，估计是要出去办公务。我赶紧说明来意。他拉着我的手，边往办公室走边说："本来要去看一位老上访户，先给老领导汇报吧。"

采访罗海波就这样拉开了序幕。到社区,到机关,到人民群众中,一个月采访下来,给我的印象,罗海波同志不仅仅是一名人民警察,更是社区人民群众信赖的公务员。丁卯派出所管辖的 25 平方公里的湖水里,常常会看到罗海波这条鱼儿的影子。我采访罗海波,思想上受到了极大的震动。我们每一位公务员,如果都像鱼儿游进湖水中,那一定会得到人民群众的拥戴。

人民警察罗海波从警 9 年,取得这么多的荣誉,关键是他把自己扎根于群众,真正地为人民着想,为人民服务。

伴舞广场的"伴舞"

9 年前,21 岁的罗海波刚从警校毕业。在从警仪式上,这个高大阳光的湖南小伙儿坚定地宣誓:"警校的学习,'人民公仆'四个字已经深深地烙在了心里。今后,我一定要牢记使命,公正执法,为民服务,一定要对得起头上的警徽!"他来到镇江新区丁卯派出所,成为一名社区民警。

丁卯派出所辖区地处城乡接合部,与其他分局 6 个派出所的辖区接壤。辖区面积 25 平方公里,实有人口 9 万余人,其中常住人口 3 万余人,辖区内企业 1600 余家。罗海波负责的辖区实有人口 2 万多人,内含 7 个居民小区。辖区内便利的交通条件,庞大的居民数量已成为各类案件多发和警务频繁的重点区域,要想从源头上防止违法犯罪,促进社会和谐稳定,就必须将防线前移。罗海波想起自己的誓言:"为人民服务。"这不是一句空话,首先,要做好社区民情的数据库。他带上社区民情专用笔记本,走进社区。他给自己定了一个硬任务,每天必须到分管的 7 个居民小区转上一转。转到群众多的地方,他就会从自行车上跳下来,主动发名片推介自己,和社区群众聊上几句。在与居民的聊天中,不仅可以得到各种有价值的线索、警情,还可以了解到居民生活的酸甜苦辣。但是,光靠在居民小区兜圈子,要提升群众知晓率收效不大,要掌握警情、社情还是有难度的。罗海波在向领导和居民请教的同时,自己在心里琢磨着,群众的事儿只有融入群众中才能掌握。

罗海波想到了利用晚上时间去居民家中走访,但又怕打扰居民。一个偶然的机会,让他有了新思路。2013 年,他去社区广场调解一起广场舞纠纷时发现,一到晚上各大小区居民都会聚集到广场上跳广场舞。男伴女,老伴少,在熙熙攘攘的人群中,很多爷爷奶奶带着孙子孙女,伴着悠扬的广场舞乐曲在有模有样地跳,高高兴兴地唱。广场上人民群众高度集中,在广场上进行防范宣讲不仅能提高知晓率,还能提升居民自身防范意识。罗海波心头一亮,这不正是一个与人民群众接触的好平台吗?

吃过晚饭,忙碌了一天的罗海波本该好好休息。再说,一个年轻小伙子,也该抽点时间去解决个人的大事吧。但罗海波只顾着自己肩上的担子,组织上把自己放到社区民警这个重要的岗位上,就是把7个居民小区群众的安危放到自己肩上,这是组织上对自己的信任,这个时候只能牺牲自己的休息时间。要想在广场上把自己推介出去,先要把自己当作广场上的一名舞伴,与群众共舞,才能与群众共鸣。

说干就干。每到夜幕降临,罗海波就换上一身便装,在小本子上别一支圆珠笔,往口袋里一塞,骑上自行车来到广场上。他停好自行车,悄无声息地融入跳舞的人群中。弯弯的月儿挂在西山的峰顶上,淡淡的月光把大地染成银色。轻松的舞曲,欢快的脚步,还有伴舞的击掌声,让罗海波感到一丝兴奋,他没有想到一整天紧张的工作后,来到人民群众中会体会到如此的轻松惬意。他在伴舞的同时,有心地与周边的居民群众搭讪。当大家知道这位帅气的小伙子竟然就是自己社区的片警时,个个惊诧不已。

广场舞快结束时,他通过喇叭通知大家留下来听听治安防范知识介绍。舞曲终了,伴舞的群众停下来,望着路灯下这个英姿飒爽的小伙子,听他讲解社区安全防范知识。他的宣讲总是从各种典型事故开始,让听的群众兴趣盎然。就这样,广场舞上有个民警小伙子经常演讲安防知识的事就传开了。一传十,十传百,有些不参加广场舞的居民还专程来广场听罗海波讲解。罗海波讲完防范知识,总会不失时机地介绍自己,并掏出小本子,请居民说说急需要调解的矛盾,急需要解决的社区问题,等等。老百姓从跳舞说到邻里矛盾,说到小区里的种种问题,罗海波总是听在心里,记在本子上。第二天,他就会出现在居民家中,主动帮助调解那些在外人看来似乎是鸡毛蒜皮的小事。罗海波知道,小事不及时化解,往往就会演变成大事,甚至引发刑事案件。

罗海波当了广场舞的"伴舞",事实上,他伴的是社区民众的快乐之舞、平安之舞、和谐之舞。罗海波的"广场舞式演讲"被市公安局以群众路线创新工作方法采纳并加以推广,江苏网、江苏文明网、《镇江日报》、金山网等省、市主流媒体也争相报道,他也成了全市利用广场舞宣传社区安全的第一人。

真情永远的"真情"

在采访罗海波时,我问他:"社区群众提到你,为什么总是一片赞扬声?"他谦虚地笑笑,向我摆摆手说:"做得不够。其实,作为社区民警,为社区群众分忧解难,这是分内的事,群众称赞,那是群众给我们社区民警面子。"我说:"你和群众打成一片,你有什么体会?""我的体会很简单,把社区群众当成我自己的父母和兄弟姐妹,为他们分忧解难,就能拉近与群众的距离。这距离应该是零距离,也就是像鱼儿游进水中那样自由自在。当然,这靠的是真情。"在采访罗海波转变重点人员的工作中,我深深体会到罗海波的真情付出,他是真正把群众当作自己的亲人。

罗海波管辖的丁卯社区有一名涉毒重点管控人员杨某,她50多岁的年纪,因为吸毒而众叛亲离。亲友们都把她当作仇人。不久杨某又患上了癌症。雪上加霜的是,在一次交通事故中,杨某左腿摔成粉碎性骨折。由于没有经济来源,平时杨某只能靠80多岁的老母亲微薄的退休金维持生活,哪里有钱治病? 最令人痛心的是,杨某的儿子原本是一名优秀的大学生,在校期间因母亲涉毒问题政审没通过,入党泡了汤。儿子从此对母亲怀有怨恨,对自己的前途心灰意冷,开始自暴自弃,最后辍学住到了姑姑家中。

罗海波知道这一情况后,下决心要拯救这个几乎到了悬崖边上的家庭。他连续三次去杨家做工作,但都吃了闭门羹。杨某是社区重点管控人员,曾因涉毒被公安机关劳动教养了3年,对社会、对警察有很大的抵触情绪。罗海波了解杨某的抵触心理,他一次次登门,一次次吃闭门羹。罗海波是一个入职时间不长的小伙子,也不是没有脾气,吃了几次闭门羹后,也感到有些委屈;但当他想到社区民警的职责时,心中又充满了责任与担当。他要用党和政府的温暖来融化杨某那一颗已经冰冻的心。罗海波暗下决心:只要我是真心的,三次五次不行,跑它十次八次;十次八次不行,跑它二三十次,我就不信叫不开杨某的门。杨某的心哪怕是石头做的,我也要用我的真情将她的心捂热!

一次、两次、三次、四次……直到第九次,罗海波的执着终于打动了杨某。罗海波在了解到杨某的困难后,一件事一件事去梳理、去解决。他跑社区、跑街道,联系民政部门,上门与杨某的儿子、亲友促膝谈心,反复沟通。与此同时,罗海波就像是杨某的亲生儿子一样,帮助杨某搜集生活困难证明,然后再去民政部门、有关单位反复沟通,有时甚至自己出面为杨某求情。真情不负有心人，通过罗海波两年多的教育、帮助，杨某再也没有发生涉毒行为，家人重新接纳了她。杨某的妹妹被罗海波的真情所感动：两年多，一个外人在帮助、教育自己的姐姐，从悬崖上勒马，这是什么样的精神啊！这是真情，永远的真情。自己作为杨某的妹妹，更应该有真情。于是，杨某的妹妹主动提供了一间车库给姐姐住，解决了姐姐的居住问题。在罗海波的四处奔走下，杨某获得了政府的政策支持，她的低保问题解决了。杨某自己又开了间小店，生活总算有了着落。在罗海波的沟通帮助下，社区每月给她提供"爱心超市券"。更可喜的是，杨某的儿子通过自学考试完成了学业，并且找到了稳定的工作，母子关系也逐渐好转。罗海波把杨某的教育做到了极致。现在，杨某提到社区、提到政府、提到罗海波，激动的泪水总是止不住往下流。这是真情的泪水，罗海波的真情打动了一个自暴自弃的人的心。

罗海波向辖区居民宣传安全防范知识

杨某被人民警察的真情所感动,她亲自将一面印有"真情感召,大爱无边"字样的锦旗送到了丁卯派出所。杨某还将花了一年时间,一针一线地亲手绣成的十字绣送给罗海波,绣面上"真情永远"四个大字让罗海波激动不已,他说:"我们是人民警察,更是人民的公仆,为人民做些事情那是应该的,想不到人民群众这么记在心里。"

巡防联盟的"巡防"

罗海波所在的丁卯派出所辖区地处城乡接合部。建筑工地多,流动人员多,治安较为复杂难控,而且警力配置不足,居民防范意识薄弱,加之周边派出所挤压效应,使得流窜作案、入室盗窃等侵财案件呈高发态势。罗海波和战友们最关心的是小区安防问题。罗海波通过调查研究,提升防控压案关键在巡防,巡防的关键是提升巡防质态。他及时向新区分局党委和主要领导提出了整合巡防力量、建立物业巡防联盟的设想。这个设想得到分局党委和主要领导的大力支持。

罗海波在自己负责的社区抓物业巡防联盟试点。他的构想一提出,立即得到各方响应。一是企业大力支持。辖区内大小企业有1600多家,其中较大规模的义乌小商品城、亿都建材城、亚太五金城等几个大型专业市场的领导都表示,支持企业安保力量归物业巡防联盟统一调度指挥。二是社区积极响应。社区动员居民成立义务巡防队,也受物业巡防联盟统一调配。物业、公安调派力量,切实起到物业巡防联盟主力军的作用,同时积极制定物业巡防计划,统一调配物业巡防力量。通过积极引入社区、物业、五大市场、志愿者力量加入到社会治安防控体系中,有效地改变了辖区内各方以往的"自保"状态,弥补了社会巡防的"真空",有效地拓宽、密织"大巡防"格局,真正实现物业、社区、市场、社会面之间的防控"联动共管"。通过扎实的宣传工作,罗海波广泛发动社区、物业保安、社会巡防志愿者,变社会治安管理民警演"独角戏"为广大群众"大合唱"。2015年8月,在罗海波的积极推动下,全国首家"物业巡防联盟"工作站在丁卯正式成立。目前,"物业巡防联盟"参与巡防力量已达432人,夜间巡防人员161人,同时投入了13辆四轮电动警用巡逻车,70辆二轮电动巡逻车参与日常巡防工作,提升了街面见警率及威慑力,大大改善了日常巡防工作的质效。该模式促成了小区巡逻,小区与小区之间跨区域巡逻工作的开展。通过采取车巡、步巡相结合的方式,开展联动巡逻防范,使得丁卯派出所辖区内所有小区的可防性案件大大降低,有效挤压了违法犯罪分子的犯罪空间,优化了辖区的内治安环境,为平安社区建设添上了浓重的一笔。物业巡防联盟工作站成立以来,辖区内刑事案件发案率环比下降 16.6%,小区内侵财类案件发案率环比下降 25.6%,入室盗窃类案件发案率环比下降 10.6%,甚至有些小区"零发案"。这些成绩的取得得到了辖区内广大人民群众的广泛认可。在 2016 年年底各项测评中,丁卯地区法制建设满意度 100%,公众安全感 84.6%,位于全市前列,全区第一。

物业巡防联盟的设想是罗海波提出的,他自己带头巡防。当然,他的巡防不只是骑着警用巡逻车出现在街头,而是对物业巡防联盟各个环节的巡防。夜深人静时,他会出现在小区的重要场所,昏黄的路灯下会出现罗海波那高大的身影,企业的仓库、大门口,他会伫立在那里,不时地看看手表的指针,他要等到巡逻队到来,确认物业巡防联盟的巡防行动是否到位,发现物业巡防联盟中的薄弱环节。他会主动去做工作,把物业巡防联盟的触角伸向每个重要环节,让物业巡防联盟不留空白,不留死角。不少物业巡防联盟的巡防员拿罗海波所长打趣,说罗海波所长应该叫罗巡视员。

康泰花园是镇江市最早的拆迁安置小区之一,更是镇江市政府的民心工程。该小区在丁卯地区算得上是一个问题社区。小区内居住人员复杂,是两劳释放人员、残疾人居住较集中的小区,几乎每个月都有七八起报警。小区内脏、乱、差等日常管理问题也困扰着居民。罗海波巡防到该小区,发现居民强烈反映巡防不到位。他迅速与社区干部、物业部门沟通交流,把康泰花园列入"物业巡防联盟"。他亲自和社区、物业干部制定巡防方案,确立巡防重点,明确巡防人员,使"物业巡防联盟"的触角伸到了康泰花园的边边角角。如今的康泰花园绿树成荫,环境优美,平安和谐。

"物业巡防联盟"工作站的建立,为丁卯派出所工作创新添上了新的篇章。罗海波当好"巡防员"也给自己的警徽增添了光彩。

群众放心的"群众"

采访过程中,我称呼他罗所长,他憨厚地笑笑说:"我也是丁卯派出所辖区的群众。我总想着,头戴警徽,就得实心实意地为居民群众办事。只有把自己看成一名群众,以一名群众的身份走进群众中,他们才能信任你,群众接受你,你才能为群众办成事。"

我对罗海波朴实的发自内心的话倍感亲切。我让他说说工作中的故事，他打开了话匣子。

一天上午，天气晴朗。罗海波在丁卯花园小区巡防。他没有穿警服，而是以一名普通群众的身份在和居民聊天。突然，聊天的群众中，有一位年龄六十开外的老人说要出去办事。罗海波一边和老人握手，一边问老人去哪里办事，要不要帮助。老人说要去银行汇款。职业敏感让罗海波立即警觉起来。他向老人仔细询问了汇款事由。经过反复询问，他判断这是一起诈骗案，他赶紧向老人说明情况，告诉老人受骗了，这个款子不能往外汇。经过周边群众介绍了罗海波的真实身份，老人很惊讶，这小伙子原来是派出所的罗所长，一点儿架子没有，比我们小区的群众还普通呢！说到这事时，罗海波笑笑："当一名群众挺好的，群众看得起你，你就有自豪感。自豪感来自于办实事。你不先当群众，你不走进群众中，群众怎么会相信你？"

2017年4月，丁卯一个小区中李某与楼上邻居王某因为一楼的一块公共区域使用权发生争执。李某不允许王某种植花木，并将王某种的东西挖出来扔了。王某忍不下这口气，也不准李某种植蔬菜，双方一度发生激烈争执，并多次拨打"110"报警。罗海波知道情况后，以一名普通社区群众的身份到现场察看，后又找到双方当事人，从邻里关系的角度做工作，还找来了律师讲法。经过多方努力，双方最终握手言和。

2017年4月26日，四川务工人员李某带领7名工人到丁卯某工地找到包工头潘某讨要工资。潘某不满李某等人只干了一周就离开，拒付工资。双方因此发生纠纷，互不相让，最后闹到派出所。民警协调后，双方对协调结果都不满意。罗海波了解情况后，请纠纷调解中心介入，自己也一一做双方当事人的工作。他以一名普通工人的身份现身说法，讲清利害关系，同时教育工头要保障工人的利益，已经付出劳动的部分应付给工资。潘某和李某打心里服气，潘某迅速支付了李某等的工资。

"把自己当成领导，居高临下地去做工作，群众会从心里不信任，抵触情绪严重，工作往往做不到位。你拉下'当官'的架子，以一名普通社区群众的身份与群众打交道，首先就与群众产生了亲近感。群众信任你，你的话他才听得进去。"罗海波说这话时充满信心，"再难缠的老信访户，只要你真心把他们当作兄弟姐妹，问题总会解决。"

丁卯街道原横山村黎家组有一拆迁户陶某，陶某拆迁时，因两个女儿户口不在横山村，按政策得不到补偿。陶某想不通，多次上访，有几次还越级去了市政府、省政府信访部门反映情况，问题一拖就是四年。罗海波知道这个情况后,主动上门做陶某的工作。起初,陶某抱着不信任的态度,并不配合。后来,看罗海波一点儿架子没有,每次登门总是那么谦和,有时陶某给罗海波脸色看,罗海波仍然笑嘻嘻的,这让她打心里感动。罗海波的耐心打动了陶某,她接受了罗海波的劝说,走了上法律维权的道路。在起诉至法院及法院调解判决工作中,罗海波以陶某家人的身份主动帮她拿主意。2015 年 6 月,陶某的信访矛盾最终得到圆满解决。

罗海波说:"当一名社区民警不像侦破案件、抓捕嫌疑人那样,工作充满激情,但只要把社区里的老人当成自己的父母,把居民当成自己的兄弟姐妹,把自己当成社区里的一名普通群众,跟大家零距离接触,把大家的事当成自己的事,就能把社区民警工作干好,就能为群众解决烦恼和纠纷,就能为社会治理贡献一分力量!"

鱼儿水中游,越游越欢畅!

男，汉族

殷惠阳

1989 年 5 月出生，本科学历，中共党员。2010 年 8 月参加公安工作，现为镇江市公安局公共交通治安分局镇江站站前派出所刑侦治安组民警。先后荣获江苏省公安厅"大比武"内保组盘查科目第一名、镇江市公安局刑侦先进个人、镇江市级机关党员知识竞赛第二名、镇江市公安局"警营歌手"三等奖等荣誉，2017 年通过公安机关高级执法资格考试，获得嘉奖 4 次、优秀公务员 1 次。

青春和警徽一同闪耀

——记镇江市公安局公共交通治安分局镇江站站前派出所民警殷惠阳

每一个不平静的夜里,有你;

每一个挺身而出的地方,有你;

每一个关乎生死的地方,有你;

每一个默默坚守的岗位上,有你。

关于警察的宣传片《因为有你》仅有 97 秒,我却看了不止一遍。每一帧镜头,都仿佛烙在了心上。

请随着我的笔走近青年民警殷惠阳,等你了解了他,熟悉了他,你会和许许多多群众一样,由衷地喜欢,并且对他肃然起敬。

小殷的获奖证书一摞又一摞,从哪儿落笔呢?就从他刚当警察 2 年,仅用了 20 多天就破获的一起盗车大案说起吧。

小警探神速破案

时间:2013 年 1 月 8 日。

"警官,我的车找不到了。"车主来报案,语气沮丧。

停在火车站地下车库的车,不翼而飞了?殷惠阳知道碰上了难题。虽然他工作才 2 年多,但知道破这类案件,相当于打一场硬仗,有压力,有难度,拼时间、拼体力不说,还要拼速度、拼技术、拼智慧。

_殷惠阳(正前方坐者)到社区综合体高层建筑内进行入户清查

　　初出茅庐的小殷,身上就有股子压不垮、敢拼命的韧劲和拼劲,他立即紧锣密鼓地展开细致周密的排查工作。先是与报案人确认被盗车辆的相关情况,将车款、车型、颜色、排量、内饰情况等信息一一记录下来,甚至连车外围的刮痕都做了详细标注。接着,小殷又赶紧联系了该车的保险公司,了解到该车未购买盗抢险,而从报案人和睦的家庭关系和无任何债务纠葛的财政状况来看,基本排除了"熟人"作案的可能。接下来他所要面对的就是海量的排查工作。

　　小伙子迎难而上,立刻联系了停车场内的工作人员,调看监控录像。"找到了,开出来了……"经过几小时的"紧盯",小殷终于确认这辆车是元旦那天19点30分驶离停车场的。确认完被盗时间,就根据这个时间节点去追踪"消失车辆"的踪迹。

　　要在繁华的火车站周边找到消失车辆的踪迹,难度可想而知。仅横贯站前3.2公里的黄山西路,东接黄山东路,西至七里甸铁路桥,一路就有六七个纵向分流路口,这还没算上延伸道路上的那些分叉口,这辆消失的车可以去往镇江的任何一个地方。

那几天,小殷一坐到电脑前就不挪窝了,饿了叫外卖解决,困了来杯浓茶。他目不转睛地看监控录像,从找到车辆,再到逐步确认车辆开往镇江东边。小殷猎鹰般的眼睛,在路边探头记录下的每一帧画面中搜寻着。

"来了,来了!""车,车!"每一次,画面中失踪车辆的闪现都给他带来惊喜。就这样,几天的争分夺秒,几乎是不眠不休,小殷的脑子里总算有了车辆的大致去向和嫌疑人的体貌轮廓。

小殷兴奋地梳理了自己的推理:一是从监控看出车辆活动集中在梦溪广场和大港新区一带,研判出它的起始点和重合点,这样就可以基本推断嫌疑人很有可能生活在大港新区一带。二是通过放大监控中的人像体貌特征基本可以判定犯罪嫌疑人为男性,从盗车后未更换车牌并多次堂而皇之地往返于市区和大港之间等大胆行为可以初步推断,犯罪嫌疑人很有可能是年轻人,并且有过犯罪前科。

掌握到这些线索,小殷立刻通过大平台案件库,串联查找了近几年镇江及周边城市所有已破的汽车盗窃案件资料,梳理出了一份详尽的沪宁线盗车惯犯名单。

接下来两周,在王副所长带领下,小殷他们连续两周奔赴新区大港一带,对汽车轨迹起始点周边的工厂、小区、相关单位等一一排查。他们不仅走访当

殷惠阳两年内两次救助同一迷路老人

地群众,了解常住人口情况,还特别走进旅馆、网吧等公共场所排查流动人口。终于功夫不负有心人,在技侦部门的大力协助下,大量的摸排梳理工作总算有了结果。小殷和同事们将目光锁定在了一名有盗窃汽车前科的任某某身上,判断其基本符合盗车案嫌疑人的特征,并开始着手抓捕计划。

那年的 2 月 6 日是农历腊月廿六。这一天,警车风驰电掣,悄悄地驶入大港某小区内,小殷和同事们按计划行动,一队人在楼道内伏击。可是,等了许久也不见嫌疑人下楼。他们开始第二套行动计划,实施入室抓捕。当门被敲开时,嫌疑人还躺在床上,一副无所谓的模样,尽管他知道这一天早晚会来,但没想到会来得"这么快"。

俗话说,死不开口,神仙也难下手。犯罪嫌疑人深谙其道,怎么问都面无表情,一言不发,企图以此逃避审查。小殷明白,这是又一个考验啊!考验自己这个从警刚两年的小警官的审讯能力。

小殷也一样不露声色,却已成竹在胸。在抽丝剥茧般的调查中,这个嫌犯的底细他早已了然于胸。小殷用四步瓦解了他的心理防线。

第一步是晓之以理,耐心地向犯罪嫌疑人宣传法律政策,劝导他。

第二步是动之以情,不急着审讯,而是先聊家常。"你家中有老父亲,弟弟还小,听说还没有成年。你技术不错,我看了你的资料,你跟我一样大,这个年纪应该是家里的顶梁柱啊!"年轻的嫌犯已有太久没听过中肯的家常话了,他每天都是和狐朋狗友一起吃喝鬼混。他不由得抬眼看了看坐在对面和自己面对面的同龄人。"你父亲打工,工资不高,抚养你们兄弟俩,不容易吧?想想,这些年你为你父亲、为你那个家做过什么?"看到嫌犯面色渐渐凝重起来,小殷感觉有戏了。

小殷开始了第三步——法律威慑。"你以为不说话就可以逃避得了吗?现在可以零口供办案,你坦白交代还能获取宽大处理,拒不交代的话,零口供制裁判刑更重。"

嫌犯抬头望去,眼前的这个警察,威严中带着灵气,执着中透着锐利,在讲法的同时,也讲理、讲情。显然,这番话已经触及嫌犯的心灵深处,他虽然仍未说话,却已经在默默流泪。

第四步便是出示图像证据。在确凿的证据面前嫌犯最后的心理防线彻底溃堤了,他知道,靠赖是赖不掉了。

几个回合的斗智斗勇,终于撬开了嫌犯的嘴。他竹筒倒豆子似的一五一十地交代了盗车的犯罪过程:案发当天下午 5 点多,他到镇江火车站,不顾自己还在假释期间,故意避开监控,盗走了汽车,不仅开回大港,还数次驾车到市区。后来，因为汽油用尽，他把汽车丢在了大港平昌新城的地下停车库内。

小殷和同事连夜赶到大港，找到了被盗车辆。这起"元旦盗车案"不到一个月便成功告破。

两三日之后就是春节了，街上早就是一派喜庆气氛。照理说，破了这个大案，加上多日的奔波，小殷早该睡个好觉，也去忙忙年了。

"这个犯罪嫌疑人曾有前科，心理素质这么好，他会不会与周边城市其他偷车案有关呢？""是不是还存在串并线索联合破案的可能？"思维缜密的小殷想到这里，似乎忘掉了连日的疲劳。

对，深挖一下。

他立即去查访公安平台，又主动与其他公安机关联系。

果真，又有两起盗车案浮出水面：一起发生在新区丁岗，另一起在常州龙虎塘。这两起案子任某虽未交代，但他有很大的作案嫌疑。小殷当即约同事："走，咱们去常州取证，说不定还有'大鱼'。"他联系了新区当地派出所一同勘验现场。果不其然，在证据面前，犯罪嫌疑人又交代了上述两起案件的犯罪事实。当被盗车主接到通知领取车辆的电话时，都不敢相信竟有这样的好事。

"真的吗？ 这么快？"

"神了吧？ 我的警察'叔叔'！"

………

"破案神速"，车主递赠锦旗时，口中一连串"服了，服了，真服了！"。

不服不行啊！

既"服"小殷他们的高度责任心，又"服"小殷他们侦破案件的高超水平，更"服"公安人一心为民、惩恶扬善的神圣使命感。指着墙上一层摞一层的锦旗，小殷保持着他一贯的沉稳与自信："看，这些都是我们派出所的，很牛吧！"

小警官神勇抓逃

车站、码头自古就是鱼龙混杂之处。小殷所在的派出所管辖着火车站、长途客运站的治安，任务之艰巨可想而知。2017年上半年，小殷一人在辖区抓获两名逃犯。

3月13日下午2点多，小殷在镇江火车站南广场巡逻，情况如常，提包拎箱之人来来往往，川流不息。每天的旅客进进出出，"阅人无数"的小殷练就了一双"火眼金睛"。人群中，突然有一名瘦瘦的男子进入了殷惠阳的视线。

进站乘客中,那个人显得心神不定,左顾右盼,让人感觉漫无目的。目光与警察对视的那一刹,他就快速移开,看到警察走过来,他就躲着走……这一切,引起了小殷的怀疑,他立即上前盘查。

"你好,请问你要去什么地方?"

"这个,我,那个,我……"男子带着四川口音,支支吾吾地说不清自己要去哪儿。

"请出示下你的身份证。"

男子磨蹭着从包里翻出身份证,小殷立即通过"警务通"比对身份证。

"呵,"小殷一声冷笑,心想,"心里有鬼的,终见不得阳光。"

他马上和同事一起控制住该男子,带回办案中心,审讯、做笔录、移交看守所,一系列工作忙下来,小殷如释重负,望望窗外,天已经黑了下来。

这名男子正是被浙江警方通缉的在逃嫌犯,涉嫌生产、销售有毒有害添加剂。

时隔一个月零七天后,又出现新情况了。

4月20日上午,小殷照例去登记核查居住人员信息,鱼龙混杂的火车站周边人口流动量很大,定期刷"警务通"核实身份,维护地区治安稳定是派出所工作的重中之重。眼前这个女子,年龄26岁,"警务通"上显示她可能是个在逃嫌犯,但她一副镇定自若的表情,说明她对自己的"逃犯身份"还不自知。回所后,小殷顾不上歇口气,立即查清了此事的来龙去脉。原来这个刘姓会计涉嫌非法出售买卖信息,山东警方已确定其为犯罪嫌疑人,正在办理网上追逃手续。这可给小殷出了道难题:不能贸然抓捕,更不能让刘某从自己眼皮底下逃脱啊!小殷即刻通知山东警方,让他们过来办案。可是,放下电话后,小殷的眉毛又皱成了个"川"字,他在思谋一个"万全之策"。

第二天,小殷又一次上门,以搜集单位信息,需要详细登记之名,去公司与刘某和其他员工聊聊工作情况。好一个小殷,面上风轻云淡,实则滴水不漏。好一个小殷,不"打草"、不"惊蛇",稳住了嫌犯。等到山东警方到达,"咔嚓"一声,铮亮的手铐铐住这个逃犯时。小殷那颗提着的心才轻轻放下了。

40天内,两名逃犯束手就擒。

说到抓获电动车惯偷那次,小殷对于细节仍记忆犹新。

那段时间真是"邪门"了,派出所接连接到报案,停在火车站附近的新电动车一辆接一辆凭空消失,嫌疑人如隐身般,来去无踪,让案件侦破陷入僵局。世上还有如此蹊跷之事,风过留痕,雁过留声,岂有毫无痕迹之理?小殷还真

"不信邪",他决心要找出些许蛛丝马迹,然后顺藤摸瓜。因为偷盗时间的不确定性,小殷要面对的是海量工作。小殷一头扎进了机房,一段段监控录像,一帧帧画面搜索……饿了,叫个外卖,实在困了,和衣眯上一小会儿,睡不了多久就又坐在电脑前。

"他,他? 他! 这家伙也太狡猾了吧?"

"怎么着,找着啦?"同事赶紧凑过来看。

"高智商偷车,很具有反侦察能力啊!"

可不是,一般电动车盗贼都是空手来,撬了车骑出去。这位贼爷倒好,每次都是骑着自己的电动车过来,成功避开了警方的怀疑。然后把车停在广场空地,挑一辆新车骑走,隔几天,再大摇大摆地带着钥匙骑走自己的电动车。

在三天两夜的连续追踪下,这个"高明的贼爷"终于在小殷面前现出了原形。小殷正沉浸在找出嫌疑人的喜悦中,才一起身,眼前一黑,身体便不由自主地倒了下去。身边的同事吓了一跳,赶紧过来扶他,一碰到他的身体,我的天,滚烫!

第二天,烧还没退,小殷就又出现在办公室里,好一个"拼命三郎"!

两张照片情暖全城

2017 年 9 月 7 日下午 4 点,小殷巡逻至镇江客运站停车场大门时,看到一名白发苍苍的老太太,挂着拐杖靠在墙边,喘着粗气,颤巍巍地不能再多走一步了。小殷立即上前,把老人家搀到附近警务站休息,端来一杯热水,让她喝口水、歇口气。

"老人家,怎么称呼您,从哪里来? 要去哪里?"

"我叫薛春梅,盐城建湖人,到镇江找我兄弟。"

"啊?!"小殷猛然想起,眼前这位老人,自己两年前曾救助过。对! 那是2015 年,也是 9 月,老太太摸到了镇江,在火车站迷了路,不光辨不清东南西北,就连兄弟家在哪儿都说不清。在多方查找无果的情况下,小殷把她交给民政部门妥善安置了。

无巧不成书。同一个薛奶奶,同样的目的,同样的地点,同样又是迷了路。

尽管老人语言表达不清楚,但有了上次帮助她的经历,小殷积极查找,联系上了她在镇江的兄弟薛春杨。他也已经是八旬老人,根本扶不了这位老姐姐。怎么办? 小殷脑子飞转,先找一条最近的路:从警务站到出租车站点,大约七八十米。再把老人背过去？可是老人体力太差，如果她自己没有把住，从背上跌下来，那就糟了。殷惠阳只好拎着一把椅子，扶老人走个三四步，就让她坐下歇一会儿，扶起再走一段，再歇一会儿。就这样，走走歇歇，几十米的路，走了一刻钟，小殷还一直笑眯眯地跟薛老太太聊天。出租车拦下了，薛老太太和她的兄弟，一人拉着小殷一只手，一口一个"谢谢"，久久不肯松开。看着这场景，人们会说："亲孙子能做的也不过如此啊！"

小殷看着出租车远去的方向，心里突然一疼。刚工作时怎会那么忙？也怪自己疏忽了，当年要是带自己的奶奶、婆婆来这附近转转，看看新火车站，看看新广场，也跟她们一起留个影，老人家不知会有多高兴呢！自己也能留个念想。想到这，小殷不禁悔恨地捶了捶自己的脑袋……

因为，这个愿望再也无法实现了。

2014年3月，这位老大爷在客运中心售票处把老伴儿丢了。老太太本就患有阿尔茨海默病（俗称老年痴呆），大爷又是人生地不熟，一点儿法子也没有了，只好求助民警。"本来站在我身后好好的，也就递个钱，买两张票的工夫，我叫她跟好我，"老大爷越发语无伦次，"一回头，就看不到了，地方这么大，人这么多，我到哪里找啊！"老大爷带着哭腔。是呀，本来开开心心回去过年，现在"丢人"了。

小殷正好当班，他立即带上装备，陪着大爷出发了。他先用警用电台，呼叫值勤巡逻的民警、交警和辅警，说清老太太的体貌特征，叫他们务必留意。

地下的负二层、负一层、高架……小殷以最快捷的速度、最机敏的目光，一路跑一路看，一路辨认，一个路段一个路段地排除。"咦，那不就是吗！"终于，小殷在南广场的进站口发现了老太太，他心中大喜，赶忙上前将老太太搀扶到派出所内。坐定后，老爷爷一边嗔怪，一边喜极而泣。小殷好言安慰，送走他们后，又回到自己的岗位。

"老同志表达感谢，都喜欢紧紧握着我的手。"说到这里，殷惠阳颇有些调皮地笑了。这一笑，屋子就亮了，仿佛洒满了阳光。"谢谢，谢谢你哦！"他们至少要说几十遍。

"老吾老，以及人之老；幼吾幼，以及人之幼。"小殷牢牢记住了这句古话，并不折不扣落实在行动中。7年间，这样的事情发生了多少件，小殷已记不得了，但每一次接到老人走丢、小孩走失的求助，他都会全力以赴，把"忠诚与爱民"的心意，默默书写巡逻的每一条道路上，每一个角落里，让青春和警徽的光芒，闪现在每一次烈日下，每一回暴雨中。

身着警服的"活雷锋"

我们以 2015 年 3 月 5 日为例,来看看这个穿警服的"活雷锋"的行动。

这一天是全国"学雷锋日"。这不,小殷和同事巡逻到镇江客运中心时,一名邓姓男子上前求助,他在客运中心丢了一只黑色钱包,里面有 1000 元钱,关键是还有工作证和外单位接洽的工作介绍信。小殷详细问询情况,一边帮着他寻访查找。"找到了,找到了!"看到自己的证件和钱一分(份)不少时,这个男人激动得说不出话来了。

仅 11 月 21 日这一天,小殷就帮助两个失主找回失物。9 时许,小殷在南广场高架巡逻,一个小伙子上前求助,称下车后想起自己的 iPhone 5s 手机丢在扬州出租车上了,也没拿乘车小票,这边乘车时间又快到了,真是急死人。小殷毫不耽搁,立即调看多个监控探头,确定了失主乘坐的出租车,并联系到了扬州驾驶员,请他掉头送回来。一刻钟,仅一刻钟时间,小殷便一气呵成地完成了这些工作。小伙子不仅手机失而复得,乘车也没有耽误。他没想到镇江民警办事效率这么高。

下午 4 点,小殷在新客运中心候车室巡逻,看到一个 80 多岁的老人坐在那儿抹眼泪,他立即上前询问,老人家听力不大好,小殷就提高声音跟他对话,大致了解到:老人名叫周某兰,85 岁,扬中人。因为年纪大了,刚才还在手里的钱夹,一转眼就找不到了,里面有 1300 多元钱和许多证件。小殷一边安慰,一边把老人经过的路线都走了一遍。到了售票窗口,小殷看到老人所描述的钱夹正搁在那儿。老人家一看到自己的钱夹找到了,像个孩子似的破涕为笑,拉着小殷的手,久久不肯放下。"谢谢啊,谢谢啊!"他用扬中方言一连说了几十遍。

因为英语口语出色,小殷还成功帮助过许多外国友人呢。

2015 年 3 月 9 日深夜 11 点多,当班的小殷整了整装备,迎着料峭春风巡逻去了。到了南广场的出站口时,发现一名外国女性拎着很重的行李,一副六神无主的模样。小殷立即上前试着用英语询问缘由。他了解到,这位女性是俄罗斯人,在上海火车站购买前往浙江的火车票,售票员误听为"镇江",下了车才发现坐错了,时间又到了深夜,广场外都见不着人了。小殷请她先到派出所坐坐,看着眼前这位着制服的年轻警官诚恳的表情,俄罗斯乘客点点头。小殷电话联系她的亲属,又征得她本人和家属的同意,开上警车,把她送到火车站附近的喜来登酒店,还贴心地帮她办理了入住手续。俄罗斯友人不会中文,竖起大拇指,不停地感谢小殷。

10 月 16 日晚上,江苏大学海外教育学院的非洲留学生 Noganji Chris Romeo Villy 因一时疏忽,把手机丢在出租车上了,他来自布隆迪,中文水平不是很好,急得在火车站广场上转来转去,不知如何是好。小殷看到后,主动上前用英语询问。Noganji Chris Romeo Villy 一见,仿佛看到救星,一番英语对话之后,殷惠阳明白了原委,立即通过出租车 GPS 定位,找到了出租车司机,请他送回手机。拿着失而复得的手机,看着全程微笑又"懂他"的年轻警察,Noganji Chris Romeo Villy 伸出大拇指,用并不流利的中文不停说:"中国警察,好! 好! 中国警察。"

在小殷的工作日志里,曾主动驱车将 80 岁的迷路老人送回家,为西班牙商人找回装满资料的笔记本;帮助饰演周总理的特型演员找回拍戏道具;救助一个个遇到的过客;拦下一个个轻生的群众……桩桩件件都值得书上一笔,可是,说到这些,小殷却很腼腆:"其实我的每个同事都做了很多,我们穿着警服,就是群众的主心骨,群众找我们,说明信任警察。"

功过在群众眼里,

热爱在百姓心里。

所有的辛劳和奉献,忠诚和道义就应该载入公安事业的发展史册中。

一面离奇的锦旗

2012 年 12 月的一天。

接警。情况紧急。"爬塔吊,有人爬塔吊。""领城国际工地上出事啦!"

刻不容缓。

小殷接警后,带好装备飞速赶到现场。立即通知工地负责人、保安人员到了现场。"那是你们工地的工人吗?""不知道。"老板愁眉苦脸,"我也不知道那个人是谁,怎么上去的。"是啊,三十多层的塔吊高度,只能模糊地看到一个人影。

"走,上去看看!"小殷毫不迟疑,和同事带着工地负责人和两个保安一同上。

即便是身强力壮、坚持锻炼的小殷,一口气爬了二十多层,也是气喘吁吁。小殷看着逐渐接近的目标,停下脚步,调整了一下呼吸,问话尽量温和:"你是谁啊? 怎么上去的? 跟领城工地有关系吗?"他的语气仿佛是老朋友在嘘寒问暖。

这时，负责人认出来了，小声说："是他，我认识他，姓胡。"

"他们欠我的工钱，"这时，上面的人激动起来，"他们欠我 5 万块呢！"

"哎呀，不是我们欠，我们公司大，层级多，一级一级审批，耽误了点时间。"负责人一脸无奈的苦相。

别看小殷二十挂零，解决起问题来果断又准确。他知道，"解铃还须系铃人"。让老板特事特办，立即允诺支付所欠工资。小殷抬头跟他喊话："欠你的工资一分钱也不会少，民警在，给你做主。"

"我给你做主！"小殷仰着头，中气十足地喊话。

听到民警要替他做主，看到离自己不远的警察，老胡开始相信了。

这边，小殷加大了攻心力度和法律宣传。老胡一步步走了下来，终于平安着地。

阳光普照。

小殷却是满满的一身汗，被风一吹，才感到了身上的阵阵凉意。

看着自己救下的老胡，小殷既同情又庆幸，所幸没有酿成大祸。同时，小殷立即以一个警官的威严开始执法，告诉老胡他已经违反治安管理处罚法，口头传唤他到派出所进行处罚。

这边，老板已经凑好 5 万元，交到了老胡手中。百感交集的老胡睁大眼睛，望望手中的钱，又望望眼前的警察，不敢相信这是真的。

此时，老胡既感动又后悔，表现得特别配合，跟着小殷他们去了派出所。

老胡一出拘留所，就送来了一面锦旗，上面写着："急人民所急　想人民所想。"落款特别有意思："农民工胡某某。"

说到这事，小殷颇为感慨："虽然被拘留了 5 天，但是老胡看到了民警帮助他要回血汗钱的整个过程，心服口服，相信民警，相信法律了。"不积小流无以成江海，不积跬步无以至千里。如果每一位手握国家公权力的人，都能一心为民，严格执法，那么很多矛盾就会消弭于无形间。

面对平日里一些人对警察的误解和非议，甚至歪曲和诽谤，小殷和他的同事们用自己大是大非的严格执法，日日夜夜的行动，点点滴滴的奉献，维护了人民的利益，捍卫了法律的尊严，捍卫了比阳光还珍贵的公平与正义。

民心就是真情、真实和真理；

民意就是工作的标准、镜子和天平。

民警殷惠阳心中始终有着这样的标准。

准"90后"堪当重任

"小殷,过来一下。"领导又要交代新的重大任务。

"殷警官,麻烦您,我有个事……"辖区百姓总有"一千零一问"。

"站前派出所,这里是指挥中心,现在去……"110指挥中心的电话到了。

"电话,殷sir;殷sir,电话……"

小殷的分管工作,包括消防管理、社区人口管理、场所及特种行业管理、刑事治安案件办理、反恐处突工作,等等。

单派出所的辖区,就聚集了好几家商业中心:颐高广场、潮流广场、领城国际等,目前有260多家企事业单位和商铺、160户居民和206户出租房,而且商户还在不断增加。就说领城国际A座商务楼吧,楼房中"藏身"了66家单位:保健品公司、装潢设计公司、牙科诊所、教育培训机构,以及车贷、房贷中介等。如果登记不完善,信息不健全,一旦出现治安刑事案件,警察处警就会陷入被动。

很多人说"90后"矫情又娇气。我们的殷警官却用自己的思想和行动改变了人们的看法。别看他在家是独生子,做起事来可是样样不落人后。

连续40摄氏度高温! 2017年7—8月的"烧烤"天气,大家记忆犹新。就在这个温度中,前前后后一个多月,小殷跑遍了领城国际的商住楼,逐户上门登记、宣传法律知识、纠正违规情况。他把辖区全部商户的房屋信息、承租户信息、单位概况、从业人员情况都摸得一清二楚,资料全部录入电脑,登记造册,建立台账。对辖区的住家户,小殷也做到"户户上门、人人见面"。"殷警官,又来啦!""哦,刘阿姨,今天您可买了好多菜啊!"那个威仪又不失亲切的帅气片警,经常出现在楼道里,热情地跟群众打招呼。

对小殷来说,执法惩恶的事、反恐处突的事、备勤保障的事、劝架说合等婆婆妈妈的事,他都得干,丢车丢包甚至丢狗丢猫这些琐事,百姓也指望着他帮忙呢。"年轻嘛,精力旺盛。"说起自己为何勇挑重担,还能应付自如,小殷总是轻描淡写。从他的领导和同事那里,我们得知,这个小殷警官自从警以来,始终保持阳光、热情,总把自己"最好的一面"呈现给群众、领导和同事。

对警察工作的"急、难、险、苦、累",小殷早有心理准备的。案发随机性大,警察要招之即来、来之即战。常常是这起警情还没有处理完,新的处警指令又到了,值班当天是马不停蹄一整天,加上后来几天还没忙完,下一个值班周期又到了。

他给自己立下了工作标准——"下沉社区，情系群众""有困难难不倒，有事叫得应""采集信息零差错、巡逻防范零懈怠、化解矛盾零回避、服务群众零距离"。自 2015 年起，小殷还主动建立了辖区物管人员微信群，这下，他又多了一双智慧眼和顺风耳。对于商圈房屋的出租情况及人员流动信息的管控和采集，更加准确有效，各类数据的维护也更为及时。

这 7 年，小殷把辖区作为自己的"责任田"，精耕细作，全心呵护；这 7 年，小殷用敏锐的眼睛观察辖区的一切方向，用双耳倾听群众的心事，始终用一颗真诚的心服务广大群众；这 7 年，他管辖的区域未发生一起重大刑事、治安案件，未发生一起造成人员伤亡和重大财产损失的火灾事故。辖区居民熟识并信赖他。"小岗位大贡献、小警官大功劳"，群众和领导这样称赞他。

"和平年代的奉献比献身更有实际意义。"工作中，小殷有着更清晰的理念和更高的追求。不仅如此，还要面对形形色色、刁钻蛮横的违规违法人员，小殷会把事实与法律、情理磨碎了，讲得清晰又透彻，一个个矛盾迎刃而解。说到执法中被群众误解，甚至被投诉的委屈，小殷表现出超出他这个年龄的平静和隐忍。

是啊，在自媒体极其发达的当下，大家都处在"个人编发、公众阅听、大众评论、集体交流"的无边无际的舆论广场中，少数别有用心的人常常对警察的执法进行歪曲报道，一些不明真相的群众和无条件同情弱者的思维惯性，最终常常引爆片面的民意，让执法环境变得更为严峻。对此，殷惠阳总是充满乐观地微笑着说："受点儿委屈不算什么，警察的胸怀就是委屈撑大的。"

勇夺省厅大比武内保组第一

晚 7 点。健身房。

每周三次，小殷雷打不动要去健身。有空了，重拾学生时代的爱好，他会痛痛快快打一场篮球。业余时间，他孜孜不倦地学习法律法规知识，并于 2016 年底顺利取得人民警察高级执法资格证书。

"不积跬步，无以至千里。"小殷对于自己一向严格自律。2016 年参加江苏省公安厅大比武内保组比赛，在江苏省 48 名选手中，他一鸣惊人，获得全省第一的好名次。

说起骄人的成绩，小殷仍然保持着惯有的平静和微笑。

当被通知入选参加省公安厅大比武内保组的比赛时，小殷想到一句老话："机会与挑战并行，荣耀的背后是汗水。"他知道，这是对自己的思想作风、知识结构、业务素质和执法水平的一次全面检验。

虽然知道即将面对的是全省警界的精英同行，小殷还是给自己定下了高目标——迎难而上，勇争佳绩。这个小殷啊，骨子里就有着一股拼劲和钻劲。

备战一个月。这期间，小殷仿佛回到了学生时代"分秒必争"的状态。他制订计划，把复习分成三步走：一是找来相关书籍，加上厚达半米多的复习资料，一点点"啃"下来；二是到警校拜访专业授课老师，虚心求教；三是找来相关的视频和影像资料，一段一段地整理、记录、记忆、归纳、总结、演练。

对于操作题，小殷反复演练。那段时间，他经常和副盘手泡在一起，截停控制、盘查询问、上铐搜身、检查包裹……做警察的十八般武艺，他用心操练了一遍又一遍。副盘手在，就和这兄弟一起练；副盘手不在，他就一个人默默地练。"啪嗒，啪嗒"，他几乎能听到自己的汗水滴落在地上的声音。

那段时间，用"三更灯火五更鸡，正是男儿读书时"来形容小殷的刻苦训练，再恰当不过了。

比赛如期而至。

这次比赛采用现场视频拍摄，封存后由江苏省公安厅专家评委集中打分。封闭的教室里，两台摄像机对准参赛选手，可以说，每一句话、每一个动作，甚至每一个表情，都在镜头下纤毫毕现。

现场抽签——在数套赛题中抽题回答。小殷任主盘手，一名选手任副盘手。

"火车站发生暴恐案件……"

一看这个操作题，小殷心中便有底了。这种情况，不仅是平常工作中的"常规题"，还是这次复习中的"重点题"。"你路遇一名可能携带爆炸物的恐怖分子，手持尖刀，在火车站企图实施暴恐事件……"

好个小殷，危难之时显身手，展现出英雄本色。

他上前手势截停住可疑人员，表明身份后进行有效的语言控制，与副盘手呈90度角站立，随时保持对可疑人员的警戒与策应。小殷通过询问，发现可疑人员具有一定危险性，迅疾改为持警棍控制。然而此时，恐怖分子的喊叫，以及他的表情和动作，让人觉出了他的穷凶极恶和歇斯底里。

危险升级了，气氛骤然凝固。这里是人群集聚区域，一旦发生爆炸，将造成极其严重的后果和大恐慌。

拔枪、上膛、枪口对准歹徒……小殷的动作干净利落，一气呵成。

在武力威慑下,歹徒弃刀开始服从民警的指令。小殷趁势出击,"咔嚓"一声,准确上铐。

铐住了"歹徒",小殷已经掌控了整个现场,可是并不意味着抓捕工作的终结:搜身,检查爆炸物包裹,及时汇报现场情况,设置警戒区域,疏散周围人群,搜集物证,制作扣押物品清单。

小殷和副盘手规范的动作语言,对细节的严密把控,对突发事件局面的掌控力,以及处理流程的规范性,被两台摄像机清晰地记录了下来。

小殷抽到的理论题是:

一是公交车着火,你如何处置?二是火车站发生暴恐案件,如何做好多警种合作,如何做好舆情引导……

短短几分钟的准备后,作为主盘手,小殷在摄像机前表现出色。他声音洪亮,自信十足,逻辑清晰,干脆利落地紧扣主题,阐述全面且能突出重点。

这样精彩的参赛表现,是小殷平常工作经验累积的结果,是 30 多天突击训练的体现,更是小殷作为年轻警察优秀素养的一次综合展示。

"我觉得这个大奖并不是我个人的奖,这是我们所、我们局里全体民警的奖,作为镇江公交公安的代表参加这次比赛并获得大奖,是许多公安前辈优良传统的传承,是在我们派出所领导和同事的全力支持下取得的。"

窗外的灿烂阳光,万达商圈一片繁华。尽管小殷深知,从警的道路上会有千难万险,但他心里早早刻下了"警魂"的尊严与荣光。

因为小时候,小殷就说过:"我也想当警察。"

一诺既出,万山无阻。

一诺庄严,倾其毕生。

忠诚担当的"警二代"

2015 年,《江苏警方》杂志上有一篇回忆镇江水上派出所民警的文章,饱含深情。那是一个英雄的集体,"以船为翼,以水为家",书写了保卫长江水道镇江段安宁的一个又一个传奇。殷惠阳的父亲就是这个英雄集体中的优秀代表。

"爸爸,给我戴一下。"25 年前,3 岁的小惠阳还没有桌子高,他踮着脚尖,伸出小手,试图去够爸爸的警帽,也想"威武"一下。可是,那只有力的大手制止了他,"啪"的一下把警帽端端正正地扣在自己头上。看着穿好警服的父亲，小惠阳仿佛意识到什么，嚷道："爸爸，爸爸，今天你说带我去玩的。"

"乖，跟妈妈去吧。"爸爸总是留下这句话，"哪天，我一定带你去。"

"哪天，是哪一天呢？"小惠阳掰着手指头，算了起来。

水警每次一个班 3 个人，48 小时的值班坚守。老殷他们会互相开玩笑："陪同事的时间，比陪妻儿的时间长多了。"就在耳濡目染中，小惠阳成长为品学兼优的高中生。填志愿时，他需要在两所学校中做出选择。西安外国语大学已经通过面试，把握非常大，这是许多学生尤其是城市学生向往的学校。可是，也许是血液中的红色基因起了作用，殷惠阳最终选择了江苏警官学院。他想自己也要像爸爸那样正直、威武、刚毅，保卫一方安宁。他这个土生土长的镇江娃，要为自己深爱的"美得让人吃醋"的城市，添一份平安和幸福，实现自己的人生价值。

殷惠阳以高分被江苏警官学院录取。2010 年，他成为一名光荣的民警。他也像父亲当年一样戴上警帽，穿上警服，意气风发，英姿勃勃。

老殷警官仿佛看到了年轻时的自己。父子之间无须过多的语言，仅仅目光对视，殷惠阳也懂得父亲的"欲言又止"。

妈妈做了大半辈子的警嫂，如今又升格为警妈，她知道儿子选了一条光荣而又艰难的道路。说不心疼自家儿子是假的。她默默地做好后勤，为儿子助力。每天出门前，听着妈妈的嘱咐，小殷也懂一个母亲的"言外之意"。

祖辈们都年过八旬了，看到一身警服的孙子，都笑得合不拢嘴。"我家小阳阳好样的！"老人的书桌上、皮夹里，到处都藏着穿着警服的孙子的照片。看一眼，都打心眼里高兴。

其实谁都明白，警察是和平时期的战士，警察工作集中了光荣、艰难、拼搏和风险。警官证上一定会写上血型，这是方便警察受伤时候急救用的；警服正装照片不让笑，因为很可能牺牲后要用作遗像。

2014 年 3 月 1 日，昆明火车站发生暴恐事件。那一段时间，群众来到火车站都会四处张望，有点胆战心惊，但凡看到了身着警服的警察，那一颗颗高高悬起的心便会轻轻放下。这时候，群众特别能体会到警察的"危难之中显真情"。

"阳阳，我跟你说个事。"就那几天，殷惠阳接到年近 90 岁的外公的电话，老人家吞吞吐吐的，"阳阳，警察辛苦不说了。火车站的警察，很危险的，你，你，要不辞职吧？"老人何尝不知外孙是科班毕业的优秀警官，从心底里热爱这份工作，何尝不知外孙是一个业务精良、备受群众喜欢、备受上级欣赏的好民警？

小殷的心微微一颤,最疼最宠自己、一直以他为傲的老外公,今天居然打了这个电话,说明老人家的担心真的到了极致!

"外公,不要担心,我们这里很安全。我今天值班,明天一下班,我就去看您哦!"在电话里,小殷像哄孩子一样安慰着外公。其实小殷也知道,再多的劝慰,不如自己生龙活虎地站在外公面前,陪他说说话,搀着他在小区里散步,就像自己曾搀扶过那么多迷路的爷爷奶奶一样。

正如《因为有你》宣传片中说到的那样——

当了警察,
孩子的睡前故事里,没有你;
爱人最在乎的日子,没有你;
宝宝的第一眼里,没有你;
不该错过的团聚里,没有你……

警营里的"多面手"

"凉凉月色为你思念成河……"被称为"警营歌手"的殷惠阳长着一张明星脸,浑身上下洋溢着青春的活力。一旦他在朋友圈开唱,就会有一干忠实粉丝为他点赞。

小殷充满磁性的嗓音和演唱技巧非常适合演唱各类流行歌曲。作为一个准"90后",他常用歌唱来表达自己的情感。参加小兄弟的婚礼,那首《在一起》几乎成为他那些警察兄弟的婚礼主题曲。大家都说他唱得比原唱还精彩。

无情未必真豪杰。作为一名警察,小殷展现了铮铮铁骨的一面;而作为一名青年,他又展现出柔情的另一面。让我们细数一下他在朋友圈的种种"柔":

这张照片里,小殷抱了个小萌娃,标注为"我的二侄女长大了"。谁都看得出,这个殷叔叔满脸宠溺。

他转发了视频"5岁小孩报警找已经去世的妈妈,警察的回答感动了全世界"。

父亲节那天,他分享了父亲穿警服、拿对讲机的英武照片。

一天,他转发了各地警察同行受伤或牺牲的消息,隔着屏都能感到他指尖的战栗和心中的伤痛。

让我们再细数一下他朋友圈的"最"。

最多见的还是他训练体能的图片:一副巨大的哑铃,一条跑道伸向远方。

最英武的算那张:他身着黑色短打训练服,手举砖头,稳如青松,岿然不动。

最辛苦的是这些:打枪一整天打到吐,夏天巡逻就是暴晒……

最叫妈妈心疼的可能是那张:训练后的虎口通红肿胀,三个指头都贴了创可贴。

不,警妈应该心疼这一张:手背、小臂上伤痕累累,附了一句"练手铐,这手被张所折磨得……"。

最能体现工作忙碌的是:"20 年成为出警王子"。小殷感言"我正在朝这个方向努力"。

最俏皮又真实的是这个"玩笑":我值班的"运数"已不是烧香能转换的,需要做一场法事。

看来,对于繁忙的警务工作,小殷警官已经使出了"洪荒之力"。这不,警界前辈替小殷算了一笔账:"还有 35 年退休,你还有 4000 个夜班。"即便如此,又怎样?在小殷看来,每一次办案成功,都会让自己内心饱满澎湃;每一次帮助群众,都会让情感满足升华;每一项警务工作,都有着深远的社会影响和教育意义。为此,从警七年的小殷始终不忘初心、砥砺前行,把"忠诚、爱民、担当、奉献"这些信条镌刻在脑子里,把警徽扛在肩头,把群众放在心上,坚持着属于警察的那份热血赤诚、无怨无悔。

问及儿时梦想,小殷以书名作答:《三国志》《水浒传》《隋唐演义》,他心底有着万古不变的"侠义梦"。壮哉,少年惠阳!

问及人生规划,他以歌词作答:"青春若有张不老的脸,但愿她永远不被改变。"美哉,青年警官!

问及工作追求,他以警句作答:"心中有公,人民才安。我始终牢记'警察'之前还有'人民'二字……"大哉,中国警察!

朋友,你我的岁月静好,是因为他们——像殷惠阳这样的千千万万的优秀人民警察在负重前行。

男·汉族

臧博

1985 年 9 月出生,本科学历,中共党员。2008 年参加公安工作,现任镇江市公安局巡特警支队三大队一中队中队长。先后荣获江苏省青奥安保先进个人、镇江市公安局"五四青春警星"、镇江最美警察提名奖等荣誉,被镇江市人民警察训练学校特聘为警务实战技能教官,荣立个人三等功 3 次,获嘉奖 8 次。

"獒哥"的三个瞬间

——记镇江市公安局巡特警支队三大队一中队中队长臧博

　　"獒哥"是谁?

　　"獒哥"的大名叫臧博,身高一米八五的东北大汉,现在是镇江市公安局巡特警支队三大队中队长。臧博至今也想不起来,"獒哥"这个绰号到底是谁给起的。在他的印象里,2005年刚考入南京森林公安特警班那会儿,老师和同学就这么叫他;后来干起了特警突击队员,从领导到战友,也都这么叫他。

　　2017年9月,他参加江苏省警务实战教官培训班,开班第一天,培训班的领导问他叫什么名字,得知他叫臧博后,开玩笑地说:"叫什么'臧博',干脆叫'藏獒'得了。"于是,"獒哥"这个绰号又在培训班里喊开了。反正每到一处,"獒哥"这个称呼便如影随形般跟着他。现在想来,大家之所以这么叫他,可能是因为他长得魁梧,性格刚毅又带着点高冷,力量又足,而且动作敏捷矫健,偏又姓"臧",与藏獒的"藏"读音相似。但最主要的还是他在训练场上和执行任务时表现出的那股子冷静、迅猛、果断、迎难而上的劲头,真的很有藏獒的特质。

　　"獒哥"可不是白叫的。从警10年,"獒哥"先后成功参与处置了200余起群体性事件和突发事件,其中有影响的重大案(事)就有10余起,2011年、2014年他两次参加省公安厅特警比武,均获团体第一名,个人荣获三等功3次、嘉奖3次,被评为优秀公务员1次;2014年被江苏省委省政府评为南京市第二届夏季青年奥林匹克运动会先进个人;2017年参加江苏省警务实战教官培训班,他从全省100多名学员中脱颖而出,

臧博在靶场进行实弹射击训练

成为 8 名送教教官之一,到徐州、连云港、宿迁的公安系统训练警员,业务水平上了一个新台阶,实现了从警员到教官的跨越。

尽管干了 10 年特警,各种惊心动魄的场面也都经历过,但他永远也忘不了的还是曾经的那三个瞬间,他说,这三个瞬间将影响他的一生。

初试嘤啼的第一个瞬间

2008 年的那个夏天,刚刚当上巡特警突击队员的臧博,第一次随队友执行任务。接到出警任务的那一刻,他显得特别兴奋,大学四年在训练场冬练三九夏练三伏学到的技能终于有了用武之地。虽然这一回,他作为一名新人,只能做辅助工作,但怎么也压制不住内心的激动与兴奋,恨不得立刻飞到案发现场,把涉案人抓捕归案。

那次处置的是个武疯子。案发现场在镇江老城区的一所民宅里。到达那里时,只见一个大胖子打着赤膊,正剁着肉。看样子已经剁了很长时间,那红色的肉泥已化成了血水,正一滴一滴地从桌子上滴到地上,地面被染得一片殷红,有几只绿头苍蝇落在上面,贪婪地吸食着那浓腥的血水,但当事人浑然不觉,只是很专注地剁着肉。大家原先以为,武疯子一定会拿刀乱舞乱砍,但这个人显然是冷血的。看到一群警察进来,只是抬了一下头,然后继续低头剁着肉。臧博就在当事人抬头的一瞬间,捕捉到了那目光中的凶寒,虽然只是一闪而过,但他真切地感受到了。

同去的战友开始跟当事人说话,劝他不要想不开,放下菜刀,有事好商量。但这一切劝解都是徒劳的,当事人一言不发,只是一个劲儿地剁着肉,偶尔会用余光扫一下在场的人,又凶又冷,叫人不寒而栗。咚,咚,咚,时间在这单调而有节奏的剁肉声中流逝着,血水一滴一滴地落到地上,那潜在的危险仿佛一触即发。这样耗下去总不是办法。只见两位有经验的突击队员以迅雷不及掩耳之势包抄到当事人的后面,张开一床棉被扑向他,他还没有反应过来,就已被棉被裹得严严实实,动弹不得……

在整个控制过程中,臧博更多的只是一个旁观者。俗话说:旁观者清。在学校时,他从课堂、书本、录像里接触过很多案例,在实战演习中也演练过。但是,第一次亲临现场,他还是感觉到整个控制过程与自己的想象有很大的不同,大家都很卖力,结果也是预期的,但总觉得缺少点什么。到底缺少点什么

十九大安保期间,臧博在镇江高铁南站武装值守

呢？他一时还想不出来。事后，他又把整个过程在脑袋里认认真真过了几遍，终于悟出，缺少的正是"有序"二字。一个抓捕过程往往只是一瞬间的事，在这一瞬间，特警队员必须做到精干、迅猛、有序，但真正做到并不容易。这不仅取决于特警队员个人的能力，还取决于事先的精心谋划，以及特警队员彼此之间的默契程度。现场是千变万化的，事先不可能考虑得面面俱全，控制过程能否做到完美，特警队员间的默契程度则显得尤为重要。默契程度是需要时间和精力去磨合的，磨合到一定火候，指挥者往往只需一个眼神，执行者就知道各自该干什么，执行任务的过程也才会纹丝不乱，完美无缺。作为处女座的男生，追求完美是臧博心之所向，也是他追求的终极目标。

可以说，第一次执行任务对臧博的影响很大。打这之后，他就做起了有心人，每次执行任务之后，他总是把整个过程梳理几遍，还时不时与队友一起探讨，哪些做得好，哪些做得不好，如果换其他的方式，是否会做得更好。有一回，他作为主力去执行任务，当他控制住了涉案人后，另一位队员给涉案人戴手铐，居然差点将臧博铐上。是技能问题、心理问题，还是配合问题？这件事给他带来的刺激不亚于第一次执行任务对他的影响。

担任中队长之后，他下决心要解决执行过程的问题。作为中队长，他既是团队中冲锋陷阵的人，又是团队的中枢大脑。他深知，随着年龄的增长，体能和技能都在下滑，但智能必须往上走。于是，每次执行完任务，他都会把队员们召集到一起，复原执行任务的全过程，让队员们站在旁观者的立场来审视过程中的每个细节。审视中，面对并不完美甚至有些混乱的现场，队员们七嘴八舌地议论开了，有的甚至百思不得其解：明明事先演练过了，而且现场可能出现的因素也都考虑到了，为什么到实战时还是会乱？于是，臧博趁热打铁地追问：问题的症结究竟在哪里？问题到底出在谁的身上？如果换个方式，又会怎样？一次次提出问题，让队员们学会了思考，学会了沟通，彼此的默契度在潜移默化中增强了。

如今，他的队员在执行任务的过程中，已基本能够做到根据臧博的眼神来采取行动，谁先上谁后上，上去后各自该干什么，每个人心里都一清二楚。虽然整个过程离完美还有一段距离，但正朝好的方向发展。看到队员们之间的配合一天比一天默契，"獒哥"会心地笑了。

镇定自若的第二个瞬间

虽然事情已经过去了五个年头,可是,那把匕首还是会时不时地出现在臧博的梦里。那把细长的匕首在惨淡的月光下,正发着幽蓝的寒光,寒光里透出一股子杀气,带着浓烈的血腥味。每每梦到这把匕首,臧博都会惊醒,在黑暗中睁着眼睛,呆想很久很久……

这到底是把什么样的匕首? 谁又是这把匕首的主人?

事情还得从 2012 年的仲夏说起。那个夏天,臧博"满师"了,做了四年的辅助队员后,终于可以以主力队员的身份执行任务了,臧博的心情如同训练场上的太阳一样火热,难以按捺内心的那份渴望和迫切。

某天深夜 11 点,接市公安局的指令,某营房发生突发事件,紧急调派特警队员前往处理。

事情是这样的:一位现役军人因家庭和工作同时出了问题,导致精神失常,打伤战友后,又冲到街上劫持了一位居民,将其持回营房,把营房闹了个鸡犬不宁。特警队员的任务是解救人质,并确保人质安全。

人命关天,十万火急!

臧博和队友们全副武装,加速赶到事发地点。只见营房的操场上三三两两地站着很多士兵,中间有一个身高超过一米八的壮汉,像老鹰抓小鸡一样用一把匕首架着一位小战士,不时对着观望的人叫嚣:"你们谁敢动? 谁动,我就宰了他!"

这种情况远比预想的要糟糕得多。由于指令里没有说明劫持人质所用的武器,特警队考虑到肇事者是现役军人,判断凶器肯定是枪支,所以大家的武装设备全是防弹的,到了现场才知道劫持的凶器是一把长匕首。大家连最起码的防割手套、防割衣都没有,警棍也没有备上。这是其一。其二,由于没有清场,现场相当混乱。士兵们都认为自己有武艺,能够对付肇事者,殊不知现场的人越多,危险就越大,处置的难度也越大。其三,人质由居民变成了战士。原来为了保证居民的安全,营房领导好说歹说,用一名与肇事者平时交好的战士进行了交换。

虽然是第一次作为主力执行任务,但臧博的"犟性"在此时充分显露出来。他并不慌乱,一边沉着地观察着现场,一边冲着在场的士兵喊:"大家都请回房去! 清场! 清场!"可是没有一个人能听得进,甚至有士兵喊:"我们不怕！我们可以帮你们！"

怎么办？

其实最快的解决方法是开枪。在场的特警突击队员个个都是神枪手，一枪击毙肇事者而又不伤人质，这其实并不难做到。但是，不接到开枪的命令，决不可以开枪。唯一的办法只能是见机行事。

很快，第一次机会出现了。大汉挟持着人质向营房的楼梯走去。臧博带着队员们悄悄紧跟而上，准备从身后包抄。但是现场的士兵也跟了上来，由于人太多，脚步声嘈杂，肇事者显然受到了刺激，突然一转身，目露凶光，恶狠狠地说："再上前一步，我就杀了他！"架在人质脖子上的匕首动了动，寒光闪闪。

第一次机会就这样失去了。下面的机会什么时候来？还能不能来？一切都是未知数。臧博窝着一肚子火，"獒性"的另一面又爆发了。他冲进营房指挥部，劈头就问："这里谁负责？"

无人回答。

"我说了多次要清场，要清场。为什么不命令士兵清场？"

又是无人回答。

见此情形，臧博的心里像揣了个炸药包，就差那么一点点火星子，就要引爆了。正要骂娘之际，突然听到外面传来声音："人质跑了，人质跑了……"

一听此言，臧博意识到机会到了。他一头冲出了门，从一位士兵手里夺了一根自来水管子就朝肇事方向奔过去。只见肇事者举着匕首追赶着死命奔跑的人质，那匕首在月光下明晃晃、寒森森。眼看肇事者越来越逼近人质，臧博抡起自来水管朝肇事者的后背打下去。臧博的计划是打中肇事者的右肩，以震掉他手中的匕首，然后再去控制对方。不料，由于奔跑的速度过快，人体一直处于晃动之中，自来水管只打在了对方的后背上。但肇事者并不感觉到疼，继续对人质穷追不舍，终于人质被他捞了回来。只听人质恐惧地叫道："不是我，不是我，不是我……"

听着这叫声，臧博明白，先前的人质是逃脱了，现在的人质是另一个人。他禁不住暗暗骂娘："妈的，这就是不清场的后果呀！"

抓着人质的肇事者就像抓住了一根救命稻草，气焰立时又嚣张起来，他架着人质一转身，冲在场的人吼道："全给老子散开，否则，老子现在就杀了他！"他一把把人质按在了地上，举起匕首就捅了下去，人质发出的惨叫和哀号声在营房的上空回荡。

就在刚才，就在肇事者举起匕首的那一瞬间，臧博突然有了心脏停止跳动的感觉。月光下，那把匕首寒光闪闪，蓝蓝的，森森的，直刺臧博的双目，一股难以言表的寒意吞噬了他，几乎把他推进了无底的深渊。是人质的惨叫声把他拉回了现实之中。

怎么办？怎么办？臧博一个劲儿地问自己。

有队员提议："开枪吧！"

有那么一刹那，臧博确实动了开枪的念头。但是，他很快就打消了这个念头。开枪必须有营房指挥的命令，否则就是违反特警突击队员的纪律，犯下大错，必将后悔莫及。

肇事者指着自己正前方的士兵喊："你们都给我站好了，互相抽嘴巴子！"

士兵们以为他是在说胡话，禁不住笑出了声。然而紧跟着笑声的是人质撕心裂肺的惨叫声。人质又被刺了一刀！笑声停止了，人质的哀号一声接一声，叫得人心惊胆战。那几个士兵不得不排好队，互相打起了耳光。肇事者大概觉得自己的命令起了效果，禁不住仰天大笑，笑声里充满了得意和满足。在这笑声里，人质瞅准机会挣脱开来，连滚带爬地逃脱了。

见人质脱离了肇事者的控制，臧博带着突击队员把肇事者团团围住，双方保持着一定的距离，却不给他脱离包围圈的机会。接下来，就是双方在僵持，耗时间，耗体力，耗精力。时间在一分一秒地过去，肇事者一刻不停地咆哮着，似乎在给自己造势，但从咆哮声中，臧博明显地听出他的精力和体力在慢慢衰减。臧博不住地鼓励队友们："他快不行了。兄弟们，咬牙坚持呀，坚持到底就是胜利！"果然，肇事者率先撑不住了，索性握着刀躺在了地上，像累坏的老牛一样粗重地喘着气。

就在大家都以为可以松一口气的时候，肇事者突然把握着的匕首架到了自己的脖子上。臧博眼疾手快，闪电一样冲到肇事者跟前，一把夺下他手中的匕首，随即控制住了他……

第一次作为主力执行任务，就如此惊心动魄，这是臧博始料未及的。事后，在对事件的整个过程进行复原的时候，连臧博自己都奇怪，在当时的那种情况下，自己竟能做到如此冷静，没有出现一丝慌乱，尤其是看到人质被刺，听到人质的惨叫，尽管有过一丝的犹豫，但自己和队员们终究还是做到了镇定自若，没有乱了方寸，咬牙忍住没有开枪，圆满地完成了任务。在分析原因时，他认为，这主要归功于平时特警队训练的严格性和演习的实战性，这让突击队员们在执行任务时有了底气。他更要感谢队友们的密切配合，正是大家在那样危险的情况下拧成一股绳，心有灵犀，不言放弃，才出色地完成了任务。

追问生命的第三个瞬间

其实,在第一次作为主力执行任务后,臧博就一直在"生命"的命题中纠结。在很多情况下,特警突击队员遇到的肇事者往往都是些社会渣滓,死不足惜,消灭一个就是消除一个犯罪的隐患。那么,这些人的生命值得尊重和珍惜吗? 直到2017年处置了一起案件后,他的这种纠结才消失。

这次抓捕的犯罪嫌疑人本就是个害群之马,他因吸毒在公安局挂了号,更关键的是,他在吸了毒之后,还要趁着乱性之际,出来扰乱治安,偷、抢、奸,无恶不作,甚至还会暴力伤害群众。对这样的害群之马,不控制住他就是对社会的不负责任。就在前几天,他趁着吸毒后带来的兴奋度,用刀刺伤了两名辅警和数名群众,于是市局下令抓捕。

根据情报传来的定位,是在九里街的一幢回迁安置房里。特警队的领导亲自出马,制定了抓捕方案,由于对方有严重的暴力倾向,抓捕过程允许开枪。当突击队员们赶到现场时,犯罪嫌疑人的一条腿已跨在六楼阳台的窗户上。见荷枪实弹的警察冲进来,他气势汹汹地嚷嚷道:"你们敢抓,我立马从这里跳下去!"

尽管抓捕方案中允许开枪,但必须到万不得已的时候,刚冲进去就开枪,显然是违反纪律。在劝说无果的情况下,特警队的两位领导率先冲上去,一人拉住他的一条胳膊,使劲往上拽。犯罪嫌疑人大概是抱了必死的念头,见有人来拉,索性另一条腿也跨了出去,而且身体有意识地往下沉。他的体重接近200斤,而两位特警领导却都是小块头,对抗中,力量明显处于下风。

"'蓉哥',增援!"

听到命令,臧博一个健步冲上去,替换了其中一位领导,抓住了犯罪嫌疑人的一条胳膊,另一位大块头队员也上来增援,拉住了犯罪嫌疑人的另一条胳膊,犯罪嫌疑人的身体就这样挂在六楼晃荡着,嘴里还一个劲儿地嚷嚷:"老子今天就死给你们看,关你们鸟事……"

情况发生了反转。原本的抓捕变成了现在的救人。遇到这种救援,关键在于力量。拉胳膊的着力点不好,使不上力。最有效的着力点在对方的腰带上。尽管臧博的手臂很长,但依旧够不着这位身高将近一米八的犯罪嫌疑人的裤带,只能用臂力把对方提上来。臧博将对方提到胳膊肘的位置时,听见对方衣服被撕碎的声响,在这声响中,他有了虚脱的感觉。在这一瞬间,放弃的念头突然如闪电般划过：如果此时放手，对方将从六楼跌落到地面，必死无疑，少了一个社会渣滓于社会有百利而无一害，而自己并不会承担什么责任。放弃的念头一闪而过，但另一个念头却定格在脑海中：我不是法官，无权对一个生命做出生与死的判决。在这个念头的驱使下，他使出"洪荒之力"，拉住对方的胳膊，同时冲队友喊："给把力！"队友在他的激励下，也使出"洪荒之力"把犯罪嫌疑人拉上来了一把。这一拉是生死之拉，臧博的手终于够着了犯罪嫌疑人的腰带，他喊着："有了！有了！"喊声一落，这位200斤重的胖子被拉进阳台，被冲上来的警察按在了地上……而此时臧博和队友累得坐在了地上，大口大口地喘着气，彼此会心地笑了……

这件事之后，有人问他："为什么要拼死救这样一个人？"

臧博没有做出任何解释。其实，在这次执行任务的过程中，在他身心俱疲的那一瞬间，心里已经有了答案。拯救生命是特警队员的重要职责之一，就算是当场击毙一个生命，也是为了拯救另一个甚至更多的生命。经历了生与死的较量，臧博对于生命的意义有了全新的认识：再卑微的生命也有活下去的权利！生命对于每一个人都是平等的！

现在回想起来，臧博觉得自己干特警这一行是命中注定的。5岁那年，因为在电视里看到了拳击比赛，他便闹着跟父母要一副拳击手套。那个年代，物质还不丰富，哪能随便买到这东西？但父母拗不过他，只好做了一双厚厚的棉手套当替代品，又在院子里的树上挂了只沙袋，供他打着玩。有一回他过生日，父母给他做了套警服式样的新衣服，他穿上后就舍不得脱下，一连几天都穿着这套"警服"睡觉。从初中开始，他的个子直往上蹿，力量也往上蹿，爱打抱不平的个性逐渐显露出来，不管在学校还是在街上，遇到谁欺负小同学，他就站出来保护，没人能打得过他，为此还挨了老师不少批评。其实他比那些小同学大不了多少，只是个头儿比他们高出了一大截，身体又很壮实，往那里一站，气势上就压倒了人。考大学填志愿时，他填的全是特警专业，其他的专业一个也没填，为此还与父亲闹了几天别扭。

既然觉得干特警这一行是命中注定，吃再多的苦、受再多的累、担再多的风险，臧博都觉得值。他愿意做一个挖井人，认定一个地方，就不遗余力地挖下去，他坚信总有一天会挖到甘甜的泉水。臧博的这份执着，还真像臧獒的个性，认定了就永远干下去。

这就是特警突击队员"獒哥"的初心！不忘初心，方显英雄本色！

大 爱 之 歌

下篇

镇江市公安局
出入境管理支队

现有民警 17 名、警务辅助人员 17 名,主要承担镇江全市范围内中国公民、外国人、港澳台居民出入境、停留、居留及国籍相关涉外警务管理和国际警务合作的职责,年办理各类出入境证件近 17 万份,服务中外申请人 20 多万人次,负责 3800 多名常驻境外人员的日常管理。先后荣获全国文明窗口、全国巾帼文明岗、全国优秀公安基层单位、省级出入境文明窗口、江苏省政法系统公正廉洁执法先进集体、江苏省公正司法示范点、江苏省人民满意的公务员集体、江苏省人民满意的政法单位、江苏省五一巾帼标兵岗、镇江市十佳法治惠民实事项目,荣立集体一等功 1 次、集体三等功 4 次,获嘉奖 2 次。

出入有境　服务无境

——记"全国优秀公安基层单位"镇江市公安局出入境管理支队

冰山一角

一提到出入境,脑海中立即浮现挤在人群中隔着玻璃窗办理各种证件的场景,商定好采访时间,我便直接奔赴镇江市政务服务中心。出入境管理接待大厅在工人大厦的一楼,还未推门,来来往往、络绎不绝的人流已透过玻璃闯进视野,我似乎已经听到了闹哄哄的声响。

八月的镇江暑气未消,热浪包裹,我有些忐忑地推门,生怕这焦灼的阳光会点燃人流间的摩擦。但就在我进门的一瞬间,突然意识到自己的忐忑完全是多余的——敞亮的大厅里凉意十足,出入境受理窗口的民警、辅警一个个面带微笑,有条不紊地办理业务,没有喧嚣的人声,有的是亲切的交流与对话。我正呆立着,一个温柔的声音传到了我的耳边:"您好,请问有什么需要帮助的吗?"眼前是一位身穿笔挺警服,画着精致妆容、满眼笑意的美女警官,刚强与柔美在她身上巧妙地结合在一起。我说明来意,得知眼前这位平易近人的美女警官就是出入境管理支队副支队长——罗静。身为副支队长的她,做事雷厉风行,但对待前来办理业务的群众却如一阵春风,和煦温柔。

出入境业务办理窗口也是同样的亲民,这里没有厚厚的玻璃挡板,有的是公开透明、一览无余的办理桌面,前来办理业务的人可以毫无隔阂地与对面的工作人员交流。罗静介绍说,其实这些年以来,镇江市公安出入境管理部门一直紧紧围绕暖企惠民这一主线,强调服务水平的提

镇江市公安局出入境管理支队党支部全体民警重温入党誓词

高。作为与人民群众交流接触最多的出入境窗口,这里是出入境管理部门服务能力最直接的展现,走在服务一线的出入境窗口压力自然更大。为了优化服务素养,出入境支队编订了人手一本的"红宝书"——《镇江公安出入境服务工作手册》和《镇江公安出入境前台接待工作规范》,里面对各岗位办理流程中的规范动作、标准化礼貌用语,问题及处理对策都做了详细的描述和规定。窗口警务人员也严格落实"服务承诺制、首问负责制、限时办结制"的要求,完善推行统一告知清单、统一答复口径、统一受理标准、统一申请材料和统一文明用语"五统一"的具体服务内容,促进窗口服务规范化、流程化、定式化。坚持做到咨询一次讲清、表格一次发清、材料一次收清、内容一次审清、手续一次办清,最大限度地让群众少跑腿、少等待、少麻烦。全市公安出入境窗口一次性办结率始终保持在99%以上。

这是一个"看脸"的时代,所以除了书面上的规范,支队还邀请了高级礼仪师针对仪表姿态方面进行授课,本身一周只能休息一天的窗口民警、辅警,还要定期挤出休息时间接受五花八门的岗位技能培训，规范窗口受理行为。大到整体的穿着打扮，小到微笑时嘴角的弧度，都经过了严格的训练。为了达到更好的效果，在出入境工作的民警、辅警回到家都不忘照镜子"自恋"一下，练习所学的表情姿态。"这脸一笑一整天，有的时候总觉得嘴角的筋儿要抽起来。"罗静"抱怨"着，却是满眼心甘情愿，"时间长了就习惯了，毕竟谁都希望看到一个笑盈盈的工作者，看着大伙儿和和气气的，我们也觉得开心。"罗静看着窗口前一个个弯着月牙笑眼、满脸真诚的工作人员，一脸自豪。

临近中午，大厅办理业务的群众越来越多，我看着越来越长的队伍，不禁有些困惑："明明都快下班了，怎么人却多起来了？"罗静解释，大多数办理出入境证件的人平时都要上班，所以越是临近下班时间，出入境窗口的人反倒会多起来。为了及时办理群众的业务，民警、辅警的手指像上了发条一般快速敲打着键盘，看得我眼花缭乱。但罗静说，现在还算是比较清闲的，倘若到了周末、寒暑假或节假日，办理业务的人数将会激增，一天办理的证件多达300余件，平均不到2分钟就要办理一份证件，在这段时间里别说站起来休息，就是去一下卫生间都要小跑。一天下来，两眼干涩，口干舌燥，腰酸背痛。

曾在出入境窗口工作过的老警官吴军平因为长期办理业务腰部落下了毛病，前段时间迫不得已做了手术。几年前，吴警官在出入境窗口工作的时候，

_镇江市公安局出入境管理支队接待大厅服务窗口

这里还没有招聘辅警人员,负责证件办理的民警一只手就数得过来,再加上当时条件所限,办理窗口的电脑系统没有现在这么先进,身份证等各种资料全部需要手动输入。从早忙到晚,刚下班的时候,指关节伸一下就是一阵刺痛。不仅警务人员压力大,办理业务的群众也是怨气冲天。这些年,出入境支队没少在提高效率上费心思。除了招聘高素质的辅警人员,率先在受理窗口实行"1 + N"工作模式,用警辅人员置换前台民警,一个民警引导几位辅警进行工作,通过"日巡查、周点评、月总结"等制度,有力支撑"1 + N"工作模式的顺利开展。同时,出入境支队还充分利用网络沟通平台,拓展服务渠道,推行"网上预约""办证直通车",通过"出入境博客""出入境 QQ 群""微信服务群"等民生服务新平台,进一步延伸服务触角、拓展服务范围,大力打造"掌上出入境"服务模式。仅半年时间,就通过互联网微警务平台,向申请人提供"受理点查询""办证预约申请""办证进度查询""办事指南"等网上服务 2000 余次,不仅方便了群众的各项业务办理,而且群众满意度、办证效率也得到了不断提升。除了打造"掌上出入境",出入境支队还积极升级硬件,全市各出入境受理点均配备自助填表机,直接生成含有申请人基本信息的申请表格,省去申请人书写、核对等环节,让指尖代替笔尖,申请人仅需轻刷身份证就能自动打印申请表。填表时间由过去的 20 分钟压缩到现在的 1 分钟。每一个窗口前还安装有"前台通"。通过设备集成,实现"一窗式"高效率服务。指纹采集、电子签名、信息读取,一蹴而就,受理时间大大缩短,极大地方便了群众。

硬件、软件的升级只是途径的优化,出入境管理支队一针见血,删繁就简,从根源上解决问题,推出免交户口簿、免收身份证复印件、免费复印申请材料和台湾居民免签注的"四免服务"。同时权力下放,推出了"扩点服务"。在市区新增京口、润州 2 处出入境受理点,丹阳和镇江新区也增设 2 处出入境分理点,让群众就近办证取证,打造全市 15 分钟便民服务圈,让改革实实在在惠及群众。丹阳市公安局出入境管理大队目前已经成功签发外国人签证 350 余人次。新区公安分局外国人签证证件审批权限也上报公安部审核批准。此外,出入境支队精益求精,准备在现有办证点基础上,筹备开通丹徒、扬中、句容等地的出入境分理点,配合微信平台推荐导航功能,力争实现办证群众 10 分钟内抵达。

虽说多管齐下提高了效率,但出入境窗口的民警们并没有因此清闲起来。为了更好地服务群众,满足群众的需要,出入境支队本着"急事急办、特事特办"的原则提供"绿色通道"服务,对于出入境窗口的民警们而言,节假日加班办理业务已是家常便饭。有一年国庆节放假期间,还在睡梦里的罗静被 110

的电话惊醒,据警方描述,报警申请人的女儿失踪了,后来经过调查发现,原来女儿独自一人跑到香港,还在那边生了病,作为父母的申请人非常着急。罗静了解情况后火速赶往单位,为申请人加急办理了相关证件。

"我这手机二十四小时都要开机的,因为你不知道什么时候会有急件需要办理。"罗静一边给手机充电一边说。就在这时,一个留着短发,看起来非常干练的女警官急急地走过来:"罗支,那边来了两个年龄比较大的老人,我们一人服务一个,把业务给办了吧。"我顺着短发女警官所指的方向看过去,只见两个挂着拐杖、佝偻着背的老爷爷立在那里,一副不知所措的模样,罗支队长立即放下手机跟着短发女警官走过去。应该是上了年纪的缘故,老人讲话不是很清楚,刚刚看起来还快言快语的短发女警官这个时候语速变得平和而温柔,她一遍遍地耐心询问老人所需办理的业务,时不时搀扶一下行动不便的老人。从填表、照相到受理缴费,所有的环节全程陪同直至完结。正当我感慨她们周到服务的时候,短发女警官一边理材料一边摆着手说:"很正常啦,谁没有老的那一天呢?该照顾的群体就要多照顾照顾。这些办理环节对于老人而言还是比较困难的,全程办理就是我们应该做的事情。"

后来我才了解到,"全程办"服务的发起人就是这位短发女警官——解丽。作为出入境管理支队出国科科长的她,一直强调要照顾、服务好老人和残疾人等特殊群体,开展全程陪伴的服务。

前段时间,出入境大厅就接待了一位半身瘫痪坐轮椅的老人,由于正值暑假,大厅里办理业务的人很多,老人看着来来往往的人群,坐在轮椅上一会儿被推到东、一会儿被推到西,焦躁地嚷了起来。解丽发现这一情况,急忙走过去抚慰老人,老人在解丽的劝导下慢慢平复下来。解丽把老人推到窗口,手把手地办理相关业务,但在按指纹的时候卡了壳。由于老人瘫痪多年下肢不能站立,上臂也因生病受到影响,窗口上近在咫尺的指纹机对于双手双臂都有些变形的老人而言格外遥远。解丽让窗口的辅警人员把整个电脑向前推,然后尽可能地把指纹机向前拉,指纹机与电脑的连接线像钢丝一样拉得笔直,然而与老人的手指依然有着不小的距离。既然指纹机过不来,那只能让老人"过去"了。看着上身比自己还要大两圈的老人,解丽犯起了愁,这天出入境的男民警都因公出差了,出入境窗口清一色的小姑娘,想把这么大块头的老人抬起来确实不是件容易的事情。但事已至此,只能硬着头皮上了,总不能让老人大老远的再跑一趟呀。解丽叫来了另一位小姑娘,两个人一人架起一只胳膊,把老人往上托,解丽和小姑娘的脸憋得通红,老人的手指终于按上了指纹机,解丽在心里大大松了口气。然而意外总是走在惊喜前头,由于老人长期行动不

便,双手平时清洗不到位,指纹根本识别不出来,解丽只能又让老人坐回轮椅上,从办公室里翻出毛巾,打水把老人的手认认真真地擦洗了一遍,看到老人有些起皮的手,她又给老人涂上一层护手霜。一切准备停当,解丽和小姑娘再一次架起老人,终于听到了窗口辅警点头说了一句:"好了。"放下老人的时候,解丽才意识到自己已是满头大汗,胳膊上被压出好几道红红的印子。但看到老人满意的笑容,解丽觉得这一切付出都是值得的。

对待普通民众,出入境管理支队做到了"老吾老,以及人之老;幼吾幼,以及人之幼",而对待企业则甘为助企发展的"店小二"。出入境管理工作是公安机关服务中外企业、外国投资者和外籍专家、就业者的重要窗口。服务对象既有金东纸业、凯尔逊这种跨国企业和国家"千人计划"、省"双创计划"的专家等高层次人才,也有几个人,甚至一个人刚创业的小微企业。"做好服务企业的'加法',激发企业的创新活力"是出入境支队窗口工作的重点。出入境管理支队不仅对"一带一路""走出去"的高产值、高利税企业进行梳理,建立专门的数据库,还同时建设"专办员"警民互助微信群,做到警务前移、服务跟进,时时关注企业生产生活、办证出行、项目建设等情况,对企业突发情况或紧急事务开辟"绿色通道"加急办理。

2016 年 2 月 5 日早晨 5 点,刚值完夜班的解丽准备回到休息室小憩一会儿,躺下还没一会儿,办公室里的电话突然响了起来。解丽急忙爬起来接电话,原来是"苏台灯展"主办方的来电。他们特聘的 21 名灯艺师需要立即赶赴台湾地区进行春节时期的灯具安装工作,但之前因为工作原因耽误了赴台证件的办理,所以求助出入境窗口加急办理相关证件。解丽用冷水冲了下脸,醒醒脑就直接坐回了出入境的办理窗口,为灯艺师开通绿色通道。那个时候赴台需要台联提供相关的赴台批件,但由于灯艺师们走得太匆忙,并没有及时拿到相关批件。解丽打电话与台联、市局进行沟通,为灯艺师争取到了先受理再补材料的加急待遇。2016 年 2 月 7 日就是除夕之夜,2 月 6 日是办证的最后期限,解丽顶着疼痛欲裂的脑袋在两个小时内完成了所有灯艺师的受理、审核工作,同时向省厅的出入境总队请求制证支持,将所有材料传送到位,最终确保了所有人第二天上午都能够拿到证件。

在很多人眼里,坐在空调房间,面对各种肤色的申请人,出入境窗口的民警绝对是"零风险"。然而只有亲身经历的人才知道,这却是一个没有硝烟的战场。7 月 11 日,一名王姓男子到出入境大厅申办护照,当受理民警杨雨宵将他的身份信息录入电脑后,发现此人系非法持有毒品案的网上在逃人员。杨雨宵看着眼前这个身强体壮、一脸蛮横的男子知道,如果他在大厅里闹起

来,后果将不堪设想。由于出入境窗口属于安全系数较高的业务窗口,仅配备了辣椒水和盾牌,既没有电棍也没有手铐,再加上出入境窗口的男性民警只有两位,在没有外援支持的情况下想要控制住犯罪嫌疑人简直是天方夜谭。杨雨宵选择用缓兵之计,由于长期吸毒者容易出现记忆力减退,所以杨雨宵抓住这一特点故作镇定地问:"这位先生您好,我这台电脑显示您之前可能已经申请过护照,我还需要进一步核对,您回忆一下看看呢?"犯罪嫌疑人看着眼前白白净净的阳光大男孩也没有起疑心,认认真真地回忆起来。杨雨宵看形势不错,便借机说:"先生,您先回忆着,我去办公室帮你找一下纸质材料,看您是不是办了护照忘记拿了。"于是杨雨宵便顺利地进入办公室,拨打110请求支援。走出办公室的杨雨宵估算了一下派出所民警的抵达时间,倒了杯水端到犯罪嫌疑人面前,走到他身边故作轻松地与他聊天,同他一起回忆是否办理过护照的相关细节,尽可能地拖延时间,等待支援。杨雨宵知道只有把他控制在座位上,看在自己身边,才可以最大限度地降低他对周围群众的伤害,此时看起来谈笑风生的杨雨宵其实已经做好了与犯罪嫌疑人展开殊死搏斗的准备。过了一会儿,犯罪嫌疑人开始有些焦躁起来,一直在暗暗观察的杨雨宵利用犯罪嫌疑人喜欢玩手机的特点,与他聊起了手机游戏,并及时平复犯罪嫌疑人的情绪,告诉他这边的业务办理有时间限制,15分钟内一定会给出答复,办公室那边已经在查找相关资料。时间一分一秒地流逝,10分钟后,派出所民警赶到现场将犯罪嫌疑人控制,直到戴上手铐,这名犯罪嫌疑人还嘟囔着两个没想到:"一是没想到自己这点事已经被公安机关掌握,二是没想到这个小年轻这么会'演戏'。早知道他骗我,我肯定跑。"

出入境,出入境,有出自然就有入。随着国际化发展,镇江的境外人员也日益增多,常住境外人员近3600人,临时入境人员高达3万余人,再加上镇江特殊的地理位置,时不时就会有外轮停岸。外轮停岸常会出现船员换班,需要立即上岸的情况,为了方便外轮运行、提高出入境的管理服务,出入境管理支队为外轮船员过境签证提供随到随办服务。

2016年腊月十九,马路上灯火通明,春节的喜庆洋溢在车水马龙间,大家伙奔赴在回家迎新年的路上,此时夜幕中的出入境大厅却静悄悄地亮着灯,解丽就在这空荡荡的大厅里等待着。原来就在当天下午我市江苏鑫安船舶代理公司来到出入境接待大厅紧急求助,称当天一艘外籍轮船上有10名外国船员需要紧急办理临时签证回国,如果无法办理的话不仅会给企业带来巨额损失,船员归家也会成为大问题。解丽立即报告支队,由于船舶靠岸时间并不确定,解丽只能耐下性子慢慢等待,等到把10名外籍船员的签证交到公司手中后,

解丽才想起晚饭都没来得及吃。

"长期这样胃会吃不消的呀!"我心疼地提醒道。解丽忙摆手:"这有什么,我们的陈支还住过院呢,不照样上班? 我这是小事儿。""住院?"我好奇地追问了一句。"我们的支队长陈云凤呀。"经过解警官的一番解释,我才知道,那么多的精彩故事仅仅是出入境管理支队的冰山一角。

刚柔并济

在秘书科陶勇科长的带领下,我见到了出入境管理支队的支队长——陈云凤。本以为会是一个不苟言笑的女警官,没想到她一脸和善,温柔漂亮。陈支队长了解了我的来意后,体谅到我可能对出入境管理支队的认识还有些模糊,她耐心地把出入境管理支队的主要部门、分管职责一条一条地进行解释。她告诉我,出入境管理支队的职责并不仅仅局限于窗口的服务,他们还需要负责境外人员管理、违法犯罪外国人案件查处和国际警务执法合作。

陈云凤如数家珍地说着,边说边揉着腿。我突然想到解丽提到的"住院的陈支",便好奇地追问了一下。原来去年有一天出发上班的时候,陈云凤因为工作上有急事,没有留意到脚下的台阶,一不小心踏了空,当时脚踝就疼到不行,一直把工作放在首位的陈云凤以为只是扭伤,心急地她尝试着扭动一下,结果发现根本动不了。无奈之下,她只能放下手中的工作到医院检查。没想到,这一跤摔得不轻,不仅脚踝骨折而且膝盖半月板损伤,闲不住的陈云凤只能听从医生的要求,打上石膏静养起来。俗话说"伤筋动骨一百天",五十多岁的人恢复起来更漫长,可才休息了一个多月的陈云凤却憋不住了,单位的事情多,练兵考核、分理点建设这些大事一件件都等着做呢。她买来了双拐,拄着拐杖来上班。看到这样拼命的领导,同事们纷纷劝她好好在家休息,有什么急事,电话网络联系,但陈云凤觉得自己撑得住就不应该闲下来。

不听劝的陈云凤不仅拄着拐杖在单位走来走去,还参加了全市暖企惠民"大走访"活动。当时走访的一家船舶代理公司不仅没有电梯,而且办公室会议室都在五楼,同去走访的民警担心陈云凤的脚伤,劝她留在车上休息一下,让他们去走访。陈云凤连连摆手,撑着腿就要往前走。情报案件查处大队的王宇军大队长看不下去,又拗不过她,只能架着陈云凤一步一个台阶单脚跳上去。陈云凤支队长不好意思地说:"我想亲自去看看,不去的话,心里不踏实,就怕脱离了群众和现实做不好工作。"

这支队被"经营"得井井有条,但陈云凤的腿却落下了病根。即使不是阴雨天,她的脚踝、膝盖还是会隐隐作痛,而且膝盖半月板损伤属于软骨损伤,很难好,一不小心累了,膝盖就会肿胀得像馒头,膏药成了她的常备药物。严于律己的陈云凤一直觉得,只有自己做好了才有资格指导别人,"生病归生病,该做的事情不能耽搁",也正是她这种"硬汉"女警的作风,让她成为出入境的一个顶梁柱。

陈云凤算是出入境管理支队的老干部,已在出入境工作了十七个春秋。她见证着出入境管理支队的一点点壮大,也分担着出入境管理支队发展建设的巨大压力。2001年的出入境管理支队,初露芬芳,默默无闻。当时镇江没多少人有出境的概念,境外人员也很少会涉足这座静谧的小城。整个出入境管理支队只有两个窗口,那时候的人们觉得出入境管理支队是一个人人向往的热点单位,不仅工作轻松,而且所接触的办理业务的人员大多是高级知识分子和一些商务人士,很有面子。但随着社会的发展,国际化、全球化的发展,从2006年开始,出入境受理的业务开始爆发式地增长。从曾经的一两个窗口到三四个窗口,再到现在扩到了10个窗口,并且随着窗口工作的透明化、服务化,工作复杂程度与日俱增。陈云凤面对这陡然增大的压力,并没有畏难而退而是迎难而上,从便民利民的角度出发,实现审批流程、提交材料、整个办理过程的简化。她努力协调各方,实现一站式服务,免去申请人又要跑银行又要跑照相馆的奔波流程,之前提到的"日巡查、周点评、月总结"等创新性的管理制度,也是陈云凤的一大创举,有力支撑了出入境高效模式的顺利开展。

这么多年,早起晚归的生活,早已成为陈云凤的日常,她从未使用过一次"公休"福利,问及"公休"的时间,她也迷迷糊糊地说不清楚,但陈云凤觉得这一切都是值得的。人民群众、组织领导对出入境管理支队的认可,是她努力的最大动力。就在2017年3月份,江苏省公安厅、市公安局领导去镇江船厂进行走访。在走访过程中,郭琰厂长表达了对镇江市政府的感激之情,在谈及公安部门对企业的帮助服务时,他专门询问陈云凤的近况,觉得她是一位好干部,十几年如一日的为企业排忧解难。江苏省镇江船厂(集团)有限公司是镇江市的龙头企业,是江苏省第一家造船企业,也是江苏省第一家船舶类高新技术企业。近几年来,由于国际化的发展,镇江船厂在日常造船的过程中,常会有境外的船东过来验收,有的时候来得突然,需要紧急办理证件,而有的时候验收等环节可能出现问题,又需要延长居留时间。每年镇江船厂都是出入境的常客,所以被陈云凤纳入重点服务对象。十几年来,星期六、星期天,没有节假日区分地为船厂提供服务。船厂的一个电话,出入境的服务便全部到位,按照法定程序,解决他们的问题。厂长的感激虽然没有直接地表示,这么多年大家也是素未谋面,都是电话沟通,但正是这无意透露的真诚感谢更让人动容。

心装群众的陈云凤工作起来严肃认真,但是在生活中却对大家关爱有加。平日里谁家有什么急事需要帮忙的,她都会第一时间了解情况,为大家排忧解难。支队里每一位民警的身体状况,陈云凤都装在了心里,哪些民警干什么活儿身体可能吃不消,哪个时间段不能安排哪位民警加班,陈云凤一清二楚。很多时候,她宁愿自己苦点儿累点儿,都舍不得给自己的下属添麻烦,哪怕住院的时候也不忘多做点事情分担同事们的工作。那是一个夏天,正在伏案工作的陈云凤突然觉得自己腹部一阵撕裂般的剧痛,看着脸色煞白、满头大汗的陈云凤,民警们迅速把她送往医院,一检查原来是急性阑尾炎,医生说再晚几分钟就有穿孔大出血的可能,危及生命。在阎王门前走了一遭的陈云凤,刚做完手术没几天,就启动了"病床办公"的模式,一天接打十几二十个电话成了常态。"更过分的"是本需修养一个月的她,两个星期便重返岗位,但伤口恢复状态并不是很好,时不时就会发炎,那段时间,她的办公室抽屉里常放着一堆消炎药,三个月之后,伤口才渐渐愈合。陈云凤开玩笑地说:"我现在就是个残疾人,腿不好、腰不好,还好同事们都很照顾我。"陈云凤觉得自己所说的"照顾",是大家真心的照顾,一点儿也不夸张。在她生病的那段时间,大家处处为她着想,不仅工作上努力分担,生活中也常去探望。在她眼中出入境管理支队是一个温暖的大家庭,大家相处得都非常融洽,但不得不说这般融洽的氛围离不开陈云凤平日里对大家的关心与付出。有事没事的时候,她喜欢到各个办公室里转悠转悠,聊聊天,谈谈心,了解了解下属们的生活状况,平时生活中见到民警们的家人也会热情地打招呼,嘘寒问暖地聊一聊。就在 2017 年 8 月,支队里的殷潇潇在家突发心肌炎,陈云凤接到殷潇潇住院的消息,立即抽出时间赶往医院,直至殷警官脱离危险,她才放心地悄悄离开。

灵魂建设

团队的进步离不开大伙的齐心协力,更离不开党的引导。对党忠诚、服务人民是出入境管理支队思想建设的灵魂。这么多年,出入境管理支队一直强调抓党建,带队伍,促进业务,为了了解具体情况,我抱着采访材料准备走进出入境管理支队政委、党支部书记——朱向伟同志的办公室。只见朱政委整洁的桌面上放着一排党建类的书籍,一眼瞟过去就可以发现书页翻动的痕迹,我小心翼翼地敲了敲门,朱政委转身注意到我,温和地说:"快进来坐下吧。"说完便站起来,找出杯子给我倒水:"小姑娘,不用拘谨,有什么想问的都可以问。"看着朱政委和蔼可亲的笑容,我怦怦直跳的心平缓了许多。

看起来温文尔雅的朱政委带起队伍来也是有章有法。为了实现队伍建设和业务工作的"双促进",朱政委带领着支队16位党员,发挥先锋模范作用,组织活动全员参与,组织生活全员考核,组织学习全程记录。把党建工程项目化,支部在每年年初都会根据上级党委的统一部署要求,及时召开支委会,紧密结合支部工作实际,认真研究制定出入境管理党支部党建工作要点、年度党建工作任务分解表,以及年度政治理论学习计划、党建品牌创建计划、微型党课年度计划等。为了使计划更加贴近支部的实际情况,朱政委作为党支部书记不仅与每一位党员进行了深入的交流,而且常常没日没夜地学习党中央的相关文件,反复琢磨计划的合理性,绝不做形式化的面子工程。有力解决了机关党建工作软任务等问题,既增强工作的计划性,又增强基层党务工作者的责任心。

虽然朱政委已是五十多岁,但坚持锻炼的他身体硬朗,始终要求自己要紧跟时代,活到老学到老。他说,现在时代发展得很快,传播方式越来越网络化、便捷化,所以党建学习教育的载体要多元化,才能增强党建工作的时效性。说着,他便熟练地打开支部在支队公安网主页上专门开辟的党建工作二级网页,页面设计精美、内容丰富,网页上主要设立"两学一做"教育学习活动和"双型"党支部建设专栏,其下分别设置了:充满文学气息的警营文化、先锋亮绩;透着人情味儿的家风家训、党员政治生日,以及透明化的党建电子台账和党务公开等子栏目。将党建内容与网络平台巧妙地融合在一起,成为民警们没事就想逛一逛的心灵驿站。

除了在新媒体上下功夫,朱政委还带头开辟了一间办公室作为党员活动室,办公室不是很大,但刚进屋便可以感受到浓厚的红色文化气息,红白为主的色调风格,鲜红的党旗飘扬在洁白的墙面上,靠窗的地方布置了漂流书柜、读书角,时不时会有民警走过来拿过一本书坐在窗前的会议桌上认真地翻阅。朱政委告诉我,支部会定期组织民警交流读书心得体会,每月大家还会评比出"读书之星",树立榜样,互相督促。看着"悦读警斋""警苑心语"这一个个文艺的窗口标题,我的内心也不由得氤氲起一阵书香。正当我看着有些愣神时,一抹阳光照了过来,我习惯性地转头发现门后的那面墙上挂满了各类奖牌荣誉,看着满眼钦佩的我,朱政委笑着说:"这些荣誉都是我们集体努力的结果,你一会儿可以采访采访我们那些走在一线的民警们,他们可是很辛苦的。"

多方守护

在朱政委的介绍下,我走进了主要负责领导外管科与情报案件查处大队的副支队长顾宇的办公室,刚进门便看到顾宇手捧着一叠厚厚的资料正与两个警官谈论着事情。我正担心会打扰到他们的正事,没想到顾宇爽快地招呼我:"你来得正好。"原来我恰逢外管科朱翀卉科长和情报案件查处大队王宇军队长向顾宇汇报工作,于是我便趁着这个好时机,把那些从未知晓的领域好好地走了一番。

外管科顾名思义自然与管理有关,办公室不大,只有 4 名民警,但是负责整个镇江的境外人员证件审核和管理工作,指导全市常住、临住境外人员日常管理,负责处置突发涉外案(事)件。而情报案件查处大队,则负责全市涉外情报案件搜集和妨害国边境案件侦办工作。由于出入境管理大队人手少、事务多、任务重,各个部门也情同手足、互帮互助,人性化的支部引导着人性化的队伍建设,也正是出入境的浓浓人情让其在管理维稳方面游刃有余,屡创佳绩。

镇江是一个山清水秀的沿江古城,常会给人留下安静平和的印象,然而这平静的外表下却暗流涌动。2016 年 8 月 1 日凌晨,平静的南中国海上零零星星下着小雨,中国籍"RICH BETTER"轮船正平稳地在公海航行,船上的船员们安心地休息着。突然,船外传来一阵呼叫,只见一艘越南渔船突然晃晃悠悠地出现在船前,船长立即启动应急措施,然而为时已晚,碰撞难以避免。雷达都检测不到的小渔船自然禁不起这么一下撞击,越南籍渔船散了架,随后漂浮、沉没,6 名越南籍船员全部落水。"RICH BETTER"轮船上的船员们奋不顾身,最终 6 名越南船员被成功救起。就在事故发生后,船长接到航次指令,要求船舶必须在 8 月 10 日到镇江受载装货,否则面临巨额赔偿。船长不得已带着 6 名越南籍船员赶赴镇江。

为了尽快解决这一问题,"RICH BETTER"轮船船东首先向镇江边防检查站报告了事故的具体过程,同时告知边检机关,轮船正在从公海前往中国,并准备停靠镇江港。按照正常程序,只需要镇江边防检查站直接办理相关证件,将这些越南籍船员遣送出国即可。但出人意料的是,这 6 名越南籍船员身上未携带任何有效证件,无奈之下,边防检查站根据《镇江市边防检查站和镇江市公安局出入境管理支队警务联动协作工作协议》,由联络员向出入境管理支队通报这一情况,并将船舶船东、代理公司等情况汇总传真至出入境管理支队。

接报后,出入境管理支队对相关信息进行研判后认为:我方船舶在南中国海撞沉越南渔船,并将6名无任何身份证件和入境许可的外籍人员带回国内,由国内进行救助安排。这一事件,不但涉及外国人,还附带国籍认定、遣送出境等一系列难点,属于敏感性强、处置复杂、易引发舆论热点的一级涉外事件。出入境管理支队及时启动《镇江市公安局涉外突发事件处置预案》,并成立支队长为组长的处置专班,一方面立即向省厅、市局报告相关情况,并向我市外办、边检机关协商处置办法;一方面指派联络员负责和边检、船舶代理公司联络,掌握进展情况并第一时间介入事件处置。

由于《中华人民共和国出境入境管理法》明确规定:外国人入境,应当向出入境边防检查机关交验本人的护照或者其他国际旅行证件、签证或者其他入境许可证明,履行规定的手续,经查验准许,方可入境。这6名越南籍船员别说护照,连本国身份证都未携带,再加上他们是农民出身,文化水平不高,对自己的姓名也没有什么概念,互相称呼的是类似于中国的"小名",比如阿福、阿旺之类的。没有任何证件的6名越南人员其国籍、身份问题成为案件处置的"拦路虎"。针对这一情况,出入境管理支队专门请来了专业的越南语翻译,首先询问清他们的具体家庭住址,再根据照片推定相关信息,同时积极发挥国际警务合作职能,第一时间请示省厅国际合作局照会越南驻上海领事馆,核对验证越南船员的相关信息,8月12日终于拿到了该6名船员的《回国证明》。

由于当时正值"南海仲裁"闹剧如火如荼、G20峰会召开在即的敏感节点,"中国船只撞沉越南渔船""越南渔船船员进入镇江",这无疑是外国媒体趋之若鹜的新闻热点。处置该事件之初,支队就将舆情控制摆到工作的重要位置,按照"外松内紧、只做不说"的原则对该事件全程进行处置。为第一时间避免国内外舆情热点产生,支队及时请示上级部门,并协助船舶代理公司做好安置预案,在6名越南籍船员靠岸镇江到遣送出境的5天内,除到市局出入境办理证件的半天时间,均安排该6人吃住在船上,保证了采访对象的有效隔离和事件扩散。

虽说6名越南籍船员早已习惯了船上生活,但毕竟在异国他乡,思乡心切,再加上沉船落水、心有余悸,情绪也越来越不稳定。出入境管理支队安排专门警力、专门人员,加急办理外国人出入境证,把一天时间的工作量缩短为一个小时,8月13日下午6时许,6名越南籍船员证件全部制作完成,遣送出境基础工作准备就绪。次日下午两点,出入境管理支队的申旺警官陪同越南籍船员从镇江出发于下午 6 点钟抵达上海浦东机场。由于船员身份的特殊性，支队协调机场的边检部门，开通专门通道、专门区域，将越南船员保护起来，由于飞机的航班时间在午夜，出入境的警官们撑着奔波多日的身体监护着 6 名越南籍船员，最后成功将其送出境外。

出入境管理支队对这类突发事件的成功处理，避免了外媒别有用心炒作"中国威胁"，避免了因我国船只肇事带来的负面影响，守护了我国的国家形象，而出入境管理支队对"三非"人员的打击处理则守护了两方百姓的太平。

"三非"人员即三非外国人，是未经合法手续而在中国非法就业、非法入境和非法居留的所有外国人的统称。近年来，随着我国经济的快速发展，用工矛盾日益突出，越南、缅甸等毗邻国家人员非法入境务工等问题较为突出。主要通过境内外不法分子相互勾结，"蛇头"以高薪为诱饵，欺骗、拉拢我国毗邻国家边民非法入境务工，形成了"蛇头"、雇主及偷渡人员之间的利益链条。目前已呈现出从沿边地区向沿海地区蔓延的趋势。仅年内，镇江市就发现有组织"三非"案件 3 起，涉案人员 119 名。

2013 年 8 月 23 日烈日炎炎的下午，民警在走访句容益柯赛橡胶制品有限公司时发现，有部分橡胶轮胎生产线上的操作工人看起来麻利能干却不会说汉语，并且长相也与本地人有着明显的差异。社区民警起了疑心，他进一步询问该厂车间主任时，车间主任含糊地说这些工人是云南傣族人，自己也不太了解。派出所社区民警立即查验上述工人的身份证件，部分人员出示的身份证竟然是外文。开发区派出所随即将上述情况通报句容市公安局出入境管理大队。出入境管理大队立即组织民警会同开发区派出所上门核查。在核查中发现有部分务工人员持有的竟是缅甸居民的身份证明，并且没有有效护照等旅行证件，民警们现场盘问数名略微通晓汉语的可疑人员后，确定该厂尚有 96 名（实为 101 名）缅甸人。

面对涉案人员多、相互语言不通、在厂缅甸工人情绪极度不稳定等情况，镇江、句容两级公安机关高度重视，立即召开专门会议研究措施。立即抽调全局 200 余名警力立即赶往句容益柯赛橡胶制品有限公司增援，确保厂内秩序平稳，不发生缅甸人失控、逃跑现象。增援民警在出入境管理部门的指导下对该厂所有外来务工人员逐一进行身份核查，现场查获 101 名缅甸人员（其中男 77 人，女 24 人）。

缅甸人员看着一脸严肃、着装统一、突然而至的警官们慌了神，为了安抚缅甸人，在没有缅甸语翻译的情况下，现场指挥员从 101 名缅甸人中挑选了两名粗通汉语的人临时充当翻译。通过翻译对在场缅甸人说明情况，并将上述

101 人按照亲戚关系、老乡关系分为 10 人左右一组的 12 个小组,采取隔离措施。等到了晚上 10 时多,101 名缅甸人才全部被顺利地带到派出所继续盘问。

虽说是盘问,但考虑到这些缅甸人被骗到异国他乡务工的处境,民警并没有为难他们,而是和颜悦色地进行开导。经过办案民警的继续深挖,8 月 30 日,终于盘问出该起案件的"蛇头"——邓国平。同时得知邓国平于 8 月 18 日还从云南瑞丽组织过缅甸人到句容开发区江苏百利公司务工。于是民警们又火速赶往句容开发区江苏百利机械有限公司,再次查获 7 名缅甸人(男 5 人,女 2 人)。截至 9 月 11 日,共查获缅甸人 108 名(男 82 人,女 26 人)。经调查核实发现,这 108 个缅甸人中没有一人持有护照,有缅甸身份证、边境通行证等证件的也仅有 72 人,还有 36 个人没有任何证件。108 名缅甸人全部因非法入境、非法就业被拘留审查。

面对着一百多号的缅甸人,拘押场所显得捉襟见肘,民警们每天轮流值班,24 小时看守着他们。虽然他们属于"三非"人员,但出入境管理支队并没有歧视他们,仍然不遗余力地保障这些缅甸人员的生活问题,每天伙食标准还给予适当照顾,餐后提供香蕉等水果,补充适当的维生素。随着渐入秋冬时节,温度开始下降,长期生活在热带气候的缅甸工人开始觉得不适,出入境管理支队贴心地为缅甸工人采购保暖内衣、制定统一的棉服,同时将他们安排在有空调的监室。缅甸工人用蹩脚的汉语跟民警们说,其实自己在那里(公司)过得一点儿也不好,邓国平一开始谎称能让他们拿到 2500 元人民币月薪,然而到了公司工作后,有的人两个月只拿到几百元人民币,如果有反对意见还会遭受邓国平等人的毒打,这么久了,最美味的饭菜还是在这里吃到的。

虽然这里有暖心的警察,但非法入境的缅甸人员还是要被遣送回国的。而这路途漫长的遣送历程更是出入境管理支队民警们的难忘回忆。

正式的遣送是在 2013 年的 10 月,由于遣送人数众多,出入境等相关部门按照 1∶2 的比例,配备了 200 多名警力,并派出先遣组提前到达云南省出入境总队和边防总队进行协调。同时为了防止出现意外暴动,遣送队在遣送过程中与缅甸工人同吃同住,实施一对一的控制。由于镇江没有直达昆明的火车,出入境管理支队包了 4 辆大巴车抵达南京转乘火车,然后包了最前头的两节车厢,每一排座位上安排 1 位民警,第一节车厢中间安排 4 位民警,第二节车厢的入口安排 6 位民警,一来方便换班,二来负责看守。由于长途火车的票比较难买,条件比较艰苦,卧铺很紧张,平均 3 个民警才有一个卧铺,一组民警想休息的话,另外两组都要站着。最初大伙儿以为两天两夜的火车,熬一熬撑一撑也就过去了，但意外频频发生。

列车行驶到湖南，一位缅甸姑娘突然口吐白沫，面色惨白，瘫倒在座位上。周围的缅甸工人看到这番场景，害怕惊恐地叫喊起来。遣送民警迅速起身安抚工人们的情绪，随车医疗组和翻译紧急将小姑娘抬到卧铺车厢，此时这位缅甸姑娘血压骤降，心跳也变得缓慢，整个人已经没有了意识。医生诊断为突发性缺钾症，抢救不及时会出人命的，于是迅速给其打针、喂药。在医疗组和民警们的照顾下，小姑娘慢慢缓过劲来。看着小姑娘逐渐平稳的呼吸，医生、民警们终于松了口气。等到了下一个站台停靠处，出入境的民警们买了很多香蕉给缅甸工人补充钾元素，以防止意外再次发生。

车厢渐渐恢复了平静，当火车开进云南，看着日渐熟悉的景色，缅甸工人们的情绪越来越激动，有哭的，有闹的，有唱歌的，也有喊着回家的，车厢里的气氛变得特别不正常。为了控制住局面，所有警员都走进车厢，不仅在缅甸人的座位旁保持警戒，还在走道中增加警力，同时安排缅甸语翻译与他们进行沟通。"毕竟一百多个人，如果聚集起来，那是很可怕的。"随行的陶勇科长回忆起来依然心有余悸。

列车运行了两天两夜，大概40多个小时，终于抵达昆明。由于精神高度紧张，大家都没有休息好，下了火车已经有些飘飘忽忽，但为了赶时间，先遣组已经安排好从昆明开往边境瑞丽口岸的大巴。大伙儿打起精神，坐上了大巴，没想到更艰苦的还在后面。

从昆明到瑞丽口岸大概有700公里左右的车程，大伙儿本以为8个多小时就可以顺利抵达，这一路却开了13个小时。

2013年的云南高速还没有完全建成，不比现在，更比不了内陆的高速公路。由于当地多山，高速公路大多沿山而建，盘旋而上，很多路段就是用炸药包炸出一个深坑修葺而成，坐在车上往下看就可以看到深不见底的悬崖，往前看则是数不清的急弯，所以高速公路全线限速60公里。抵达昆明恰逢周五，周六、周日缅甸的移民局照常休息，所以如果当天不能成功将遣送人员交付缅甸官方，这100多位缅甸工人就要在瑞丽关押两天，但瑞丽边防当时是没有这个条件来关押他们的。同时瑞丽口岸离缅甸很近，思乡心切的缅甸人很容易发生暴动，难以控制局面。民警们看着近在咫尺的悬崖，又紧张又害怕，一边催司机开快一点儿，一边又提醒司机不要超速。

随着时间的推移，长期生活在平原地区的民警们的高原反应逐渐明显。当年恰好扭伤过腰的赵欢警官腰部更是疼痛难忍，发起了高烧，至于晕车呕吐更是常见，一百多位民警至少吐了一小半。"多吐吐就好了，吐空了就好了。"

陶勇科长半开玩笑半认真地说。同时为了赶时间,大巴在每隔4个小时才有一个的休息站上仅停留10分钟,让大伙儿吐一吐,解决三急。事后民警们美其名曰"十分钟呕吐时光"。

但即使如此努力,行程未半之际夜幕已渐渐降临,由于夜晚行车危险,高速公路全线关闭。为了赶时间,司机开始走省道县道,所谓的省道县道就是东边一道缝、西边一道缝的水泥公路,路边没有路灯,行车全凭车前的两盏灯照明,公路两边长满了自然生长的树木,张牙舞爪的枝丫一不留神就冒了出来,像极了深夜里的鬼手。走到最后省道县道也没有了,只能走尘土飞扬的乡间小路。放眼望去,到处都是黑黢黢的山,看不到尽头。或许是地广人稀的缘故,这里的道路很窄,仅能通过一辆客车,有的路边直接就是悬崖,稍有不慎就有坠崖的危险。一百多号缅甸人,沉甸甸的责任,民警们谁都不敢掉以轻心。大伙儿绷紧着神经,到晚上11点钟,终于抵达瑞丽口岸,等办完遣送移交手续已是次日凌晨1点。把人送走后,民警们才发觉整个人都好像不是自己的了,脚步也虚浮了,意识也模糊了。连续3天喝矿泉水、吃包装面包,在车上呆了50多个小时、和衣而睡的民警们,没有人洗澡,大家第一个想法就是找张床躺下。陶勇科长说:"其实在往床上躺的时候就已经没有意识了,大多数人都穿着制服躺下就睡,我还好一些,把鞋拖了,鞋还没脱完,另一个倒下的民警鼾声已经出来了。"大多数民警从周五晚上一直睡到周六晚饭时间,还有一些上了年纪的民警睡了一夜一天,到周日才醒过来。

我本以为辛苦那么久的民警们,说不定还会有个小假期,但朱狒卉告诉我,周日晚上大伙儿就坐车去了腾冲机场,准备赶在周一之前回去好继续上班。这次回程同样也是惊心动魄。由于云南地势所限,少有平地,机场很小,就在两山之间。飞机正对面就是高耸的山峰,如果起飞的速度不够快就有可能撞到山上。飞机起飞时,机翼开始发出刺耳的金属震动声,似乎在下一秒就会"嘎嘣"一声折断,女民警们看着窗外急上急下的景色变化,感受着座椅的震动,脸色变得煞白,不过幸好有惊无险,全体民警安全返回镇江。

事情过去那么久,赵欢民警告诉我,痛苦其实没什么好提的,反倒是缅甸人临走前,依依不舍地挥手一直留在他的脑海里,久久不能忘却。

除了处理突发境外事件、打击查处"三非"人员,留学生的管理问题也是出入境管理支队的心头大事。镇江的外国留学生管理工作,经历了从无到有、从少到多的过程。镇江作为全省体量最小的城市,却容纳了全省第二多的外国留学生,仅次于南京。朱狒卉告诉我,外国留学生管理其实是一个全新的课题,没有什么可以借鉴的经验。主要负责管理的外管科基层民警对外国留学生管理根本不熟悉,更不知道如何去管,再加上出入境警力不足,最少的时候外管科仅有两位民警,这无疑进一步加大了难度。

为了迎接挑战,朱翀卉前思后想,"摸着石头过河",将工作慢慢展开。首先是做好自身工作,朱翀卉带领科室民警积极查阅相关资料,研究相关法律,边工作边摸索,探寻管理留学生的方式方法。然后把总结好的方式方法传授给基层辖区派出所和出入境分局,加强培训和指导,促进外国留学生的管理。其次加强与学校的配合。学校是留学生活动的主要领域,积极与学校联合行动,共同管理无疑是一个高效选择。所以从留学生最初的境外录取,到后来的报到、住宿、日常上课、校园生活,乃至后期的实习就业、离境回国一系列的行为活动,出入境管理支队都全程参与。为了防患于未然,出入境管理支队在与学校沟通的过程中,提前提醒学校,在录取新生时,要注重对留学生的选择,既要重量也要重质。通过科学的筛选,招收一些基础好、表现好的留学生。并要求学校在录取前就要对学生进行基础的中国法律教育。比如外国人入境后24 小时之内要申报住宿登记等。在出入境管理支队的有效沟通下,学校也积极配合工作,现在已将部分法律内容标注在录取通知书的明显位置,提醒留学生注意。

每逢开学季,镇江的马路便格外拥堵,刚送完女儿报到的朱翀卉又急忙奔赴江苏大学。今天是留学生正式开学的第一天,为了加强留学生对中国法律法规的认识,朱翀卉准备给留学生开展一堂入学前的法制课。内容严肃的法制课在朱翀卉幽默的谈吐间,变得鲜活灵动。留学生们在不知不觉中不仅了解了关于出入境的法律法规,以及他们可能遇到的法律问题,同时也知晓了在生活中需要注意的安全问题。除了面对面的法制讲座,留学生在校期间,出入境管理支队也着力配合学校做好留学生的安全教育、安全防范、留学生签证工作。

在工作中,出入境民警常会提醒学校既要有菩萨的心肠,也要有雷霆的手段。平时要在学习生活各个方面关心留学生,但是对于不好的行为,也要进行严厉的处罚。在支队的建议下,江苏大学、江苏科技大学加大了外国留学生违反校纪校规、违反中国公序良俗的处置力度。通过给留学生立规矩,起到了震慑作用,促使他们主动自觉地遵守相关法律制度、校纪校规。同时,支队还配合学校查处这些表现不好、违反中国法律的留学生。这些年出入境管理支队连续遣送数名留学生出境,不仅提高了高校留学生的质量,而且保障了在校大学生的安全。

雷霆的手段确实能够起到震慑的作用,但唯有推心置腹的交流才能够真正建立起中外的友谊。出境入境管理支队根据2013年颁布的《中华人民共和国出境入境管理法》，配合学校，为一些表现好、有实际需求的留学生提供勤工助学和校外实习的机会，帮助这些来自穷苦家庭的留学生们获取一定的报酬，补贴学费和生活费。来自津巴布韦的女孩蒙娜莎就是其中的受益者，她在支队的帮助下，不仅找到了合适的工作，更爱上了这片热土。这些年，出入境管理支队一直从留学生的角度考虑问题，这些离家万里的孩子们，在异国他乡生活也比较孤独。支队主动联系到高校的管理老师，为留学生开展一些有关中国民俗的活动。比如包饺子、写春联、吃月饼，让留学生们在活动中逐渐融入这个大家庭，感受到来自中国的暖暖人情。支队的暖心之举也在无意中为自己建立起了一支外国人志愿者队伍。大概从2013年开始，一些外国留学生主动表示想为中国做一些事情。得知这一消息的出入境管理支队联系到了相关负责老师，从海外留学生中遴选出日常表现优秀、愿意从事公益事业的学生，与他们一起去敬老院、孤儿院，给社会的弱势群体送去欢声笑语。

幕后英雄

初来市公安局，就是秘书科的陶勇科长把我"领进门"的，最先结识的部门却是最后采访的地方。这个低调的部门既不是负责统领大局的领导，也不是走在前方的一线民警，在他们身上没多少可歌可泣的惊天大事，琐碎的杂事也常常使人们忽略了他们的忙碌。但他们依然心怀冲锋前线、一展雄姿的英雄梦，在点点滴滴中，无怨无悔地奉献着自己的青春。

要想马儿跑得好，好仓好草要备好。秘书科就是支撑着支队井然有序向前奋进的幕后英雄。秘书科主要负责整个支队的办文办会、调研文章、情报信息、宣传、网络信息技术、警务辅助人员管理、后勤保障和党建工作。除了领头计划、一线现场以外的所有事务全包全办，办公桌前一坐，事儿便接二连三地抛了过来。每天面对的是枯燥的数据和文字，接触的是熟人面孔，不仅需要具备优秀的管理能力、良好的沟通能力、流畅的表达能力、及时发现问题解决问题的能力，还要不断强化服务意识。

看起来儒雅明朗的陶勇科长，其实之前一直在业务部门。2007年毕业于中国刑事警察学院的他，一开始便分配在了外管科，为了加强自身素养，他自学考取了中华人民共和国法律职业资格证书，先后任职法制员、副科长、主要负责案件和情报。习惯并享受着一线风雨的他以为自己会一直在业务领域履行职责,没想到两年前被调到了秘书科。初来乍到,不适应在所难免。以前在业务部门,虽然陶勇偶尔也需要处理一些文字工作,但毕竟比较少,到了秘书科,文字工作量猛增,可以说是连篇累牍。而且除了文字工作量大,文字工作要求也上了好几个台阶,如果达不到要求,不仅领导急,陶勇自己也着急得不行。

毕竟文字工作是秘书科的大头,每天不仅需要把支队的动态信息形成文字向网上报送,还要及时对调研文章、专项行动进行归纳总结,对全市公安出入境进行指导、发挥市局出入境管理支队的统领作用。秘书科的文字工作,不是简单的文化宣传,更多的时候发挥着上传下达的沟通作用,不仅需要及时传达领导的工作计划,而且需要对业务部门的实践情况进行升华、总结,形成系统性的理论,为实践提供有效的参谋。

为了更好地完成任务、履行自己的职责,之前从未接触过这些的陶勇迎难而上,坚持多看、多写、多学。加强自身业务方面的知识,不仅成为支队通过司法考试的第一人,而且把最近五年的调研文集,从头到尾翻看得滚瓜烂熟。同时为了加强自身宣传文字方面的能力,他常与记者朋友、新闻中心的同事们沟通交流,自己有事没事也会买一些公文写作的书,借鉴总结别人的写作方法。

在陶勇科长的带头努力下,出入境管理支队的动态信息不仅在全省排名前列,录用条目也算是最高的。就在前段时间,省公安厅四项建设专栏、技战法、警营文化栏目连续录用了陶勇报送的 4 篇文章,在网站点击量突破 2000。至于新闻宣传、专项工作、全市工作指导性意见等方面,秘书科的工作在市局所有支队里也是非常突出的。虽然加班码字已成常态,工作也非常辛苦,但是看到支队的文章能够被省厅录用,陶勇的心里充满着开心和自豪。

除了电脑前码字的文字活儿,陶勇还承担了电脑调试的技术活儿。2016年 12 月,全国出入境统一部署了出入境管理系统升级的任务,并限定了各省出入境系统的升级时间。由于出入境管理支队的技术力量比较弱,并没有专门的计算机网络工作者负责这个事情,最后这个任务就由秘书科承担了下来。

新版的系统与曾经的老系统完全不同,它从先前的软件版转化为了网页版。系统、流程、配备所有细节截然不同,说起来轻松的升级过程,其实相当于把整个出入境系统全部再建设了一遍。而江苏的升级时间恰好定在 2016 年12 月到 2017 年 6 月,这个时间段正好赶上了春节、五一、寒暑假的办证高峰。白天办理业务不能停,系统更新的前提是不影响正常业务的受理,所以只有当窗口结束一天的工作,陶勇才可以进行系统更新,而剩下的时间只有周日和晚上了。加班成了常态,早的话晚上八九点就可以结束,晚的话就没了边儿,半夜回家更是家常便饭,这样的状态持续了三四个月。

系统升级的工作量本身就很大,然而中间还出现了一个"大插曲"。"5月13日上午11点13分,这时间绝对没错。"陶勇科长笃定地说。当时的陶勇正在出入境大厅查看系统的状况,由于那天是周六,大厅正常上班,几十个受理人有序地排着队准备办证,所有电脑满负荷工作。就在这个时候,所有电脑砰砰砰地挨个儿黑屏显示——"你的电脑被锁定"。让人闻风丧胆的"勒索者病毒"攻陷了大厅里所有的开机电脑,随后叫号机、照相设备、自助设备全部瘫痪!

为了保证周一大厅业务的正常办理,陶勇和大厅民警杨雨宵两人当晚忙至凌晨,次日简单睡了两三个小时后继续工作,把所有的电脑重装系统后,再装上出入境的系统,终于赶在周一凌晨成功测试杀毒,打好补丁,保证了当天的业务受理。

插曲刚过,没来得及好好休息的陶勇又加紧了系统更新的工作。他和杨雨宵在老设备上一个一个调试新系统,进行了三次加压测试后终于落实到了试用阶段。由于系统公司的开发与实际运用差距很大,照片怎么选,流程怎么走,指纹怎么采,前台的智能设备怎么跟其对接,先输身份证还是先输名字等与实际情况有很多冲突。于是陶勇将县区所有的窗口负责人召集起来,先培训,再测试系统,然后让他们提意见。反馈修改,修改反馈,前前后后起码弄了有20次。更让陶勇头疼的是,系统升级那段时间正好撞上了年中总结,各种报表、宣传总结铺天盖地地压过来,那段时间的陶勇神经紧绷地连觉都睡不好,但最后看着系统更新以来3万本无一错误的证件,他突然觉得这苦吃得"够本儿"。

陶勇主要负责文字工作、技术处理,秘书科的老警官吴军平则主要负责后勤、财务和党建。吴军平先前在窗口工作,腰开过刀没多久,不能久坐。但凡到了报销、财务处理的高峰,他的腰常会累得疼痛难忍。50岁的他就拿着报表半躺在休息室里坚持工作。除了日常的财务工作,党建的任务也不轻松,从文件到工作计划再到工作汇报总结,所有的党建台账,老吴都认真地一一整理。由于秘书科事杂人少,很多时候他与陶勇的工作不分彼此,协同处理。也正是这和谐的办公氛围,让秘书科成为推动出入境管理支队流畅运行的高效马达。

从以身作则、将心比心的领导队伍,到多面担当、业务精良的业务部门,出入境管理支队用自己的行动践行着"出入有境,服务无境"的承诺,用贴心的服务和优质的业务,擦亮了为民服务的金字招牌!

镇江市公安局
交通警察支队车辆管理所

现有民警 47 人、辅警 136 人,承担机动车上牌、过户及驾证申领和考试等职能,负责全市 65 万辆机动车和 113.1 万驾驶人的服务和管理工作,是镇江市公安机关最大的窗口服务单位。2017 年先后荣获全市唯一、全省政法系统唯一的全国"工人先锋号"和全省优秀公安基层单位等荣誉称号;此外,还获得省级文明单位、全省公安机关执法示范所队、全省公安机关窗口服务示范单位、市级机关十佳服务品牌等 30 多项荣誉,荣立集体三等功 3 次。

窗口

——记全国"工人先锋号"镇江市公安局交警支队车管所

引 言

　　窗口,在字典里,它是房屋的一种装置,其作用是通风透光。有了窗口,我们的房间才变得生动,窗内窗外的空间才能连成一体,给我们平添无数的想象。窗口,是建筑的眼睛,是城市的风景,是人生记忆中不可磨灭的印象。世上窗口的样式,你肯定见过很多种,但有一种窗口,你是看不见的,却一定在那里沐浴过春风,你说不出它到底美在哪里,却一定赞叹过、流连过。

　　记得全国铁路系统著名曲艺家王长庚老先生在20世纪70年代末创作并表演过扬州评话《窗口内外》,讲的是某地火车站售票员对内、对外两副面孔的事儿,他用诙谐的语言鞭挞了服务单位的不文明言行,强调了窗口单位是一座城市的脸面,影响、作用不可小视。后来,笔者在新闻、宣传单位工作多年,明察暗访了不少窗口单位,对王老先生的作品有着多次切身感受。窗口单位一般是指执行与社会公众密切相关的业务、直接展示政府部门和一个地域形象的经济社会管理和公共服务机构。窗口单位大多直接与人民群众打交道,其作风建设、效能建设情况直接影响其在人民群众心目中的形象。

　　2016年笔者看到过一则报道。在某档电视问政类节目中,该市卫生和计划生育委员会走进了直播间接受群众问政,然而节目现场播放的一则短片让观众大跌眼镜。视频显示:有记者打电话到该市卫计委行政

2017年，荣获全市唯一、全省政法系统唯一的全国"工人先锋号"

服务大厅，想咨询卫计委医护人员执业资格年审问题，服务大厅工作人员给出的答复是"对此不清楚"，并表示卫计委的电话"在这里没有登记，你打114问吧"。说起来，该市卫计委自己设立的政务服务窗口工作人员，竟然不知道该市卫计委的电话号码，还叫别人拨打114查询，一家人说两家话，真是让人大惑不解。仔细琢磨起来，之所以闹出如此笑话，原因不外有三：一是有人"顶包"。如果这位窗口工作人员真正对本单位的电话一无所知，说明这是一个临时顶岗的"外人"，外人自然对这般情况有所不知，是自家人怎么可能连自家的电话号码都不清楚呢？如果真是这么回事，也说明这个服务窗口纯属应付，至多是个摆设，难有真正的便民服务。二是不愿说。多一事不如少一事，全然没有服务意识，更谈不上急办事群众所急，想办事群众所想。更或单位早有交代，别把麻烦往"家里"带自找苦吃。三是敷衍塞责。一句"在这里没有登记，你打114问吧"，有问有答，也算"尽职尽责"，至于后面的事情爱怎么着就怎么着，与己无关，落得一个清净。

由此可见，作风建设始终是摆在各级各单位面前尤其是窗口单位面前的一项重大而紧迫的任务，其道理无须赘述，作风建设只有进行时，没有完成时。作风建设永远在路上。

2017年以来，到镇江市车管所参观交流、学习取经者一批接着一批，他们是来自大江南北的同行。省公安厅和公安部先后召开现场会，推介镇江车管所作风和效能建设的新鲜经验。

先说说汽车

没有汽车，哪来车管行业？

德国人最早发明了汽车。1867年德国工程师奥托研制成功世界上第一台往复活塞式四冲程发动机，并于1885年宣布放弃专利，任何人都可以根据需要随意制作。1885年德国人卡尔·本茨购买了奥托的内燃机的专利，并将一个内燃机和加速器安装在一辆三轮马车上。1886年1月29日德国曼海姆专利局批准卡尔·本茨为在1885年研制成功的第一辆单缸三轮汽车申请的

车管所内设置多功能服务台，温馨导办主动靠前

专利,专利证书号为37435,从而获得了世界上第一辆汽车的发明权。这一天成为现代汽车诞生日。

中华人民共和国刚一成立,就决定发展自己的汽车工业。1953年第一汽车制造厂破土动工,这是中国有史以来第一次建设自己的汽车厂,毛泽东主席为奠基仪式亲笔题写了"第一汽车制造厂奠基纪念"。1956年我国生产的第一辆汽车下线,毛主席又亲自为其命名"解放",对于当时工业整体水平非常落后的中国人来说,这确实是一次工业建设上的解放。1956年是中国汽车制造史上令人难忘的一年。5月,第一汽车制造厂试制成功东风牌轿车,送往北京向党的八大献礼,这是中国自制的第一部轿车。6月,北京第一汽车厂附件厂试制成功井冈山牌轿车,同时工厂更名为北京汽车制造厂。8月,一汽又设计试制成功第一辆红旗牌高级轿车。9月,上海汽车配件厂(上海汽车装修厂,后更名为上海汽车厂)试制成功第一辆凤凰牌轿车。在"大跃进"的年代,这几辆稚嫩的国产轿车确实让全国人民欢欣鼓舞了一阵子。东风牌轿车开进中南海,毛主席试乘之后高兴地说:"好啊,坐上自己制造的小轿车了!"虽然拥有了自己造的轿车,但当时在技术上缺乏应有的实力。中国轿车的鼻祖是中国第一代汽车技术人员和工人东拼西凑、手工敲敲打打造出来的。以凤凰车为例,它的发动机采用的是南京汽车厂的四缸发动机,底盘仿华沙轿车,车身外形仿顺风车,零件靠手工技术和在普通机床上搞革新进行切削加工完成。1959年2月15日,第一辆凤凰轿车驶进中南海,周恩来总理坐上去,绕着中南海兜了一圈,下车后语重心长地说:"还是水平问题啊!"由此可见当时轿车制造技术的水平。

巧合的是,与德国曼海姆市结为友好城市的中国镇江,改革开放以后,也几次沸腾过汽车梦。曾任镇江市委书记的钱永波先生回忆,20世纪80年代起,镇江的主要领导就选准了轿车整车项目作为镇江经济腾飞的抓手。许多上了年纪的镇江人,都清楚地记得,镇江人一度与汽车梦擦肩而过。20世纪80年代末,第二汽车制造厂为轿车整车项目选址,镇江极受专家的青睐,有望脱颖而出:良好的铁路、公路、港口条件,广阔的土地资源,地处苏南发达地区,厚重的文化积淀……为了吸引二汽落户,寸土寸金的镇江准备拿出位于丁卯的20平方公里土地,而当时镇江市中心城区面积尚不过此数。时任镇江港务局党委书记、亲历争取二汽项目的许忙耕至今仍记得,当时的市委书记孙秉谦恳切地对二汽相关负责人说:"只要你们来,我们把正东路上的市委市政府腾出来给你们办公。"一席话,当场打动了二汽的高层。在当时,举全市之力把二汽轿车项目吸引到镇江来,成为镇江人最殷切的期盼。遗憾的是,二汽轿车项目最终与镇江失之交臂,花落武汉,是为二汽神龙轿车。如今的武汉,汽车早已成为年产值过千亿、就业岗位数以十万计的支柱产业。"沉舟侧畔千帆过",镇江人并没有忘记心中的汽车梦想,1994 年,时任镇江市委书记的钱永波还专门针对该市的汽车产业组织过详尽的调查,希望依托已经露出苗头的丹阳汽车配件等新增长点,把镇江的汽车产业做大做强。其后的历任镇江市主要领导手中,镇江的汽车及零部件项目,纷至沓来,镇江在为未来的发展一点点积蓄着能量。2013 年 8 月,北汽华东产业基地落户镇江,圆了镇江人的汽车梦。

由小变大的窗口

与许多窗口行业一样,镇江车管所这扇窗口也是随着社会经济生活的发展,从无到有、从小到大,至今,已走过了近 40 年的征程。

进入 20 世纪 90 年代以来,轿车开始进入我们的生活,买私家车就像 70 年代的"四大件"、80 年代的家用电器一样,成为众多家庭的消费目标。

忆往昔,汽车特别是小汽车与人们的工作、生活距离遥远,绝大多数人都很陌生。在那个年头,恐怕没有也不需要设立车管所这样的专门办事窗口。

镇江市运输管理处老职工吴家祥告诉笔者,20 世纪六七十年代,镇江地区的车辆管理是由交通局的车船监理科负责,科里 3 个人管理和服务着所辖 10 多个县市范围内的车船及驾驶人员。

笔者的高中同学林江南说,他 1978 年从部队复员,换驾驶证是在镇江地区交通局办理的手续。从镇江公交公司退休的段亚兴说,镇江公交公司是 1962 年 9 月成立的,当时只有 3 辆车、2 条线路。现在的镇江公交总公司有 1250 多辆车、110 多条线路。

车管所老民警廖成宽回忆,镇江市公安局车管所成立于 1978 年 7 月 20 日,当时只有七八个人,只管市区这一块,县里还是由交通局管。第一任所长为赵学富,副所长为顾其洪,内勤为陶文章。1987 年,国家对车管体制做了调整,统一由公安部门管理,从此,车管事业走上了更为规范更为严谨的轨道。车管所主要负责承办机动车注册、变更、转移、抵押、注销登记,机动车驾驶证申请、补领、换领、审验及受理机动车和驾驶员相关的其他业务。南京交通学校毕业的陈来富就是 1987 年从镇江交通局的车船监理处来到市车管所业务内勤组,开始穿上警服工作的。当时业务内勤组只有 4 个人,30 年来,他亲历了单位内设机构、单位规模随着业务量的发展而发生的一次次变化。

今年70岁的杨宪华属于很早就爱上了车子的那拨人。据说,1978年他成为镇江市第一个买摩托车的人,他买了一辆永久105的摩托车,车管部门不知该给他上什么车照,就发了个号码为"344"的自行车牌照。1986年7月,老杨花了10800元,从上海买了一辆菲亚特汽车,这又成了镇江拥有私家车的第一人。上牌照时又是颇费周折,结果车管所让他先用摩托车牌照代替使用了一阵子。

老杨的经历不是笑话,历史就是这样走过来的。20世纪80年代中后期,笔者所在的单位买采访用的录音车、录像车时也都极费周折,一层一级地报批,手续跑了小半年。早年,驾驶证不是任何人都可以考的,因为驾驶员这个岗位也是有限制的,是按照单位里的车辆数按1∶1.5的比例报批。进入21世纪,驾驶员人数限考的规定才被彻底放开。难怪那年头驾驶员是很牛的职业,找对象都吃香得多。有一首至今吟唱的儿歌就反映了那时驾驶员的快乐心情:

小汽车呀真漂亮

真呀真漂亮

嘟嘟嘟嘟嘟嘟嘟嘟喇叭响

我是汽车小司机

我是小司机

我为祖国运输忙

运输忙

……

1988年的春天,镇江的道路上出现了第一辆叫作"黄面的"的出租车。如今,全市已拥有出租车1623辆。

1991年镇江市车管所建立了第一条自动化汽车检测线,此前一直是聘请原驻军总后车管学校、公交公司、汽车修配厂等单位的师傅,靠人工凭经验检测。

车管所的事业在发展,车管所的实力在壮大,车管所的责任在加重,老百姓对车管所的期望与要求早已今非昔比。现在,镇江市车管所是镇江市公安机关最大的窗口服务单位,主要负责市区机动车注册、转移、变更、注销登记,负责全市机动车驾驶人驾驶证的申请、考试发证,对全市64万辆机动车、101万驾驶人开展源头管理和服务工作。根据数据统计测算,目前镇江市平均每

3 个人就拥有一本驾驶证,平均每 5 个人就拥有一辆机动车,可以说,车管所这扇窗口,已是家喻户晓了。透过这扇窗口,透过这些数字,展现出的是镇江市城市建设乃至社会经济发展、人民生活巨大改善的生动画面。

当好"店小二"

在旧社会,生活在社会底层的普通老百姓一般是没有名字的,只有上了学才有学名,一旦做了官也就有了官名。但是,普通百姓家能够上学或当官的只是极少数,绝大多数没有这个机会。因此,他们的名字多是用行辈或者父母年龄合算一个数目作为称呼。如明代常遇春的曾祖父叫"五四",二哥叫"重六",三哥叫"重七",他本人叫"重八"。古代酒店或旅店里的服务员,很显然都是老百姓,所以,人们也要给他们取一个用数字表示的称呼。当家老板是理所当然的"店老大",这些服务员也就随之被人们称为"店小二"了。社会发展到今天,我们提倡当好"店小二",倡导的是一种精神,这种精神说白了就是当权者要由衷地放下身段,深入基层,想方设法地为社会、为企业、为群众贴心服务。

2017 年 8 月初的一天上午,笔者在车管所服务大厅采访时,巧遇正在大厅里与群众交流的车管所所长陆军。我们彼此并不认识,是陪同采访的小夏民警介绍的。陆所长,瘦高个儿,帅气,精干。他正在询问等候办事的群众:空调温度还嫌不嫌热?还有什么困难和需要?

车管所教导员殷荣平认为,要当好"店小二"关键是要确立以人为本的服务理念。他很喜欢用讲故事的方式引导所里的民警向服务对象学习。

镇江市区有一支远近闻名的爱心出租车队,近些年来一直是车管所对标找差的结伴对象。爱心车队的队长叫丁杏兰。

丁杏兰是镇江市大众出租车公司的女驾驶员,2010 年她被评为全国交通运输行业文明职工标兵。她初中毕业以后,一直靠打零工生活,1996 年当"二驾",开起了出租汽车。自打开起出租汽车后,丁杏兰就喜欢上了这个既辛苦忙碌又充满成就感的职业,从此与出租车行业结下了不解之缘。因为热爱这个职业,1997 年她干脆自筹资金在大众出租车公司买了一辆夏利出租汽车,正式干起了出租汽车营运服务工作,她说:"自己这辈子恐怕离不开这个行当了。"2001 年她又响应镇江市政府的号召,带头淘汰了属于低档车型的夏利车,自筹并贷款十多万元买了一辆捷达出租车,为提升镇江市出租汽车车型档次做出了贡献。在该市出租汽车行业，像丁杏兰这样自强不息、自谋职业，并把本职工作干得有声有色的人很多。丁杏兰是其中的杰出代表，她在家要当女儿、妻子、母亲，在外要从早上七点干到晚上七点，一天工作十几个小时，有时累得直不起腰来，每月的营业收入除还贷和交纳各种税费外所剩不多，但就是这样，丁杏兰依然无怨无悔。她热爱本职工作、遵章守纪、守法经营、安全行车近百万公里，热心为乘客提供优质舒适的服务，在营运服务工作中树立良好的职业道德，多次拾金不昧、经常助人为乐，受到乘客的好评。

丁杏兰在 2001 年就被镇江团市委、市客管处授予"青年文明号"称号，2003 年被镇江市政府授予"百佳文明市民"称号。在做好本职工作的同时，她还积极参加各项社会公益活动，兼任江苏省交通广播电台路况记者，发起组织镇江市出租汽车行业"爱心出租车"车队并担任队长，不计报酬为社会做好事、献爱心。

丁杏兰作为一名出租车驾驶员，始终把为乘客服务好作为自己的努力方向。她在服务工作中，严格遵守营运服务规范，保持车辆整洁和良好的技术状况，努力提高服务质量；她待人热情，乘客有困难时她想方设法帮助解决。她明白，出租车是城市流动的名片，驾驶员素质的高低、服务质量的好坏直接影响城市的形象，驾驶员就是要通过点点滴滴、实实在在的行动，来改变出租车驾驶员在市民心中的整体形象。

询问大众出租车公司任何一个管理人员丁杏兰的表现如何，他们都会竖起大拇指，赞不绝口。当然，丁杏兰做好事也有不被人理解的时候，但她都挺了过去，她觉得能为社会奉献一份爱心，是自己最大的幸福。社会各界给予她很大的支持，政府有关部门、新闻媒体对她及"爱心车队"给予了多方面的鼓励。

"听了这样的故事，自然会对服务对象产生尊敬之情，有了这种感情，服务的态度、方式、效果就会自觉讲究起来。"殷教导员的话入情入理。

郭晓晔的《美丽的蝴蝶》写的是发生在镇江的"社会妈妈"的真实故事。在一次偶然的经历中，镇江市妇联工作人员发现该市有一些生活上遭遇困难的孩子，他们有的父母双亡，有的父母身体残疾或智障，有的是单亲家庭且没有经济来源。这些孩子身心难免受到创伤，需要心理疏导、亲情呵护、精神关怀。给孩子们一个温暖的怀抱、一个家的气氛，帮他们建立起对生活的信心和希望尤为重要。于是，镇江市妇联和《京江晚报》联合发起了"社会妈妈"救助活动。这个举措，就像一只美丽的蝴蝶，在饱含着爱的温度、湿度和压强的气候中扇动起翅膀。一时间镇江的天空绿滚红翻，温暖明亮的阳光雨纷纷扬扬，洒向古城的每一个角落。"社会妈妈"并不全是女性,他们当中有年轻的小伙子;"社会妈妈"也不全是中青年,其中也有年过七旬的老奶奶……志愿者们排起了长队。

2007年1月28日,春节临近,寒风刺骨,花木萧索,然而一条条黄丝带的飘动,似乎使镇江这座古老而美丽的城市呈现出一股暖暖的春意。一场由镇江八大网站发起的"满城尽飘黄丝带——情系陈静、爱在镇江大型募捐义演"活动庄严地拉开了序幕。吴东峰在《飘舞的黄丝带》一文中再现了举城而动、救助江苏大学身患白血病的女大学生陈静的全过程。这里面有一个感人的细节,一年前,陈静曾经全力帮助一位身患白血病的同学募捐,没想到一年后自己却患上了同样的疾病。镇江百姓得知这个消息后坐不住了,他们要挽救这位"爱心天使"。一场完全自发的网络救助行动由镇江开始,波及盐城、南通、上海、南京、徐州、北京等十多个城市,参与的网友来自上千个不同的地区,有十余万人之多。2006年12月28日,为陈静开展网上募捐活动的消息在镇江的八大网站同时置顶。12月29日,镇江市委常委、宣传部部长在网上看到了"情系陈静,爱在镇江"的帖子,内心涌起了难以名状的感动,立即把这个帖子打印出来,在上面做出批示,还拿出了1000元,"请转达我们的敬意和支持"。"情系陈静,爱在镇江"的网络募捐活动由此从虚拟的网络世界走进了现实世界,走向了镇江的大街小巷。在那个寒冷的冬天,千万条黄丝带在镇江飘舞着,舞着生命的希望,舞着爱心的光芒……

崇高的爱从来不只是一种理论,不只是个人的行为,而是建立在切实行动之上的社会共同心愿。我们必须承认,商业时代的等价交换原则,是以利益为目的和基础的,只要符合国家法律和行业法规,它仍然是整个社会健康发展的重要动力。它和我们通常讲的道德标准并不对立。但是,随着近几十年来中国经济的高速增长,功利诱惑加剧了一些人的心态失衡,社会风气受到严重污染。车管所的领导经常在思考,道德滑坡会不会成为中国可持续发展的瓶颈?基于这样的思考,他们用心搜集"大爱镇江"活动中的先进事迹,持续对干警进行伦理道德、职业道德的教育,经常查找和解决窗口单位容易出现的"门难进、脸难看、话难听、事难办"的问题。

车管所领导还善于运用反面教材,对干警进行警示教育。2015年,河北省衡水市纪委针对涉及车管领域信访举报案件骤增的实际,调集精兵强将,一举查办了该市车管系统存在的腐败窝案。包括衡水市交警支队原副支队长李建明在内的三名干警被判刑,衡水市车管所59名干警被全部调离。这一系列腐败案在全国车管系统震动很大,发人深省,令人警醒。

守住底线,警钟长鸣。镇江市车管所领导抓自身建设和全所 47 名民警 135 名辅警队伍建设的态度坚定,意识清醒。

首推"一体化"车管业务办理

那天,笔者走进了车管所创意工作室,这个工作室成立于 2014 年 8 月 25 日,4 名 20 多岁的年轻人坐在各自隔开敞亮的工作间,正在电脑上专心致志地工作着。其中的夏莹姑娘告诉笔者,他们 4 人都是经考试考核竞争上岗的,所领导很重视这个室的工作,所里的创新举措都是先在这里研究设计后形成方案。陆所长称这个工作室是"头脑风暴室",经常与他们一起琢磨新点子。

创意是一种通过创新思维意识,进一步挖掘和激活资源组合方式进而提升资源价值的方法。

为给群众提供优质、高效、便捷的全新服务模式,进一步提高窗口服务水平,努力践行民生警务理念,镇江车管所在深入开展调研的基础上,准确把握社会发展的脉搏,不断整合资源、深化创新,在全新理念的引领下,谋划车管发展的新方向和新思路,在全国首推"汽车穿梭点单式"一体化服务模式,让群众办理车管业务就如同置身于快捷餐厅一般,"点菜下单"一气呵成,"服务员"凭"菜单"主动端"菜"上桌。

"汽车穿梭点单式"车管服务主要针对办理机动车业务的群众,理念灵感来源于时下流行的快捷餐厅,具体可分为两个步骤,第一是"穿梭式"的车辆查验,第二是"点单式"的资料领取方式。2017 年 7 月下旬的一天上午,笔者亲身体验了这个过程:

笔者进入车管所大门后,根据引导标牌,直接驾车驶入车辆查验"一体化"通道,按照顺序依次向前,先后通过查验区、拓印区、领取查验报告区和社会化拆卸号牌区。在通道内甚至无须下车,通过车窗就能伸手领取资料。驾车通过所有功能区后,查验环节即宣告完成,随后进入办证大厅,办理登记、选号缴费手续,随即拿到工作人员递交的一个标有序号的等候牌,此时即可前往休息区等待,随后工作人员对照等候牌序号,主动将打印出来的资料送到笔者手中。以往办理车辆业务,需要自行寻找查验人员,业务完结前往大厅后还要自行排队领取材料,现在合理布局,划分区域,让工作人员定点服务,业务办结后主动将材料送到办事人手中。真正做到了自己多做一点,群众方便一些,让办事人享受优质、星级的服务。

"一体化"车管业务办理有以下特点：

一是着眼于"简"，流程简化，让过程变得一目了然。

优化业务流程，简化办事步骤是车管所一直谋划和思考的问题，从"一窗式"办结到延伸服务触角，从"一站式"服务到开发官方微信"嫁接"高科技，在"汽车点单式"一体化的服务模式中，"简"的元素随处可见。一方面合理规划区域功能。结合机动车查验工作规程，将查验区域整体划分为"社会化拆卸号牌区""拓印区""外观查验区""领取查验报告区"4个主要区域，各区域功能更加明确、专一。随处可见的指引标牌，让群众对区域功能一目了然。而以往上述功能全部集中在一个区域内，往往导致业务办理没有连续性、业务办理流程不清晰，办事人需自行寻找工作人员。

另一方面整合资源合并岗位。在办证大厅，收费、选号岗位合并办理业务，将原有的一个选号窗口增加为三个，收费、选号业务在同一窗口就能办结，减少了群众在不同岗位间往返，简化了办事流程；在外观查验区，该岗位全面实行PDA查验，信息、数据的流转和存储使用无线信号传输，原有车辆拍照岗位的2名工作人员并入外观查验岗，现有人员增加至5人，引导岗位部分人员并入查验录入岗，现有岗位人员增加至4人。

二是定位于"省"，省时省心，让效率得到充分发挥。

省时，即流程的优化，岗位的合并，带来的最大变化就是业务办理时间的压缩和效率的充分发挥。在查验区，按照"流水线"作业方式，以检验大厅为中心，各功能区域一步步紧跟，一环环紧扣，组成一个完整的圆形流水线，群众按序依次排队向前，避免重复排队和在多个窗口间来回往返，极大地缩短了业务办理时间。以新车上牌为例，"汽车穿梭点单式"一体化服务模式，从查验到最终的领取号牌，业务办结时限可压缩至40～60分钟。

省心，即新的服务模式让业务流程变得一目了然，群众无须四下找人问询，过程简单、办理方便，省却诸多烦恼。首先，在查验过程中，实行车动人不动，群众无须下车，驾车在流水线内穿梭，车辆就像工厂车间内一个个等待装配的零部件，完成一个流程后，自动转入下一流程，不再需要询问每一步骤该如何办理，当完成了"装配"步骤后，从车窗就可以伸手领取查验报告。相对于车辆移动，工作人员则相对固定，根据岗位设置，固定在某一特定区域内，专注从事特定的业务办理。其次，流水线隔离栏的设置能够让群众自觉排队、依次等候，起到了避免插队和人员随意进出等现象，真正做到了先到先办，场地秩序变得更加井然有序。第三，在办证大厅内，实行业务完结送证到手。以往缴费选号步骤完结后，群众需要自行前往窗口领取资料，业务高峰时段，人员在窗口积压，有时资料出来了无人领取，有时刚选号结束就在窗口排队，而现在群众就像快捷餐厅内的顾客一样，根据所需办理的业务种类，在完成"菜品"的"下单"后，就可直接前往等候区休息。15 分钟之内，工作人员以 10 笔业务为一个单位，经核对等候牌序号，将打印好的资料装在资料袋中，主动送到在等候区的群众手中。

三是起源于"转"，创新转变，让服务能够品质更优。

推行"汽车穿梭点单式"一体化服务模式，是将被动回应转为主动服务，将被动接受转为主动变革，最终目的是让群众得实惠，让群众享受更优的服务品质。转角色，为准确掌握群众心理和感受，工作人员主动转变身份角色，与办事群众换位思考，主动跟随群众观察业务办理的全过程，详细了解群众在每一个环节的心理动态和所思所想，找准问题症结和业务瓶颈。转理念，在传统观念中，职能部门总是被动接受群众诉求，为准确把握工作的新趋势、新变化，破除陈旧的工作理念，与时俱进地做好工作，车管部门从人员思想入手，通过每日晨会、每周研讨会，着力培养员工服务习惯的养成，实现从管理向服务的理念转变，让工作人员将服务意识根植于潜意识之中，为新模式的推行奠定了坚实的基础。转思路，印象里，工作人员坐窗口，办事群众排队等办理似乎顺理成章，在新模式中，车管所转换思路、逆向思维，学习快捷餐厅的工作流程，让工作人员主动从窗口中走出来，从后台走向前台，将群众排队拿资料改为工作人员主动送资料，自己多跑一段路，让群众真切感受到便捷和舒心。

首创"指尖上的车管所"

随着互联网新媒体时代的到来，镇江车管所在继续做优、做精传统窗口服务的同时，准确把握社会发展脉搏和动向，积极探索"互联网＋"服务模式，在全国率先推出"镇江车管"微信服务。若干年前以"公里"计算距离的车管服务，一下子推进到了"微"米，使车管服务在互联网时代焕发勃勃生机，架起了一座警民连心、服务到家的方便之桥。

"微"办理，业务范围更广泛。与常见的微信订阅号只能发布信息不同，"镇江车管"微信号是正宗的服务号，创造性地开通了业务办理服务。目前，群众已经可以通过微信办理补牌补证、变更联系方式、异地委托检验和开具从业资格证明等多项业务。为解决在线支付和材料邮寄难题，车管所抓住腾讯公司新推在线支付功能的有利契机,主动联合邮政部门,及时启用"微信"支付和邮政 EMS 速递功能,在完成支付后,补办的证件等材料直接通过 EMS 邮寄到群众手中。"微"业务打破了空间和时间限制,尤其是身在异地的群众,不必再前往车管所,免去了城市间往返奔波的烦恼。

"微"咨询,答疑解惑更周到。为拓宽群众车管业务咨询渠道,专门设置了互动咨询版块,只要关注"镇江车管"公众号,无论身在何方,都可以在线咨询车管业务。为保证群众问题能及时得到回复,车管所成立了专门的微信客服小组,从上午 9 点到晚上 10 点,提供长达 13 个小时的在线即时回复,第一时间为群众答疑解惑。与此同时,还主动借助平台发布恶劣天气预警提示、交通法规解读等,开展宣传教育,提升群众的交通安全意识。

"微"查询,资讯掌握更快捷。微信平台开通以前,群众想要查询自己的驾驶证情况和机动车违章信息,只能通过车管所网站或者本人到车管所窗口查询,费时费力不提,还要受到工作时间的限制。现在在微信平台上动动手指即可轻松掌控自己的驾驶证和车辆信息,还可以直接调阅照片,一目了然,避免下次在相同地方出现违规。值得一提的是,车管部门还率先提出"私人订阅"新概念,群众只需将查询的车辆或驾驶证信息与微信账户绑定,在今后的查询中,就不必再次输入车架号、档案编号,一点即可获取最新信息,充分体现了人性化服务的特点。

"镇江车管"微信服务平台在全国范围内开创了微信办理车管业务的先河,其成本更低、效率更高、服务更优,《法制日报》《江苏法制报》《扬子晚报》《镇江日报》等媒体相继报道,截至当前累计办理各类业务 1.5 万笔,受理咨询 5.82 万起,累计粉丝数达 8.4 万人。

效能革命展新姿

效能主要指办事的效率和工作的能力。效能是衡量工作结果的尺度,效率、效果、效益是衡量效能的依据。而政府效能建设的根本目的是运用各种科学合理的手段、制度和载体,调动工作人员的积极性、主动性和创造性,不断提高工作人员的办事效率和工作能力,提高为人民服务的质量,保证党和政府的方针政策得以贯彻落实。

镇江市公安车管所窗口每年接待群众近 50 万人次,为回应群众的新期待和新诉求,服务好百姓民生,助力地方经济发展,紧扣"效能革命"的主旋律,

修筑警民共环路

——记"全省优秀公安基层单位"丹阳市公安局南环路派出所

把老百姓的事情放在心里,使派出所的使命宗旨和老百姓的期盼需求同频共谱,同心共环。

同频共谱,同心共环。这些字句虽然没有写在纸上,也没有贴在墙上,但是这些要求已经内化于心,外化于行,铭刻在了干警的心里,落实在了干警的行动上。

从一任任派出所所长,一任任教导员,到一批批民警,修筑警民共建平安丹阳的共环路,已经成为丹阳市公安局南环路派出所一年接着一年干的实事,成为派出所为民服务的好事,也成为丹阳公安特色创新,品牌创建,产生良好社会影响的大事。

丹阳市公安局南环路派出所位于丹阳城区的南部,丹阳高新技术产业开发区重点核心区在此,是丹阳经济发展的重要版块。派出所辖区面积 9.6 平方公里,辖区内有 6 个社区,人口 8 万余人,其中常住人口约 5 万人、登记流动人口 1 万余人、寄住人口 3 万余人。

这么大的区域范围,这么密集的单位和人口,这么复杂的治安形势,这么沉重的治安压力和工作量。多年来,丹阳市公安局南环路派出所就像定海神针一样,牢牢地扎根在丹阳城南,守护着一方平安。然而,南环路派出所现有的民警只有 24 人,其中带病坚持工作的有 3 人。

2014 年,南环路派出所荣立镇江市公安局集体三等功一次,获年度镇江市文明单位、年度服务环境建设先进集体。2015 年,获年度法治型、服务型"四星"先进党支部、年度丹阳市见义勇为工作先进集体、年度

2017 年 5 月,丹阳市公安局南环路派出所荣获"全省优秀公安基层单位"荣誉称号

丹阳市防范和处理邪教问题先进集体。2016 年,获年度镇江市见义勇为工作先进集体、年度丹阳市公正司法示范点,荣立镇江市公安局集体三等功两次。2017 年,获江苏省优秀公安基层所队,荣立江苏省公安厅集体二等功……

同频共谱是怎样和谐共振的,同心共环是如何修筑而成的? 答案在一个个普通的故事里,在一个个普通的公安民警身上。

牌子是这样创建的———他们带队管理有章法

首先,把头带好,才能把路走好。
丹阳市公安局南环路派出所现任所长何洪铭、教导员张丹,所长、教导员抓队伍、管业务,两位副所长分工负责。领导班子在所长的带领下,坚持身体力行、遵守各项规章制度。坚持民主集中制原则,把民主讨论、集体决策与明确分工和落实责任相结合。每周召开所领导碰头会,集中讨论、总结近期情况,部署落实下一步工作,努力做到科学决策、避免失误。所领导以身作则,相互配合、团结协作,工作气氛融洽,有效增加了班子的凝聚力和向心力。

领导作表率,带头执行上级决策。派出所领导班子采取自学、集体学习等多种形式,特别是通过贯彻落实党性党风学习教育活动,使班子成员的党性原则、政治素质、理论水平不断提高,使每个班子成员都成为言行讲政治、作风树表率的领路人,用自己的实际行动带动、影响全体民警始终与局党委和上级部门保持高度一致,确保政令警令畅通无阻。

讲团结,增强班子的凝聚力和战斗力。派出所领导班子始终将决策的民主化放在首位,坚持每周召开所领导工作例会,总结上周工作情况,部署工作计划;坚持集体研究原则,遇到疑难复杂问题、决策性问题,召集所领导碰头商议后决定,不搞一言堂。班子成员之间做到互相尊重、互相支持、互相补充,感情上多沟通,思想上多交流,工作上多商量,每个班子成员都有一定的权利和责任,他们齐心协力、并肩战斗,提高了班子的整体凝聚力和战斗力。

抓管理,保证队伍的清廉公正和高效。派出所将班子成员的党风廉政建

丹阳市公安局南环路派出所副所长徐孟对辖区困难家庭进行走访

设作为队伍管理的首要任务去抓，坚持按原则用权、按程序用权、用权公开。严格执行上级的规章政策及所内考核制度，坚持民主集中制原则，遇重大问题集中讨论。同时自觉构筑思想防线，要求民警做到的，自己首先做到，要求民警不做的，自己坚决不做，以身作则，为民警做出榜样。

精业务，成为本职工作的行家里手。为了更好地指导民警做好本职工作，每一位领导班子成员充分利用日常工作及休息时间，加强学习、刻苦钻研，熟知专业知识、业务知识、法律知识，对上级部门下发的各项工作要求第一时间开展自学。在遇到疑难棘手的问题、矛盾纠纷时，冲锋在前、奉献在先，果敢机智，雷厉风行。

其次，把队伍管好，才能把事情做好。

科学考核，完善奖惩制度。南环路派出所制定了《南环路派出所全员绩效考核办法》，明确每个民警的工作重点，确保每个民警有责任、有压力，提高工作效率。出台《南环路派出所辅警考核办法》，从日常工作、内务管理、绩效考评等方面着手，奖优罚劣，督促和激励辅警提高业务素质。

内部协作，发扬吃苦耐劳精神。面对繁重的工作任务和压力，全所上下拧成一股绳，力争早日完成工作指标。全体侦查员各自分工、相互支持，遇到案件，主动加班解决；遇到疑难问题，一起讨论，相互配合。其他民警主动配合办案民警的工作，帮忙接处警。南环路派出所有3名民警患重病，需长期用药治疗，但在病情稳定后他们均主动重返工作岗位。全所民警团结协作、奋力拼搏，有效保证了派出所工作的运行。

从严治警，打造作风优良的公安队伍。在队伍建设中，坚持从严治警，将党风廉政教育贯穿全程，及时组织全体人员学习上级有关文件精神，定期组织全体人员学习《廉洁自律准则》《纪律处分条例》等党纪警规及通报的违规违纪案例；对于易发违规违纪情况，结合实际工作，组织民警反复学。由教导员做好民警的思想政治工作，落实谈话制度，做到"四个必谈"，即工作变动必谈、遇重大事情必谈、出现不团结苗头必谈、出现不良问题倾向必谈，通过谈话了解民警的思想变动，抓住重点有针对性地开展思想政治工作，提升民警的思想素质，推动派出所整体工作上台阶。

强将手下无弱兵。在南环路派出所，优秀民警层出不穷。

2001年贺卫东从武警上海总队转业到丹阳市公安局，后到南环路派出所工作，现为南环路派出所太阳城居委会、石城村委会社区民警，曾先后荣获江苏省"111"工程后备人员荣誉称号、"十佳治安民警"荣誉称号，荣立丹阳市三等功一次、丹阳市优秀公务员三次。

十年军旅生涯,培养了贺卫东永不言弃的军人特质。他始终以一名军人、一名共产党员的身份牢记人民至上的宗旨,时刻严格要求自己,工作勤勤恳恳,任劳任怨,真正做到干一行、爱一行、钻一行,他用蓬勃的热情、不懈的毅力投入纷繁琐碎的社区工作中,在平凡的岗位上做出了不平凡的业绩,得到辖区群众、单位同事及上级领导的一致好评。

眭伟涛是南环路派出所刑事治安民警,作为一名青年民警,自跨入派出所第一天起,他就清楚地认识到理论知识与实践的不同。他充分发挥自身基础好、接受能力强的优势,主动向所内业务骨干民警学习网上大平台操作及情报研判方法,刻苦钻研刑事治安案件办案流程及审讯技巧。2015 年 8 月 22 日9 点,南环路所接到报警,丹金路一饭店员工韦某,将一部苹果 5S 手机放在饭店门口电脑上充电时被盗。处警民警眭伟涛调取饭店监控发现,一个骑电瓶车的男子趁韦某离开之际,顺手牵羊将手机偷走,后骑电瓶车往陵口方向逃走。根据沿路监控查找,发现该男子骑车到陵口乐善村便不见了踪影。眭伟涛从监控中发现嫌疑人的电瓶车前面有一大块透明胶布。在连续的摸排中,眭伟涛依据这一特征,于 8 月 29 日上午发现犯罪嫌疑人骑的电瓶车停在某饭店对面。经过一天的伏击守候,当晚 9 时许,将前来取车的犯罪嫌疑人景某抓获。

作为派出所民警,眭伟涛心中始终有一杆秤,那就是服务群众。他对自己约法三章:说话和蔼,绝不发脾气;熟知法规,绝不乱扣滥罚;允许申辩,绝不以势压人。

从警以来,眭伟涛始终对公安事业充满热情,冲锋在前,任劳任怨,始终坚持以大局为重,廉政、勤政,以奉献为乐、以奉献为荣,团结同志,埋头苦干,利居人后,从没有一句怨言,默默奉献在工作岗位上。在绩效冲刺和侦破疑难案件时,他努力克服家庭和工作矛盾,坚持以所为家,家人生病也无暇顾及,连续几天几夜扑在工作上。在执法办案中,他坚持做到"立警为公、执法为民",不办人情案、关系案,坚持严格、公正、文明执法,受到辖区群众的一致好评。在平时工作中,眭伟涛尊重领导、谦虚谨慎、团结同志,能虚心向老同志请教,并严格遵守局规禁令,树立了良好的民警形象。眭伟涛于 2013—2014 年被评为优秀公务员,2014 年被评为优秀法制员。

在高效团结的班子队伍的带领下,在全所上下夜以继日的奋力拼搏下,2017 年以来,南环路派出所刑侦处绩效列丹阳全局第一,荣立丹阳市公安局集体三等功,获"见义勇为先进集体"称号,派出所党支部被评为"四星"先进党支部,民警包恺荣获"全省公安机关打击侵财犯罪质效提升年活动成绩突出个人"和"执法工作先进个人",丁春仙荣获个人嘉奖一次。

案子是这样侦破的——他们破案擒凶有手法

修筑警民平安共环路，老百姓感觉路上最明亮的路灯是视频监控探头，有了这些监控探头，交通事故可以查证回放，盗窃案件可以排查追踪。为此，南环路派出所在辖区内安装视频监控探头482个，2017年新安装高清探头337个，技防物防，天眼密布。

然而，再高的科技也要人来掌控。给辖区老百姓带来空前安全感的是南环路派出所摸索出的坐标定位法，各警种合成作战，成功破获了系列入室盗窃案。2017年6月，南环路派出所通过勤务指挥室视频侦查、社区民警入户走访、夜巡组伏击守候成功抓获入室盗窃犯罪嫌疑人任某，破获系列盗窃案件15起，涉案价值3万余元。

2017年3月至5月，南环路派出所接连接到5起云阳街道村民家中被盗案件，经勘查现场，作案方式均系爬窗入室盗窃或从窗口钓鱼盗窃。现场无社会面监控，村外围东侧系小区围墙，北侧为华南菜场，西侧为华南学校，南侧为122省道，周围监控密集，基本无死角。研判人员回所立即按坐标定位法，每人负责一个片区监控，经8个小时的查看，均未发现可疑人员。3月19日，南环路派出所再次接到同一地点被盗警情，研判人员再次运用坐标定位法翻阅监控仍一无所获。研判人员初步判断，犯罪嫌疑人可能就落脚在被盗地点附近。

锁定犯罪嫌疑人落脚范围后，研判人员立即向所领导汇报，所领导高度重视，立即召集研判人员、社区民警、办案民警共同分析案情，确定接下来的工作重点。办案民警在犯罪嫌疑人落脚地附近进行摸排工作。经3日走访，在村内摸排出章某、张某、贡某、任某4人有作案嫌疑。在案发地南侧发现一只监控探头，该探头正对着出入案发地路段之一。研判人员查看案发时间段视频录像，发现当日凌晨1点左右，一带帽男子沿着屋边墙角行走。该男子大路不走，反走墙角，行为反常，立即引起研判人员的高度怀疑。后办案民警立即走访了任某暂住地周围邻居，经邻居辨认该男子确系任某。

确定犯罪嫌疑人身份信息后，南环路派出所立即组织民警对任某暂住地进行全天候布控，伺机抓捕。但任某连续3日没有回暂住地，办案民警克服蚊蝇叮咬、闷热天气，夜以继日地守候伏击十多天，最终成功将任某抓获。

经审查，任某多次窜至丹阳城区、司徒镇、延陵镇等地，采用溜门入室、撬窗、钻窗入室、"钓鱼"等手段,盗窃作案多起,案值3万余元。

社区阵地、接处警每日要采集大量新数据,勤务指挥室则对这些数据做采集登记,并将其分门别类上传至数据库。

勤务指挥室对每日新数据信息一一进行比对分析,将有前科的人员信息通报给社区民警,社区民警对其生活行动轨迹进行重点关注,研判人员根据有前科人员的作案特点重点研判分析辖区发案情况,找出类似警情。

对作案手法类似的警情,研判人员一方面分析该有前科人员在丹阳市的详细行动轨迹,另一方面以案发现场为中心进行视频研判。当涉及作案人的双向信息皆吻合时,嫌犯明确,研判人员立即与办案民警对接,实施抓捕。

随着电瓶车作为代步工具的日益普及,电瓶车偷盗呈高发态势,老百姓对此恨之入骨。南环路所依托"阵控通"成功侦破系列盗窃电瓶车案。

2015年11月29日19时许,南环路派出所接到群众报警,称其停放于华南新村114幢1单元楼口的一辆电瓶车被盗。

接群众报案之后,南环路派出所民警依托"阵控通"平台,确定犯罪嫌疑人身份。"阵控通"平台为丹阳市公安局研发的针对涉案率较高的废旧收购、二手手机、电脑等信息进行采集、梳理、挖掘,具备实时传输、实时比对、涉案物品提前布控、重点人员交易自动预警等功能的平台。犯罪嫌疑人盗窃电瓶车后肯定会销赃,于是民警通过"阵控通"平台对辖区回收二手电瓶车店铺进行阵地布控。12月1日,民警在"阵控通"平台上查询到丹金路"小鸟"二手电瓶车店内收入一辆二手电瓶车,且该电瓶车的特征和华南小区被盗的电瓶车特征相同,办案人员遂联系失主让其到二手电瓶车店内比对。经比对,该电瓶车就是失主被盗车辆。同时,民警获悉登记出售人员为曹某,18岁,丹阳司徒镇人。经查,曹某有盗窃前科,且于2015年8月被中山路派出所取保候审,有重大作案嫌疑。

侦查员确定犯罪嫌疑人身份后,调查曹某活动轨迹发现其在2015年9月至12月期间经常来往于丹阳、句容两地,且经常在网吧上网。南环路所请求丹阳市公安局网安大队对曹某进行布控,并兵分三路,分别在句容城区各网吧、曹某位于司徒的住所、丹阳城区各网吧进行守候伏击。2015年12月13日14时许,犯罪嫌疑人曹某于丹阳市一点通网吧内被抓获归案。

南环路派出所在丹阳市公安局情报信息研判中心、网安大队等部门的协助下,综合运用"阵控通"平台、走访调查、守候伏击等侦查措施,成功抓获犯罪嫌疑人曹某,破获系列盗窃电瓶车案10余起,案值1万余元,有效维护了辖区治安稳定,提高了群众安全感、满意度。

把千辛万苦留给自己，把平安祥和带给群众，南环路派出所为辖区百姓打造了社区"安全屋"。

南环路派出所综合考虑辖区规模大小、人口多少、治安状况、警力数量等因素，以社区警务室为依托，因地制宜地规范"安全屋"建设。严格落实每个"安全屋"不少于1名警察、2名辅警的最低配备标准，推行全所警力下社区工作，对无群众工作经历的民警，原则上除值班外，每周安排一天参加"安全屋"工作。同时，从"布局设置、警力配备、职责任务、外观标识、制度台账、装备设施、工作时间"7个方面统一实施"安全屋"办公设置。

在派出所的指导下，迈村率先建立群众性巡逻队，着力现场抓获，对各类现场发现的违法犯罪活动迅速反应、果断处置，及时破获了一批有影响的重大刑事案件，抓获盗窃、吸毒等违法犯罪人员百余名。现该模式正逐步向其他社区推广。

结合"互联网＋"形势，探索设立社区网络"安全屋"新工作方式，开辟治安工作社会化新途径：通过"云信通"短信平台、QQ空间、微信等现代化通信工具主动向辖区群众发送社区民警"警民联系卡"，定期向群众推送防盗、防骗知识，与群众互动答疑，提高社区警务工作在网络时代下的针对性，提高社区管理和防范效能，进一步改善警民关系，实现警察公共关系的新突破，从而提升群众满意度和安全感。

2017年以来，南环路派出所通过"安全屋"模式高效运作，社区民警入户走访3000余户，及时发现、消除各类隐患50余处，化解、调解纠纷100余起，抓获各类违法犯罪嫌疑人80余人，通过微信公众号、微信群添加粉丝2000余人，发送安全提示、公安宣传等新闻200余条，有效提高了社区民警知晓率和群众满意率。南环路派出所各个社区多次在镇江市公安局社区民警工作绩效考核中名列前茅。

拇指是这样竖起的——他们服务为民有办法

2016年5月23日上午，镇江市丹徒区辛丰镇解放东村村民殷建国将一面锦旗送到了丹阳市南环路派出所，对该所民警真情救助家中迷路老人表达了诚挚的感谢。

把锦旗送给南环路派出所，竖起大拇指为南环路派出所民警点赞，是因为南环路派出所为民有情怀，利民有办法。

杨林慧从警 13 年来,当过内勤,干过窗口,参与过抓捕。无论是何种岗位,她都能发挥自身特色,努力做到最好,先后三次被丹阳市公安局评为"优秀公务员",两次被丹阳市公安局嘉奖,获得丹阳市"出入境优质服务标兵"荣誉称号,荣立三等功一次。

丹阳市南环路派出所华南社区有一个女孩叫邵苏阳,她曾在广州工作,正值花样年华,2008 年 6 月的一天,厄运突然降临,她在回家途中遭遇抢劫,在与歹徒的搏斗中摔下大桥,导致双下肢伤残。沉重的打击让这名花季少女几乎丧失了活下去的勇气。屋漏偏逢连夜雨,她的母亲又不幸中风在床,整个家庭陷入绝境。身为社区民警的杨林慧在入户走访中了解到这一情况,便开始了爱心救助的义举,这份责任一担就是近 10 年。每到周末杨林慧就会上门看望邵苏阳,除了陪她谈心,还常常询问她有什么困难,逢年过节还自掏腰包为她添置生活用品。由于杨林慧平时工作很忙,常常不能及时看到邵苏阳发来的信息,她就帮助邵苏阳建立了一个微信群,加了很多与她年龄相仿的朋友,大家在一起说说话、聊聊天,这样的交流使邵苏阳明显开朗了许多。为了让她早日走出阴影,杨林慧还组织了志愿者们一起去看望邵苏阳,帮助她结交新朋友。在这样日复一日、年复一年的陪伴下,邵苏阳的脸上又开始有了阳光般的笑容。2014 年年底,邵苏阳母亲病情加重,而她又实在无力照顾母亲,邵苏阳第一时间就想到了自己的"好姐姐"。杨林慧得知这一情况后,不但主动联系附近条件较好的疗养院,还亲自将邵苏阳的母亲送往疗养院护理,并且一有时间就开着车送邵苏阳去疗养院看望母亲。在杨林慧的记事簿里有这样一句话:"每当看到她们母女相聚时的笑脸,我心里也升起一种幸福感。"

作为一名社区民警,杨林慧做得最多的便是走家串户,调解纠纷,提醒社区的百姓做好安全防范、日常消防等,有的时候也会遇到一些需要社区民警协助的案件。通过实地走访、统计分析等方式,她对辖区内情况非常熟悉,可以说是华南社区的"活地图"。2016 年 12 月,南环路派出所通过排摸侦查,发现辖区华南新村存在一个赌博窝点,开设赌场的人员反侦察意识非常强,大门口有卷帘门,二楼楼梯有铁门还有人望风,陌生人根本进不去。在摸清该窝点的基本情况后,12 月 24 日,南环路派出所决定对该窝点进行收网。由于杨林慧对辖区情况了如指掌,所里决定由她负责带领一名民警和两名协警队员作为前锋,混入赌博窝点。敲开大门后,急红了眼的赌徒们四散逃窜,其中一个人看杨林慧是一名女同志,就想从她身后逃走,便一把将她推向身后的桌角。杨林慧被推倒后,顾不得背后的疼痛,单手攥紧了那个人的衣领,并与另外一名队员合力将该赌徒控制。除了先期控制住的一批相关人员,之后她更与增援警力通力协作，最终将该窝点一网打尽，十余名开设赌场人员被移送检察机关。

南环路派出所社区警务队队长徐孟从事社区警务工作以来，始终扎根社区，知民情、解民忧、排民难，大胆实践，勇于探索，累计走访居民6834余户，办理居住证3662余份，办理户口、身份证并送证上门246余份，成功转化了3名刑满释放重点人员，提供治安信息200余条，破获各类案件60多起。因成绩突出，徐孟曾工作过的姚家弄警务室被评为镇江市"一级警务室"，现在工作的九房迈村中心警务室被评为镇江市"二级警务室"。参加公安工作以来，他先后被评为江苏省"111"工程优秀社区民警，荣立三等功一次。

南环路派出所辖区属于典型的城乡接合部，所辖区域内小区多，工地多，人员杂，人员流动性大，社会管理难度很大。徐孟有机地把社区巡防、治安管理、交通安全、消防安全、校园安保、清剿火患、矛盾纠纷排查、维稳安保等专项工作结合起来，围绕提升"见警率、知晓率、满意率"的目标，通过全面深入片区排查重点单位、居民小区、行业场所、商铺，签订治安管理责任书、发放民警提示、粘贴消防宣传提示等各类资料5000余份，把政府职能部门的工作做到群众家中、学校、单位。

景志鹏从警五年，作为一名普通的基层民警，他坚守在打击犯罪的最前线，抱定除恶务尽的信念，发扬坚韧不拔的侦查精神，坚持信息引领警务，强化情报、证据意识，在预防和打击犯罪中取得了显著成绩，已成长为破案攻坚的能手。五年来，他共抓获各类违法嫌疑人150余人，破获刑事案件200余起，并多次受到各级嘉奖，荣立三等功一次。

2015年9月17日凌晨，南环路所接到汤某报警称：其在云阳街道石城路肉联厂收购猪大肠时，有20余人携带砍刀、铁棍、棒球棍等工具，至肉联厂内对其和工人王某进行殴打，致使汤某、王某二人多处受伤。接到报警后，景志鹏迅速赶往现场，第一时间控制了场面，固定证据。景志鹏判断此案为有预谋、有组织的恶性聚众斗殴案件。将现场抓获的一名犯罪嫌疑人陈某带回所后，他没有立即展开讯问，而是仔细查看现场监控视频，制定详细的审讯方案。面对大量的视频证据，犯罪嫌疑人如实交代了犯罪事实。同时，景志鹏将现场所有嫌疑人照片打印，通过陈某进行指认。在初步确定了涉案嫌疑人后，景志鹏开始了对此案件长达9个月的调查奔波，他多次赴外地抓获。截至2016年6月，肉联厂聚众斗殴案件中的主要犯罪嫌疑人全部抓获，共刑事拘留18人，其中赴外省抓获9人。

面对形形色色的犯罪方式，景志鹏踏实严谨的工作态度，让他遇到疑难复杂案件时,总是抱着不破案件誓不罢休的态度。

2016年2月22日10时许,云阳街道儿童医院住院部一病房内手机被盗。案发后景志鹏第一时间前往儿童医院调取案发时间段监控,经过研判分析迅速初步锁定了一名嫌疑人。景志鹏对全市近期案件进行梳理,发现案发当日在市人民医院和第二人民医院均有此类案件发生。面对被盗医院和路面的大量视频监控录像,景志鹏不急不躁,认真进行调阅分析,确定该嫌疑人从火车站搭乘出租车来往于本市多家医院,系流窜作案。景志鹏随即前往出租办调阅监控并取得了嫌疑人的清晰照片。经过多日研判和大量视频的梳理,最终确定犯罪嫌疑人的作案路线,即从火车站离开后,先后搭乘出租车前往丹阳市人民医院、第二人民医院、第三人民医院、云阳儿童医院,后又到第三人民医院、第二人民医院,最后到丹阳城际站乘火车离开丹阳。景志鹏根据这些线索很快确定了嫌疑人身份:黎某,安徽省滁州市人,有多次盗窃前科。就在景志鹏查找黎某的行踪准备将其抓获时,发现黎某已于2016年3月15日因盗窃医院财物被无锡市公安局崇安分局抓获并刑事拘留。得知这一消息后,景志鹏立刻赶赴无锡,待黎某刑拘释放后又立即将其带回丹阳。虽然在无锡被抓获时,黎某没有交代犯罪事实,但是景志鹏没有放弃继续审查,他从视频监控入手,对黎某展开心理攻坚战,最终使黎某交代出其在苏州、无锡、常州、上海等地盗窃住院病房手机的犯罪事实,破获跨省系列盗窃手机案10余起,案值6万余元。

心想着百姓,肩负着责任,他们服务为民最好的办法就是尽心尽力,全心全意,热情周到。与辖区群众一起修筑警民共环路,让警民心连心,手相牵,同走一条平安路。

他们不是一个个的个位数,是一批批的优秀群体,依靠这样一支深受群众信任的民警群体,南环路派出所打造了丹阳公安最为坚强有力的公安干警队伍;依靠一项项实绩,南环路派出所成为丹阳公安的一面旗帜;依靠老百姓的一次次好评,南环路派出所成为丹阳老百姓心中的平安守护神,成为丹阳市南环路上一道最美的风景。

张久召

男·汉族

1976 年 11 月出生,研究生学历,中共党员。2005 年转业参加公安工作。现任镇江市公安局交警支队京口大队一中队中队长。先后荣获全国优秀人民警察、全国交警系统执法标兵、江苏省公安厅三基工程建设先进个人、江苏省公安厅交警总队十大优秀执法爱民交巡警、江苏省公安厅交警总队示范标准岗执勤执法能手、镇江市劳动模范、镇江市微笑执勤民警、镇江市优秀军转干部、镇江市首届十大"马天民式"好民警、镇江市公安局交警系统执法标兵、全市公安机关和谐警民关系示范岗、镇江市未成年人思想道德建设工作先进个人、镇江市第一届文明家庭、镇江好人、最美京口人等荣誉称号,荣立个人三等功 2 次,被评为优秀公务员 1 次、优秀共产党员 1 次。张久召工作过的京口交警大队大市口岗亭曾多次被评为省级青年文明号、示范标准岗,目前他所带领的京口交警大队一中队也被评为省级青年文明号和青少年维权岗。

背负着希望上路

——记镇江市公安局交警支队京口大队一中队中队长张久召

毫无疑问，交警是一个与城市运转、百姓生活及生命安危息息相关的神圣职业。正因如此，每当新学期开学前夕，手机微信上都会收到这样一段温馨的话语："孩子们就要正式开学了，各位车主，当您驾车在路口遇见独自一人上学或回家的小朋友，请给他们让一让路，等一等他们。现在的孩子不同于我们小时候，家长也很想锻炼孩子，可现在的车子真的太多。所以请您在上学放学时间段，减速慢行，给孩子一份安全保障，让孩子高高兴兴上学，平平安安回家……"

张久召是公安交警队伍中的普通一员。2005 年他从部队转业至江苏省镇江市公安局交警支队工作，现任京口大队一中队中队长。从警以来，他先后获镇江市首届十大"马天民式"好民警、镇江市劳动模范、江苏省十大执法爱民交警、全国交警系统执法标兵、江苏省政法系统（百名）忠诚卫士、全国优秀人民警察等荣誉称号，足以证明他在平凡岗位上的不平凡作为。

2008 年，从警刚 3 年的张久召当选为镇江市首届十大"马天民式"好民警时，评奖组委会给他的颁奖词是：

因为有爱，清晨上班时，群众能从你的笑容里读懂真诚；
因为有情，傍晚回家时，群众能从你的忙碌中领会奉献；
因为有你，我们才会有平安的每一天。
马路是你的舞台，岗亭是你的战场，
是你，让城市的交通变得更畅通；
是你，用一腔真情，扛起了人民警察的职责！

_烈日英姿

　　京口大队一中队主要负责镇江市中心区大市口一带的道路交通秩序和路面治安管理工作。大市口是镇江老城的中心，清末已形成繁华的商业区，周边居民住宅密集，往来车辆繁多。老镇江人一直以"五条街挤不开"之说来形容大市口区域的繁忙。一中队如今负责的区域内人流车流量更大，这里有直接影响整个市区是否交通顺畅的解放路和中山东路，有两所中学、四所小学、七所幼儿园，有苏宁、八佰伴、五星、新世纪、甘露、商业城、新宴春、国际饭店等数十家上规模的商家，有白莲巷、弥陀寺巷、万古一人巷、千秋桥街等老旧小区，以及正在建设完善中的如意江南、凤凰书城等大型建筑群。每天早晚的上学（上班）、放学（下班）时段，每个周末，尤其是每逢中考、高考、各类节假日和大型活动举办期间，交通秩序管理的责任与压力更是不言而喻。

2017年7月下旬，多年不见的持续高温笼罩古城镇江。镇江市公安局交警支队政委许正宏对我说，交警"大考（烤）"的日子到了。于是，我在采访张久召之前，用了几个早高峰时间到大市口一带观察和体验交警们的"火热生活"，在与一些交警、辅警、市民的交谈中，对久召中队长有了初步了解。

"张队长是呱呱叫的好人，一点儿不扎警官的架子，我们老百姓有困难找他，他从不嫌麻烦。"说这话的是操着淮安口音的苏宁广场保洁工余大爷，余大爷的工具间与一中队的办公室紧挨着。

"那个个子不高，正在斜对面路口疏导交通的就是我们张队长。"在路边巡逻的辅警小王边说边用手指着告诉我，当辅警三年，谈起久召队长，他是既佩服又感到亲切："队长像师傅一样严格要求我们，又像兄长一样关心我们。"

一中队的办公室就在中山路通往甘露商城那条支路边上的三间简易的小屋里，若不是外面刷着代表公安特征的蓝白色和闪耀的警徽，很像建筑工地上临时性的现场指挥部。久召队长办公室的墙上，一幅他自己的"语录"连同他的警姿标准的照片赫然醒目："每天看到大家高高兴兴外出，平平安安回家是我最开心的事。"

2016年端午节，张久召及时救助晕倒老人

望着这幅"语录",我想起了一则犹太人的寓言故事:有一只骆驼妈妈领着一群小骆驼在渺无人烟的沙漠中跋涉,它们已在沙漠中走了好多天,因此都急切盼望着快点见到沙漠边缘的那一抹绿色。热辣辣的阳光把沙子晒得滚烫,而口干舌燥的骆驼们没有水了。虽然骆驼被喻为沙漠之舟,但如果长时间缺水,依然会渴死。水是骆驼们穿越沙漠的信心和源泉,甚至是苦苦搜寻的求生目标。这时,骆驼妈妈从背上解下一只水桶,对大家说:"只剩这一桶水了,我们要等到最后一刻再喝,不然我们都会没命的。"骆驼们继续着艰难的行程,那桶水成了它们唯一的希望,看着沉沉的水桶,每只骆驼心中都有了一种生存的渴望。但天气太热了,有的小骆驼实在支撑不住了。"妈妈,让我喝口水吧。"一只小骆驼乞求着。"不行,这水要等到最艰难的时候才能喝,你现在还可以坚持一下。"骆驼妈妈生气地说。就这样,骆驼妈妈坚决地回绝着一只只想喝水的小骆驼。在一个大家再也难以支撑下去的黄昏,小骆驼们发现它们的妈妈不见了,只有那只水桶孤零零地立在前面的沙漠里,沙地上写着一行字:"我不行了,你们带上这桶水走吧,要记住,在走出沙漠之前,谁也不能喝这桶水,这是我最后的命令。"骆驼妈妈为了大家的生存,把仅有的一桶水留了下来,小骆驼们抑制着内心的巨大悲痛出发了。那只沉甸甸的水桶在小骆驼们的背上传递着,谁也不舍得打开喝一口,因为它们明白,这是妈妈用自己的生命换来的。终于,小骆驼们一步步挣脱了死亡线,顽强地穿越了茫茫沙漠。正当它们为能够活下来喜极而泣的时候,突然想到了骆驼妈妈留下的那桶水。打开桶盖,里面盛着的却是一桶沙子。

这则故事寓意犹太民族是一个善于背着希望上路的民族。其实,岂止犹太民族,任何民族的生生不息都是因其在为希望而生存、奋争。希望是前进路上一面高高飘扬的旗帜,能给人以无穷的力量和勇气,指引着人们去克服人生旅途中的千辛万苦。希望,是心中最真切的幻想、盼望、期望、愿望。它像一座灯塔,引领着人们前行的方向,又似一只马达,在人们前行的征途上不断地增添动力。

那天上午近九点半,忙完了早高峰的张久召浑身湿透着走进办公室与我见面。匆匆握了手,他一边解下腰带一边端起泡着菊花的茶杯,边喝边说:"这天气,一天比一天热,老天爷开开恩,快刮个台风来场雨吧。"他是河南人,是个快人快语的实在人。

张久召,1976年11月出生于河南省南阳市唐河县毕店乡沙河铺大队江河口生产队,著名电影演员张丰毅是他的同乡。唐河县位于河南省西南部豫、鄂两省交界处,西临南阳市区。古代为京都长安、洛阳通向江汉平原的隘道要冲,物阜民丰,乃兵家必争之地。唐河县是全国著名的商品粮、棉、油基地,也是河南省重要的石油基地,河南省较具实力的县市之一,经济综合实力位居南阳市各县前列。唐河县先后荣获全国科技进步先进县、中国栀子之乡、中部百强县市、河南省对外开放先进县、河南省平安建设先进县、河南省电子商务进农村综合示范县等荣誉称号。2015 年国务院批复"大别山革命老区振兴发展规划"将唐河县发展纳入国家战略。

1976 年,共和国的史册上有许多难忘的记忆。久召家里也有着不寻常的往事。在他出生前半年的一天夜里,生产队加热山芋苗的土窖失火,身为大队会计的父亲为保护集体财产,冲入火海灭火,不幸献身。当时乡里有关领导怕被追责,隐瞒未报,只说他父亲是"意外死亡",那年他的父亲刚四十出头。失父之痛给久召及其全家带来了深深的悲苦。久召记得村子周围有两条河:大河、小河。小时候,他就听大人们说,别看这两条河不起眼,它们都是跟大武汉的汉江相连通的。那时,他喜欢到河里玩耍,在河岸边凝望,一种励志的期盼时而随着河水的波浪在心里涌动。

1994 年初冬,天气明显有了凉意,树叶已在飘落,久召当兵去了。他在母亲的万般叮嘱中,在亲朋好友的泪眼婆娑中,在自己的眷恋和不舍中,告别了家乡,踏上了开往山西大同市的列车。他将半个身子伸出窗外,拼命地去吸吮故乡的气息……久召有三个哥哥、一个姐姐,当时他们家和那个年头许多中国百姓家庭一样,还远远没有富起来,吃上顿愁下顿是常见的事。哥哥姐姐因为家庭条件所限,都很早就不上学了,干起了挣工分的农活儿,大家合力支持小弟久召上学,全家人将对未来美好生活的希望都托付给了他。乡间坎坷泥泞的求学路上,久召背负着全家人的深情嘱托和沉甸甸的希望用力前行着。虽然生活艰苦,乡村的中小学师资也有限,但久召学习很努力,坚持读到高中,这已是村里的奇迹。1994 年河南省首次实行"3+2"的高考模式,乡村中学怎能适应啊!久召因几分之差落榜。家里人动员他复读来年再考,可他说什么也不肯,他想尽快参加农业生产,减轻全家的负担。不久,征兵开始,刚满 18 岁的张久召报了名,入伍来到驻山西大同的某野战部队。

说到这里,久召的眼眶有些湿润。或许他是为全家人那么多年吃苦受累供他上学而动情,或许他是为那时乡村基础教育软硬条件的匮乏而叹息,或许他是为高考失利而扼腕,或许,不是或许,他也一定为当年从军的选择而自豪。久召认为,规范执法、文明执法,首先要从仪表仪容做起,树立人民警察的良好形象。每天上路执勤前,他总是穿戴整齐,扎紧腰带,举止端庄,自觉检查警容警姿是否规范。这一习惯无疑与军营的熏陶有关。

山西省大同市是距离老家河南南阳几千里之外的北方城市。"当兵不怕苦,怕苦不当兵。连队是熔炉,好铁才打钉。钢枪汗擦亮,铁骨火炼成。重担肩上挑,困难脚踏平,我为祖国尽义务。当兵不怕苦,苦练出精兵。武艺全靠练,功到自然成。钢枪听指挥,子弹有眼睛。靶场开红花,边疆筑长城,我为祖国献青春。"讲到部队,这首军营号子一下子就进入了久召的心灵,老团长郭青恩训练场上率先垂范的样子更是感染与激励着他。入伍不久,他就在部队军事全能比武中取得了优异的成绩,获得嘉奖。入伍第三年,他就经推荐和文化考试,进入石家庄陆军指挥学院后勤专业学习深造。这所学院诞生在抗日战争的烽火中。叶剑英、聂荣臻、刘伯承、孙毅、萧克、杨勇等高级将领曾先后担任学院领导。朱德、贺龙等老帅曾亲临学校视察。学院前身是 1938 年 12 月 13 日中央军委在延安组建的抗日军政大学第二分校,1986 年改建为军事教育学院,1992 年 9 月改建为陆军参谋学院,1999 年 7 月改建为石家庄陆军指挥学院。张久召为自己能上这样的军事院校而自豪,考进这所院校的喜讯,让他和全家乃至全村人都着实兴奋了好一阵子。

1999 年夏季,张久召以优异的成绩和优秀学员的荣誉毕业后,被分配到北方的另一支野战部队,先后担任了排长、司务长、团生活服务中心副主任等职务,2005 年下半年,他从副连职岗位转业,来到了妻子范蕾的家乡——镇江。

镇江位于江苏省西南部,古时称润州、京口、朱方,民国时期为江苏省省会。镇江是长江三角洲北翼中心、南京都市圈核心层城市和国家级苏南现代化建设示范区重要组成部分;长江和京杭大运河在此汇就中国"江河立交桥"的坐标,素有"天下第一江山"之美誉。镇江是全国闻名的江南鱼米之乡,市内有金山寺、西津渡等众多名胜古迹。2015 年 11 月,镇江市获得"中国十大活力休闲城市"称号。张久召早就听说过,也早已爱上了这座城市,这个新的家乡。

出了军营,进了警营,张久召仍保持着军人的本色。那天上午,我在张久召办公室看到了他的女儿张钰。放暑假了,夫妻俩工作都忙,孩子没人照顾,来此做作业。久召告诉我:"女儿出生时,我正在参加'入警岗前培训',我只在女儿出生的当天下午请了半天假去看望她们母女。"难怪久召的妻子范蕾说:"自从结婚,成为一名民警妻子后,我就比别的女人多了一份艰辛,少了许多矫情。"她说:"我们没有花前月下、卿卿我我的浪漫,有的是比常人更多的担心和牵挂。我也曾经后悔过、埋怨过,但更多的时候我还是有一种做警嫂的光荣与自豪感。"一次双休日，家里老人生病了，他和妻子都要工作，久召只好将女儿放在图书馆，结果忙起来竟然忘了接女儿，直到图书馆打来电话催促。他曾承诺在女儿上小学前的那年夏天，带妻子和女儿到北京玩玩，到老部队看看，结果因为工作繁忙，他食言了。小张钰已经记不清爸爸有多少回这样的食言了。

面对家人、面对孩子，张久召总是有深深的愧疚，面对河南老家的亲人，张久召同样还是怀有深深的愧疚。

2012 年 7 月，张久召 59 岁的大哥查出患癌症中期，小时候大哥就像父亲一样呵护着他。听到这个消息，他的心揪得疼痛。家里将大哥送到郑州医院治疗了 3 个月，他却一直没时间去看望。他说："国庆加班，遇到电视台在路上采访节日加班的外地人，刚好镜头对着我，我对着镜头就忍不住哭了。我的眼泪止不住地往下流，我想老家的大哥，开车回家也就 7 个小时，可我就是没有时间啊！"张久召转业 12 年来，回河南老家的次数屈指可数，而且加起来还不到 10 天。

张久召一踏入警营，就进行了宣誓仪式和宣誓教育："我宣誓，我志愿成为一名中华人民共和国人民警察，我保证忠于中国共产党，忠于祖国，忠于人民，忠于法律；服从命令，听从指挥；严守纪律，保守秘密；秉公执法，清正廉洁；恪尽职守，不怕牺牲；全心全意为人民服务。我愿献身于崇高的人民公安事业，为实现自己的誓言而努力奋斗。"久召就是这样做的，他把入党誓词、军人誓言都铭记在心，现在，他又把警察誓词当作责任扛在了肩上。

有人说，交通警察"晴天一身灰，雨天一身泥"，整天站在马路上，就像一座会动的"兵马俑"。张久召却说："交通警察更像一座流动的城市雕塑，展示的是城市的又一道风景。"他从自身实际出发，苦练基本功，立志要在平凡岗位干出不平凡的作为。"刚开始，听不懂镇江话，妨碍了与群众的交流，不利于工作的开展和为群众服务。我就让妻子、岳父、岳母在家里多讲镇江话，多问我，多考我。"当上交警后，他是每天第一个上班、最后一个下班的。早晨6 点多从家出来，晚上 7 点甚至更晚才能到家。交警的工作就是在路上，下班了心还在路上。

熟悉张久召的人都知道，他有个最大的特点就是特别能"站"，无论数九寒冬，还是烈日炎炎，也无论烟尘扑鼻，还是汽笛刺耳，人们经常可以看见那个个头不高，但一脸刚毅，警容严整的忙碌身影在指挥交通，扶老携幼，推车助残。大市口的交通秩序一直牵动着支队、大队领导的心，为了让领导放心，让群众满意，他到该路口上岗的第一天起就抱定一个决心，再苦再累也要维护好该路段的交通秩序。就这样，他每天护送老人、小孩、残疾人过马路，认真整治违规车辆，从上班那一刻起直到下班，一直工作在路面上，从没见他脱过一次岗，偷过一次懒。他不仅站功好，走功也好。上岗之初，没配摩托车，他每天都要穿街走巷地走十几里路巡逻。"也是为了熟悉路况，接近群众。有些老街巷，尽是断头路，那里的路况怎么管理，我想出了一路（巷）一策的管理办法，得到了认可。我还对改进老小区的停车、绿化、卫生等提出过一些建议。"就这样，通过勤奋学习、扎实工作，久召从一名门外汉逐渐成长为一名优秀的深受群众喜爱的公安交警。

除了站功、走功，还要练嘴功、眼功。

一次在解放南路巡逻时，久召看到一辆车违停在莫泰168连锁宾馆门口，检查时发现该车驾驶人驾驶证年审过期，按照规定必须扣车。车辆和驾驶人都是山东的，驾驶人在苏锡常一带做生意，扣车必然给其带来不便，因此态度很不好，说了一些难听的话。对此，久召没有生气，没有恶语相对，而是耐心地为其讲解交通违法可能产生的危险后果，并按照法规程序对此车及驾驶证进行扣留。他带着驾驶人到大队，告之如何办好相关处罚手续。张久召如此耐心的工作态度使那名驾驶人心悦诚服地接受了处罚，并为其不当言语连说"对不起"。"遇到这样的事，一定要有耐心，要以理服人。我们河南老家有句俗语叫作'要得理晓，弄个颠倒'。执法者也要站在被执法者角度去想一下，能收到更好的效果。"张久召从警十多年来，无一例投诉发生。

"交警工作越做越辛苦，越做事情越多，每天都不知道会发生什么样的事情。我们河南乡下的有句土话用在交警身上挺合适：眼睛底下都是活儿。"久召说得实在。

2012年7月8日下午三点多，小学和幼儿园放学时段，一场突如其来的暴雨倾盆而下。在京口区少年宫门口，下课的学生和接孩子的家长堵满了马路，久召来不及穿雨衣，就跑到马路中间指挥交通，一位市民抓拍到了这一幕。这张照片被网友"无话好说"上传到当地论坛，并留言："当时天空下着大雨，一位交警在雨中指挥交通，和远处一个穿着雨衣的行人匆匆而过形成不错的对比，这与这位交警的形象对比得确实太好了！放大看好像衣服还湿透了，可以说这是镇江雨中最美的交警！"这个帖子在24小时内点击量超过2.5万人次，100多位网友回帖议论："你们辛苦了，雨中护学，这就是交警动人的地方，美丽的地方。"

2012年7月12日,雨天。下午4点左右,张久召在大市口解放南路值勤,遇到天津南开大学的4名女大学生问路,她们想对镇江医改试点情况进行调研。久召觉得这是好事,热情协助她们在三轮车师傅、交警、居民中展开了问卷调查。4名女生回校后将这名热心交警帮助她们进行问卷调查的事发在新浪微博上,很快得到许多网民的点赞。

几年前,一位从台湾地区来镇江的女尼在大市口开车违规变道,闯红灯。她虽然有驾驶证,但不清楚交通法规。处理完这件事情后,张久召想,治表固然重要,但还要治本。只有提高全民交通安全知识,才能有效地减少交通违法行为。当晚回家后,他开始制作图片,撰写宣传材料,并组织中队民警到学校,带着宣传画册照片,开展道路交通安全法规教育。从幼儿园、小学、中学宣讲到大学,并在学生中开展了"文明交通我护航"社会实践活动。他们还走进建筑工地、运输单位,有针对性地找开混凝土、渣土车的司机进行宣讲。走进观音山圆通寺,向那里的僧人和居士宣传道路交通法规,赠送交通安全宣传光盘和宣传手册。

2006年10月11日下午,张久召在大市口执勤时发现两名年轻人驾驶的一辆车牌为苏DV56××的黄色雅马哈二轮摩托车的号牌有伪造嫌疑,便将该车拦下进行检查,发现驾驶人没有驾驶证、行驶证。他们拒绝说出真实姓名和车辆来源,并且迅速逃离现场。张久召随即将乘坐人控制住。根据线索,最后两名犯罪嫌疑人范某和刘某全部被抓获。原来该车是这两人合伙在常州盗窃来的,这两人还在南京进行过"飞车抢夺"。

2009年7月8日下午,张久召巡逻至新时代广场,接到市民报警称:其在新时代广场购物时,所带的黑色挎包被一名男子抢走,包内有手机两部、现金3000元,现该男子已向中山桥方向逃跑。接报后,久召迅速向中山桥方向追赶。犯罪嫌疑人逃至河滨饭店工地门前,见有民警追来,慌乱中将抢夺的挎包扔在路边,逃窜入五星电器商场内。张久召立即进入店内,将在二楼楼道内正在脱外套企图逃避检查的犯罪嫌疑人宫某抓获。后来记者采访张久召,问及他在抓获犯罪嫌疑人时是否想到个人安危,他笑了笑说:"我是人民警察,这是我的职责。"

类似这样保民平安的事情张久召做过太多了。据不完全统计,12年来,张久召共计抓获各类违法犯罪嫌疑人30多名,查获被盗车辆50多辆,显示了其一警多能的风采。

笔者和张久召交流时,说起了外地年初发生的几起校园门前的流血惨案,他很是痛心。他说,每天上学放学,交警一定要到校门口,一是护送孩子过马路,二是对可能存在的犯罪苗头起到遏制作用。张久召还善于利用微信、微博等平台,针对不同单位、不同群体做宣教工作。久召觉得,一警多能意义重大,他对这方面的训练方法有许多独特体会和思考。

张久召很喜欢听王宏伟唱的《父亲对我说》:

望着我的眼,父亲对我说
上了几天学没啥了不得,没啥了不得
村西你大娘跟你打招呼,你别假装认不得
我说父亲我记住了

拍着我的肩,父亲对我说
挣了几个钱没啥金贵的,没啥金贵的
村东你二爷的小屋就是脏,你也要去坐一坐
我说父亲我记住了
啊,父亲,孩儿我记住了
你常在讲,你总在说
这世界离不开庄稼人,离开庄稼人谁也没法活
谁也没法活

贴着我的心,父亲对我说
当了几天官没啥了不得,没啥了不得
家乡的百姓都不容易,求你个啥事别推脱
我说父亲我记住了
啊,父亲,孩儿我记住了
你常在讲,你总在说
这世界离不开庄稼人,离开庄稼人谁也没法活
谁也没法活

啊,父亲,孩儿我记住了
你常在讲,你总在说
这世界离不开庄稼人,离开庄稼人谁也没法活
谁也没法活
你的话永远记心窝

不忘初心，方知感恩。张久召牢记自己是农民的孩子，时时、事事、处处关爱群众，把"人民满意不满意"作为检验自己工作好坏的标准。刚到京口交警大队工作时，他听说老劳模王广盛正在资助两名特困学生，便主动加入资助行列，从2005年开始对位于茅山老区的句容市春城中学两名特困学生邱某、范某进行资助，直到2008年两名学生高中毕业。12年来，张久召资助贫困学生的行为从未间断过。

2008年8月16日上午11点左右，正在大市口执勤的久召接到指挥中心指令，要求帮助查找一考生遗失在公交车上的高校录取通知书。接警后，他冒着高温根据线索立即对从丹徒新区开往市区的21路公交车逐一进行查找。经过一个多小时的努力，终于在一辆公交车上发现了一封盐城工学院的录取通知书。为尽早消除失主的焦虑，久召立即通过镇江市公安局指挥中心与丹徒区高资镇的考生戴某取得联系。

2009年5月4日下午，来镇旅游的苏州女青年赵某在大市口突发阑尾炎疼痛难忍，张久召闻讯立即拦下一辆出租车将她送往江滨医院救治，同时为她垫付了押金。久召为群众做了太多的好事，赢得了群众的由衷赞许和爱戴。2016年长江国际音乐节在镇江市世业洲举办，他因在长江音乐节现场连续劳累病倒住院，近千名群众自发地到医院看望，万余名网友留言祝福他早日康复。

张久召在从警实践中，摸索出了"四四六"工作法，已在全大队推广。

"四四六"是指"岗前执勤四检查"、"执法工作四坚持"和"服务群众六到位"。岗前执勤四检查包括：一是做好自身警容警貌检查。从警用装备、着装、仪表、礼仪、行为等细微处入手，树立起交警的良好形象。二是做好保安队员检查。对保安队员的着装、仪容、仪表等方面进行检查；对他们的指挥手势、指挥用语做进一步规范。三是做好服务举措检查。上岗前仔细检查便民服务所需要的打气筒、指路条、交通图、一次性纸杯等是否携带。四是做好交通设施检查。上岗之前还要检查路口的交通信号灯、交通护栏是否完好；检查辖区内施工路段的安全防护措施是否做到位；检查路面是否有油渍、其他抛洒物等影响交通的情况。

执法工作"四坚持"包括：第一，坚持"五勤"执法。眼勤，随时掌握每个路口的交通情况，及时疏导，及时查纠；腿勤，扩大对路口的控制范围，遏制苗头性问题；口勤，遇到有行人不走斑马线、闯红灯等现象要及时劝阻；手勤，遇到路口经过的车辆多时，要及时通过手势指挥；耳勤，勤听意见和建议，及时改进。第二,坚持规范执法。在执法过程中必须严格、公正、文明执法。执法程序规范,纠处工作流程符合要求,认定违法事实准确清楚,适用法律条款正确,严格按照法定依据、法定程序和法定权限执法。第三,坚持说理执法。充分运用思想工作的方法和技巧,在执法各环节对当事人讲法理、事理和情理,以防范、化解执法中的争议和纠纷,对每一起违法行为都认真、细致、耐心处理,深入进行"说理"执法。第四,坚持温馨执法。牢固树立"以人为本"管理理念,进一步增强为民服务意识,在日常工作中,做到称呼在先、敬礼在先、问候在先、"请"字在先。

服务群众"六到位"包括:一是热情服务到位。要带着爱心去服务,主动为群众排忧解难。二是学会忍让到位。遇到蛮横无理,恶语伤人,甚至打骂民警的现象,一定要保持高度的克制。三是耐心解释到位。在查处交通违法行为时,遇有违法人员故意抵赖、寻找机会逃脱处罚或利用围观群众起哄,甚至群起而攻之的现象,必须保持镇静,不能斗气,要善于把握现场气氛,要让群众明白事实真相。严格按照法定依据和程序办事,可以适时请群众来做"裁判"。四是善意提醒到位。要提醒当事人看管好自己的财物。有的机动车辆马上到了年检期限,驾驶证即将到期,必须提醒驾驶人及时年检、办理。五是坚持原则到位。执法程序是规范执法的重要组成部分。在执法时,一定要严格依照执法程序办事、语言一定要规范,引用法理要做到有理有节,公正不阿。六是言传身教到位。民警不仅是法律的执行者,更是法律的宣传者。在平时的执法活动中,要利用好路面这个宣讲交通法规的"大课堂"。

张久召负责的一中队办公室的外面有一面墙,上面贴着历任中队长的照片和简要事迹。中队长也许与村长差不多级别吧,"别把村长不当干部",他们的辛苦贡献值得后来人铭记。又是一个炎热的中午,我与久召在办公室交谈间,他的手机响了,上级要中队抽调几名警力,到某辖市帮助整治交通秩序。久召在记下任务的同时,也向领导反映:"这么热的天,吃住在外不容易啊,一定要让执行任务的同志吃好饭,有水喝,有澡洗,睡好觉。否则,我们要提意见的。"久召的情感、本色可见一斑。

强将手下无弱兵,榜样的力量是巨大的。久召的言传身教影响着中队的每一位同志。一个冬天的下午,一名留学生骑摩托车到健康路路口,被辅警发现,将其拦下。交警张凯走过去用中文和留学生交流,发现留学生不懂中文便改用英语交流。通过交流,张凯得知这名留学生来自刚果,张凯检查完证照,发现其证照齐全有效,但却是扬州牌照,便告诉留学生扬州牌照不能在镇江行驶。留学生对此不解,用英语辩解:"镇江、扬州都是中国的,为何不能行驶?"张凯及时向其说明,各地区对摩托车行驶有地域规定。由于一些外国人不懂当地法规,常造成这种常识性的违规。出于人性化考虑,张凯没有对留学生进行处罚,而是对她进行了法规方面的宣传教育,并交代了一些事项,提醒她戴上头盔。整个执法过程约五分钟。"惩罚不是目的,遵守法规,减少事故的发生才是交警们的心愿。"中队长张久召肯定了张凯的做法。

日复一日,岁月流淌。每天,张久召都在路上,肩负着不变的希望。

男 · 汉族

祁增祥

1969 年 11 月出生,本科学历,中共党员。1990 年 7 月参加公安工作。现任句容市公安局交通警察大队副大队长。先后被评为全省优秀人民警察、江苏省诉调对接工作先进个人、镇江市第二届"马天民式"的好民警、镇江市公安局岗位能手、镇江市公安局执法标兵、第二届镇江最美警察、句容市十佳优秀青年卫士、句容市十佳政法干警,荣立三等功 4 次。

不够我花的。"

"那你也挺不容易的。"

"那是啊,哪像你们,捧的是铁饭碗。"

"你开的不也是'黑车'吗?"祁增祥开始把话题往那件事上引。

"我哪有车,是我朋友的。"

"你经常开车来句容吧? 对我们这边的路,你都熟透了吧?"

"还行,来过几次。"

"4 月 11 号也来了吧? 电子监控拍得清清楚楚。"

张某某一愣。祁增祥在关键时候,出其不意地抛出一件证据,让他一时反应不过来。

"多少天了,哪里还记得那么清楚。"

"那我给你看照片!"祁增祥亮了亮手里的照片,"这不是你在开车吗? 那天,你犯了什么事?"

张某某不说话了。

祁增祥又加一句:"再看这张照片,你来宝华的时候,车上还有挂件,你回去的时候,挂件没有了。在开车的时候,取下挂件,这是违反常理的。你为什么要这样做? 你心里没有鬼,会这样吗? 你来解释一下。"

张某某的脸色开始变了。看来,他的防线就要被攻破了。

"继续!"祁增祥暗暗地给自己鼓劲儿。

还是聊家常,还是在不经意间抛出一个致命的证据。

天渐渐亮了,远处的村庄传来鸡叫声,门口的马路上也有车辆经过的声响。

满脸疲惫的张某某突然说:"警察同志,给我一支烟吧。"

祁增祥递给他一支点着的烟。

张某某像抽大烟似的,猛吸几口。然后,深深地吐了一口气。

"唉,还是你厉害。我还以为这次能蒙混过关。没有想到你们这么神,我做的一点儿小把戏都被你们看穿了。我服了,我交代,我有罪!"

……

一、看你往哪逃

时间退回到几天前的 4 月 11 日,深夜 22 时 50 分左右,在句容市宝华镇宝龙大道与纬一路十字交叉路口处,发生了一起交通事故,路人李某某在通过十字路口时,被车撞成重伤。

肇事车辆逃逸。

接到报案,祁增祥心中一震:又是逃逸!

从警27年,祁增祥遇到的肇事逃逸不下百起。他知道,考验自己的时候又来了。

1990年7月,祁增祥从江苏交通警察学校毕业,分到了句容市公安局天王交警中队。后来的几年,又调到后白、黄梅中队,负责事故处理。2001年9月,调到交警大队事故科。2008年7月,任华阳中队副队长,分管事故处理;随后又调回事故科,任指导员、科长。2015年3月,任交警大队副大队长,还是分管事故处理。

27年来,祁增祥一直工作在事故处理一线。他还清楚地记得,1991年夏天发生的一起重大交通事故,那是他第一次参与处理死亡事故。因为毕业后,就遇到亚运会在中国举办,他被抽调到城区参与巡逻和执勤,直到春节后才正式到交警中队上班。

那一次的死亡事故发生在104国道,一位骑摩托车的男性被一辆货车轧死了。祁增祥到现场一看,不得了,死者浑身是血,脑袋已经被压扁了,脑浆喷出去很远。实在太惨了。

祁增祥有些受不了,当时就想吐,处理完现场,到了吃饭时间,可他一口饭也吃不下。到了晚上,他怎么也睡不着,脑子里全都是那个惨烈的场景。

饭吃不下,觉睡不好,这样怎么当交警?这样怎么处理交通事故?他在心里暗暗地说:不能这样下去!我是交警,我是离事故现场最近的人,我是来处理交通事故的,再"勿赖"(句容方言,意为"惨")也要挺住。

挺住!挺住!祁增祥挺住了!

当然,不是说挺就挺住的,是挺了好长一段时间。

慢慢地,祁增祥适应了事故现场的惨烈;慢慢地,他开始独自处理事故。

一切从细处着手,细心制作现场图,仔细进行现场勘查,认真进行痕迹检验,不懂就问,不懂就学。

一次次实践,一回回现场处置,他从一个"门外汉"成长为业务骨干。

不仅是业务骨干,他还成了镇江市第二届"马天民式"的好民警、镇江市公安局"岗位能手"、镇江市公安局执法标兵、镇江市"最美警察"。

在这些荣誉之外,更令他感到自豪的是,这几年,大的交通肇事逃逸案件全被他侦破了……

　　然而,事故每天都在发生,每一件事故的处理,都是一个新课题,只有更好,没有最好!

　　这不,今天,又是考验。

　　祁增祥从城里赶到现场时,已快到凌晨了。

　　到现场才知道,被撞的人经抢救无效,已经死亡。

　　而事发时正值深夜,现场无目击证人。他赶紧调取监控。

　　监控里,22 点 50 分,一辆桑塔纳 2000 快速冲过路口。当过路行人出现在监控里的时候,桑塔纳的刹车灯亮了,但由于车速太快,还是撞到了人。这时,车子没有停,一下都没有停,逃了!

　　这辆车子很旧,且前后车牌都用地板革遮挡着。

　　大概车主认为车牌挡着,公安人员就找不到他。

　　祁增祥想,这么晚,到这个地方来的,肯定是附近的私家车。

　　他组织力量,把宝华镇附近所有的桑塔纳 2000 都调出来进行了核查。3 个昼夜的全力排查,竟然没有一点儿收获,所有被排查的桑塔纳 2000 都没有嫌疑。

　　怪了,这辆车难道插翅飞了?

　　"会不会是南京的车辆?这里离南京很近啊。"一个念头在祁增祥的脑海里一闪。对啊,如果是南京的,说不定这辆车曾经来过呢!

　　思路一打开,祁增祥就决定,认真查看肇事车的特征。

　　尽管这辆车的车牌被遮挡了,但它一定会有许多和别的车不一样的特征。如轮胎的钢圈,有的是铝合金、有的是不锈钢;形状上,有三叉的,有五叉的;再如挡风玻璃上的标贴、挂件的位置;等等。

　　祁增祥安排人员把附近的监控全部"顺"了一遍。

　　他想,这辆车不可能整天遮挡车牌,一定会有不遮挡号牌的时候。

　　功夫不负有心人,果真,有一辆南京号牌的车子特征和号牌遮挡住的车子特征相似,再进行详细比对,完全一样,肇事车终于找到了。

　　祁增祥和专案组的人激动得一下子跳了起来。

　　这辆车果真是南京的。车主是个南京人,长得牛高马大,很魁梧。但这个人是个吸毒人员,已经"几进宫"了。因此,他的驾驶证已经被吊销。

　　没有驾驶证,他怎么还敢开车?

　　再查这辆车的动向,发现该车辆基本都在经天路地铁站附近转悠。

　　祁增祥初步断定,这车大概是在经天路地铁站附近跑"黑车"的。这里的"黑车"不少,白天,这些"黑车"还守点儿规矩,到了晚上,就把车牌遮挡起来。

知道了车主的信息，祁增祥却不敢贸然动手。

这是个"几进宫"的人，贸然上门，一是怕他狗急跳墙，二是怕打草惊蛇，抓不到嫌疑人，后面的工作就难做了。

怎么才能在不引起怀疑的情况下抓到他呢？

祁增祥和队友们商量了一个比较稳妥的办法：先蹲守，后以"打的"的名义来诱捕。

蹲守，就是在经天路车站附近等这辆车，这可是个苦差事。既要专心致志，又要防止暴露。假如蹲守时发现了嫌疑人，那就以"打的"的名义，把他引到宝华来抓捕他。

祁增祥带着几个人在车站蹲守了一天一夜，那辆嫌疑车一直没有出现，只能无功而返。

看来，必须坚持才行，他把这个任务交给了宝华中队。

同时，跟他们约好了抓捕地点和暗语。

两天后的晚上 10 点多，祁增祥接到了蹲守干警的暗语电话。

"马总啊，你在哪里？我从经天路车站出发了，我们到宝华富锦小区门口见面，一起吃夜宵。"

祁增祥知道蹲守干警已经坐上了嫌疑人的车辆。

他组织人员在约定的地方等着，心里有些兴奋。

春天的夜晚，月亮亮得有些暧昧，空气中弥漫着万物复苏的气息，小虫在草丛中唧唧啾啾。若不是有任务，在这样的夜晚散步，呼吸春天的气息，不失为一种浪漫。

可是，此时的祁增祥哪里有心思欣赏这春夜的美妙？他的眼睛始终盯着小区门前的大路，一眨也不敢眨。

一道亮光射过来，小区门口，一辆南京牌照的出租车开来了。

应该是这辆车了，今天，这辆车没有遮挡号牌。

按照约定，蹲守的人要给嫌疑人一张面值 100 元的整钞，趁他找钱的时候，在副驾驶位置上把车子的钥匙拔掉。这样，既可防止嫌疑人开车撞人，也可防止嫌疑人驾车逃跑。

这时，让人始料不及的是，当祁增祥冲上去亮出自己的身份时，嫌疑人竟然把手一伸，意思是：你来铐我吧！

祁增祥再仔细一看，心想：坏了！怎么不像车主啊？是不是抓错人了？要不是抓错人，他怎么会主动伸手让人铐？这不符合常理啊！车主明明是个子高高的，胖胖的，眼前的这个人，有点儿像视频中驾车的人，又有点儿不像，这到底是怎么回事?

犹豫只在一瞬间。

这个人一定有问题,不然,怎么会这么老实伸手让人铐?

祁增祥的判断是对的。

原来,他就是真正的嫌疑人张某某,但不是车主。

话要从头说起:张某某的老家在新街口,弟兄四人,两个在监狱里,一个生病死了。原本他家的经济条件还是挺好的,在新街口有一套房子,自己开个车,给人家拉拉货,日子也过得蛮顺溜的。

但他游手好闲,不务正业,怕吃苦,又喜欢上了赌博。结果日子越过越糟糕。后来,他把房子卖了,去做生意,可生意没有做好,钱都赔进去了,自己又生了一场大病,车子也开不了了。

没有经济来源,也没了住处,他就天天上访,成了当地有名的上访户。当地政府没有办法,出钱为他在栖霞区租了一间房子,总算安顿了他。

再说车主,祁增祥了解的情况一点儿不错。他就是个吸毒的人,确实已经"几进宫"了。去年,又因为吸毒被抓起来,强制去戒毒了。车主"进了宫",车子放在家里不光占地方,也派不上用场。车主的妻子就跟一个小兄弟说了,正好这个小兄弟认识张某某。张某某就把车子修了一下,自己开了起来。

张某某开车,也是三天打鱼两天晒网,身上有了三五十元,就拿去打牌了。打完了,再去拉客。

出事的那天,他知道现场没有留下任何痕迹,再加上车牌遮挡着,心里想,警察哪有那么神?

心惊胆战地躲了几天后,发现没有警察找上门来,他的胆子又大了一点儿,就出来拉客了。

谁知,这帮警察还是厉害,已经把他的车辆特征码得清清楚楚。

张某某交代,那天,他是送一个女的到宝华前面的一个小区,那个女的下车时用微信支付了车资。收了钱,他急着往回赶,谁知,开了不多远就撞了人。

撞了人,他没有停下来。但他心里很紧张,一直想着该怎么办。他觉得不能再从原来的路走了,要绕一绕,来的时候,是从仙林大道来的,事发后,他就从312国道走。整整兜了一个大圈子,就是想逃避。

回到家,他又把前挡风玻璃上的一个小的中国结拿了下来,以免车子有明显的特征,而被警察发现。

虽然他机关算尽,但还是没有逃脱祁增祥和队友们的火眼金睛。

又一个逃逸案件被侦破了,祁增祥心里很高兴。在高兴之余,他也在问自己,要是责任心不强,要是心不细,这个案子能破吗?

是啊,多少年来,祁增祥几乎承揽了所有的重大疑难交通事故,特别是案情错综复杂的交通事故逃逸案件,他都以强烈的责任心,对现场细致勘查,对目击证人认真走访,对肇事车辆痕迹精确检验,并形成了完整的证据链,对事故做出准确的定性,及时还公道于受害人,为受害者挽回重大损失,给心存侥幸者以重击。

二、便民才是王道

在20多年的交警生涯中,祁增祥切身感受到,有些交通事故并不大,或者说只是碰擦这样的小事故,但处理起来也是周期漫长、程序烦琐。怎样才能快速、妥善地解决交通事故? 怎样才能更好地服务群众、方便群众呢?

经过前期的认真调研,2014年3月,祁增祥提出了建设全市交通事故"一体化"服务中心的设想。在句容市公安局和交警大队的支持下,祁增祥多次到各相关部门沟通协调,最终成功搭建了公、检、法、司及保险公司等多部门联动的事故处理一体化中心。公安、交警、法院、司法局、物价局,以及人寿、平安、人保、太平洋四家保险公司进驻,实行联合办公,让群众走进一扇门,办结所有事。各相关部门根据事故处理工作的需要,进行合理的拆分、组合,有力提升了工作效率。交通事故处理由"各自为政"变为"一体化"运作,极大地方便了群众。

中心还有两个"超市":一个是汽车修理超市,祁增祥把句容20多家2类以上的规模修理厂集中到大厅,让车主自己选修理厂;另一个是法律服务超市,把句容有资质的律师及法律工作者全部放在大厅里,公开、免费地提供咨询服务,民警不得推荐。

祁增祥把事故分为四种情形:

第一种情形,车损事故,人未受伤。交警不一定到场,双方当事人把现场情况拍下来,然后把保单带到"一体化"中心,半个小时事故定责、保险公司定损理赔就结束了。

第二种情形,人伤得不重。报警后,交警出警,定完责任,协商解决。若需要去医院检查,就去医院,不需要的能当场协商的当场协商,协商好了,就结束;若不行,就移交调解员调解。

第三种情形,人伤得很重或死亡。按照程序规范处理,调查取证,伤者在医院治疗的,帮助办理社会救助,安排后期医药费的协调。

这里,又有民警主导的几种调解方式:一是司法调解员来协调解决;二是保险公司参与协调解决;三是调解不了,对赔偿有争议的,请法院法官提前介入解释,如果成功最好,若不成功,就由法院立案,通过开庭审理来判决。

第四种情形,就是肇事逃逸,必须立即立案侦查。让祁增祥感到欣慰的是,这几年大的逃逸事故全都破案了。这是一个了不起的成绩。

自 2014 年 7 月份推行交通事故"一体化"服务以来,服务中心共接到道路交通事故警情数万起,现场当场调解结案达到 30%,通过服务中心调解结案的达 96.7%,交通事故结案率明显提升。交通事故"一体化"服务中心的建设缩短了事故处理结案周期,避免了事故当事人到各部门来回奔波,节省了事故当事人诉讼费用,着实解决了交通事故处理一大难题。

"一体化"中心就是为了方便群众而设的,群众有困难时,祁增祥从不推诿,总是倾力相助。

2014 年 10 月 10 日一大早,镇江市京口区市民马女士拎了一大包苹果赶到句容市交通事故"一体化"服务中心,一进门就找祁增祥,看见祁增祥后就紧紧地握住他的手,泣不成声,连声称谢。原来,1992 年 6 月 30 日清晨,镇江市供电局某公司液化气站职工马女士在押运液化气过程中,乘坐的运输液化气车发生侧翻,导致马女士受伤。事发地就在句容,事发后,马女士被送往医院治疗,并委托所属公司处理交通事故。因伤情严重,马女士至今一直在全国各地到处求医,其所属公司也承担了医疗费用。但是从 2013 年开始,公司明确表示不再承担其医疗费用。由于马女士当时未参与处理交通事故,也未拿到责任认定书之类的书面证据材料,只好向公安交警部门求助。祁增祥接待了她,在了解了有关情况后,他便到档案室查找。由于已有 20 多年之久,祁增祥翻遍了档案室也没有找到该起事故档案。

怎么办?他询问了马女士,知道了事故车辆驾驶员丁某的住址和联系方式。祁增祥先是电话联系上了丁某,想向他了解事故情况,丁某刚开始还不愿意配合,经过多次电话沟通,祁增祥晓之以理,动之以情,渐渐消除了他的顾虑。

当晚,祁增祥自己驾车赶到丁某家,找他详细了解事故经过,并形成了书面谈话记录。

祁增祥本着调查得到的事实,出具了相关证明材料,当事人马女士拿着记录材料来到原来的公司。公司自认理亏,同意赔付相关医药费。这件 20 多年前发生的事故,最终画上了圆满的句号。

在句容当地群众眼里，祁增祥不仅是处理事故的能手，而且还像自己的亲朋好友一样，让人感到亲切。

2010年6月22日凌晨，在104国道市区西门转盘西侧发生一起重大交通肇事逃逸案件，造成一辆电动三轮车乘坐人马某死亡。因事发时正面临小学期末考试，死者马某的女儿晓霞在句容市开发区小学上学，因随其母亲回河南参加父亲的葬礼而没能参加学校的期末考试。等到8月31日开学报名时，晓霞被告知已经被学校除名。晓霞母亲为此跑了多个部门都未能解决，心急如焚时她想到了那位处理她丈夫事故的祁队长。

当时，和蔼可亲的祁队长给晓霞母亲留下了深刻的印象，她觉得祁增祥就像自己的亲人一样，要是找到他，说不定能帮助自己解决这个问题。

她急匆匆地来到了华阳中队，寻求帮助。祁增祥了解情况后，立即来到开发区小学。经过多次沟通，学校终于同意晓霞复学了。

三、请配合调查

在处理交通事故中，祁增祥经常会遇到当事人不愿意配合调查的情况，有时，还显得惊心动魄。

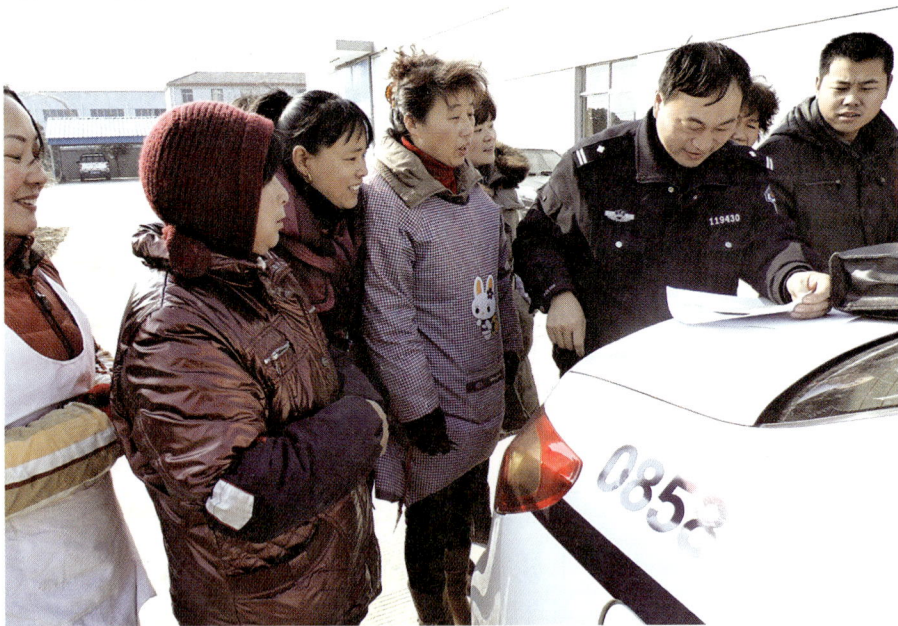

祁增祥妥善处理事故纠纷

2017年4月1日早上7点多,104国道句容天王镇地段发生一起交通死亡事故,肇事车辆逃逸。

祁增祥赶到现场后,见死者是一名40多岁的女性,浑身看不到伤口,现场也没有什么血迹,只有一辆倒地的电瓶车。乍一看,以为她是自己不小心摔倒的。经过仔细尸检,发现死者左侧肩部及颈部有碾压痕迹,可以确认是车辆轮胎碾压所致。

现场没有监控,只在这条路的远处有一个监控。他赶紧查看,发现在出事时间段,共有三辆车经过。一辆无号牌轮式装载机拖着大树,占用了非机动车道和相邻的第一股机动车道,一辆辽宁牌照的重型半挂车,还有一辆山东牌照的重型半挂牵引车。

装载机是当地的,又在当地施工,好找。祁增祥第一时间找到装载机。装载机司机说:"不是我撞的,我看到的,是大货车撞的。"

原来,那女的骑着电瓶车由南向北走,一辆装载机拖着一棵大树占用了非机动车道和相邻的第一股机动车道,晃荡晃荡地倒着开,树枝也是由南向北在她的前面伸开。她就把车开到了第二股车道。她在第二股道上走的时候,后面两辆车超车时,辽宁牌照的车子过去了,山东牌照的大货车没有发现她,一下子开了过去。车厢外侧轮胎接触到了她,她倒地后,被中间的车轮挤压致死。

祁增祥立刻联系大货车驾驶员。

此时,大货车已经开到了苏北盱眙。

祁增祥刚把自己的身份说完,大货车司机就说:"不怪我,她撞到树上跌倒的。"

"好,既然你看到了,我们现在正在调查,请你来配合我们调查!"

"我车上拖着货呢,厂家要得急,哪有时间?"

祁增祥打电话的时候,知道车子正在盱眙,就叫他在盱眙服务区等。

大货车司机不理,继续往前开。

祁增祥赶到盱眙,大货车已经开到了山东境内。祁增祥再往前赶,大货车已经到了山东滕州。

祁增祥很着急,他着急的是万一下雨什么的,把车辆上的痕迹冲洗掉了,就没证据了。

当祁增祥赶到滕州,见到大货车司机的时候,已经是下午5点多,天已擦黑,嫌疑车停在当地的停车场里。

这是一个货运集散地,成百上千的车辆停在里面,见有警车开进来,这些人对警察态度不友好是正常的,因为他们在路上最怕的就是交警。现在,见警察找上门来,都围了过来,有的帮司机说话,有的说闲话,有的起哄,还把停车场的大门关上了,气氛立马紧张起来。

祁增祥心里清楚,自己的安危不要紧,现在最要紧的是赶紧取证。好不容易找到了肇事车,取不到证据,案子就没法破。

他赶紧找到肇事车,借着暮色,用手机照明,仔细查看。终于发现在中间右边的轮胎外侧边缘,有明显的剐蹭痕迹。也就是说,轮胎的外侧有灰尘明显减层,这是一般人都不会注意的地方,就是这只轮胎,成了轧死人的罪魁祸首。

也就是这只轮胎成了会说话的物证。

祁增祥心里松了一口气,但随即他就绷紧了弦:此时如果贸然采取扣留车辆及驾驶人的措施,必然引发当地老百姓与警察的对峙,甚至可能引发群体性事件。怎么才能把肇事车辆扣留?同时把肇事司机带走呢?看着一大帮围着他们的司机,祁增祥觉得,不借助当地警方的力量,仅靠他们三个人,看来是不容易办到的。

祁增祥找机会联系上了当地交警,请求帮助。当地交警很给力,立即派人来到停车场。

当地交警对肇事司机说:"就是到交警队录个口供,配合调查。"

司机再也没有理由推辞了,只好坐上了祁增祥开去的车子。

当地交警在前面带路,祁增祥的车跟在后面。等出了停车场才发现,他们的后面跟来了一辆坐满人的车。

祁增祥立刻联系前面带路的当地交警。当地交警心领神会,连闯四个红灯,甩掉了后面跟踪的车辆,一直把祁增祥他们的车子送到高速路口。

回来后,肇事车被警方扣留。经审讯,肇事人承认了逃逸事实,后来受到了应有的惩罚。

四、只为公正,不谈委屈

随着我国汽车保有量的激增,交通事故也随之增多。就连句容这个小小的县级市,人们的法制意识也大大增强了,即使是一些小的碰擦,有些人也要分出个谁对谁错。要是遇到脾气暴躁的,双方往往各执一词,甚至引发冲突。

交警在处理事故的过程中稍有不慎,很容易就落得"里外不是人",遭遇信任危机的尴尬。

27年工作在事故处理一线，祁增祥遇到过数不清的不信任和尴尬，但他只为公正，不谈委屈。

他总能设身处地地为当事人着想，总能心平气和地协调双方的情绪，总能赢得事故双方当事人的信任。很多因事故处理与他结识的群众，都把他当作值得信赖的好朋友。

"要是没有祁队长出具的两份详细笔录，我这官司肯定打不赢！"在事故处理中队暂时租用的简陋办公室里，匆匆赶来的石狮村民戴光荣，见到所有警官都这样说。他来到祁增祥面前，摘下大大的墨镜，丝毫不忌讳鼻梁凹陷、左眼失明、因车祸落下的不堪容貌，又是微笑又是作揖，高兴地说着，掩饰不住心中的喜悦和感激。

2009年4月，戴光荣驾驶摩托车与一名无证酒后驾驶摩托车的年轻男子发生相撞事故。接警处理的民警正是祁增祥。从多次现场勘查，到赴医院探问，再到详细调查另一方……祁增祥细致的办案作风和充满人情味的处事态度，让这个原本有些想不开的汉子倍感温暖。

"当时真恨不得死了算了。是祁队长安慰我，对方是全责。我上有老下有小，女儿又马上要上大学了……"虽然事故最终未能在交警部门调解成功，但在祁增祥的细致工作下，戴光荣车祸一案已经法院判决并胜诉。说到激动之处，戴光荣两手挑着大拇指，赞许祁增祥了不起。

"我们是农村人，不太会说话，可祁警官这些年怎么帮我们的事情，三天三夜也说不完。"家住句容开发区大卓村的胡洪元、王月珍夫妇逢人就说祁增祥好。

胡洪元的两个姑姑和一个姐姐曾经陆续遭遇车祸。胡洪元、王月珍与祁增祥已打过多次交道。

2011年6月6日晚上，来句容打工的徐州籍朋友在胡洪元家吃饭后，回家途中不料遭遇车祸身受重伤，肇事司机逃逸。朋友家人手足无措，特别是听信他人关于肇事司机是本地人，当地交警肯定会袒护的话，更是激起很强的逆反心理和不信任。

事故发生后，祁增祥帮助伤者转院到南京治疗，谁知，伤者因伤势过重抢救无效而死亡。这时，听说警察抓到了肇事者又放了。死者的家人激动了。他们鼓动胡洪元、王月珍夫妇，带着一群人来到交警队，要讨个说法。

眼看关系闹僵，事态严重，矛盾激化，原本不负责此案的祁增祥主动介入。他了解情况后，告诉胡洪元、王月珍，不是放走了肇事司机，是让他筹钱去了。"请放心，我一定会公平公正处理这件事，如有任何不公，我负全部责任。"

一看到祁增祥出面，胡洪元夫妇放心了。他们对要闹事的朋友家人说："我们就信祁队长，他是个好警察，他说到做到。他说的肇事司机跑不了，就跑不了，肇事司机只是筹赔偿的钱去了。"

原本想不通的一帮人，没了言语。

此后，祁增祥多次跑医院与死者家属接触，陪同死者家属赴江阴索赔，帮忙处理相关事务，妥善地处理了这桩事故。

只要看到祁增祥在，死者家属心里就踏实了许多。一桩眼看要闹大的事情，就这样被祁增祥平息了。

像这样的事故案例不胜枚举。

2014年10月7日19点50分，凡某严重醉酒后，驾驶无号牌的三轮摩托车，沿句容市区河滨西路由西往东行驶，行至句容市区河滨西路房家坝桥地段，与前方同向停在道路右侧的一辆小型轿车发生碰撞，致凡某受伤、两车不同程度损坏，凡某后经医院抢救无效死亡。

凡某系安徽人，在句容靠收废品为生，平时好酒，事发时，他已经属于严重醉酒驾驶，加上凡某身上无手机及其他确认身份的物品，经过多方了解，在事发后的第三日才联系到其家人。

当家人得知他系醉酒后驾驶无号牌的改装过的三轮车，又是追尾撞到前车尾部，害怕责任较大，赔偿不到，连续一个星期天天到交警队吵闹。

按理，小轿车的责任就是停在路边未打"双跳"，死者应负主要责任。

责任归责任，死者正值壮年，上有老下有小，家中的困难可想而知。本着人道主义精神，祁增祥有礼有节地接待其家属，苦口婆心地解释，稳定了家属情绪。

同时，他主动协调保险公司，半个月就将事故责任划定，保险公司依法将赔偿款如数打到死者家属账户。这回死者家属羞愧了，他们为曾经的过激行为道歉，并敲锣打鼓给交警队和祁增祥送来了锦旗。

2017年4月15日19点40分，徐州丰县的王某驾驶重型半挂牵引车拖着树，沿句容市西部干线至下蜀镇亭子村之间的乡村道路由东向西方向行驶，行至宝华镇一个自然村时，村民徐老太担心大车压坏家门口的水泥路，就不让这车通行。

僵持了很长一段时间后，徐老太准备回家搬石头来堵车。

王某见老太太回家了，以为她累了，就赶紧启动汽车想开溜。谁知，徐老太一看车要跑,就去追,中途跌倒,后来发生碾压事故。因为车身很长,司机并没有看到后面发生的车祸,把车开回去了。

案发后,祁增祥第一时间来到现场,立即安排警力侦查,调阅大量监控,一直到凌晨1点才锁定王某所驾的半挂车。

祁增祥立即出动,查扣肇事车,经仔细勘察和现场比对,祁增祥认定:王某不知道发生了事故,不属于肇事逃逸。这个事故上报镇江交警支队审核同意后,出具了事故证明。

按理,祁增祥公平公正,不偏不倚,做出了公正处理,是会得到事故双方的理解的。

却不料,死者徐老太的女婿是个有名的老上访户,他对事故处理结果不服,认为交警没有公正处理,扬言要到省委省政府甚至要到北京去上访。

为了做好他的思想工作,祁增祥多次到他家中,还原事故现场,摆事实、讲道理,还联系他所在村委会、镇政府综治办等多部门做协调工作,将事故调查得到的事实和有关规定进行认真解释。经过一轮又一轮艰苦细致的工作,最终,徐老太的女婿及家人接受了公安机关做出的公正认定。

句容客运公司的陈联明,因为工作关系,认识祁增祥10多年了,他对祁增祥很了解,也很佩服。他讲了一件事:"我在客运单位是负责安全管理的,每次我到祁警官那里办事,见到的总是笑脸,一见面让人有种亲切感。他讲话有礼有节,和蔼可亲,听起来让人很舒服。他办事也很公道,让人很放心,经常碰到家属送锦旗表示感谢的。祁警官在事故处理行业中,业务精、处理问题的能力相当强。2010年7月16日13点35分,徐州籍蔡某驾驶重型厢式货车于104国道华阳镇新坊村地段与横过道路的行人发生碰撞,同时又与我单位何玲海所驾大型普通客车相撞,致一人死亡,大客车上的乘客多人受伤受损。我方无事故责任,伤者治疗需较多费用,蔡某经济条件不好,一时拿不出来,家属心急,曾一度聚集多人到我单位闹事。祁警官得知后第一时间赶到,在他苦口婆心的解释说服下,家属情绪才稳定。后来在他的努力下,多方筹集资金,医疗问题得以解决,事故得到妥善处理。"

祁增祥所分管的事故处理工作,涉及句容市城区及周边部分郊区,范围广、战线长、工作量大,而事故处理工作又不同于其他管理业务,这是个没有时间概念但必须有时间观念的工作。无论是酷暑严寒,还是风霜雨雪,只要接到事故警情,祁增祥都要率领民警第一时间赶赴现场,抢救伤员,勘验现场。

2006年年底的一天,122省道发生一起交通事故,一辆满载钢管的重型货车侧翻在路边的玉米地里，驾驶员卡在严重变形的驾驶室内，不时发出痛苦的呻吟。祁增祥赶到现场后，立即组织民警展开营救，由于无法从车体上方施救，祁增祥找来了撬棍、铁锹等工具，硬是从玉米地下挖出一个大坑，再从下面拽开驾驶室门，将驾驶员救出。由于营救措施及时果断，司机终于被他们从死亡边缘拉了回来。

"每月受理重大交通事故好几起，现场紧急救人经常发生，每年都要救起好几名重伤者。"祁增祥不经意地说。

有一年正月初二，一辆面包车开到句容后白镇时不慎掉落路边的池塘，车上7人全部落水。祁增祥带领大家跳入刺骨的冰水中奋勇救起5名落水者……

一桩桩，一件件，要说的故事太多，祁增祥却不太愿意说，他还是那样谦虚地笑笑，声音不高，说："其实，我就是尽心尽责地做好自己的本职工作而已。"

还有人说，祁增祥在处理事故方面有天赋，其实，祁增祥自己最清楚，他根本没有什么天赋，他有的只是用脑、用功、用心、用爱：用脑，就是善思勤行，找线索、证据，用事实破案；用功，就是下苦功夫，不怕吃苦、不畏艰难、不言放弃；用心，就是要有高度责任心、凭着良心办案；用爱，就是不计个人得失，怀着对群众的大爱去对待每一起案件。这四点做到了，再难的案子也不难破，再棘手的事故也不怕，再不好说话的人也能理解。

男 · 汉族

陈坚

1961 年 5 月出生,大专学历,中共党员。1993 年转业至丹阳市公安局工作。现为丹阳市看守所民警。先后荣获全国优秀人民警察、全国政法系统优秀共产党员、全省优秀人民警察、全省深挖犯罪先进个人等荣誉,荣立个人三等功 3 次、个人二等功 2 次。

写在监室里的"传奇"

——记丹阳市看守所民警陈坚

引子：迎着朝阳行走的人

丹阳，古称曲阿，后取"丹凤朝阳"之意而得名。晨曦初露时，这片古老而富饶的土地便焕发出勃勃生机。金色的晨光中，总会有一位精神矍铄的中年男子行色匆匆地向位于云阳镇九房的丹阳市看守所出发。

这位貌不惊人的中年男子，肩负着工作和家庭两副重担，妻子5年前患了乳腺癌，手术后腰椎间盘突出非常严重，两个女儿还在求学阶段。上有老、下有小的他，两头奔忙，却从不叫苦喊累。

这位貌不惊人的中年男子，不苟言笑的外表下有着一颗热爱生活的火热的心。他好学上进，把业余生活安排得多姿多彩，交际舞跳得如行云流水，获得过二省一市的一等奖。他的家庭在镇江市公安局组织的家庭才艺大赛上一鸣惊人，获得了二等奖。

这位貌不惊人的中年男子，从军队转业到地方，先后在丹阳市公安局政治处、基层派出所工作，后落脚在丹阳市看守所。他获奖无数：2011年6月被中央政法委评为"全国政法系统优秀共产党员"；2012年5月被公安部评为"全国优秀人民警察"；2012年被省委组织部评为创先争优群众满意的窗口服务单位"优秀共产党员"；2017年5月被省公安厅评为"全省优秀人民警察"。

他，用12年的时间，书写了一部监室里的"传奇"。

他，就是丹阳市看守所民警陈坚。

_陈坚与新入所人员谈心

第一部分：陈坚的一天

7：00　陈坚已经骑车到了新南二环大桥边，上坡时，他看见前面一辆装满蔬菜的三轮车"挣扎"着爬不上去，拉车的老年农妇脸涨得通红，已是满头大汗。陈坚赶紧停下自行车，帮着用力把车推上了大坡。农妇感激地挥手致意。陈坚腼腆地笑了，觉得心里暖暖的。

7：20　陈坚来到所里。这个时间上班，对他来说，已是家常便饭。老陈早就盘算好了：阴雨天终于告一段落，在押人员的被子大都湿漉漉的，早点来，把监室里的被子拿到外面彻底暴晒，晚上能暖烘烘地盖在身上，再叫他们按照"四清洁""五条线"的要求彻底整理一下，每个人都有个清清爽爽的环境。

8：30　交接会上，陈坚飞快地记下了同事提到的监室情况，哪怕是前一天夜里的蛛丝马迹。进监室要带着发现的问题、带着解决的方案、带着管教的方法，这是陈坚多年保持的好习惯。

9:00　陈坚组织室外活动，增强在押人员体质。

9:30　陈坚来到监室进行"六必查"，即查身体、查实施、查隐患、查内务、查戒具、查号务会和日记载。

10:00　陈坚找来了昨天刚入过渡监室的李某谈话，一一记录，他时而询问家庭情况、身体状况，时而严肃地交代监规，时而又像师长劝导对方，时而像长者对他提出希望。

11:00　开饭。在熟悉的推车声中，陈坚已经站在监室的门口，表情平静却不威自严，堂堂警官，一一为在押人员打菜，这可能是你所想不到的。但陈坚做得那么自然、那么熟练。

12:00　终于到了午休时间。陈坚先去安排监室所有人员洗个热水澡，除了监室卫生，他也不放松个人卫生。

12:30　终于有了少许空闲，陈坚约同事上楼打了一个小时乒乓球。"身体是革命的本钱"，本钱需要维护好，"60后"的陈坚深深明白这个道理。

13:30　陈坚坐在可以上外网的电脑前，开始找插图素材。他精心制作了一张生日贺卡，准备送给自己管教的在押人员。

_陈坚在看守所为在押人员举办特殊的庆生会

14:00　陈坚又一次进了监室。这一次,他来组织在押人员学习《弟子规》。

15:00　陈坚找陆某单独谈话,陆某终于吐露心声,交代了余罪并检举了他人。陈坚立即做好记录并输入电脑,准备顺藤摸瓜。

16:00　陈坚组织室外活动,检查并发放家属送来的衣物。

16:50　监室开饭,陈坚跟饭并发放鸡蛋。

18:00　陈坚值班,编辑整理《高墙内的心声》。

19:30　巡视。

22:30　警车呼啸而来,下来了 25 个嫌疑犯。这下陈坚和同事忙开了,收监一套程序:查验法律文书、核对身份、注明关押时间……

凌晨 4:30　安排好了在押人员,天色微亮,陈坚揉了揉眼睛,准备休息一下。

第二天 6:00　又开始了一天的工作。

(注:看守所民警值班,大约 4 天一次,不安排调休)

在押人员的转变有多难,年过五旬的陈坚就有多拼。

第二部分: 12 年的砥砺前行

2005 年 11 月 1 日,陈坚走进了丹阳市看守所大门。刚接到调令那会儿,他有顾虑甚至有些抵触。他排了排困难,主要有三点:一是自己年龄偏大,电脑技能缺乏;二是管教工作复杂,劳心劳力,对自己来说是全新领域;三是管教民警面对的是形形色色的犯罪嫌疑人、被告人……有人形容他们时刻守着老虎笼、火山口、炸药库……

毕竟是多年的老党员,服从安排的责任感很快消弭了陈坚内心的情绪。思量再三,他翻开一本笔记本,在扉页上郑重写下几个字:"要做就要做最好。"这就是一名曾经的军人对组织立下的"军令状",也是一名老党员在心里刻下的"座右铭"。

从哪里着手呢? 陈坚决定从电脑打字学起,这是改做管教后,当下最迫切需要的一项技能。

一、有一种学习精神叫"永无止境"

最初,同事们看到陈坚休息时间总是坐在电脑前,年近半百的他笨拙地一键一键地敲击,每天雷打不动一小时。功夫不负有心人,半年后的打字比赛中,以前不会打字的陈坚打出每分钟 80 个字的好成绩,那些年轻警察捶着陈坚的肩膀说:"老陈,你可以啊!我们都追不上你了。"2006 年,在丹阳市公安局军转干部(中年组)打字比赛中,陈坚勇夺桂冠,让评委连连称奇。过了打字关,陈坚学习现代电脑技术的劲头更高了。现在,他对警察必须掌握的各种软件都摸得门儿清,都能熟练使用。

陈坚还努力钻研监管业务和相关法律知识,他结合省厅法律考试,坚持每天做 20 道题,每月按时进行网上考试。同事们还总是看到老陈一个人坐在办公室,抱着不同的书在看,管理学、教育学、犯罪心理学,还有医学书籍,大家开玩笑:"老陈,再这么学下去,都快成博士啦!"这时的陈坚,会有点儿不好意思:"哪里,哪里哦!"笑起来,还是一副腼腆的模样。陈坚远远不满足自学,2010 年,他赶到南京,给自己报了个心理咨询师的学习班。报名的老师很奇怪:"都是小年轻来学,老同志,你?"陈坚笑而不语,心中默默对自己说:"坚持,坚持。"两年的风雨无阻,两年的勤学苦练,陈坚顺利通过了心理咨询"国考",2012 年 11 月 8 日,领到了三级心理咨询合格证书,他激动地在本子上记下:"两年苦学终有成果,我自己的心理素质也有了极大的提高,能更好地为在押人员解决心理问题……"他在"更好"两字下面重重地画了个圈。

更好,当然就更有效。

"八仙过海,各显神通。"在依法的前提下,所有看守所民警都有一套自己的方法对嫌犯进行有效管教。

二、有一种思想改造叫学习《弟子规》

2012 年,陈坚无意中翻开一本装帧简洁的《弟子规》,顿时爱不释手。他想,中国的传统文化真是博大精深啊!这么一本小书,把做人做事的道理讲得这么透彻,而且语句朗朗上口,道理深入浅出。监室里的在押人员,就是因为灵魂迷失方向,才犯下种种罪行。如果让他们读一读这些经典文字,不仅能让他们更安心地改造,还能对他们一辈子的做人处世有帮助。这个念头如灵光闪现,陈坚抑制不住心中的激动,开始如饥似渴地阅读、背诵。《弟子规》一共 360 句 1080 字,他每天坚持背诵和理解 8 句。一个多月下来,全文已倒背如流,他立即开始了创新性的实践,组织监室的在押人员集中学习。

瞧,陈坚更像陈老师了,他每天让自己管教的在押人员背 8 句,并逐字逐句讲解。比如读到"骑下马,乘下车,过犹待,百步余"时,他就会告诉大家,这是古人的礼仪:出门遇到老人或其他长辈,要主动打招呼,等老人走后,自己才离开。

"哦?""哦!""哦……"在押人员一个个睁大眼睛,张大嘴巴,从惊讶到理解,从理解到羞愧,从羞愧到发愿……这些细微的表情变化,自然逃不过陈坚的双眼,他心里暗暗叫好:"这一招,灵!"就这样,陈坚日复一日,年复一年地坚持。传统文化中蕴含的德行之道,如涓涓细流,滋润了在押人员荒漠一样的心灵。

吵!吵!吵!2013年4月11日,未成年监室喧闹声起,在押的两个"刺头"不服从管理,值班员提醒后,两人当即顶撞,一场激烈的争吵爆发了。匆匆赶到的陈坚,看三个人剑拔弩张的模样顿时血气上涌,他深吸两口气,决定用近期学习的《弟子规》来解决眼前的问题。陈坚让两个当事人谈谈自己违反了《弟子规》中的哪一条,一个说:"言语忍,忿自平。"另一个说:"闻过怒,损友来。"随后,陈坚又让同室人用《弟子规》的语言帮助他们,有人说:"话说多,不如少。"又有人说:"过能改,归于无。"当事人听了都低下了头,同室的人也都若有所悟。说也奇怪,从此以后,这个监室安稳了许多。"殷×,今天是你生日,送个蛋糕给你。"2015年9月26日早晨,老陈拎着刚从蛋糕店里取来的蛋糕匆匆进了监室。可是,殷某这几天重感冒,头痛、发热、毫无精神。老陈见状,立即到办公室取了自备的感冒药。殷某看看药,又看看蛋糕,沙哑的声音哽咽了:"陈管教,我永远记得您的好。"接下来的日子,他的改造表现非常出色,带动了整个监室的所有人,其所在监室连续9个月被评为文明监室。

急!急!急!老陈也有着急得睡不着觉的时候。那是2014年3月,他所管监室的违规居高不下,老陈决定多管齐下:监室成立两人监督小组,有人违规了,值班员要共担责任,以此增强值班员的责任感。对几个重点对象,如在外吸食冰毒,自称有多动症管不住嘴巴的刘某等,个个面对面谈心,还根据家庭溺爱型、家庭无人关爱型,各个击破。针对他们制定特殊奖惩措施,一有进步,就及时表扬和鼓励。老陈还出了个奇招,让学得好的重刑犯唐某给所在监室的人员讲《弟子规》,这一招起到了意想不到的效果。监室里的在押人员会有一种心理,都会让着死刑犯、重刑犯,因此他们的悔悟和良知,更显得难能可贵。

赵某,19岁,好吃懒做到不可思议。据他自己回忆,曾经懒到不愿多挪几步,把大便拉在自家柜子里。2014年5月入监时,已是"三进宫",当年3月才从看守所出去。其他管教提到他就摇头,他的学习、劳动、卫生、规矩、人际关系,样样都差,可以说是"茅坑里的石头——又臭又硬"。他对管教还软硬不吃,常规的管教办法对他根本不起效果。他的亲生父亲曾把他吊在篮球架上,在全村人面前毒打过,无效!把他的衣服剥光了扔到河里,也无效!

这,果然是个软硬不吃,几乎无可救药的人啊!

讲法律,讲监规,讲人伦,讲慈孝,陈坚用礁石一般的耐心,一步步转化着这个看似"刀枪不入"的年轻人,他决心要啃下这块"硬骨头"。陈坚耐心地带他学《弟子规》,看传统文化教育片。精诚所至,顽石为开。想不到,"三进宫"的赵某在看守所第一次流泪了,他抽抽搭搭地说:"我……以前……太混蛋了,我怎么能……这么伤……我爸爸的心,其实,他……对我……很好的。""我出去了,也要……像《弟子规》上……说的那样,孝敬……爸爸,我……我……就天天给我爸爸洗脚。"监室里的其他人都不敢相信自己的耳朵,不敢相信自己的眼睛:"赵某变了一个人啦?"他不仅劳动速度大大提高,监室的事也能抢着做,还主动关心帮助起同伴来。

时机成熟了。2014年8月1日,陈坚让赵某对全所在押人员现身说法,谈三进看守所的自己如何通过学习《弟子规》和理解传统文化,在思想和行动上有了彻底的转变。知他老底的在押人员一个个都被深深触动了。

对于管教对象,陈坚还有一套亲情"攻心术"。因为看守所的在押人员都不得会见家人,通过细致了解,陈坚跟房某的妻子联系上,从她的QQ空间里下载了房某两个月大的儿子的照片并打印出来。房某一见,如获至宝,捧着看着不肯放下,时不时狠狠擦一把眼泪。另一个在押人员陈某进来时,女儿还没有出生。陈坚通过QQ群联系到他的家人,把陈某的女儿刚满月的照片打印了送给他。陈某看了又惊又喜,无声抽泣。这一幕,让同监室的人也开始思念起自己的家人、孩子。等大家情绪平复了,陈坚便因势教导,让他们出去后一定好好做人,不要让父母妻儿蒙羞。一番大实话,一番贴心言,触动了监室所有人的"情肠",陈管教的思想教育总是这样润物无声又卓有成效。

不仅如此,在管教中,陈坚还常常"剑走偏锋",收到奇效。

比如,他了解到某个在押人员喜欢看小说,就挑有教育意义的故事书给他看。比如,一个做生意的"老江湖",进来后就装病,又是头疼又是血压高,反正浑身是病,就连坐在凳子上都会主动往下瘫,可谓"演技一流"。经过医生检查,陈坚心中有底,这完全是"心病"。陈坚找他谈了好几次,找到了症结所在,原来是他的家庭矛盾突出。陈坚想法子做通了他的思想工作,这个"病号"便奇迹般地康复了。说到这事,陈坚不禁苦笑一下,说:"管过渡监室的在押犯,真的要斗智斗勇啊。"谁说不是呢?陈坚就是这样一位"智勇双全"的管教,一天一天书写着属于他的方寸之间的传奇。

中秋、春节等传统节日,陈坚会在管教的监室内开展各种文娱活动。他会充分发挥每个人的特长,唱歌、跳舞、模仿秀,实在不会表演的就参加蹲起游戏。表演完节目,还能从陈坚手上领到奖品,一块毛巾、一本笔记本或是写信文具,个个都是喜笑颜开。最让他们开心的是,陈管教常常亲自上阵,跳拉丁舞或骑马舞,让他们大饱眼福。压轴节目是所有人合唱刘欢的《从头再来》:

> 昨天所有的荣誉已变成遥远的回忆
> 辛辛苦苦已度过半生今夜重又走进风雨
> 我不能随波浮沉为了我至爱的亲人
> 再苦再难也要坚强只为那些期待眼神
> ……

唱着,唱着,就会有人哭,有人笑,有人嘶吼,有人沉默……

陈坚就是这样,每一天,每一事,对每一个人,都贯注深情,全力以赴。

三、有一种信任叫"最后我只想再见您一面"

2007 年 10 月 31 日,法官宣布对戎某执行死刑并立即押赴刑场。一直很安静的戎某突然开口了。

"法官,能不能满足我一个小小的愿望?"

这个死刑犯会提什么要求呢? 宣判大厅里一片死寂,气氛顿时紧张起来。

"我,我就是想见陈管教一面。"戎某声音颤抖地说。

"陈管教是谁?"不知情的已经在悄悄打听。

"为何一个即将伏法的死刑犯,最想见的人是他?"

这一边,得到通知的陈坚风驰电掣般赶到现场。戎某见到陈坚,再也控制不住自己的情绪,"扑通"一声跪倒在陈坚面前,连磕三个头。"陈管教,这个世上,我最相信您,走上不归路是我罪有应得,我,我,我……"陈坚扶起戴脚镣的戎某。戎某眼神躲闪,想了想,还是说了出来:"我最不放心的是我的儿子……"陈坚看着这个自己曾经管教过近三年的死刑犯人,痛心、怜悯、被信任的感动,一齐涌上心头:"放心,我会竭尽全力。"戎某听到这个承诺,仿佛这一生的心愿已了,头也不回,平静地在法警押解下离开了。

2006 年,戎某因为抢劫杀人被收监时情绪十分低落,他以沉默掩饰心中的惶恐,同时也以此对抗管教。俗话说,只要不开口,神仙难下手。看到这种情况,经验丰富的陈坚一直细细观察,寻求突破口。

一天,陈坚发现戎某浑身上下血迹斑斑。他帮着撩开衣襟,问戎某怎么了。戎某瓮声瓮气地回答:"皮肤病。"陈坚立即带着戎某去看医生,可是卫生所里的药疗效不明显。陈坚赶去药店自己花钱买来更好的药膏,送进了监室。戒某一看,心中一动,没想到管教除了分内事,还为自己买来膏药,有些身体部位他自己的手够不到,陈坚便挤出药膏,细致地帮他涂上。这下轮到戒某吃惊了,以至于身体微微颤抖,心中的坚冰一点点融化了。接下来的几天,陈坚进监室时,除了例行公事,总是走到戒某面前看看他的皮肤情况。随着戒某皮肤病的好转,他的改造态度和精神状态一天比一天好。

可是,看守所的故事,从来都不是一帆风顺的。

2007年7月,戒某得知自己一审被判处死刑,而同案只判了死缓,于是开始"发疯","嘭嘭嘭",白天他踢凳子;"当当当",晚上他故意敲脚镣,让其他人不得安生。同监室的人谁也不敢多说一句,对死刑犯,别人本来就有几分惧怕,何况戒某已经破罐子破摔,一副歇斯底里的样子。戒某发泄累了,还轻蔑地口出狂言:"反正一个死,现在作死了,还省去一颗子弹。"这样的在押犯就是个十足的"定时炸弹"。陈坚知道自己这次遇到"难关"了。他一个人在办公室,在纸上写写画画,列出与戒某谈话的提纲。一次次苦口婆心地找戒某谈话,想让他正确认识自己的罪行和结局。可是,戒某的"翻脸无情"之态、"鱼死网破"之心,比陈坚预想的还要厉害。这意料之外、情理之外的突发情况打乱了陈坚的"棋局",摆在陈坚面前的路有两条:一是根据戒某的情况,给他关禁闭、上戒具,从身体上控制,直到让他"服了"为止;二是继续迎难而上,找出解他心结的办法。

老陈毫不犹豫地选择了第二条路。

陈坚找有关戒某的各种资料,翻到了他妹妹的一封信,他紧蹙的眉头渐渐松开了。老陈找来戒某,一字一句地读给他听:"哥哥,不管你结局如何,有一分钟就要过好每一秒,真的希望你能这样对待你拥有的时间。无法挽回的事,就别浪费时间了,善待自己,多祝福你的亲朋好友。"亲情从来都是割舍不断的,此举果然奏效。读完信,戒某已经失声痛哭:"陈管教,您不要再念了,我知道,知道该怎么做。"陈坚说:"白娘子、七仙女挣扎着都要做人,《追鱼》里的那个鱼精,承受脱鳞之痛,才做成了人。你一个大男人,活一天就要做好一天的人。"

第二天,太阳照旧升起。"一二一,一二一,向左转……"陈坚了解到戒某当过兵,就让他协助值日员进行队列训练。上午10点多的阳光照着高楼,也照着农田,照着公路,照着河流,照着孩子们可爱的笑脸,也照着一个死囚犯的专注表情。这是戒某罪恶生命的最后时刻里,做得最认真的一件事。

天说冷就冷了。一次,陈坚发现戒某还穿着薄薄的单裤,就关切地提醒他,他倒满不在乎:"反正日子也不多了,穿这个也差不多吧。"休息日,陈坚上街为他买了一条绒裤。戎某无比悔恨:"陈管教,我是一个犯死罪的人,您对我还这么好……"说着眼泪掉了下来:"要是早一点儿遇到你,我肯定不会犯罪了。"监室里鸦雀无声,陈坚和戎某的一举一动,在押犯们都看在眼里,记在心头。让陈坚欣慰的不仅仅是戎某彻底的转变,还有这个事件本身对所有在押犯的教育意义。

这何尝不是陈坚心中的遗憾和痛惜呢? 虽然戎某犯了死罪,不可饶恕,但是,还有那么多灵魂迷途的青少年,一次次失足,这让陈坚更为痛心。他写下了关于未成人犯罪成因和预防的论文《未成年犯罪轨迹之我见》。

监室内,在陈坚的开导下,戎某开始记日记,反思自己的过去。一篇又一篇,陈坚字斟句酌,精心修改,并让戎某在监室内宣读,以身边的事教育身边的人。监室内所有在押人员的心灵又一次受到触动。以心换心,以情换情。所以,陈坚成为死刑犯最想见的一个人。

一诺既出,万山无阻。陈坚一直和戎某的家人保持密切的联系。2009 年8 月初,在一次通话中得知戎某的儿子被南京一所学院录取。陈坚于 8 月7 日、21 日两次赶往他的家中慰问,与戎某的儿子促膝长谈,鼓励孩子走出阴影,用自己的行动为亲人增光添彩。9 月 19 日,得知戎某的儿子每年助学贷款只有 6000 元,学费还差 700 元时,陈坚当即赶往戎某家中。那天刚好是中秋节,陈坚带上月饼,并留下了 1000 元钱。

一个死刑犯,到了陈坚手上,不仅能情绪安定认罪伏法,还在他的教育引导下,写下了一篇篇悔过文章,成为监区教育的最好材料。能转变一个罪大恶极,即将被剥夺生命的死刑犯的思想;能将监室管理成连续 9 个月的文明监室;能将落后监室改造成六个"第一"的监室;学心理学,宣传法律,无私关爱,赏罚分明,带着在押人员学习《弟子规》;等等。陈坚在这 12 年里发生的故事,三天三夜都讲不完。

四、有一种称呼叫"好人陈坚"

"嗯,呜,呜……"一声接一声的呻吟,刚刚进监室的扒手阿布提双眉紧皱,不一会儿只见他脸色苍白,捂着肚子叫唤起来。他本就是重点监管对象,陈坚发现异常,立即带他看医生,原来他被抓获时曾吞食了硬币、拉链头和两块刀片。陈坚立即通知食堂,做了粗纤维食品让他吃下。又因为他信奉伊斯兰教,不吃猪肉,陈坚为他申请了素菜,还自掏腰包,买来水果让他补充营养。直到他体内的危险物排出后,陈坚才松了一口气。尽管语言不通,但阿布提也能感到陈坚的真心和爱心。他目光中的戾气消退,情绪也平稳下来了,还积极改造,带动监室其他在押人员创下了一个月只有一次轻微违规的记录。

"这么好的表现,该奖!"这一次,陈坚想出了一个别出心裁的奖励办法。他走进监室,发挥自己的特长,给在押人员跳了一曲《哈哈舞》。在押人员第一次看到管教为他们跳舞,一个个兴奋地鼓起掌,激动得脸都红了。平常被歧视、被唾弃、被排斥的他们,有太久没有感到这样的平等与尊重了,有太久没有这样真心快乐过了。

那天,陈坚的QQ不停地闪烁,原来是刑满释放人员蒋某有好消息告诉陈管教。他现在在某企业担任技术骨干,月收入达5000元,他再三说,自己会安心工作,痛改前非。他的孪生弟弟也在这个单位,他的爸爸妈妈曾经整天为这兄弟俩提心吊胆,现在爸爸妈妈能过上舒心日子,在乡亲面前也能抬起头来了。过了一会儿,QQ对话框里,跳出一行字:"陈管教,如果您不嫌弃,我叫您伯伯吧。""好的,你要是结婚啊,我这个当伯伯的来喝喜酒。"曾有少年犯怯生生地提出,想要叫陈坚爷爷,陈坚爽快地答应了。在他心里,不仅在改造时要对他们负责,就是释放后也要"跟踪",防止他们复犯。所以,他建了一个QQ群,取名"阳光使者",经常在群内与管教过的人员和他们的家属们交流,分内分外的工作,陈坚一肩挑起来。

这个好人陈坚啊,在熟人圈里如今是小有名气。一些中学生家长也慕名而来,请陈警官开导开导自家处于叛逆期的孩子。陈伯伯通达的一番暖心话,往往让这些以为自己啥都懂了的叛逆孩子心服口服。

瞧,这个"执灯者"陈坚,让曾经迷途的羔羊行动有了方向,心里有了亮光。谁说不是呢?

抛开管教的身份,如实地记录陈坚在社会上做的好事,就能写成另一篇长文。小区里,广场上,马路上,哪怕在电视里,只要看到有困难的人和事,他都主动上前搭一把手。有一天,上班途中他发现新南二环大桥的下水口被堵住了,就徒手将下水口清理干净,手上沾满污泥,他也毫不在意。小区里树枝长得过于茂盛,影响居民活动,他就主动拎个大剪刀去修剪。小区里有乱堆乱放的垃圾,他第一个撸起袖管去清理。走在路上,看到打工妹问路求助,他耐心提供咨询并且掏钱相帮。对于家庭贫困的释放人员,他常常自掏腰包给他们路费,多少个300元、500元,他都记不得了。偶尔在电视上看到一个关于"洗碗弟"的报道,陈坚立即决定资助1万元帮助他完成学业。要知道,他的家庭并不宽裕,爱人生病治疗花去许多积蓄,他的两个女儿还在上学……

行善从不关乎贫富,只关乎当事人的言与行,品与德。

如果你认为陈坚只是一位"婆婆心"的管教和"陈善人"式的好人,那你就彻头彻尾的错了。看似平和的外表下,陈坚有着坚定的党性和原则。事关法规,他从不通融。

2006年,他一个战友的弟弟被关进了看守所,战友恳求他"网开一面",让他们兄弟俩见一面,说了多少次,陈坚都没有松口。2012年,一个在押人员的两个小兄弟两次到陈坚家中,仅仅就是让陈坚关照一下他们的兄弟,希望他不要在里面吃苦头,死磨硬缠让陈坚收下购物卡,陈坚一一拒绝。就这样,陈坚"六亲不认""不好说话"的名声传了出去,可他并不在意,反而认为这样也好,省却了许多人来讲情面。有一个浙江商人因为感念陈坚的关心和教导,临出监门时,让陈坚出来一下,在僻静处掏出一沓现金,硬往陈坚怀里塞。陈坚坚决不收。这样的场景,曾经一次又一次上演。

陈坚说:"不收不受,做事清白,心里才坦然。"

与陈坚相处久了,你可以看到他的菩萨心肠,也看到他的金刚面目;你可以感受到他猎鹰般的眼神,也可以体会到他的霹雳手段。

五、有一种威力叫"火眼金睛"

看守所狱侦过程中,陈坚一人挖出了1400多条犯罪线索,经办案单位查证532起,还抓获两名网上逃犯,比对出网上逃犯四名,他因此被评为"江苏省侦察破案岗位能手"。

2012年5月10日,交班会上,看守所领导传达了一项涉枪案件的线索排查任务。临下班时,监室的两名在押人员,通过对讲告诉陈坚:"陈管教,我们有话给您讲……"陈坚大喜,三步并作两步把他们带出来了。果真,他们检举了自己老家和苏州的涉枪案线索。等陈坚做完笔录输入电脑,天已经黑透了。"哎呀,今天还跟老婆说要准时下班的呢!"陈坚跨上自行车冲进了夜幕里。

由于平时法律宣传到位,攻心有术。2012年5月成为陈坚的"红五月",5月18日,后巷派出所线索反馈,从在押人员石某和朱某提供的线索查证盗窃案57起,收获巨大。5月21日,中山路派出所线索反馈,陈坚从在押人员马某提供的线索中查获网上在逃人员李某。

在押人员谭某因抢劫被刑事拘留,入监后,他整天哭哭啼啼,寻死觅活,成了一个"活炸弹"。经过了解,陈坚得知他思想负担重,担心重判。于是,陈坚跟他摆事实,讲法律,稳定了谭某的情绪。可是,时间不长,谭某又变了,常常呆呆的,一坐就是半天,仿佛在寻思着什么,又仿佛在犹豫着什么。陈坚时不时地跟他讲坦白从宽、立功减刑的观念。终于在一天上午,谭某要求找陈坚单独谈谈:"陈管教,我有一个铁杆朋友……"就这样,公安机关根据这个线索侦破了丹阳皇塘镇某金店盗窃案,案值 10 万余元。用谭某现身说法后,陈坚又加大了政策攻心的力度。当天,又有两名在押人员主动坦白。其中,赵某交代了在宜兴伙同他人盗窃 4 辆大型拖拉机并将其贱卖的案情。王某交代了几起马路碰瓷诈骗案。

"您是病人家属吗?"

镇江第四人民医院某病房,因抢劫被刑事拘留的续某,由于多年吸毒,导致发热抽搐、大小便失禁、神志不清,被送来就诊。好个老陈,为其擦洗身体,端屎端尿,几天几夜陪床,都没有好好睡一觉。续某清醒后,十指僵直,又是老陈,一勺一勺地喂他吃饭、喝汤。见到的人心里都会打个大大的问号:"这个穿警服的人,是病人的家属吗?""就算是家属,也照顾得没有这么周全啊!""什么? 是警官? 是看管在押犯的管教?"人们难以置信,问陈坚为何这样做。陈坚微微一笑,只说了两个词:"责任和道义。"

穿了警服,就有责任;面对病人,应尽道义。

"没有陈警官,我早就上西天了。"一出院,续某就竹筒倒豆子,主动坦白了余罪,并积极检举揭发,多起盗窃、贩毒案件浮出水面。

回想起这段经历,陈坚只说:"值!"

陈坚觉得更值得的事是他发动在押人员写下了 100 多篇心得体会,又花了无数时间和精力,将其编辑成册。于是,有了一本题为《高墙内的心声》的册子。

六、有一本册子叫《高墙内的心声》

这本册子里的文章的作者都有一个特殊的身份——在押人员,内容与外边任何一本都不同——都是在押人员的忏悔与心语,以及管教人员一针见血的中肯点评与苦心规劝。

"死刑犯篇"如一曲悲歌,敲击读者的心房;"少年犯篇"如一记重锤,规劝着同龄人言行,可谓"字字泣血,句句锥心"。不仅仅对犯人有教育作用,对世人、对后人也有着深刻的警示意义。

在押人员的罪与过形形色色,导致犯罪的原因却各不相同:有的是一时冲动,有的是家庭原因,有的是染上恶习,有的是性格孤僻……深究其因,才能断其祸根;深入解析,才能触其灵魂。陈坚正是秉持这样素朴的愿望,以水滴石穿的耐心,一字一句地修改、润色、录入、编排,成就了这本《高墙内的心声》。

让我们听一听这些在押人员的心声:

有忏悔："高墙内，深深地为自己的罪行忏悔，为受到伤害的人忏悔，为爱我的和我爱的人忏悔。唯有忏悔，才能重获新生。"

有行动："我愿意捐献我的所有器官，用来帮助那些急需的人。这样做不是显得伟大、装酷，只是想尽力弥补我的罪过。"

有感恩："所长不管工作有多忙，每月都能找我谈心，细心听取我的思想汇报，在放风场，所长、管教见到我，都会问长问短，态度和善，平易近人。像我的兄长、老师……"

有劝诫："鸟之将死，其鸣亦哀；人之将死，其言亦善。掉进泥潭的狱友们，赶快觉醒吧！你们比我幸运，还有机会回归社会，享受明天的太阳。"

这是一本无比真实的反思录，记录下了特殊人物、特殊环境下的人生感悟，深刻地剖析了在押人员犯罪的思想根源。这是一本发人深省的教材，为公民增强法律意识，自觉地遵纪守法，预防犯罪，遏制未成年人失足起到良好的作用。这是一本不可多得的日志，展示了和陈坚一样的千千万万的监管民警爱岗敬业的精神风貌，以及看守所的人性化、现代化监室管理。

任何形容词都难以概括陈坚本人的付出和他所编的这本册子的价值。有关《高墙内的心声》的一组数据或许最能说明问题：陈坚历时 1096 天，平均每天花费 3 小时；书中共有在押人员反思 130 篇、管教点评 130 篇，全书共计 12 万字。读者中有在押人员 5241 人次、监管民警 1500 人次，发往其他看守所 1000 册。

记录数据，记载真实，让我们向《高墙内的心声》的编者陈坚致敬。

第三部分：大半辈子的奉献

每天清晨，第一缕阳光洒进新世纪花园时，小区的单杠上就会出现一个矫健的身影，先是做一套引体向上，接着在露天舞池中跳上一曲，那舞姿几乎达到专业水准。偶尔路过的行人，都会驻足观看、叫好。

天光微亮，陈坚匆匆地倒垃圾、搞卫生、洗衣服，把一天的家务几乎全包了。他自己说："我多做一点儿，生病的妻子就少做一点儿。"他的妻子 5 年前不幸患上乳腺癌，动了手术后，腰椎间盘突出症又非常严重。加上两个女儿都在求学，陈坚生活上的担子其实也是沉甸甸的，好在他是个天生的乐天派。他的家，不仅有歌、有笑，还有爱、有暖。

陈坚对自己所有的经历都满怀感恩。

提到家庭,陈坚最感念自己的母亲。那个善良勤劳,特别能吃苦的农村妇女,做完农活后,还揽一些替人洗衣服、做杂工的活儿,不忙到半夜从不休息。母亲还特别大方,一次,亲戚来看望她,母亲实在拿不出什么东西给亲戚带走,想了想,转身回头,从腌菜缸里拖出两颗咸菜,硬塞在亲戚手里。这一幕幕就是无声的教材,陈坚不怕艰苦、乐善好施的品行,多半是来自良好的家风传承。陈坚的女儿在作文中也深深感慨,父亲是那么孝老爱亲、与人为善、敬业诚信……

提到入党的经历,陈坚饱含深情地回忆起在郑州高射炮兵学校学习期间,全班只有两个入党名额,区队长主动让他填申请表,他光荣地加入了中国共产党。也就是从那一天起,陈坚就暗暗下定决心,决不辜负所有帮助、引导过自己的人,一定用行动把胸前的党徽擦得更加闪亮。

提到军旅生涯,陈坚最感激当年的苏政委。他是全军优秀政工干部,是他凡事追求卓越的品格深深影响了自己。所以,每接手一个新的监室,陈坚都要提出明确目标,六面红旗一起扛:“违规最少,秩序最好,学习最佳,精神最棒,队列最齐,卫生最洁。”培养集体荣誉感,提出“监室以我为荣,我为监室增光”的口号。在他管教的监室里,连死囚都会有集体荣誉感,为了监室卫生尽心尽力,生怕被评违规。

在丹阳市公安局的会议室里,体现江苏公安精神的八个大字特别醒目:忠诚、奉献、务实、创新。陈坚每次看到这几个字,总会凝视良久,心潮澎湃。老陈脱下军装,穿起警服,整整 26 年了,他始终用自己的行动,诠释着军魂和警魂。

提到现任职的单位,陈坚说,如果自己是一棵长势良好、挺拔正直的树木,那一定是镇江公安系统的阳光雨露和丹阳看守所优良的土壤,是优秀的集体培养了自己。说到工作,陈坚更愿意赞许身边的同事。短短一个多小时的交流中,他把自己的单位和同事表扬了一遍。他说丹阳市看守所,是国家一级看守所,32 年无事故。看,那位某警官,工作非常认真;某警官,部队转业,干得出色;某所长,优秀的所长……对于自己,只有事件的描述,现象的分析。他总是用略带丹阳口音的普通话,再三强调:“我也不能做什么惊天动地的大事,我是一个普通党员,普通监管民警,做的都是平常小事。”

国徽庄严、盾牌坚固、长城雄伟、松枝长青,由它们组成的警徽,这 26 年中,一直在陈坚心里熠熠生辉。

国家的律令、思想的准则、头顶的警徽、心中的党旗……让陈坚在看守所警察的普通岗位上,不忘初心,砥砺前行,克难奋进,屡创辉煌。一路风雨一路歌,陈坚——书写了属于监管民警的传奇篇章。

后记

2017年7月，镇江市公安局与镇江市作家协会建立战略协作关系，一批作家深入警营、参与警务、了解警员，走进英雄、聆听事迹、挖掘故事，随警作战、随警采风、随警创作，用纪实的写作手法，弘扬主旋律、唱响正气歌、传播正能量，助力公安系统全面改革，弘扬公安功模精神，"通过更多有筋骨、有道德、有温度的文艺作品，书写和记录人民的伟大实践、时代的进步要求，彰显信仰之美、崇高之美"，探索用镇江公安"宣传＋"的新思路、新举措推进公安文化建设，用公安文化"文以载道""文以化人"的力量育警、治警、强警、惠警，讲述警察好故事、唱响公安好声音，激励更多的民警学习英雄、争当英雄，让更多的百姓了解民警、理解民警，坚定公安文化自信、淬炼镇江公安精神。

本书集中采写了近年来公安各条战线上涌现出来的7个先进集体和12位典型人物。镇江市作家协会主席蔡永祥及董新建、董晨鹏、尤恒、陆渭南、陈春鸣、王桂宏、张晓波、钱俊梅、佘梅溪、汪海、杨莹、周竹生等13位作家分工协作，共同完成了本书的创作。

本书是集体智慧的结晶，协助创作和提供资料的有张斌、笪洪杉、朱秋蓉、吴帅、魏琳、张冬妮、翟英伟、齐立柱、黄鑫、陶勇、谈德捷、纪军、朱荣、罗永刚等同志。没有他们的积极参与和支持，要完成此书是不可能的。

天地有正气,杂然赋流行。我们怀着崇敬的心情书写先进典型,在书写中感动,在感动中升华。我们希望通过本书的创作和出版,吸引更多的人关注、关心、理解公安工作,同时也向社会传递更多的正能量,为建设新时代中国特色社会主义助力加油!

本书编委会

2017 年 12 月